BRIDGET JONES: SOBREVIVIRÉ

HELEN FIELDING

S

Editorial Lumen

TÍTULO ORIGINAL: *Bridget Jones: The Edge of Reason*

TRADUCCIÓN: Néstor Busquets

DISEÑO DE COLECCIÓN Y CUBIERTA: Emma Romeo

Publicado por Editorial Lumen, S.A.,
Ramon Miquel i Planas, 10.

Reservados los derechos de edición
en lengua castellana para todo el mundo.

SEGUNDA EDICIÓN

Impreso en Romanyà Valls, S. A.,
Capellades (Barcelona).

Depósito legal: B. 15.425-2000
ISBN: 84-264-4957-3

Printed in Spain

A las otras Bridgets

AGRADECIMIENTOS

Gracias a Gillon Aitken, Sunetra Atkinson,
Peter Bennet-Jones, Frankie Bridgewood, Richard Coles,
Richard Curtis, Scarlett Curtis, Pam Dorman,
Ursula Doyle, Breene Farrington, Nellie Fielding,
la familia Fielding, First Circle Films, Andrew Forbes,
Colin Firth, Paula Fletcher, Piers Fletcher,
Henrietta Perkins, Tracey MacLeod, Sharon Maguire,
Tina Jenkins, Sara Jones, Emma Parry, Harry Ritchie,
Sarah Sands, Tom Shone, Peter Straus, Russ Warner,
Working Title Films, por su inspiración,
feedback y apoyo.
Y un agradecimiento especial a Kevin Curran.
Investigación a cargo de Sara Jones.

1
Feliz para siempre jamás

Lunes 27 de enero

58,6 kg (cuerpo todo grasa), 1 novio (¡hurra!), 3 polvos (¡hurra!), 2.100 calorías, 600 calorías quemadas por los polvos, así que, calorías totales: 1.500 (ejemplar).

7.15 a.m. ¡Hurra! Los años de soledad han acabado. Ya llevo cuatro semanas y cinco días manteniendo una relación funcional con un hombre adulto, lo que demuestra que no soy una paria del amor como temía. Me siento de maravilla, como Jemima Goldsmith u otra recién casada parecida inaugurando con el velo puesto un hospital contra el cáncer mientras todo el mundo se la imagina en la cama con Imran Khan. ¡Oh! Mark Darcy se acaba de mover. Quizá despierte y hable conmigo de mis opiniones.

7.30 a.m. Mark Darcy no se ha despertado. Ya sé, voy a levantarme y a prepararle un fantástico desayuno con salchichas fritas, huevos revueltos y champiñones, o quizá huevos *benedict* o *florentine*.

7.31 a.m. Según lo que sean en realidad los huevos *benedict*, o los *florentine*.

7.32 a.m. Sólo que no tengo ni champiñones ni salchichas.

7.33 a.m. Ni huevos.

7.34 a.m. Ni –ahora que lo pienso– leche.

7.35 a.m. Todavía no se ha despertado. ¡Mmm! Es encantador. Me encanta mirarlo cuando duerme. Sus hombros anchos y su pecho peludo son muy sexys. No es que sea un objeto sexual ni nada de eso. Me interesa el cerebro. ¡Mmm!

7.37 a.m. Todavía no se ha despertado. No debo hacer ruido, lo sé, pero quizá podría despertarlo delicadamente con mi energía mental.

7.40 a.m. Quizá ponga... ¡AAAAAH!

7.50 a.m. Ahí estaba Mark Darcy incorporándose de golpe y gritando:
—Bridget, ¿quieres parar? Maldita sea. Mirándome cuando estoy durmiendo. Busca algo que hacer.

8.45 a.m. En el Café Coins tomando un *cappuccino* y un cruasán de chocolate y fumando un cigarrillo. Es un descanso fumar un cigarrillo en público y no tener que guardar las apariencias. De hecho es muy complicado tener un hombre en casa, ya que libremente no puedo pasarme el tiempo necesario en el cuarto de baño o convertirlo en una cámara de gas porque sé que el otro va a llegar tarde al trabajo, está desesperado por mear, etc. También me perturba ver a Mark doblando calzoncillos por la noche, pues eso hace que algo tan simple como que yo deje la ropa apilada en el suelo resulte extrañamente embarazoso. Además esta noche volverá a venir a casa, así que, antes o después del trabajo, tengo que ir al supermercado. Bueno, no *tengo* por qué, *pero* la terrible verdad es que quiero hacerlo, en una posible regresión genética de extraña índole que no podría admitir ante Sharon.

8.50 a.m. Mmm. Me pregunto cómo sería Mark Darcy como padre (padre de un vástago propio, quiero decir. No mío. De hecho sería enfermizo, a lo Edipo).

8.55 a.m. De todas formas, no debo obsesionar-me ni fantasear.

9 a.m. Me pregunto si Una y Geoffrey Alconbury nos dejarían poner el entoldado en su césped para el banque... ¡Aaaah!

Ahí estaba mi madre, entrando en *mi* café, tan fresca, con una falda plisada de Country Casuals y una *blazer* verde manzana con brillantes botones dorados, como un astronauta que se presentara en la Cámara de los Comunes chorreando lodo y se sentase con toda la tranquilidad del mundo en primera fila.

–Hola, cariño –gorjeó–. Iba camino de Deben-hams y, como sé que tú siempre vienes aquí a desayunar, pensé en pasar para saber cuándo quieres que te tiñan. Oh, me apetece una taza de café. ¿Crees que calentarán la leche?

–Mamá, ya te he dicho que no quiero que me ti-ñan– murmuré, sonrojada, mientras la gente nos miraba y una camarera malhumorada se acercaba como un rayo a nuestra mesa.

–Oh, no seas tan pasmarote, cariño. ¡Necesitas reafirmarte! No estar siempre mirando los toros desde la barrera, parapetada en todos esos dulces y porquerías. Oh, hola, querida.

Mamá adoptó su tono amable y pausado de «intentemos hacer buenas migas con los camareros y ser la persona más especial del café por alguna inescrutable razón».

–Bueno. Déjame. Veamos. ¿Sabes?, creo que to-maré un café. He tomado tantas tazas de té esta mañana en Grafton Underwood con mi marido Co-lin que estoy verdaderamente harta de té. Pero, ¿me podrías calentar un poco de leche? No puedo tomar leche fría con el café. Me provoca indiges-tión. Y entonces mi hija Bridget tendrá que...

Grrr. ¿Por qué hacen eso los padres? ¿Por qué?

¿Es la súplica desesperada de una persona madura que pide atención y necesita darse importancia, o es que nuestra generación urbana está demasiado atareada y desconfía demasiado de los demás como para mostrarse abierta y amistosa? Recuerdo que al principio de vivir en Londres solía sonreír a todo el mundo, hasta que en unas escaleras mecánicas del metro un hombre se masturbó sobre la parte posterior de mi abrigo.

–¿Exprés? ¿De filtro? *¿Latte?* ¿De sobre descremado o descafeinado? –dijo la camarera bruscamente, mientras recogía todos los platos de la mesa que tenía al lado, mirándome de forma acusadora, como si mamá fuese culpa mía.

–De sobre descafeinado y *latte* descremada –susurré en tono de disculpa.

–Menuda chica más maleducada, ¿no habla inglés? –dijo mamá enojada a sus espaldas cuando se retiraba–. Desde luego, éste es un sitio bien curioso para vivir. ¿Es que no saben qué ponerse por la mañana?

Seguí su mirada hasta las chicas a la moda Trustafaria de la mesa de al lado. Una estaba tecleando en su ordenador portátil y llevaba Timberlands, unas enaguas, una gorra rastafari y un vellón, mientras que la otra, con tacones de aguja de Prada, calcetines de excursionismo, calzones de surfista, un abrigo de piel de llama que llegaba hasta el suelo y un sombrero de lana con orejeras de pastor del Bhutan, estaba gritando al auricular del móvil:

–O sea, me dijo que si volvía a pescarme fumando mierda me quitaría el piso. Y yo me puse en plan: «Joder, papi». –Mientras tanto, su hijo de seis años picaba desganadamente patatas fritas de un plato.

–¿Pero qué se cree esa chica para usar ese lenguaje?, ¡ni que estuviera hablando sola! –dijo mamá–. Vives en un mundo la mar de curioso, ¿verdad? ¿No harías mejor viviendo cerca de gente normal?

—Ésta es gente normal —dije furiosa, y señalé con la cabeza hacia la calle, por donde, desgraciadamente, pasaba una monja con hábito marrón llevando dos rorros en un cochecito.

—¿Lo ves?, por eso estás siempre hecha un lío.

—No estoy hecha un lío.

—Sí que lo estás —dijo ella—. Bueno, ¿qué tal te va con Mark?

—De maravilla —dije embelesada, y ella me miró con dureza.

—No irás a ya-sabes-qué con él, ¿verdad? Sabes que no se casará contigo.

Grrr. Grrr. Acabo de empezar a salir con el hombre con el que ella ha estado intentando que salga desde hace dieciocho meses («El hijo de Malcolm y Elaine, encantador, divorciado, terriblemente solo y rico») y ya me siento como si estuviese corriendo por un circuito de entrenamiento del ejército de reserva, saltando muros y trepando por redes, para llevarle a ella a casa una gran copa de plata con un lazo.

—Ya sabes lo que dicen después —continuó—: «Oh, era una presa fácil». Quiero decir que... cuando Merle Robertshaw empezó a salir con Percival, su madre le dijo: «Asegúrate de que la usa sólo para mear».

—Madre... —protesté. Aquello me pareció un poco excesivo viniendo de ella. No hacía ni seis meses que estaba paseándose con un guía turístico portugués con un maletín colgado del brazo.

—Oh, ¿no te lo he dicho? —me interrumpió, cambiando así suavemente de tema—, Una y yo nos vamos a Kenia.

—¿Qué? —chillé.

—¡Nos vamos a Kenia! ¡Imagínate, cariño! ¡Al África más negra!

Mi mente empezó a girar a toda velocidad en busca de posibles explicaciones, como una máquina tragaperras antes de pararse: ¿mi madre convertida en misionera? ¿O era que había vuelto a alquilar *Memorias de África* en vídeo? ¿O quizá había recordado de repente *Nacida libre* y había decidido criar leones?

–Sí, cariño. ¡Queremos ir de safari y conocer la tribu de los masai, y después nos quedaremos en un hotel de la playa!

La máquina tragaperras hizo un ruido metálico y se detuvo en una serie de pintorescas imágenes de señoras maduras alemanas practicando el sexo en la playa con jóvenes nativos. Miré a mamá con reserva.

–No empezarás a hacer tonterías otra vez, ¿verdad? –le dije–. Papá acaba de superar toda aquella historia de Julio.

–¡Sinceramente, cariño! ¡No sé por qué se armó tanto alboroto! Julio sólo era un amigo... ¡un amigo por correspondencia! Todos necesitamos amigos, cariño. Quiero decir que incluso en el mejor de los matrimonios una sola persona, sencillamente, no basta: amigos de todas las edades, razas, creencias y tribus. Uno tiene que extender su conocimiento a cada...

–¿Cúando te vas?

–Oh, no lo sé, cariño. Sólo es una idea. Bueno, tengo que irme zumbando. ¡Adiooós!

Mierda. Son las 9.15. Voy a llegar tarde a la reunión de la mañana.

11 a.m. Despacho «Despiértate, Reino Unido». Por suerte sólo llegué dos minutos tarde a la reunión; además, conseguí esconder el abrigo haciendo una pelota con él para que diera la sensación de que había llegado hacía horas y sólo me había detenido por un asunto urgente de otro departamento en otro lugar del edificio. Avancé tranquilamente por la horrible oficina plagada de reveladores restos de una espantosa televisión matinal –aquí una oveja hinchable con un agujero en el trasero, allí una ampliación de Claudia Schiffer llevando la cabeza de Madeleine Albright, más allá una gran pancarta de cartulina que decía: «¡LESBIANAS! ¡Fuera! ¡Fuera! ¡Fuera!»– hacia el lugar en el que Richard Finch, con patillas y gafas de sol de Jarvis Cocker, su gorda figura horriblemente ceñida en un traje safari retro años setenta, estaba gritando a las veinte y pico personas allí reunidas en calidad de equipo de investigación.

–Venga, Bridget Bragas-Caídas-Otra-Vez-Tarde –chilló al ver que me acercaba–. No te pago para que hagas una pelota con el abrigo e intentes parecer inocente, te pago para que llegues a la hora y tengas ideas.

Francamente, tal falta de respeto día tras día va más allá de lo que un ser humano puede soportar.

–¡Muy bien, Bridget! –rugió–. Estoy pensando en Mujeres del Nuevo Partido Laborista. Estoy pensando en su imagen y en el papel que desempeñan. Quiero a Barbara Follett en el estudio. Consíguela para que logre un cambio de imagen en Margaret Beckett. Reflejos en el pelo. Un vestidito negro ceñido. Medias. Quiero que Margaret parezca sexo andante.

A veces el absurdo de las cosas que Richard Finch me pide que haga parece no tener límite. Cualquier día me encontraré convenciendo a Harriet Harman y Tessa Jowell para que se presenten en un supermercado mientras yo les pregunto a los clientes si son capaces de adivinar quién es quién, o intentando convencer a un cazador mayor para que se deje perseguir desnudo en medio del campo por una jauría de sañudos zorros. Tengo que encontrar algún trabajo más provechoso y en el que me sienta más realizada. ¿Enfermera, quizá?

11.03 a.m. En el despacho. Vale, será mejor que llame al gabinete de prensa del Partido Laborista. Mmm. No paro de tener *flashbacks* del polvo. Espero que Mark Darcy no estuviese realmente irritado esta mañana. Me pregunto si será demasiado temprano para telefonearle al trabajo.

11.05 a.m. Sí. Tal y como dicen en *Cómo obtener el amor que deseas* –¿o era *Conserva el amor que encuentres?*– la armonía entre un hombre y una mujer es un asunto delicado. El hombre tiene que ser el cazador. Esperaré a que sea él quien me llame. Quizá lo mejor que puedo hacer es leer los periódicos para informarme de la política del Nuevo Partido Laborista, por si al final acabo consiguiendo a Margaret Beckett y... ¡Aaah!

11.15 a.m. Richard Finch gritando otra vez. Me ha metido en lo de la caza de zorros en lugar de lo de las mujeres laboristas, y tendré que hacer una conexión en directo desde Leicestershire. Que no cunda el pánico. Soy una mujer segura de sí misma, receptiva y sensible. Mi autoestima no depende de logros mundanos sino de mi vida interior. Soy una mujer segura de sí misma, receptiva... Oh, Dios. Está lloviendo a cántaros. No quiero salir a un mundo-parecido-a-una-mezcla-de-nevera-y-piscina.

11.17 a.m. De hecho es genial tener que hacer una entrevista. Una gran responsabilidad –relativamente hablando, claro: no es como tener que decidir si hay que enviar o no misiles-crucero a Irak, o como mantener pinzada la válvula aórtica durante una operación–, pero tendré la oportunidad de someter al «asesino de zorros» a un severo interrogatorio ante las cámaras y manifestar un determinado punto de vista como hace Jeremy Paxman con el embajador iraní... o irakí.

11.20 a.m. Hasta puede que me pidan una prueba de un suelto informativo para *Newsnight*.

11.21 a.m. O una serie de breves crónicas especializadas. ¡Hurra! Bien, será mejor que empiece con los recortes... Oh. El teléfono.

11.30 a.m. Iba a pasarlo por alto, pero he pensado que podría ser el entrevistado: el honorable diputado sir Hugo, asesino-de-zorros-de-Boynton, imágenes de silos, pocilgas a la izquierda, etc. Cogí el teléfono: era Magda.

–¡Hola, Bridget! Sólo llamaba para decirte... ¡en el orinal! ¡En el orinal! ¡Hazlo en el orinal!

Se oyó un fuerte estrépito seguido por el sonido del agua corriendo y unos gritos que parecían como de musulmanes siendo exterminados por los serbios, entremezclados con un insistente «¡Mamá te pegará! ¡Te pegará!» oyéndose de fondo.

–¡Magda! –chillé–. ¡Vuelve!

–Perdona, cielo –dijo, volviendo finalmente al teléfono–. Sólo llamaba para decirte... ¡mete el pito dentro del orinal! ¡Si lo dejas colgando fuera, todo el pis irá a parar al suelo!

–Estoy en pleno trabajo –dije en tono de súplica–. Tengo que salir hacia Leicestershire en un par de minutos...

–Perfecto, maravilloso, pásamelo por las narices, ya sé que tú tienes mucho *glamour* y eres muy importante y que yo estoy encerrada en casa con dos personitas que todavía ni han aprendido a hablar inglés. Bueno, da igual, sólo llamaba para decirte que he quedado con mi chapuzas para que pase mañana por tu casa a montarte las estanterías. Siento haberte dado la lata con mis aburridos asuntos domésticos. Se llama Gary Wilshaw. Adiós.

El teléfono volvió a sonar antes de que me diese

tiempo a marcar. Era Jude, sollozando, con voz de cordero degollado.

—Está bien, Jude, está bien —dije, sosteniendo el teléfono contra el hombro mientras intentaba meter los recortes en el bolso.

—Es el Malvado Richard ¡buaaah!

Oh, Dios. Después de Navidad, Shaz y yo convencimos a Jude de que, si volvía a tener *una sola* conversación estúpida con el Malvado Richard acerca del pantanoso tema de su Problema de Compromiso, se la debería ingresar en un hospital psiquiátrico; y por consiguiente no podrían tener ningunas minivacaciones, ni terapia para su relación, ni ningún tipo de futuro juntos durante años y años, hasta que se reinsertase en la Comunidad.

Ella, en una magnífica proeza de amor propio, le abandonó, se cortó el pelo y empezó a aparecer por su trabajo serio y formal en la City con chaquetas de piel y pantalones a la altura de la cadera. Todos los Hugos, Johnnys y Jerrers con camisas a rayas que alguna vez se habían preguntado en vano qué había debajo de los trajes chaqueta de Jude se vieron catapultados a un estado de frenético priapismo y, al parecer, tiene al teléfono a uno distinto cada noche. Pero, de alguna manera, todo el asunto del Malvado Richard todavía la entristece.

—Estaba revisando las cosas que se dejó aquí, dispuesta a tirarlo todo, y he encontrado ese libro de autoayuda... un libro titulado... titulado...

—Está bien. Está bien. A mí puedes decírmelo.

—Titulado *Cómo conseguir citas con mujeres jóvenes: guía para hombres mayores de treinta y cinco años.*

¡Por Dios!

—Me siento fatal, fatal... —decía— ...no puedo soportar la idea de tener que volver al infierno de las citas... Es un océano insondable... Me voy a quedar sola para siempre...

Intentando encontrar cierto equilibrio entre la importancia de la amistad y la imposibilidad de llegar a tiempo a Leicestershire, me limité a darle algunos consejos preliminares a modo de primeros auxilios, de forma que por lo menos guardara la compostura: probablemente lo dejó allí adrede; no, no te quedarás sola; etc.

—Oh, gracias, Bridge —dijo Jude, que al rato parecía un poco más calmada—. ¿Puedo verte esta noche?

—Mmm, verás, Mark va a venir a casa.

Hubo un silencio.

—Estupendo —dijo sin entusiasmo—. Estupendo. Vale, que lo pases bien.

Oh, Dios, ahora que tengo novio me siento culpable con Jude y Sharon, casi como una guerrillera que cometiera traición, jugando con dos barajas y cambiando de bando a su antojo. He quedado para ver a Jude mañana por la noche, con Shaz, y en que esta noche simplemente volveríamos a hablarlo todo por teléfono; me ha parecido que la idea colaba. Ahora será mejor que llame a Magda rápidamente y me cerciore de que no se siente aburrida y se da cuenta de lo opuesto-al-*glamour* que es mi trabajo.

—Gracias, Bridge —dijo Magda cuando hubimos hablado un rato—. Es que me siento muy deprimida y sola desde lo del niño. Jeremy vuelve a trabajar mañana por la noche. Supongo que no te apetecerá pasarte por aquí, ¿no?

—Mmm, bueno, es que se supone que he quedado con Jude en el 192.

Hubo una pausa cargada de intención.

—Y supongo que yo soy una Petulante Casada demasiado sosa como para ir con vosotras, ¿verdad?

—No, no, ven. Ven, ¡será genial! —Me había pasado arreglándolo. Sabía que Jude se pondría de mal humor porque ya no podríamos centrar toda nuestra atención en el Malvado Richard, pero decidí buscar una solución más tarde. El caso es que ahora se hacía tarde de verdad y debería ir a Leicestershire sin haber leído los recortes sobre la caza del zorro. Quizá pudiera aprovechar los semáforos para ir leyendo en el coche. Me pregunto si debería hacer una llamada rápida a Mark Darcy para decirle adónde voy.

Mmm. No. Mala jugada. Pero, entonces, ¿y si llego tarde? Será mejor que llame.

11.35 a.m. Glups. La conversación fue así:
Mark: ¿Sí? Al habla Darcy.
Yo: Soy Bridget.
Mark: (pausa) Ya. Ejem... ¿todo bien?
Yo: Sí. Anoche fue bonito, ¿verdad? Me refiero a... ya sabes, cuando nosotros...
Mark: Ya sé, sí. Exquisito. (Pausa) La verdad es que ahora mismo estoy con el embajador de Indonesia, el presidente de Amnistía Internacional y el vicesecretario de Estado de Comercio e Industria.
Yo: Oh. Perdón. Estoy a punto de salir hacia Leicestershire. Quería decírtelo por si me pasa algo.
Mark: ¿Por si te pasa...? ¿Qué?
Yo: Quiero decir por si me... retraso. (Concluí sin convicción.)
Mark: Vale. Bueno, ¿y por qué no me llamas y me das un tiempo estimado de llegada cuando hayas acabado? Será estupendo. Ahora te dejo; adiós.

Mmm. Creo que no tendría que haber hecho esto. Lo dice bien claro en *Cómo amar a tu hombre separado sin perder la cabeza*: si hay algo que no les gusta es que les llamen sin ninguna razón concreta cuando están ocupados.

7 p.m. De regreso al apartamento. El resto del día ha sido una pesadilla. Después de desafiar al tráfico y de un viaje pasado por agua, me encontré en un

Leicestershire barrido por la lluvia, llamando a la puerta de una gran mansión rodeada de remolques para caballerías, con sólo treinta minutos de tiempo antes de la conexión. De repente, la puerta se abrió de golpe y allí estaba un hombre alto con pantalones de pana y un suéter muy holgado bastante sexy.

–Mmm –dijo él, mirándome de arriba abajo–. Maldita sea, será mejor que entres. Tus chicos están fuera, en la parte de atrás. ¿Dónde demonios te habías metido?

–He tenido que dejar inesperadamente un tema de alta política –dije en tono repipi, mientras él me conducía hasta una cocina enorme llena de perros y arneses. De repente se volvió y me miró furiosamente, luego dio un golpe a la mesa.

–Se supone que éste es un país libre. Pero, joder, ¿adónde coño iremos a parar cuando ya empiezan a decirnos que ni siquiera podemos ir de caza los domingos? ¡Baaah!

–Bueno, lo mismo podría usted decir de la gente que tiene esclavos, ¿no? –murmuré–. O de cortarles las orejas a los gatos. A mí no me parece demasiado caballeroso, un montón de personas y perros corriendo tras una pobre criatura asustada sólo por diversión.

–¿Alguna jodida vez has visto lo que un zorro puede hacerle a una gallina? –gritó sir Hugo con el rostro congestionado–. Si no los cazamos, invadirán el campo.

–Pues entonces dispárenles –dije lanzándole una mirada asesina–. Por humanidad. Y los domingos pueden cazar alguna otra cosa, como en las carreras de galgos. Se ata a un cable un animalito peludo impregnado de olor a zorro.

–¿Dispararles? ¿Has intentado alguna vez disparar a un maldito zorro? Tendrías a sus zorritos asustados y heridos agonizando por todas partes. Animalito peludo. ¡Grrr!

De repente cogió el teléfono y marcó un número.

—¡Finch, eres un completo gilipollas! —gritó—. ¿Pero qué me has enviado... una jodida rojilla? Si crees que el próximo domingo vas a abrir la emisión con la cacería de Quorn...

En ese momento el cámara asomó la cabeza por la puerta y dijo, malhumorado:

—Oh, estás aquí, ¿eh? —Consultó el reloj y añadió—: No te sientas obligada a hacérnoslo saber ni nada.

—Finch quiere hablar contigo —dijo sir Hugo.

Veinte minutos más tarde, so pena de ser despedida, estaba encima de un caballo, lista para entrar en antena trotando y entrevistar al muy honorable tirano, también a caballo.

—Vale, Bridget, te damos la entrada en quince, adelante, adelante, adelante —gritó Richard Finch en mi auricular hablando desde Londres, y al oírlo apreté las rodillas contra el caballo como me habían dicho que hiciera. Pero, desgraciadamente, el caballo no se movió.

—¡Adelante, adelante, adelante, adelante! —gritaba Richard—. Joder, creí haberte oído decir que sabías montar.

—Yo sólo dije que sería capaz de sentarme encima —protesté, mientras golpeaba frenéticamente con las rodillas.

—Vale, Leicester, plano fijo de sir Hugo hasta que la jodida Bridget lo consiga, cinco, cuatro, tres, dos... adelante.

Aprovechando la situación, el Honorable Rostropúrpura se puso a largar una vociferante proclama en favor de la caza mientras yo clavaba frenéticamente los tacones en el caballo, que se encabritó y entró lateralmente en imagen a medio galope conmigo colgada del cuello.

—¡Oh joder, cortad, cortad! —chilló Richard.

–Bueno, no tenemos tiempo para más. ¡Volvemos al estudio! –gorjeé mientras el caballo giraba en redondo de nuevo y avanzaba hacia el cámara.

Cuando los miembros del equipo se hubieron ido entre risitas y cachondeándose de mí, entré en la casa –humillada– para recoger mis cosas, y me tropecé con el Honorable Gigante Golpeamesas.

–¡Ja! –gruñó–. Pensé que ese semental podría enseñarte cómo son las cosas realmente. ¿Te apetece un Tudor?

–¿Un qué? –dije.

–Sí, María Tudor, la Sanguinaria: un *Bloody Mary*.

Luchando contra la instintiva necesidad de beber un trago de vodka, me puse en pie.

–¿Me está diciendo que ha saboteado mi reportaje a propósito?

–Es posible –dijo, sonriendo satisfecho.

–Eso es absolutamente vergonzoso –le dije–. Y nada digno de un miembro de la aristocracia.

–¡Ja! Carácter. Eso es lo que me gusta en una mujer –dijo con voz ronca, y entonces se abalanzó sobre mí.

–¡Apártese! –le dije, esquivándole. Lo digo en serio.

¿En qué estaba pensando aquel tío? Soy una profesional, no una mujer a la que se le pueda echar un tiento por las buenas. En ningún sentido. Aunque, de hecho, eso no hace más que demostrar lo mucho que les gusta intentarlo a los hombres si creen que no andas tras ellos. Debo recordarlo para una ocasión más provechosa.

Acabo de llegar, después de haberme arrastrado por el Hiper Tesco Metro y subir las escaleras tambaleándome con ocho bolsas de la compra. Estoy muy cansada. Mmm. ¿Cómo es que siempre soy yo quien va al supermercado? Es como tener que ser una mujer con carrera y esposa al mismo tiempo.

Es como vivir en el decimoséptimo... ¡Oooh! La luz del contestador parpadea.

–Bridget... Richard Finch. Quiero verte en mi despacho mañana a las 9 en punto. Antes de la reunión. A las 9 a.m., no a las 9 p.m. Por la mañana. A la luz del día. De verdad que ya no sé cómo decírtelo. Sencillamente, coño, asegúrate de estar allí a la hora.

Parecía estar muy cabreado. Espero no estar a punto de descubrir que no entra dentro de mis posibilidades tener un bonito piso, un buen empleo y un novio atractivo. De todas formas, voy a enseñarle a Richard Finch cuatro cosas acerca de la integridad periodística. Eso es. Será mejor que empiece a prepararlo todo. Estoy muy cansada.

8.30 p.m. He conseguido recuperar un poco de energía gracias al Chardonnay, lo he ordenado todo, he encendido el fuego y las velas, he tomado un baño, me he lavado el pelo, me he maquillado y me he puesto unos tejanos negros muy sexys y un top con tirantes. No es precisamente cómodo, de hecho la entrepierna de los pantalones y los tirantes del top se me están clavando, pero estoy guapa, que es lo importante. Porque, como dijo Jerry Hall, una mujer tiene que ser cocinera en la cocina y furcia en la sala de estar. O en alguna otra habitación, en cualquier caso.

8.35 p.m. ¡Hurra! Será una noche encantadoramente íntima y sexy, con una pasta deliciosa –ligera pero nutritiva– a la luz del fuego. Soy un maravilloso híbrido de mujer con carrera y novia complaciente.

8.40 p.m. ¿Dónde diablos se ha metido?

8.45 p.m. Grrr. ¿Qué sentido tiene que una vaya corriendo de un lado para otro como una pulga escaldada si él aparece cuando le da la gana?

8.50 p.m. Maldito Mark Darcy, estoy realmente... El timbre. ¡Hurra!

Estaba guapísimo con su traje de trabajo y los botones del cuello de la camisa desabrochados. En cuanto entró en el piso dejó su maletín, me cogió entre sus brazos y me hizo girar bailando brevemente de la manera más sexy.

—Tenía tantas ganas de verte... —murmuró por entre mi cabello—. Me gustó mucho tu reportaje, una fantástica demostración de equitación femenina.

—No —dije desasiéndome—. Ha sido horrible.

—Ha sido brillante —me dijo él—. Durante siglos la gente ha estado montando a caballo hacia adelante y entonces, con un reportaje pionero, una mujer sola cambia la cara —o el culo— de la equitación británica para siempre. Ha sido algo revolucionario, un triunfo. —Se sentó en el sofá cansadamente—. Estoy destrozado. Malditos indonesios. Su idea del progreso en los derechos humanos es decirle a una persona que está arrestada mientras le pegan un tiro en la nuca.

Le serví una copa de Chardonnay y se la llevé en plan azafata de película de James Bond, mientras le decía con una plácida sonrisa:

—Pronto estará lista la cena.

—Oh, Dios mío —dijo, mirando aterrado alrededor como si temiera encontrar un comando de Oriente Próximo escondido en el microondas—. ¿Has cocinado?

—Sí —le dije indignada. ¡Quiero decir que era de esperar que eso le gustara! Y ni siquiera había mencionado mi traje de furcia.

—Ven aquí —me dijo, dando unas palmaditas en

el sofá–. Sólo te estaba tomando el pelo. Siempre he querido salir con Martha Stewart.

Era bonito que me abrazara, pero la cuestión es que la pasta ya llevaba hirviendo seis minutos y se pasaría.

–Voy a preparar la pasta –le dije despegándome. Justo entonces sonó el teléfono, y me abalancé a cogerlo por puro hábito, pensando que quizá fuera él. Era Shaz.

–Hola. Soy Sharon. ¿Cómo te va con Mark?

–Está aquí –susurré con los dientes apretados y sin mover la boca para que Mark no pudiese leerme los labios.

–¿Qué?

–E-á a-í –repetí entre dientes.

–Está bien –dijo Mark, asintiendo de modo tranquilizador–. Me doy cuenta de que estoy aquí. No creo que debamos andar escondiéndonos el uno al otro ese tipo de cosas.

–Vale. Escucha esto –dijo Shaz excitadísima–: «No es que todos los hombres sean unos embaucadores. Pero todos piensan en ello. A los hombres les corroe continuamente el deseo. Nosotras intentamos controlar nuestros impulsos sexuales...».

–En realidad, Shaz, ahora mismo sólo estaba haciendo pasta.

–Oooh, ¿así que estamos «sólo haciendo pasta»? Espero que no te estés convirtiendo en una Petulante Que-Está-Saliendo-Con-Alguien. Escucha nada más lo que sigue y tal vez quieras tirársela por la cabeza.

–Espera, no cuelgues –le dije mirando nerviosamente a Mark. Saqué la pasta del fuego y volví al teléfono.

–Muy bien –dijo Shaz entusiasmada–. «A veces los instintos predominan sobre los pensamientos de nivel superior. Un hombre mirará, se acercará o se acostará con una mujer que tenga los pechos pequeños si está liado con una mujer de pechos grandes. Quizá tú no pienses que la variedad es la sal de la vida pero, créenos, tu novio sí que lo piensa.»

Mark estaba empezando a tamborilear con los dedos en el brazo del sofá.

–Shaz...

–Espera.. espera. Es ese libro titulado *Lo que quieren los hombres*. Sigo... «Si tienes una hermana o una amiga guapas, puedes estar segura de que tu novio TIENE PENSAMIENTOS SEXUALES CON ELLAS.»

Hubo una pausa expectante. Mark había empezado a hacer gestos como si estuviera degollando a alguien o tirando de la cadena del váter.

–¿No es repugnante? Quiero decir que, ¿no te parece que no son más que...?

–Shaz, ¿puedo llamarte más tarde?

Lo siguiente fue oír a Shaz acusándome de estar obsesionada con los hombres cuando se suponía que yo era una feminista. Así que yo le dije que, si se suponía que ella no sentía ningún interés hacia ellos, ¿por qué estaba leyendo un libro llamado *Lo que los hombres quieren*? Todo aquello se estaba convirtiendo en una horrible y nada feminista pelea basada en los hombres cuando nos dimos cuenta de que era ridículo y quedamos en vernos al día siguiente.

–¡Ya está! –dije radiante, sentándome junto a Mark en el sofá. Por desgracia tuve que volver a levantarme, porque me había sentado encima de algo que resultó ser un envase vacío de yogur Müller Lite.

–¿Siií? –dijo él, quitándome el yogur del trasero. Seguro que no había tanto y que no era necesario frotar tanto, pero estuvo muy bien. Mmm.

–¿Qué tal si cenamos? –dije, intentando mantener la mente en la tarea que tenía entre manos.

Acababa de poner la pasta en una fuente y verter un tarro de salsa encima cuando el teléfono volvió a sonar. Decidí no hacerle caso hasta después de la cena, pero el contestador saltó y Jude dijo con voz compungida:

—Bridge, ¿estás ahí? Cógelo, cógelo. Venga, Bridge, por favooor.

Cogí el teléfono y Mark se dio una palmada en la frente. La cuestión es que Jude y Shaz se han portado bien conmigo durante años, desde antes de que conociese siquiera a Mark, así que evidentemente ahora no estaría bien no responder al contestador.

—Hola, Jude.

Jude había ido al gimnasio, donde había acabado leyendo un artículo que decía que las mujeres solteras de más de treinta años estábamos «usadas».

—El tío argumentaba que la clase de chicas que a los veinte años no habrían salido con él estarían dispuestas a hacerlo ahora, pero que ahora ya no las quería —dijo ella con tristeza—. Decía que todas estaban obsesionadas con sentar cabeza y tener hijos y que ahora su norma en lo referente a chicas era «Nada que pase de los veinticinco».

—¡Venga! —Reí alegremente intentando luchar contra una punzada de inseguridad en mi propio estómago—. Eso es una absoluta gilipollez. Nadie cree que tú estés usada. Piensa en todos esos banqueros que te han estado llamando. ¿Qué me dices de Stacey y de Johnny?

—¡Uf! —dijo Jude, aunque empezaba a sonar más animada—. Anoche salí con Johnny y con sus amigos del Crédit Suisse. Alguien contó el chiste de un tipo que bebe demasiado en un restaurante indio y «cae en korma», ya sabes, el nombre de ese curry tan fuerte, en lugar de decir que «cae en coma», y Johnny lo entendió de forma tan literal que dijo: «¡Dios! Qué horror. ¡Yo conocía a un tío que una vez comió mucho en un restaurante indio y acabó con una úlcera de estómago!».

Se reía. Estaba claro que la crisis ya había pasado. Es evidente que no le pasa nada serio, sólo que a veces se pone un poco paranoica. Charlamos un poco más y, cuando su autoconfianza pareció de nuevo restablecida, me uní a Mark a la mesa para descubrir que la pasta no había quedado exactamente como yo esperaba: nadaba en agua blancuzca.

–Me gusta –dijo Mark queriéndome mostrar su apoyo–, me gusta la fibra. Y me gusta la leche. Mmm.

–Si quieres, quizá sea mejor que pidamos una pizza –dije, sintiéndome una fracasada y una «mujer usada».

Pedimos pizzas y las comimos frente al fuego. Mark me contó todo lo de los indonesios. Le escuché con atención y le di mi opinión y mi consejo, que le parecieron muy interesantes y muy «frescos»; por mi parte le hablé de la horrible reunión que me esperaba con Richard Finch, en la que probablemente me despediría. Me dio muy buenos consejos sobre cómo elaborar lo que yo quería sacar en claro de la reunión y cómo ofrecerle a Richard muchas otras posibilidades aparte de despedirme. Le estaba explicando que se trata, en efecto, de adoptar la mentalidad ganadora recomendada en *Los siete hábitos de la gente altamente efectiva* cuando el teléfono volvió a sonar.

–Déjalo –dijo Mark.

–Bridget. Soy Jude. Cógelo. Creo que he cometido un error. Acabo de llamar a Stacey y él no me ha llamado a mí.

Lo cogí.

–Bueno, quizá esté fuera.

–De sus cabales, como tú –dijo Mark.

–Cállate –chisté mientras Jude me explicaba toda la escena–. Mira, estoy segura de que te llamará mañana. Pero, si no lo hace, simplemente aplaza una de las fases de las *Citas de Marte y Venus*. Él está tirando como una goma elástica propia de Marte, y tú tienes que dejar que sienta su atracción y vuelva despedido hacia atrás como un resorte.

Cuando colgué el teléfono, Mark estaba mirando el fútbol.

—Gomas elásticas y marcianos ganadores —dijo sonriéndome—. Esto es como el alto mando de guerra en la tierra de los galimatías.

—¿Es que tú no hablas con tus amigos de cuestiones emocionales?

—¡No! —dijo él, cambiando de canal con el mando a distancia, de un partido de fútbol a otro. Le miré fascinada.

—¿Quieres tener relaciones sexuales con Shazzer?

—¿Perdón?

—¿Quieres tener relaciones sexuales con Shazzer y con Jude?

—¡Me encantaría! ¿Quieres decir individualmente? ¿O con las dos a la vez?

Insistí, intentando ignorar su tono superficial.

—Cuando conociste a Shazzer después de Navidad, ¿querías acostarte con ella?

—Bueno. Mira, la cuestión es que ya me estaba acostando contigo.

—¿Pero se te ha pasado alguna vez por la cabeza?

—Bueno, claro que se me ha pasado por la cabeza.

—¿Qué? —exploté.

—Es una chica muy atractiva. Lo extraño sería que no se me hubiese ocurrido, ¿no? —sonrió pícaramente.

—Y Jude —dije indignada—. Acostarte con Jude. ¿Se te ha «pasado por la cabeza» alguna vez?

—Bueno, de vez en cuando, fugazmente, supongo que sí. Es parte de la naturaleza humana, ¿no te parece?

—¿La naturaleza humana? Yo nunca me he imaginado acostándome con Giles o con Nigel, de tu oficina.

–No –murmuró–. Y tampoco creo que lo haya hecho ninguna otra persona. Trágico. Excepto quizá Jose, del departamento de correos.

Justo cuando acabamos de recoger los platos y empezábamos a sobarnos y besuquearnos en la alfombra, volvió a sonar el teléfono.

–Déjalo –dijo Mark–. Por favor... en nombre de Dios y de todos sus querubines, serafines, santos, arcángeles, encargados de las nubes y los que les recortan las barbas, déjalo.

El contestador ya había saltado. Mark dejó caer la cabeza contra el suelo cuando se oyó una resonante voz masculina.

–Ah, hola. Soy Giles Benwick, amigo de Mark. Supongo que no estará por ahí, ¿no? Sólo era para... –De repente su voz se quebró–. Es sólo que mi mujer acaba de decirme que quiere separarse y...

–Dios santo –dijo Mark, y cogió el teléfono. Una expresión de puro pánico invadió su rostro–. Giles. Dios. Tranquilízate... esto... ah... esto, Giles, creo que será mejor que te pase a Bridget.

Mmm. Yo no conocía a Giles pero creo que le aconsejé bastante bien. Conseguí calmarle y le indiqué un par de libros útiles. Después eché un maravilloso polvo con Mark y me sentí muy segura y cómoda apoyada contra su pecho, lo que hizo que todas las teorías que me preocupaban pareciesen irrelevantes.

–¿Soy una mujer usada? –le dije medio dormida cuando él se inclinó para apagar la vela.

–¿Una retrasada? No, querida –dijo dándome una cariñosa palmada en el trasero de modo tranquilizador–. Un poco rara, quizá sí, pero no retrasada.

2
Una medusa anda suelta

Martes 28 de enero

58,1 kg, 0 cigarrillos fumados delante de Mark (muy bien), 7 cigarrillos fumados a escondidas, 47 cigarrillos no fumados* (muy bien).

8 a.m. Apartamento. Mark se ha ido a su piso para cambiarse antes de ir al trabajo, así que podré fumarme un pitillo y desarrollar cierta madurez interna y mentalidad de ganadora, como preparación para la reunión de mi despido. Es decir, que estoy trabajando en crear una sensación de calma, equilibrio y... ¡Aaah! El timbre.

8.30 a.m. Era Gary, el chapuzas de Magda. Joder, joder, joder. Había olvidado que tenía que venir hoy.

–¡Ah! ¡Estupendo! ¡Hola! ¿Podrías volver dentro de diez minutos? Me pillas con una cosa a medias –gorjeé, y entonces me eché a reír, arrebujándome en el camisón. ¿Qué podía tener yo a medias? ¿Sexo? ¿Un soufflé? ¿Hacer un jarrón en un torno de alfarero que no podía dejarse bajo ningún concepto porque podría secarse sin haber adquirido su forma definitiva?

Todavía tenía el pelo mojado cuando volvió a sonar el timbre, pero por lo menos llevaba la ropa puesta. Sentí que me invadía una oleada de culpabilidad pequeñoburguesa cuando Gary sonrió ante la decadencia de los vagos que se quedan repantigados en la cama mientras todo un mundo com-

---

* Es decir, que estuve a punto de fumármelos, pero recordé que lo había dejado, así que esos 47 en concreto no me los fumé. Por consiguiente no se trata del número de cigarrillos no fumados en el mundo entero (ésa sería una cifra ridícula, con demasiados dígitos).

pletamente distinto de auténtica gente trabajadora lleva tanto tiempo en pie que para ellos ya casi es la hora de la comida.

–¿Quieres un té o un café? –le dije amablemente.

–Sí. Una taza de té. Cuatro de azúcar, pero no lo remuevas.

Le miré fijamente preguntándome si aquello era un chiste o algo parecido a fumar cigarrillos sin tragarse el humo.

–Vale –dije–, vale –y empecé a preparar el té, a la vista de lo cual Gary se sentó a la mesa de la cocina y encendió un cigarrillo. Sin embargo, por desgracia, cuando llegó el momento de servir el té me di cuenta de que no tenía ni leche ni azúcar.

Me miró con incredulidad, contemplando la colección de botellas de vino vacías.

–¿Ni leche ni azúcar?

–Ejem, me acabo de quedar sin leche y, de hecho, no conozco a nadie que tome el té con azúcar... aunque, por supuesto, es muy bueno... ejem... tomar azúcar –dije con voz cada vez más débil–. Me acercaré en un momento a la tienda.

Cuando volví, por alguna razón pensaba que quizá él habría sacado ya sus herramientas de la furgoneta, pero seguía allí sentado, y empezó a contarme una larga y complicada historia acerca de la pesca de la carpa en un embalse cerca de Hendon. Era como una de esas comidas de negocios en las que todo el mundo habla durante tanto tiempo de cosas que nada tienen que ver con el tema, que al final resulta demasiado embarazoso destruir la magia de una ocasión tan deliciosa y puramente social, con lo que uno nunca llega realmente al quid de la cuestión.

Finalmente interrumpí la incomprensible y surrealista anécdota de pesca diciendo:

–¡Bien! ¿Te enseño lo que quiero que hagas? –y al instante me di cuenta de que había metido estúpidamente la pata y le había herido al sugerir que no estaba interesada en Gary como persona sino meramente como trabajador, así que tuve que retomar la anécdota de la pesca para enmendar el daño causado.

9.15 a.m. Oficina. He llegado corriendo al trabajo, histérica porque llegaba cinco minutos tarde, para encontrarme con que el maldito Richard Finch no estaba por ninguna parte. De hecho, mejor, así tendré tiempo para planear mejor mi defensa. Lo raro es que... ¡la oficina está completamente vacía! O sea que está claro que la mayoría de los días, cuando me entra el pánico por llegar tarde y pienso que todos los demás ya están aquí leyendo los periódicos, ellos también llegan tarde, aunque no tan tarde como yo.

Vale, voy a escribir los puntos clave para la reunión. Tenerlo claro en la cabeza, como dice Mark.

–Richard, comprometer mi integridad periodística al...

–Richard, como sabes, me tomo mi profesión como periodista de televisión muy en serio...

–Anda y que te jodan, maldito gordo...

No, no. Como dice Mark, piensa qué es lo que quieres tú y lo que quiere él, y además mantén una mentalidad ganadora como dicen *Los siete hábitos de la gente altamente efectiva*. ¡Aaaaaah!

11.15 a.m. Allí estaba Richard Finch, vestido con un apretado traje frambuesa de Galiano con forro verde mar, entrando al galope en la oficina como si fuese montado a caballo.

–¡Bridget! Muy bien. Eres una mierda pero te has librado. A los de arriba les ha encantado. Encantado. Encantado. Tenemos una propuesta. Estoy pensando en una conejita, estoy pensando en una gladiadora, estoy pensando en una diputada solicitando votos.

Estoy pensando en una mezcla entre Chris Serle, Jerry Springer, Anneka Rice, Zoe Ball y Mike Smith del *Último,* del *Último show del desayuno.*

–¿Qué? –dije indignada.

Resultó que habían tramado un plan degradante según el cual yo tenía que probar cada semana una profesión diferente y joderla, fastidiarla vestida con el uniforme correspondiente a cada profesión. Naturalmente, le dije que yo era una periodista seria y profesional y que no pensaba considerar siquiera la idea de prostituirme de tal forma, con lo cual él se puso de un mal humor terrible y dijo que reconsideraría el valor que yo tenía para el programa, si es que tenía alguno.

8 p.m. He tenido un día completamente estúpido en el trabajo. Richard Finch ha intentando ordenarme que apareciera en el programa con unos *shorts* diminutos junto a una ampliación de Fergie vestida de *sport.* Intenté adoptar una mentalidad muy ganadora al respecto, y estaba diciendo que me sentía halagada pero que en mi opinión les iría mejor una modelo de verdad, cuando el dios-del-sexo Matt, de diseño gráfico, entró llevando la ampliación y dijo:

–¿Quieres que coloquemos una muslera alrededor de la celulitis?

–Sí, sí, siempre y cuando puedas hacer lo mismo con Fergie –dijo Richard Finch.

Aquello era el colmo. Aquello ya era demasiado. Le dije a Richard que las condiciones de mi contrato no estipulaban en absoluto que tuviera que ser humillada en pantalla y que de ninguna manera pensaba hacerlo.

Cuando llegué a casa, tarde y cansada, me encontré con que Gary el Chapuzas todavía estaba allí y se había apoderado por completo del lugar: tostadas quemadas en la tostadora, platos por lavar y ejemplares de *El correo del pescador* y de *El pescador de agua dulce* por todo el piso.

—¿Qué te parece? —dijo Gary señalando orgulloso su obra.

—¡Están genial! ¡Están genial! —dije efusivamente, sintiendo cómo la boca se me torcía en un curioso rictus—. Sólo un detalle. ¿Crees que podrías hacerlo de forma que los soportes quedasen alineados entre sí?

Las estanterías, de hecho, estaban colocadas de una forma demencialmente asimétrica, con soportes aquí y allá, a diferentes alturas.

—Sí, bueno, verás, el problema es el cable de la electricidad, porque si agujereo la pared aquí provocaré un cortocircuito —empezó a decir Gary, momento en el que sonó el teléfono.

—¿Hola?

—Hola, ¿es el puesto de mando de las citas? —Era Mark llamando desde el móvil.

—Lo único que podría hacer es sacarlos y colocar remaches en los agujeros del taladro —farfulló Gary.

—¿Tienes a alguien ahí? —dijo Mark entre el ruido del tráfico y los chasquidos de las interferencias.

—No, sólo es el... —estaba a punto de decir chapuzas pero no quise ofender a Gary, así que rectifiqué y dije—: Gary, un amigo de Magda.

—¿Qué está haciendo ahí?

—Claro que necesitarías nuevos materiales —prosiguió Gary.

—Escucha, estoy en el coche. ¿Quieres venir a cenar esta noche con Giles?

—Había quedado con las chicas.

—Oh, Dios. Supongo que seré descuartizado, diseccionado y analizado a fondo.

—No, no lo serás...

—Espera. Estoy pasando por debajo del Westway —chasquido, chasquido, chasquido—. El otro día conocí a tu amiga Rebecca. Parecía muy simpática.

—No sabía que conocieses a Rebecca –dije, respirando muy deprisa.

Rebecca no es exactamente una amiga, excepto porque siempre aparece por el 192 y se junta conmigo, Jude y Shaz. Pero la cuestión con Rebecca es que es una medusa. Puedes mantener con ella una conversación aparentemente agradable y amistosa y entonces, de repente, sientes una picadura y no sabes de dónde procede. Si estás hablando de tejanos te dirá: «Sí, bueno, si tienes pistoleras, te sentaría mejor algo realmente bien cortado, como unos Dolce & Gabbana» –cuando ella misma tiene unos muslos que parecen de una cría de jirafa– y entonces, como si nada hubiese ocurrido, pasa suavemente a los chinos de DKNY.

—¿Bridge, sigues ahí?

—¿Dónde... dónde viste a Rebecca? –dije con una voz muy aguda y ahogada.

—Estaba en la fiesta de Barky Thompson de anoche y se presentó a sí misma.

—¿Anoche?

—Sí, pasé por allí camino de vuelta porque tú llegabas tarde.

—¿De qué hablasteis? –dije, consciente de que Gary, con un cigarrillo colgando de la boca, me estaba sonriendo.

—Oh. Ya sabes, me preguntó por mi trabajo y me habló bien de ti –dijo Mark sin darle importancia.

—¿Qué te dijo? –siseé.

—Dijo que eras un espíritu libre... –La línea se cortó un instante.

¿Espíritu libre? Espíritu libre en el idioma de Rebecca equivale a decir: «Bridget se acuesta con cualquiera y toma drogas alucinógenas».

—Supongo que podría colocar una viga de acero y suspenderlas –prosiguió Gary, como si no existiera ninguna conversación telefónica.

—Bueno. Será mejor que te deje, supongo, si tienes a alguien ahí –dijo Mark–. Que lo pases bien. ¿Te llamo más tarde?

–Sí, sí, ya hablaremos más tarde.

Atolondrada, colgué el teléfono.

–¿Va detrás de otra persona? –dijo Gary en un extraño y extremadamente inoportuno momento de lucidez.

Le miré ferozmente.

–¿Qué hay de esas estanterías...?

–Bueno, si las quieres todas alineadas tendré que mover los cables, y eso significa levantar el yeso, a no ser que metamos un aglomerado de 3 por 4. En fin... si me hubieses dicho que las querías simétricas habría sabido a qué atenerme, ¿no te parece? Supongo que también podría hacerlo ahora –echó un vistazo por la cocina–. ¿Tienes algo de comida?

–Están bien, absolutamente perfectos tal como están –dije atropelladamente.

–Si quieres prepararme un bol de esa pasta, yo...

Acabo de pagarle 120 libras a Gary por unas estanterías demenciales para que se fuera de casa. Oh, Dios, llego tardísimo. Joder, joder, otra vez el teléfono.

9.05 p.m. Era papá... extraño porque normalmente deja a cargo de mamá las comunicaciones telefónicas.

–Sólo llamaba para saber cómo estás –sonaba muy extraño.

–Bien –dije preocupada–. ¿Cómo estás tú?

–Estupendo, estupendo. Muy ocupado en el jardín, ya sabes, muy ocupado aunque, claro está, no hay demasiado que hacer ahí fuera en invierno... Y bien, ¿cómo va todo?

–Bien –dije–. ¿Y a ti te va todo bien?

–Oh, sí, sí, perfectamente. Mmm... ¿y el trabajo? ¿Qué tal el trabajo?

–El trabajo va bien. Bueno, es decir, obviamente, un desastre. Pero, ¿estás bien?

–¿Yo? Oh sí, muy bien. Pronto empezarán a brotar y brotar las campanillas de invierno, reventando y asomando por todas partes. Y a ti todo te va bien, ¿verdad?

–Sí, bien. ¿Cómo te van las cosas a ti?

Tras varios minutos de ese impenetrable círculo vicioso conversacional hice un progreso:

–¿Cómo está mamá?

–Ah. Bueno, ella, ella se ha...

Hubo una pausa larga y angustiosa.

–Se va a Kenia. Con Una.

Lo peor era que el asunto con Julio, el operador turístico portugués, había empezado la última vez que se había ido de vacaciones con Una.

–¿Tú también vas?

–No, no –baladroneó papá–. No tengo ningunas ganas de ir a coger un cáncer de piel en algún espantoso enclave, bebiendo piña colada y viendo como las bailarinas tribales en *top-less* se prostituyen con lascivos tipos malhumorados frente al bufé del desayuno del día siguiente.

–¿Ella te lo ha pedido?

–Ah. Bueno. Pues mira, no. Tu madre argumentaría que es una persona que está en su derecho, que nuestro dinero es su dinero, y que debería poder explorar libremente el mundo y su propia personalidad como se le antoje.

–Bueno, supongo que mientras se limite a esas dos cosas... –dije–. Ella te quiere, papá. Ya lo viste –casi dije «la última vez», pero cambié a tiempo y dije–: en Navidad. Sólo necesita un poco de emoción.

–Lo sé, Bridget, pero hay algo más. Algo bastante espantoso. ¿Puedes esperar un segundo?

Miré el reloj. Ya hubiera tenido que estar en el 192, y todavía no había podido decirles a Jude y a Shaz que Magda iba a venir. Quiero decir que, incluso en las mejores circunstancias, es delicado intentar mezclar amigos pertenecientes a ambos lados de la línea divisoria que marca el matrimonio, pero Magda acaba de tener un hijo. Y yo temía que eso no fuese precisamente lo más adecuado para la buena disposición de Jude.

–Perdona: estaba cerrando la puerta –papá estaba de vuelta–. Bueno –prosiguió en tono conspirador–. Hoy, por casualidad, he oído a tu madre hablando por teléfono. Creo que con el hotel de Kenia. Y dijo, dijo...

–Está bien, está bien. ¿Qué dijo?

–Dijo: «No queremos gemelos y tampoco queremos nada por debajo de un metro cincuenta. Vamos hasta ahí para pasarlo bien».

Dios santo.

–Quiero decir –el pobre papá estaba casi sollozando–, ¿realmente tengo que mantenerme al margen y permitir que mi mujer contrate a un gigoló al llegar?

Por un instante me quedé perpleja. Aconsejar al padre de una acerca de los presuntos hábitos de contratación de gigolós de la madre de una es un tema que nunca he visto tratado en ninguno de mis libros.

Al final opté por intentar ayudar a papá a aumentar su propia autoestima, al tiempo que le sugería un período de sereno distanciamiento antes de discutir las cosas con mamá por la mañana: consejo que, me daba cuenta, yo hubiera sido absolutamente incapaz de seguir.

A aquellas alturas yo ya llegaba más que tarde. Le expliqué a papá que Jude estaba teniendo una pequeña crisis.

–¡Ve, ve! Ahora que estás a tiempo. No te preocupes –dijo en un tono falsamente alegre–. Será mejor que salga al jardín mientras no llueve –su voz sonaba extraña y apagada.

–Papá –le dije–, son las 9 de la noche. Estamos en pleno invierno.

–Ah, vale –dijo–. Estupendo. Entonces será mejor que me tome un whisky.

Espero que esté bien.

Miércoles 29 de enero

59,5 kg (¡aaah! Pero posiblemente causado por la bolsa de vino que llevo dentro), 1 cigarrillo (muy bien), 1 empleo, 1 piso, 1 novio (buen trabajo continuado).

5 a.m. Nunca, jamás, mientras viva, voy a volver a beber.

5.15 a.m. No dejo de recordar fragmentos de la noche que me inquietan.

Tras una precipitada carrera bajo una intensa lluvia, llegué jadeante al 192 y vi que Magda no había llegado todavía, gracias a Dios; Jude ya estaba en un estado de considerable agitación, permitiendo que sus pensamientos sufriesen el Efecto Bola de Nieve, extrapolando grandes desastres de pequeños incidentes como se nos advierte específicamente que hay que evitar en *No SUDES por pequeñeces*.

–Nunca voy a tener hijos –repetía monótonamente, con la mirada fija en el vacío ante ella–. Soy una mujer usada. Ese tío decía que las mujeres de más de treinta años sólo son ovarios palpitantes con piernas.

–¡Oh, por amor de Dios! –bufó Shaz mientras cogía el Chardonnay–. ¿No has leído *Contragolpe*? Ése sólo es un gacetillero sin moral que recicla las palizas a mujeres y la propaganda antifeminista de la Inglaterra media para mantener a las mujeres como *esclavas*. Espero que se quede calvo prematuramente.

–Pero, ¿qué posibilidades tengo de conocer a alguien nuevo ahora, y además tener tiempo para establecer una relación y para persuadirle de que quiere tener un hijo? Porque nunca lo reconocen antes de tenerlo.

Ojalá Jude no hablase del reloj biológico en público. Obviamente, una se preocupa por esas cosas en privado e intenta hacer ver que toda esa indecorosa situación no existe. Sacarlo a la luz en el 192 sólo hace que a una le entre el pánico y se sienta como un tópico andante.

Por fortuna, Shazzer empezó a despotricar:

–Hay demasiadas mujeres que malgastan sus jóvenes vidas teniendo hijos a los veinte, treinta y cuarenta y pocos cuando lo que deberían hacer es concentrarse en sus carreras –gruñó–. Fijaos en esa mujer de Brasil que tuvo uno a los sesenta.

–¡Hurra! –dije yo–. ¡Nadie se resigna a no tener nunca hijos, pero es el tipo de cosa que siempre quieres hacer a dos o tres años vista!

–Poco probable –dijo Jude sombríamente–. Magda me explicó que, incluso después de haberse casado con Jeremy, cada vez que mencionaba el tema de los hijos él se comportaba de la forma más extraña y decía que ella se estaba poniendo demasiado seria.

–¿Qué?, ¿incluso después de estar casados? –dijo Shaz.

–Sí –dijo Jude, cogió su bolso y se fue al lavabo enrabietada.

–He tenido una idea genial para el cumpleaños de Jude –dijo Shaz–. ¿Por qué no le pagamos la congelación de uno de sus óvulos?

–Chis –reí tontamente–. ¿No crees que será un poco difícil hacerlo en plan sorpresa?

Justo en ese momento entró Magda, lo cual era

muy inoportuno porque *a*) yo todavía no había advertido a las chicas y *b*) me llevé el susto de mi vida porque sólo había visto a Magda una vez desde el nacimiento de su tercer hijo y la barriga todavía no le había bajado. Llevaba una camisa dorada y una cinta de pelo de terciopelo, marcando así un contraste imposible de pasar desapercibido con las ropas deportivas y de milicia urbana del resto de las personas que estaban en el local.

Le estaba sirviendo una copa de Chardonnay a Magda cuando volvió a aparecer Jude, miró de hito en hito la barriga de Magda y a mí, y me lanzó una mirada asesina.

–Hola, Magda –dijo bruscamente–. ¿Para cuándo lo esperas?

–La he tenido hace cinco semanas –dijo Magda con la papada temblorosa.

Sabía que era un error reunir a diferentes clases de amigas, lo sabía.

–¿Se me ve muy gorda? –me susurró Magda, como si Jude y Shaz fuesen el enemigo.

–No, estás estupenda –dije–. Resplandeciente.

–¿De verdad? –dijo Magda animándose–. Es cuestión de un poco de tiempo... ya sabes... para deshincharse. Además, ya sabes que tuve una mastitis.

Jude y Shaz se encogieron de miedo. ¿Por qué hacen eso las Petulantes Casadas, por qué? Como quien no quiere la cosa, se lanzan a contar anécdotas sobre cortes, puntos y efusiones de sangre, veneno, tritones y Dios sabe qué otras lindezas, convencidas de estar ofreciendo una charla social amena y agradable.

–De todas formas –prosiguió Magda mientras daba sorbitos de Chardonnay y sonreía feliz a las amigas, como lo haría alguien recién salido de la cárcel–, Woney me dijo que me pusiese un par de hojas de col en el sostén –tiene que ser berza de Saboya–, y que en cinco horas te eliminaban la infección. Obviamente, se pone un poco asqueroso, con el sudor, la leche y la secreción. Y a Jeremy le molestó un poco que me metiese en la cama con toda la sangre Allí Abajo y el sostén lleno de hojas húmedas, ¡pero yo me siento mucho mejor! ¡Ya casi he utilizado una col entera!

Permanecimos en silencio, anonadadas. Eché una inquieta mirada por la mesa, pero Jude parecía haberse animado de repente; se colocó correctamente el diminuto top Donna Karan, dejando entrever un seductor atisbo de ombligo con *piercing* y un abdomen perfectamente liso y marcado, mientras Shazzie se ajustaba el Wonderbra.

–Bueno. Ya basta de hablar de mí. ¿Cómo te van las cosas a *ti*? –dijo Magda, como si hubiese estado leyendo uno de esos libros que se anuncian en los periódicos con un dibujo de un extraño hombre de los años cincuenta y el encabezamiento *¿Se te escapa el arte de la buena conversación?*–. ¿Cómo está Mark?

–Es *encantador* –dije, feliz–. Me hace sentir tan... –Jude y Shazzer intercambiaron una mirada. Comprendí que quizá estaba sonando demasiado petulante–. Lo único es que... –cambié de rumbo.

–¿Qué? –dijo Jude inclinándose hacia delante.

–Probablemente no sea nada. Pero esta noche me ha llamado, y me ha dicho que había conocido a Rebecca.

–¿QUÉÉÉ? –explotó Shazzer–. ¿Cómo coño se atreve? ¿Dónde?

–Anoche, en una fiesta.

–¿Qué hacía él anoche en una fiesta? –chilló Jude–. ¿Con Rebecca, sin ti?

¡Hurra! De repente volvió a ser como en los viejos tiempos. Diseccionamos cuidadosamente todo el tono de la llamada telefónica, hablamos de lo que cada cual opinaba al respecto y de lo que podía significar el hecho de que, a pesar de que hubiera debido venir directamente a mi casa *nada más salir de la fiesta*, Mark no mencionara ni la dichosa fiesta ni a Rebecca hasta *nada menos que 24 horas* más tarde.

—Es Mencionitis —dijo Jude.

—¿Qué es eso? —preguntó Magda.

—Oh, ya sabes, cuando el nombre de alguien se saca a colación continuamente, incluso cuando no viene realmente a cuento: «Rebecca dice tal o cual cosa» o «Rebecca tiene un coche como ése».

Magda se quedó muda. Yo sabía exactamente por qué. El año pasado no paraba de decirme que le parecía que sucedía algo con Jeremy. Y acabó descubriendo que había tenido un lío con una chica en la City. Le pasé un Silk Cut.

—Sé exactamente a qué te refieres —dijo poniéndose el cigarrillo en la boca y dándome las gracias con un gesto de cabeza—. De todas formas, ¿cómo es que siempre es él el que va a tu casa? Yo creía que tenía una mansión enorme en Holland Park.

—Bueno, la tiene, pero parece preferir...

—Mmm —dijo Jude—. ¿Has leído *Mas allá de la codependencia con un hombre incapaz de comprometerse*?

—No.

—Pásate luego por mi casa. Te lo enseñaré.

Magda miró a Jude como si fuera el Cerdito esperando poder participar en una excursión con Winnie the Pooh y Tigre.

—Probablemente lo único que quiere es librarse de ir a la compra y de limpiar —dijo entusiasmada—. Nunca he conocido a un hombre que no piense secretamente que deberían cuidarle como su madre cuidó a su padre, no importa lo evolucionados que pretendan ser.

—Exacto —gruñó Shazzer, haciendo que Magda resplandeciera de orgullo. Por desgracia, las cosas volvieron a centrarse de inmediato en el hecho de que el americano de Jude no le hubiera devuelto su llamada, con lo que Magda desbarató todo su buen trabajo.

—¡Sinceramente, Jude! —dijo Magda—. No logro entender cómo es posible que consigas capear la caída del rublo de tal forma que todo el parqué de la bolsa se ponga en pie para dedicarte una ovación, y luego te encuentres en este estado por culpa de un estúpido.

—Bueno, Mag, la cuestión es —expliqué intentando suavizar las cosas— que resulta mucho más fácil habérselas con el rublo que con un hombre. Hay reglas claras y precisas que definen su comportamiento.

—Creo que deberías dejar pasar un par de días —dijo Shaz pensativa—. Intenta no obsesionarte y entonces, cuando él te llame, muéstrate alegre y dile que estás muy ocupada y que no tienes tiempo para hablar.

—Espera un minuto —interrumpió Magda bruscamente—. Si quieres hablar con él, ¿qué sentido tiene esperar tres días y entonces decirle que no tienes tiempo para hablar con él? ¿Por qué no *le* llamas *tú*?

Jude y Shazzer la miraron boquiabiertas, incrédulas ante la insensata sugerencia de la Petulante Casada. Todo el mundo sabe que Anjelica Huston nunca, jamás, llamó a Jack Nicholson, y que los hombres no pueden soportar no ser los perseguidores.

La situación fue de mal en peor, con Magda hablando con los ojos como platos de cómo cuando Jude conociera al hombre adecuado todo sería tan sencillo que caería por su propio peso, «como las hojas cayendo de los árboles». A las 10.30 Magda se puso en pie de un salto y dijo:

—¡Bueno, me tengo que ir! ¡Jeremy llega a las 11!

—¿Por qué le has tenido que decir a Magda que vinieses? —dijo Jude en cuanto ésta no pudo oírnos.

—Se sentía sola —dije sin convicción.

—Sí, claro. Porque tenía que pasarse dos horas sin Jeremy —dijo Shazzer.

—No puede tenerlo todo. No puede formar parte de una Familia de Petulantes Casadas y luego quejarse porque no pertenece a una Familia de Solteras Urbanas —dijo Jude.

—Sinceramente, si esta chica tuviera que lidiar en la arena del moderno mundo de las citas se la comerían viva —murmuró Shaz.

—ALARMA, ALARMA, ALARMA REBECCA —bramó Jude como una sirena nuclear.

Seguimos su mirada hasta la ventana, por la que vimos cómo se detenía un cuatro por cuatro Mitsubishi con Rebecca en el interior, una mano en el volante y la otra sosteniendo el móvil junto al oído.

Rebecca estiró sus largas piernas, miró con los ojos en blanco a alguien que había tenido el valor de pasar por allí cuando ella hablaba por teléfono, cruzó la calle sin prestar la menor atención a los coches, que tuvieron que frenar en seco, hizo una pequeña pirueta como diciendo «Jodeos todos, éste es mi espacio personal», y entonces se dio de lleno contra una vagabunda que llevaba un carrito de la compra y la ignoró por completo.

Irrumpió en el bar, se echó la larga cabellera hacia atrás de forma que ésta volvió inmediatamente a caer en una brillante y ondulante cortina.

—Vale, tengo que dejarte. ¡Te quiero! ¡Adiooós! —estaba diciendo por su móvil—. Hola, hola —dijo, nos dio un beso, se sentó a la mesa y le hizo un gesto al camarero para que le trajese una copa—. ¿Cómo va? Bridge, ¿cómo te va con Mark? Debes de estar muy contenta de tener un novio por fin.

«Por fin.» Grrr. Primera picadura de la noche.

—¿Te sientes en el paraíso? —dijo— ¿Te va a llevar a la cena del Colegio de Abogados del viernes?

Mark no había dicho nada de ninguna cena del Colegio de Abogados.

–Oh, perdón, ¿he metido la pata hasta el fondo? –dijo Rebecca–. Estoy segura de que se le habrá olvidado. O quizá piense que *tú* no encajas allí. Pero yo creo que te las arreglarías bien. Seguro que todos pensarían que eres un verdadero encanto.

Como dijo Shazzer más tarde, no era simplemente una medusa, era una auténtica *Physalia phisalis*, la más peligrosa de su especie. Los pescadores tenían que rodearla con sus barcas para intentar arrastrarla hasta la playa.

Rebecca se fue contoneándose a alguna fiesta, así que nosotras tres acabamos haciendo eses hasta el piso de Jude.

–«El Hombre Incapaz de Comprometerse no te querrá en su feudo» –estaba leyendo Jude mientras Shaz trasteaba con el vídeo de O*rgullo y prejuicio*, intentando encontrar el momento en el que Colin Firth se sumerge en el lago.

–«Le gusta venir a tu torre, como un caballero andante sin responsabilidades. Y luego regresa a su castillo. Él puede recibir y hacer todas las llamadas telefónicas que quiera sin que tú lo sepas. Él puede conservar su refugio –y a sí mismo– para él solo.»

–Ya lo creo –murmuró Shaz–. Vale, venid, va a sumergirse.

Entonces todas guardamos silencio, observando cómo Colin Firth emergía del lago chorreando, con la camisa blanca transparente. Mmm. ¡Mmm!

–De todas formas –dije yo a la defensiva–, Mark no es un Hombre Incapaz de Comprometerse... ya ha estado casado.

–Bueno, entonces quizá signifique que para él no eres más que una Chica Sólo para Ahora –hipó Jude.

–¡Cabrón! –masculló Shazzer–. Incoherentes cabrones. ¡Guau, mirad eso!

Finalmente llegué tambaleándome a casa, me abalancé expectante hacia el contestador y allí me detuve consternada. Nada de luz roja. Mark no había llamado. Oh, Dios, ya son las 6 a.m., tengo que dormir un poco.

8.30 a.m. ¿Por qué no me ha llamado? ¿Por qué? Mmm. Soy una mujer independiente, serena, receptiva y sensible. Mi percepción de mí misma depende de mí y no de... Un momento. Puede que el teléfono no funcione.

8.32 a.m. El tono de llamada parece el normal, pero voy a llamar desde el móvil para comprobarlo. Si no funciona quizá significa que todo va bien.

8.35 a.m. Mmm. El teléfono funciona. A ver, seguro que dijo que llamaría... ¡Oh, menos mal, el teléfono!

–Hola, cariño. No te habré despertado, ¿verdad?

Era mi padre. Al instante me sentí culpable por ser una hija egoísta y horrible, más interesada en su propia relación de sólo cuatro semanas que en el hecho de que las tres décadas de matrimonio de sus padres se vieran amenazadas por unos gigolós keniatas «que no sean gemelos y midan más de metro cincuenta».

–¿Qué ha pasado?

–Todo va bien –dijo papá riendo–. He hablado de lo de la llamada con ella y... pero bueno... ahí viene.

–¡Sinceramente, cariño! –dijo mamá cogiendo el teléfono–. No sé de dónde saca esas ridículas ideas tu padre. ¡Estábamos hablando de las camas!: en el hotel querían ponernos unas de esas camas gemelas individuales tan pequeñas.

Sonreí para mis adentros. Era obvio que papá y yo teníamos unas mentes depravadas.

–Bueno –prosiguió– todo está listo. ¡Nos vamos el ocho de febrero! ¡Kenia! ¡Imagínate! Lo único que nos va a hacer sudar como negros es...

–¡Madre! –exploté.

–¿Qué, cariño?

–No puedes decir «sudar como negros». Es racista.

–¡No seas ridícula, es sólo una manera de hablar!

–Si permitimos que expresiones como ésa permanezcan en nuestro lenguaje se envenenan las actitudes y...

–¡Bufff! A veces el bosque no te deja ver los árboles. Ohhh, ¿no te lo he dicho? Julie Enderbury vuelve a estar embarazada.

–Escucha, en realidad tengo que dejarte; yo...

¿Qué ocurre con las madres y el teléfono que, en cuanto dices que tienes que colgar, se les ocurren diecinueve cosas totalmente irrelevantes que necesitan explicarte en ese instante?

–Sí. Es el tercero –dijo con tono acusador–. Ah, y otra cosa: Una y yo hemos decidido que vamos a esquiar por la red.

–Creo que la expresión es «navegar» pero tengo que...

–Esquiar, surfear, navegar... ¡qué más da, cariño! Merle y Percival están en ello. ¿Le recuerdas?: era el director de la Unidad de Quemados del Hospital de Northampton. Bueno, la otra cuestión es, ¿vais a venir tú y Mark para Pascua?

–Mamá, tengo que irme, ¡llego tarde al trabajo! –le dije.

Finalmente, tras otros diez minutos de charla irrelevante conseguí librarme de ella y volví a hundir la cabeza placenteramente en la almohada. Sin embargo me hace sentir un poco patética que mi madre esté conectada y yo no. Lo estaba, pero una compañía llamada GBH me envió 677 correos basura idénticos por error y desde entonces no consigo encontrarle sentido.

Jueves 30 de enero

59,5 kg, (emergencia: las bragas de encaje han empezado a dejarme marcas), 17 piezas de preciosa y provocativa ropa interior probadas, 1 pieza de ropa interior enorme y espeluznantemente fea «estilo incontinencia» comprada, 1 novio (pero depende por completo de que le oculte la horripilante ropa interior nueva).

9 a.m. Café Coins. Tomando un café. ¡Hurra! Todo va de maravilla. ¡Acaba de llamar! Al parecer anoche me llamó, pero no dejó ningún mensaje porque pensaba llamar más tarde, y luego se quedó dormido. Un poco sospechoso, pero me ha pedido que le acompañe mañana a esa historia de los abogados. Por otra parte, Giles, de su oficina, le ha comentado lo amable que fui por teléfono.

9.05 a.m. Sin embargo lo de la cena es un poco aterrador. Hay que ir de etiqueta. Le he preguntado a Mark qué se esperaba de mí y él me ha dicho:

—Oh, nada. No te preocupes por eso. Simplemente nos sentaremos a una mesa y cenaremos con alguna gente del trabajo. Son sólo unos amigos. Les encantarás.

9.11 a.m. «Les encantarás.» Es fácil darse cuenta de que eso es ya una tácita confesión de que estaré a prueba. Así que es muy importante causar buena impresión.

9.15 a.m. Vale, voy a ser positiva al respecto. Voy a ser maravillosa: elegante, alegre e impecablemente vestida. Oh, pero no tengo ningún vestido largo. Quizá Jude o Magda puedan dejarme uno.

Muy bien:

Cuenta atrás hasta la cena del Colegio de Abogados.

Día 1 (hoy)

Ingestión de alimentos prevista:

1. Desayuno: batido de frutas compuesto de naranjas, plátano, peras, melón u otra fruta del tiempo. (Nota bene: predesayuno con *cappuccino* y cruasán de chocolate ya ingerido.)

2. Tentempié: fruta, pero no demasiado cerca de la comida, ya que las enzimas tardan una hora en bajar.

3. Comida: ensalada con proteínas.

4. Tentempié: apio o brécol. Al salir del trabajo iré al gimnasio.

5. Tentempié después del gimnasio: apio.

6. Cena: pollo a la parrilla y verduras al vapor.

6 p.m. Recién salida de la oficina. Esta noche, para resolver los problemas de figura a corto plazo, voy a comprar ropa interior con Magda. Magda me prestará joyas y un vestido largo azul oscuro muy elegante que, según dice, necesita un poco de «ayuda», pero al parecer todas las estrellas de cine, etc., llevan ropa interior que controla las carnes en los estrenos. Eso significa que no puedo ir al gimnasio, pero la ropa interior rígida es mucho más efectiva a corto plazo que la visita al gimnasio.

Por otra parte, como norma general, he decidido eliminar las visitas esporádicas al gimnasio y empezar en serio con un nuevo programa, en el que lo primero será someterme a una valoración profesional de mi estado físico, a partir de mañana. Obviamente no puedo esperar que mi cuerpo cambie de forma significativa para el día de la cena, por eso precisamente voy a comprar ropa interior, pero por lo menos estará vigorizado. Oh, el teléfono.

6.15 p.m. Era Shazzer. Le conté rápidamente el

programa para la cena de los abogados (sin olvidar la desafortunada debacle-de-la-pizza durante la comida), pero cuando le dije lo de la valoración del estado físico pareció escupir por el teléfono:

—No lo hagas —me advirtió, en un susurro sepulcral.

Resulta que Shaz ya había pasado por una valoración similar con una enorme mujer al estilo de las de *Gladiadores americanos*, con una salvaje cabellera roja y llamada «Carborundum», que la colocó frente a un espejo en medio del gimnasio y bramó:

—La grasa del culo se te ha deslizado hacia abajo y te ha empujado la grasa de los muslos hacia los lados, formando esas alforjas.

Odio la idea de la mujer en plan *Gladiadores americanos*. Siempre me asalta la sospecha de que un día ese programa se les escapará de las manos, que los gladiadores se convertirán en caníbales y los productores empezarán a echarles cristianos a Carborundum y sus secuaces. Shaz dice que debería cancelarlo definitivamente, pero a mí me parece que si la grasa, como sugiere Carborundum, es capaz de comportarse deslizándose de esa forma, entonces está claro que debería existir la posibilidad de moldear y apretar la grasa existente hasta darle una forma más hermosa... o incluso diferentes formas según lo que requiera cada ocasión. No puedo evitar preguntarme si realmente seguiría queriendo reducir la cantidad de grasa en caso de poderla disponer libremente a mi antojo. Creo que tendría unos pechos y unas caderas enormes y cinturita de avispa. Pero, ¿habría demasiada grasa de la que disponer? ¿Y dónde podría una colocar el exceso? ¿Tan mal estaría tener los pies o las orejas gordas si el resto del cuerpo fuese perfecto?

—Unos labios gruesos estarían bien —dijo Shazzer—, pero no... —prosiguió bajando la voz hasta un susurro teñido de asco– ...no unos gruesos labios *mayores*.

Uf. A veces Shazzer es absolutamente repugnante. Bueno. Tengo que irme. He quedado con Magda en Marks & Spencer a las 6.30.

9 p.m. De vuelta en casa. Quizá la mejor forma de describir eso que llamamos «ir de compras» sería calificarlo de experiencia educativa. Magda se empeñó en agitar ante mis ojos un sinfín de bragas espeluznantemente feas y enormes.

–Venga, Bridget: ¡la Nueva Corsetería! Piensa en los setenta, piensa en el Cruzado Mágico, piensa en las fajas –dijo, mientras sostenía una especie de traje de Ciclista Asesino en Serie de licra negra con *shorts*, ballenas y un robusto sujetador.

–No pienso ponerme eso –masculló–. Déjalo en su sitio.

–¿Por qué no?

–¿Y si alguien, ya sabes, lo toca?

–De verdad, Bridget. La ropa interior está para servir de algo. Si llevas un vestidito liso o unos pantalones –para ir a trabajar, por ejemplo– querrás crear una línea suave. Nadie te va a tocar en el trabajo, ¿no?

–Bueno, quizá sí –dije poniéndome a la defensiva, pensando en lo que solía pasar en el ascensor del trabajo cuando yo «salía» –si es que se puede describir así aquella pesadilla de fobia al compromiso– con Daniel Cleaver.

–¿Y qué tal éste? –dije esperanzada, sosteniendo un llamativo conjunto hecho del mismo material que las medias negras transparentes, sólo que con forma de sujetador y bragas.

–¡No! ¡No! Es totalmente de los ochenta. Esto es lo que buscas –dijo blandiendo algo que parecía una de las piezas de mamá mezclada con sus calzones largos.

—Pero, ¿y si alguien me pasa la mano por la falda?

—Bridget, eres increíble —dijo en voz alta—. ¿Es que te levantas cada mañana pensando que quizás, a lo largo del día, algún hombre te pasará descuidadamente la mano por la falda? ¿No tienes ningún control sobre tu destino sexual?

—Sí, en realidad sí —dije desafiante, encaminándome hacia los probadores con un puñado de recias bragas. Acabé intentando meterme en una vaina negra como de caucho, que me subió justo hasta debajo de los pechos y se enrollaba continuamente por ambos lados como un condón indomable—. ¿Y si Mark me ve con esto o lo toca?

—No vas a manosearte a un club. Vas a una cena de etiqueta donde él querrá impresionar a sus colegas. Estará concentrado en eso... no en intentar sobarte.

No estoy segura de que Mark se concentre nunca en impresionar a nadie, pues se siente seguro de sí mismo. Pero Magda tiene razón en cuanto a la ropa interior. Una debe avanzar con los tiempos y no quedarse atrincherada en conceptos estrechos sobre ropa interior.

Vale, tengo que acostarme temprano. A las 8 de la mañana tengo que estar en el gimnasio. En realidad, creo que toda mi personalidad está sufriendo un cambio sísmico.

Viernes 31 de enero: Día D

58,9 kg, 6 unidades de alcohol (2)*, 12 cigarrillos (0), 4.284 calorías (1.500), mentiras al asesor de fitness *(14).*

* Las cifras entre paréntesis corresponden a los datos dados al asesor de *fitness*.

9.30 a.m. Es típico de la nueva y siniestra cultura de gimnasio que a los entrenadores personales se les permita comportarse como médicos sin ningún tipo de juramento hipocrático.

–¿Cuántas unidades de alcohol te tomas a la semana? –dijo «Rebelde», un mequetrefe asesor de *fitness* estilo Brad Pitt, mientras yo, en sujetador y bragas, intentaba esconder la barriga.

–Entre catorce y veintiuna –mentí impertérrita, ante lo cual él tuvo el valor de mostrarse impresionado.

–¿Y fumas?

–Lo he dejado –dije suavemente.

Rebelde echó un vistazo cargado de intención a mi bolso, donde, de acuerdo, había un paquete de Silk Cut Ultra pero, ¿y qué?

–¿Cuándo lo has dejado? –dijo remilgadamente, mientras tecleaba algo en el ordenador, algo que sin duda iría directamente a la oficina central del Partido Conservador y que haría que acabase en un campamento militar la próxima vez que me pusiesen una multa de aparcamiento.

–Hoy –dije sin vacilar.

Acabé de pie viendo cómo Rebelde me medía la grasa con unas pinzas.

–Bien, hago estas marcas simplemente para ver lo que estoy midiendo –dijo con tono autoritario mientras me llenaba el cuerpo de círculos y cruces con un rotulador–. Se borran frotándolas con un poco de trementina.

A continuación tuve que entrar en el gimnasio y hacer ejercicios con toda clase de inexplicables contactos visuales y roces con Rebelde: por ejemplo, estar de pie el uno frente al otro con las manos apoyadas mutuamente en los hombros mientras Rebelde se agachaba, golpeando vigorosamente con el trasero en la colchoneta, y yo hacía torpes intentos de doblar un poco las rodillas. Al final de todo aquello me sentí como si hubiese tenido una larga e íntima sesión de sexo con Rebelde y ya casi estuviésemos saliendo juntos. Después de ducharme y vestirme no estaba demasiado segura de qué hacer: parecía que estuviese obligada por lo menos a volver a entrar y preguntarle a qué hora llegaría a casa para la cena. Pero, por supuesto, voy a cenar con Mark Darcy.

Estoy muy emocionada con lo de la cena. Me he estado probando el vestido y la verdad es que me queda estupendamente, líneas suaves y tersas, todo gracias a las horribles bragas, pero no hay razón para que él lo descubra. Tampoco hay ninguna razón para pensar que no voy a ser una muy buena acompañante. Soy una mujer de mundo con carrera, etc.

Medianoche. Cuando finalmente llegué a Guildhall, Mark estaba fuera, paseando arriba y abajo, con esmoquin y gabán grande. Guau. Me encanta cuando sales con alguien y de repente te parece un extraño terriblemente atractivo y lo único que deseas es correr a casa y follártelo hasta perder el conocimiento como si le acabases de conocer. (No es que sea eso lo que hago normalmente con la gente a la que acabo de conocer, naturalmente.) Al verme pareció muy sorprendido, rió, recuperó la compostura y me indicó el camino con un educado gesto de la mano que revelaba modales de escuela privada.

–Siento llegar tarde –dije sin aliento.

–No llegas tarde –dijo–, mentí en lo referente al comienzo. –Me volvió a mirar de forma extraña.

–¿Qué? –dije.

–Nada, nada –dijo exageradamente calmado y amable, como si yo fuese una lunática que hubiera subido al capó de un coche con un hacha en una mano y la cabeza de su mujer en la otra. Me hizo pasar por la puerta que un lacayo uniformado mantenía abierta para nosotros.

En el vestíbulo de entrada de techo alto y paneles oscuros había bastante gente mayor de etiqueta charlando. Vi a una mujer con un resplandeciente top de lentejuelas que me miraba de forma extraña. Mark la saludó amablemente con la cabeza y me susurró al oído:

—¿Por qué no vas a los servicios y le echas un vistazo a tu cara?

Salí disparada hacia el lavabo. Por desgracia, en la oscuridad del taxi, me había aplicado en las mejillas sombra de ojos gris oscuro de Mac en lugar de colorete: obviamente, el tipo de error que podría cometer cualquiera porque los envases son idénticos. Al salir del lavabo, con la cara limpia y tras haber entregado el abrigo, me detuve en seco. Mark estaba hablando con Rebecca.

Ésta llevaba un vestido de seda color café muy escotado y con la espalda al aire, de un satén que tenía una preciosa caída sobre los huesos de su nada rollizo cuerpo, dejando bien claro que no llevaba faja. Me sentí como mi padre cuando presentó un pastel al concurso de Grafton Underwood y al regresar, después de que los jueces los hubiesen calificado, encontró una nota que decía «No posee el nivel mínimo para participar en la competición».

—O sea que fue increíblemente divertido —estaba diciendo Rebecca, riendo afectuosamente a mandíbula batiente en la cara de Mark—. Oh, Bridget —dijo cuando me uní a ellos—. ¿Cómo estás, encanto? —Y me besó, ante lo que no pude evitar hacer una mueca—. ¿Estás nerviosa?

—¿Nerviosa? —dijo Mark—. ¿Por qué iba a estar nerviosa? Si es la personificación del aplomo y el equilibrio interno, ¿no es así, Bridge?

Por una fracción de segundo vi un atisbo de disgusto cruzar el rostro de Rebecca, pero recuperó la compostura y dijo:

–¡Ahhh, qué dulce! ¡Me alegro tanto por vosotros…! –Y se escabulló, girándose para echarle una miradita coqueta a Mark.

–Parece muy simpática –dijo Mark–. Siempre me parece extremadamente simpática e inteligente.

¿¿Siempre??, pensaba yo. ¿Siempre? Pensé que él sólo la había visto dos veces. Mark deslizó el brazo peligrosamente cerca de mi faja y tuve que apartarme de un salto. Una par de locomotoras se acercaron a nosotros resoplando y empezaron a felicitar a Mark por algo que había hecho con un mexicano. Él charló amablemente con ellos durante un par de minutos y entonces logró desembarazarnos hábilmente de ellos y me llevó hacia el comedor.

El *glamour* impregnaba el ambiente: madera oscura, mesas redondas, luz de velas y cristal reluciente. El problema era que yo tenía que seguir apartándome de Mark de un salto cada vez que él me ponía la mano en la cintura.

Nuestra mesa ya estaba siendo ocupada por un grupo de abogados treintañeros bastante seguros de sí mismos que reían estentóreamente e intentaban superarse unos a otros con el tipo de salidas propias de una conversación ligera pero que, obviamente, son puntas de enormes icebergs de conocimiento legal y del *Zeitgeist* alemán:

–¿Cómo sabes si eres adicto a Internet?

–Porque te das cuenta de que no sabes de qué sexo son tus tres mejores amigos... Jaaaaaa jaaaaaa. Je je je.

–Ya no puedes escribir puntos sin añadir co.uk.com. ¡JAAAAAAAAA!

–Siempre haces tus trabajos en Protocolo HMTL... Juajuajuajua jajaja. Jaaaaa. Ja ja ja.

En cuanto nos dispusimos a cenar, una mujer llamada Louise Barton-Foster (una abogada increíblemente dogmática y la clase de mujer que te puedes imaginar obligándote a comer hígado) se lanzó a disertar pomposamente durante lo que parecieron tres meses sobre auténticas estupideces.

–Pero en cierto sentido –estaba diciendo mientras miraba ferozmente el menú– se podría decir que todo el Emeuro Proto ER es una... y bla, bla, bla.

Me sentía perfectamente bien, allí tranquilamente sentada y comiendo y bebiendo cosas... hasta que Mark dijo de repente:

–Creo que tienes toda la razón, Louise. Si voy a volver a votar a los *tories* quiero tener la certeza de que mis opiniones están siendo *a)* estudiadas y *b)* representadas.

Le miré con horror. Me sentí como mi amigo Simon en cierta ocasión en que estaba jugando con unos niños en una fiesta y, cuando llegó su abuelo, resultó que era Robert Maxwell; y de repente Simon miró a los pequeños y vio que todos ellos eran miniRoberts Maxwell, con cejas espesas y mentones prominentes.

Cuando empiezas una relación con una nueva persona, sabes que habrá diferencias entre vosotros, diferencias a las que hay que adaptarse e intentar suavizar como ángulos ásperos, pero nunca, ni en un millón de años, me habría imaginado que pudiera haber estado durmiendo con un hombre que votaba a los *tories*. De repente sentí que no conocía a Mark Darcy lo más mínimo y, por lo que yo sabía, durante todas las semanas que habíamos estado saliendo, él se había dedicado a coleccionar secretamente, de las últimas páginas de los suplementos dominicales, una edición limitada de animales de cerámica en miniatura con gorritas, o a ir a partidos de rugby en autobús, desde donde enseñaba el culo por la ventanilla trasera a los otros automovilistas.

La conversación se estaba haciendo cada vez más pretenciosa, y más y más ostentosa.

—Bueno, ¿cómo sabes que es 4.5 para 7? —le estaba ladrando Louise a un hombre que parecía el príncipe Andrés con una camisa a rayas.

—Es que estudié económicas en Cambridge.

—¿Quién te enseñó? —dijo otra chica de repente, como si con aquello fuese a ganar la discusión.

—¿Estás bien? —me susurró Mark por la comisura de los labios.

—Sí —murmuré cabizbaja.

—Estás... *temblando*. Venga. ¿Qué ocurre?

Al final tuve que decírselo.

—Pues voto a los *tories*, ¿qué hay de malo en ello? —me dijo mirándome con incredulidad.

—¡Chis! —susurré mirando nerviosa alrededor de la mesa.

—¿Cúal es el problema?

—Es sólo que —empecé a decir, deseando que Shazzer estuviese allí—, quiero decir que, si yo votase a los *tories* estaría aceptando ser una marginada social. Sería como ir al Café Rouge a caballo seguida por una jauría de sabuesos, o como disfrutar de cenas en mesas resplandecientes con platos pequeños.

—¿Te refieres a algo como esto? —dijo riendo.

—Bueno, sí —murmuré.

—Y bien, ¿tú qué votas?

—A los laboristas, claro está —protesté—. Todo el mundo vota a los laboristas.

—Bueno, creo que se ha demostrado palpablemente que ése no es el caso, *hasta ahora* —dijo él—. ¿Por qué, si se puede saber?

—¿Qué?

—¿Por qué votas a los laboristas?

—Bueno —dije pensativa—, porque votar a los laboristas significa ser de izquierdas.

—Ah —al parecer, aquello le resultó tremendamente divertido. Para entonces todo el mundo estaba escuchando.

–Y socialista –añadí.

–Socialista. Ya veo. Socialista , ¿que significaría...?

–La unión de los trabajadores.

–Bueno, Blair no apoyará precisamente el poder de los sindicatos, ¿no? –dijo él–. Mira lo que está diciendo sobre la Cláusula Cuatro.

–Bueno, los *tories* son basura.

–¿Basura? –dijo él–. La economía goza de mejor salud ahora que en los últimos siete años.

–No, no es cierto –dije categóricamente–. De todas formas, probablemente la hayan mejorado porque las elecciones están cerca.

–¿Elevar el qué? –dijo él–. ¿Elevar la economía?

–¿Cúal es la posición de Blair en Europa comparada con la de Major? –intervino Louise.

–Exacto. ¿Y por qué no ha igualado la promesa de los *tories* de aumentar año tras año los gastos en sanidad en un plazo concreto? –dijo el Príncipe Andrés.

¡Por favor! Allí estaban todos ellos pavoneándose los unos ante los otros. Así que al final ya no pude aguantarlo más.

–La cuestión es que se supone que votas por los principios, no por éste o aquel detalle sin importancia sobre tantos por ciento. Y es absolutamente obvio que los laboristas defienden los principios de la participación y la solidaridad, los derechos de los gays, las madres solteras y Nelson Mandela, y no de hombres zopencos y autoritarios que echan polvos a diestro y siniestro y van al Ritz de París y luego se permiten echar un rapapolvo a todos los presentadores del programa *Today*.

Se hizo un silencio sepulcral en la mesa.

–Bueno, creo que lo has sintetizado muy bien –dijo Mark riendo y acariciándome la rodilla–. No podemos discutirte eso.

Todo el mundo nos estaba mirando. Pero entonces, en lugar de que saliera alguien dispuesto a tomarme el pelo –como habría ocurrido en el mundo real– actuaron como si nada hubiese ocurrido y volvieron a brindar y reír, pasando de mí por completo.

No pude calibrar hasta qué punto el incidente había sido negativo o todo lo contrario. Fue como estar entre los miembros de una tribu de Papúa y Nueva Guinea, pisar al perro del jefe y no saber si el murmullo de la conversación significa que no importa o que están discutiendo cómo convertir tu cabeza en una *frittata*.

Alguien dio varios golpes en la mesa para que empezasen los discursos, que fueron, de verdad, tremendamente aburridos e infumables. En cuanto finalizaron Mark susurró:

–Nos vamos, ¿vale?

Nos despedimos y cruzamos el salón.

–Ejem... Bridget –me dijo–. No quiero preocuparte, pero tienes algo un poco extraño alrededor de la cintura.

Bajé la mano para comprobarlo. El horrible corsé se había desatado de alguna forma por ambos lados, arrollándose alrededor de mi cintura como un enorme neumático de repuesto.

–¿Qué es? –preguntó Mark mientras saludaba y sonreía a la gente al pasar por entre las mesas.

–Nada –murmuré.

En cuanto salimos de la estancia me precipité hacia el lavabo. Fue realmente difícil sacarse el vestido y desenrollar las horribles bragas para luego volverse a colocar todo aquel conjunto de pesadilla. Deseé con todas mis fuerzas estar en casa con unos pantalones bombacho y un suéter.

Cuando aparecí en el vestíbulo casi doy media vuelta y regreso a los lavabos. Mark estaba hablando con Rebecca. Otra vez. Ella le susurró algo al oído y luego estalló en una horrenda risotada.

Me dirigí hacia ellos y permanecí a su lado, incómoda.

–¡Aquí está! –dijo Mark–. ¿Todo solucionado?

–¡Bridget! –dijo Rebecca, haciendo ver que estaba contenta de verme–. ¡He oído que has impresionado a todo el mundo con tus opiniones políticas!

Ojalá hubiese podido pensar en algo muy divertido que decir, pero me limité a permanecer allí mirando, con el ceño fruncido.

–De hecho, fue genial –dijo Mark–. Hizo que todos nosotros pareciésemos unos gilipollas pomposos. Bueno, nos tenemos que ir, encantado de volver a verte.

Rebecca nos besó efusivamente a los dos envolviéndonos en una nube de Envy de Gucci y se fue hacia el comedor moviéndose de tal forma que resultaba verdaderamente obvio que estaba deseando que Mark la mirase.

No pude pensar en qué decir mientras nos dirigíamos al coche. Estaba claro que él y Rebecca se habían estado riendo de mí a mis espaldas y él había intentado disimular. Me hubiera gustado poder llamar a Jude y a Shaz para pedirles consejo.

Mark se comportaba como si nada hubiese ocurrido. En cuanto nos pusimos en marcha empezó a intentar deslizar la mano por mi muslo. ¿Por qué será que cuanto menos aspecto tienes de querer sexo con los hombres, más lo quieren ellos?

–¿Quieres mantener las manos en el volante? –le dije, intentando desesperadamente apartarme para mantener el extremo de aquella cosa tubular de caucho enrollada fuera del alcance de sus dedos.

–No. Quiero violarte –dijo, casi arremetiendo contra un poste.

Conseguí permanecer intacta gracias a que fingí estar obsesionada por una conducción segura.

–¡Ah!, Rebecca me ha dicho que si nos gustaría ir algún día a cenar. ¿Qué te parece? –dijo.

No me lo podía creer. Conozco a Rebecca desde hace cuatro años y nunca me ha dicho si me apetecía ir a cenar.

—Estaba guapa, ¿verdad? Un bonito vestido.

Era Mencionitis. Era Mencionitis lo que estaban oyendo mis oídos.

Habíamos llegado a Notting Hill. En el semáforo, sin preguntarme, giró en dirección a mi casa, alejándose así de la suya. Estaba manteniendo su castillo intacto. Seguramente estaba lleno de mensajes de Rebecca. Yo era una Chica Sólo Para Ahora.

—¿Adónde vamos? —solté.

—A tu apartamento. ¿Por qué? —dijo, mirando alrededor alarmado.

—Exacto. ¿Por qué? —dije hecha una furia—. Llevamos cuatro semanas y seis días saliendo. Y nunca nos hemos quedado en tu casa. Ni una sola vez. ¡Nunca! ¿Por qué?

Mark se quedó mudo. Puso el intermitente, giró a la izquierda y volvió a pasar por Holland Park Avenue sin decir palabra.

—¿Cúal es el problema? —dije por fin.

Miró al frente y puso el intermitente.

—No me gustan los gritos.

Cuando llegamos a su casa fue horrible. Subimos juntos las escaleras en silencio. Él abrió la puerta, cogió el correo y encendió las luces de la cocina.

La cocina tiene la altura de un autobús de dos pisos y es de esas de una pieza de acero inoxidable donde no se sabe dónde está la nevera. Había una extraña ausencia de cosas desparramadas por la cocina y tres fríos charcos de luz en medio del suelo.

Se alejó a grandes zancadas hasta la otra punta de la habitación, sus pasos retumbando con un eco hueco como en una caverna subterránea en una excursión escolar, se detuvo ante las puertas de acero inoxidable, mirándolas dubitativamente y me dijo:

–¿Quieres una copa de vino?

–Sí, por favor, gracias –dije educadamente. Había algunos taburetes altos de estilo moderno y una barra de acero inoxidable. Me subí torpemente a uno de ellos, sintiéndome como Des O'Connor preparándose para hacer un dúo con Anita Harris.

–Vale –dijo Mark. Abrió una de las puertas de los armarios de acero inoxidable, vio que tenía un cubo colgado y la volvió a cerrar, abrió otra puerta y contempló con sorpresa que había una lavadora. Bajé la mirada, aguantándome la risa.

–¿Vino tinto o blanco? –dijo él bruscamente.

–Blanco, por favor. –De repente me sentí muy cansada, los zapatos me hacían daño, mis horribles bragas se me estaban clavando. Y sólo quería irme a casa.

–Ah –había encontrado la nevera.

Eché un vistazo y vi el contestador en una de las repisas. El estómago me dio un vuelco. La luz roja estaba parpadeando. Levanté la mirada y me encontré a Mark de pie justo frente a mí, sosteniendo una botella de vino en una descantillada jarra de hierro de estilo Conranesco. Él también parecía bastante abatido.

–Mira, Bridget, yo...

Me bajé del taburete para rodearle con mis brazos, pero entonces sus manos se dirigieron inmediatamente a mi cintura. Me aparté. Tenía que desembarazarme de aquella condenada cosa.

–Voy arriba un minuto –le dije.

–¿Por qué?

–Al lavabo –dije sin pensar, y avancé balanceándome hacia las escaleras con aquellos zapatos que ahora me destrozaban los pies. Entré en la primera habitación que encontré, que parecía ser el vestidor de Mark, toda una habitación llena de trajes y camisas y zapatos alineados. Me saqué el vestido y, con gran alivio, empecé a quitarme las horribles bragas, pensando que podría ponerme una bata y que quizá así nos pusiéramos muy íntimos y arregláramos las cosas, pero de repente Mark apareció en la puerta. Me quedé paralizada, con la ropa interior expuesta en todo su espanto y entonces empecé a quitármela frenéticamente mientras él miraba, pasmado.

—Espera, espera —me dijo, mirándome el estómago fijamente, mientras yo cogía la bata—. ¿Has estado jugando a tres en raya en tu cuerpo?

Intenté explicarle lo de Rebelde y la imposibilidad de comprar trementina un viernes por la noche, pero él sólo parecía muy cansado y confuso.

—Lo siento, no tengo ni idea de lo que estás hablando —me dijo—. Tengo que dormir un poco. ¿Nos vamos a la cama?

Abrió otra puerta y encendió la luz. Eché un vistazo y emití un fuerte grito. Allí, en la enorme cama blanca, había un chico oriental, en cueros, sonriendo de una forma extraña, y sosteniendo dos bolas de madera en una cuerda, y un conejito.

3
¡Es el fin!

Sábado 1 de febrero

58,5 kg, 6 unidades de alcohol (pero mezclado con zumo de tomate, muy nutritivo), 400 cigarrillos (absolutamente incomprensible), conejos, ciervos, faisanes u otra fauna encontrados en la cama: 0 (brutal mejoría con respecto a ayer), 0 novios, 1 novio de ex novio, número de novios potenciales que quedan en el mundo: 0.

00.15 a.m. ¿Por qué me siguen ocurriendo a mí estas cosas? ¿Por qué? ¿POR QUÉ? Por primera vez alguien parece un ser humano amable y sensible, al que mi madre aprueba y no está casado ni está loco, ni es alcohólico ni gilipollas, y entonces resulta ser un gay pervertido y zoófilo. Ahora entiendo por qué no quería que fuese a su casa. No es que tenga fobia al compromiso, o que le guste Rebecca, o que yo sea una Chica Sólo Para Ahora. Es porque él tenía en la cama a chicos orientales y fauna diversa.

Fue un *shock* horrible. Horrible. Me quedé unos dos segundos mirando al chico oriental y entonces volví corriendo al vestidor, me enfundé el vestido, corrí escaleras abajo mientras oía gritos procedentes del dormitorio que había dejado tras de mí parecidos al de las tropas americanas siendo masacradas por el vietcong, salí tambaleándome a la calle y empecé a hacer señas a los taxis frenéticamente, como una prostituta que se hubiera tropezado con un cliente que quisiera cagarse en su cabeza.

Quizá sea cierto lo que dicen las Petulantes Casadas de que los hombres solteros están solteros sólo porque tienen defectos enormes. Por eso todo es tan jodidamente, jodidamente, jodidamente... No quiero decir que ser gay sea un defecto en sí, pero sí que lo es si eres la novia de uno que fingía no serlo. Voy a estar sola para el día de san Valentín por cuarto año consecutivo, y pasaré las próximas Navidades en la cama individual de casa de mis padres. Otra vez. Maldición. ¡Maldicioooón!

Ojalá pudiese llamar a Tom. Es típico de él irse a San Francisco justo cuando necesito consejo desde el punto de vista de un gay, típico. Él siempre me está pidiendo consejo, durante horas, sobre sus crisis con otros homosexuales y luego, cuando yo necesito consejo sobre una crisis con un homosexual, ¿qué hace él? Se va a la JODIDA SAN FRANCISCO.

Calma, calma. Me doy cuenta de que está mal echarle todas las culpas del incidente a Tom, sobre todo teniendo en cuenta que el incidente no tiene nada que ver con Tom, no debo medicarme culpando. Soy una mujer independiente, serena, receptiva y sensible, totalmente completa en sí misma... ¡Aaah! El teléfono.

–Bridget, soy Mark. Lo siento tanto… Lo siento tanto… Fue horrible que sucediera eso.

Él sí sonaba horrible.

–¿Bridget?

–¿Qué? –dije, intentando que me dejaran de temblar las manos para poder encender un Silk Cut.

–Sé lo que debe de haber parecido. Yo he tenido un *shock* tan grande como tú. No le había visto nunca en mi vida.

–Bueno, ¿y entonces quién era? –le espeté.

–Resulta que es el hijo de mi ama de llaves. Yo ni siquiera sabía que tuviese un hijo. Al parecer es esquizofrénico.

Se oían gritos de fondo.

–Ya voy, ya voy. Oh, Dios. Mira, voy a tener que solucionar esto. Por el ruido parece que esté intentando estrangularla. ¿Puedo llamarte más tarde? –Más gritos– Espera, sólo... Bridget, te llamaré por la mañana.

Estoy muy confusa. Ojalá pudiese llamar a Jude

o a Shaz para saber si la excusa es válida, pero ya es muy tarde. Quizá intente dormir.

9 a.m. ¡Aaah! ¡Aaah! El teléfono. ¡Hurra! ¡No! ¡Maldición! Acabo de recordar lo que ocurrió.

9.30 a.m. No era Mark sino mi madre.

–Sabes, cariño, estoy completamente furiosa.

–Mamá –la interrumpí resueltamente–. ¿Te importa que te llame desde el móvil?

Todo estaba volviendo a mí en oleadas. Tenía que cortar la llamada por si Mark estaba intentando llamar.

–¿Móvil, cariño? No seas ridícula, no has tenido uno de esos desde que tenías dos años. ¿Recuerdas? ¿Uno con pececitos? Oh. Papá quiere decirte algo pero... Bueno, ya está aquí.

Esperé pasando frenéticamente la mirada del móvil al reloj.

–Hola, querida –dijo papá en tono de hastío–. No se va a Kenia.

–Genial, bien hecho –dije, contenta de que como mínimo uno de nosotros no estuviese en crisis–. ¿Qué has hecho?

–Nada. Le ha caducado el pasaporte.

–¡Ja! Brillante. No le digas que puede conseguir uno nuevo.

–Oh, ya lo sabe, ya lo sabe –dijo él–. La cuestión es que, si quieres tener uno nuevo, has de tener una foto nueva. O sea que no es por respeto hacia mí, es simplemente una cuestión de coquetear con los oficiales de la aduana.

Mamá cogió el teléfono.

–Eso es absolutamente ridículo, cariño. Me hicieron la foto y parecía tan vieja como las montañas. Una dijo que lo intentase en una cabina, pero es peor. Me quedo con el pasaporte viejo y fin de la historia. Bueno, ¿cómo está Mark?

–Está bien –dije con voz aguda y entrecortada, evitando a duras penas añadir: le gusta acostarse con jóvenes orientales y juguetear con conejitos, ¿no te parece divertido?

–¡Bueno! Papá y yo hemos pensado que quizá tú y Mark querríais venir a comer mañana. No os hemos visto juntos. He pensado meter una lasaña en el horno con unas pocas judías.

–¿Puedo llamarte luego? Llego tarde a... ¡yoga! –dije, inspirada.

Conseguí librarme de ella después de una anormalmente corta arenga de quince minutos durante la cual quedó cada vez más claro que todo el poder de la Oficina de Pasaportes Británica no iba a ser un contrincante demasiado difícil para mamá y la foto vieja, y luego, desolada y confundida, busqué otro Silk Cut. ¿Ama de llaves? Quiero decir que, ya sabía que tiene un ama de llaves, pero... Y además toda aquella historia con Rebecca. Y vota a los *tories*. Quizá me coma un poco de queso. ¡Aaah! El teléfono.

Era Shazzer.

–Oh Shaz –dije tristemente, y empecé a contarle toda la historia.

–Para ahí –dijo incluso antes de que hubiese llegado a la parte del chico oriental–. Para. Te lo voy a decir una sola vez y quiero que me escuches.

–¿Qué? –le dije, pensando que si había alguien en el mundo incapaz de decir algo una sola vez –aparte de mi madre– ésa era Sharon.

–Déjalo.

–Pero...

–Déjalo. Ya tienes la señal de aviso: vota a los *tories*. Y ahora déjalo antes de que te impliques demasiado.

–Pero espera, eso no es...

–Oh, por amor de Dios –gruñó–. Ha hecho todo lo que ha querido, ¿no? Viene a tu casa, se lo hacen todo. Tú te vistes de punta en blanco para sus horribles amigos *tories* y ¿qué hace él? Flirtea con Rebecca. Te trata con condescendencia. Y vota a los *tories*. Es todo tan manipulativo, paternalista...

Miré nerviosamente el reloj.

—Mmm, Shaz, ¿puedo llamarte desde el móvil?

—¡Qué! ¿Por si te llama? ¡No! —explotó.

Justo entonces empezó a sonar el móvil.

—Shaz, tengo que dejarte. Te llamaré más tarde.

Pulsé llena de impaciencia el botón del móvil.

Era Jude.

—Oh, oh, estoy tan resacosa. Creo que voy a vomitar. —Empezó a explicar una larguísima historia acerca de una fiesta en el Met Bar, pero tuve que detenerla porque sentí que verdaderamente todo el asunto del joven oriental era más apremiante. Realmente creo que eso era lo correcto. No estaba siendo egoísta.

—Oh, Dios, Bridge —dijo Jude cuando hube acabado—. Pobrecilla. Creo que lo has manejado muy, muy bien. De verdad. Realmente has avanzado.

Sentí una gran sensación de orgullo, seguida de perplejidad.

—¿Qué he hecho yo? —dije mirando a mi alrededor y pasando alternativamente de una sonrisa de autosatisfacción a un confuso parpadeo.

—Has hecho exactamente lo que dice en *Mujeres que aman demasiado*. No has hecho nada. Sólo desvincularte. No podemos solucionarles sus problemas. Simplemente nos desvinculamos.

—Vale, vale —dije asintiendo muy seria.

—No deseamos que les vaya mal. No deseamos que les vaya bien. No les llamamos. No les vemos. Simplemente nos desvinculamos. Y una mierda el hijo del ama de llaves. Si tiene un ama de llaves, ¿cómo es que siempre viene a tu casa y hace que tú laves los platos?

—Pero, ¿y si *era* el hijo del ama de llaves?

–Venga, Bridget –dijo Jude con severidad–, eso es lo que se llama Negación.

11.15 a.m. He quedado con Jude y con Shazzer en el 192 para comer. Vale. No voy a caer en la Negación.

11.16 a.m. Sí. Estoy completamente desvinculada. ¡Ya lo ves!

11.18 a.m. Joder, joder, joder, no puedo creer que todavía no haya llamado. Odio el comportamiento pasivo-agresivo del teléfono en el mundo moderno de las citas, utilizando la no comunicación como forma de comunicación. Es terrible, terrible: una llamada o la ausencia de ésta marca la diferencia entre el amor y la amistad, o entre la felicidad y ser dejada a tu suerte en la despiadada guerra de trincheras de las citas, exactamente en la misma situación que antes pero sintiéndote incluso más jodida que la última vez.

Mediodía. No me lo podía creer. El teléfono empezó a sonar mientras yo lo miraba fijamente, como si lo hubiese hecho sonar con la energía de mi mente, y esta vez era Mark.

–¿Cómo estás? –me dijo en tono de hastío.

–Yo estoy bien –dije, intentando mostrarme desvinculada.

–¿Qué tal si te paso a buscar y vamos a comer algo y charlamos?

–Mmm…, voy a comer con las chicas –dije, realmente bastante desvinculada.

–Oh, *Dios.*

–¿*Qué?*

–Bridget. ¿Tienes idea de la noche que he pasado? Ese chico estaba intentando estrangular a su madre en la cocina, vino la policía y una ambulancia, dardos tranquilizantes, viajes al hospital, filipinos histéricos por toda la casa. De verdad que siento muchísimo que tuvieses que pasar por todo eso, pero yo también he pasado por ello, y no creo que fuera culpa mía.

–¿Por qué no has llamado antes?

–¡Porque, cada vez que tenía un segundo para llamar, por teléfono o con el móvil, joder, estabas siempre comunicando!

Mmm. La desvinculación no había funcionado demasiado bien. Y él lo ha pasado realmente mal. He quedado con él para cenar y me ha dicho que pasará la tarde durmiendo. Solo, espero profunda y sinceramente.

Domingo 2 de febrero

58,1 kg (excelente: me estoy transformando en un chico oriental), 3 cigarrillos (muy bien), 2.100 calorías (muy modesto), 1 novio otra vez (¡hurra!), libros de autoayuda que el novio recién reinstaurado ha contado en voz alta de forma incrédula y sin tomárselos en serio: 37 (sólo lógico en estos tiempos que corren).

10 p.m. En el apartamento. Todo vuelve a ir bien. Al principio la situación durante la cena fue un poco violenta, pero mejoró cuando decidí que creía su historia, sobre todo cuando él me dijo que tenía que ir hoy mismo a ver a su ama de llaves.

Pero entonces, cuando nos estábamos comiendo la *mousse* de chocolate, me dijo:

–¿Bridge? Anoche, incluso antes de que ocurriese todo aquello, empecé a sentir que las cosas no iban bien.

Sentí una fría convulsión de miedo en el estómago. Lo cual era verdaderamente irónico porque yo también había estado pensando que las cosas no iban bien. Aunque en realidad todo va muy bien si eres tú quien piensa que las cosas fallan en la relación, pero cuando la otra persona empieza a pensarlo, es como si alguien criticase a tu madre. Además, hace que empieces a pensar que estás a punto de ser abandonada, lo cual, aparte del dolor, la pérdida, el corazón roto, etc., resulta muy humillante.

—¿Bridge? ¿Estás hipnotizada?

—No. ¿Por qué pensabas que las cosas no iban bien? —susurré.

—Bueno, cada vez que intentaba tocarte, te apartabas como si fuese un viejo sátiro.

Gran sensación de alivio. Le expliqué lo de las horribles bragas y él se desternilló de risa. Pedimos un poco de vino dulce, los dos nos pusimos un poco alegres y, achispados, acabamos volviendo a mi piso y echando un fantástico polvo.

Por la mañana, cuando estábamos tirados frente al fuego leyendo los periódicos, empecé a preguntarme si tenía que sacar a colación de nuevo el asunto de Rebecca y el porqué de que él siempre se quedara en mi casa. Pero Jude me dijo que no debía hacerlo porque los celos son un rasgo muy poco atractivo para el sexo opuesto.

—Bridget —dijo Mark—, pareces haber entrado en trance. Te estaba preguntando por el significado del nuevo sistema de estanterías. ¿Estás haciendo meditación? ¿O es que de alguna manera el sistema de soportes de las estanterías es budista?

—Es por el cable de la electricidad —dije vagamente.

—¿Qué son todos estos libros? —dijo levantándose y echándoles un vistazo—. *¿Cómo conseguir citas con mujeres jóvenes: guía para hombres mayores* *de treinta y cinco? ¿Si Buda tuviese citas? ¿Ir a por ello*, de Victor Kyam?

—¡Son mis libros de autoayuda! —dije protectoramente.

—¿*Lo que quieren los hombres*? ¿*Más allá de la codependencia con un hombre incapaz de comprometerse*? ¿*Cómo amar a tu hombre separado sin perder la cabeza*? Supongo que eres consciente de que estás formando el cuerpo de conocimiento teórico sobre el comportamiento del sexo opuesto más amplio del universo. ¡Empiezo a sentirme como un animal de laboratorio!

—Mmm...

Me estaba sonriendo.

—¿Se supone que los lees a pares? —dijo, cogiendo un libro de las estanterías—. ¿Para protegerte por ambos lados? ¿*Feliz de estar soltera* con *Cómo encontrar a tu compañero ideal en treinta días*? ¿*El budismo sencillo* con *Ir a por ello* de Victor Kyam?

—No —dije indignada—. Los leo uno a uno.

—¿Por qué diablos compras estas cosas?

—Bueno, de hecho tengo una teoría con respecto a eso —empecé a decir entusiasmada (porque realmente tengo una teoría con respecto a eso)—. Si consideras otras religiones del mundo como...

—¿Otras religiones del mundo? ¿Aparte de cuál?

Grrr. A veces desearía que Mark no tuviese una preparación tan jodidamente legalista.

—Aparte de los libros de autoayuda.

—Sí, me imaginaba que ibas a decir eso. Bridget, los libros de autoayuda no son una religión.

—¡Sí que lo son! Son una *nueva forma* de religión. Es casi como si los seres humanos fuesen corrientes de agua y al encontrar un obstáculo en su camino lo rebasasen y lo bordeasen espumeantes para encontrar otra senda.

—¿Rebasasen y bordeasen, Bridge?

—Lo que quiero decir es que cuando la religión

organizada se desploma, entonces la gente empieza a intentar encontrar otro conjunto de reglas. Y, en efecto, como estaba *diciendo*, si lees libros de autoayuda ves que tienen muchas ideas en común con otras religiones.

–¿Cómo por ejemplo...? –dijo, haciendo girar la mano como para animarme a seguir.

–Bueno, el budismo y...

–No. ¿Cómo por ejemplo qué ideas?

–Bueno –empecé, sintiendo cierto pánico porque por desgracia la teoría todavía no está tan bien desarrollada en conjunto–, pensar en positivo. En *Inteligencia emocional* dice que el optimismo, pensar que todo acabará bien, es lo más importante. Luego, por supuesto, está el hecho de creer en uno mismo, como en *Confianza emocional*. Y, si te fijas en el cristianismo...

–¿Siiií?

–Bueno, ese fragmento que leen en las bodas, es lo mismo: «Esas tres cosas perduran: fe, *esperanza* y amor». Y también está lo de vivir el momento... eso es *La carretera menos recorrida*, y también es un concepto budista.

Mark me miraba como si estuviese loca.

– ...Y el perdón: lo dice en *Usted puede sanar su vida*, que guardar el resentimiento es malo para uno, y que hay que perdonar a la gente.

–¿Y eso qué es? Espero que nada musulmán. No creo que encuentres mucho perdón en una religión que le corta las manos a la gente por robar bollos de pan.

Mark meneaba la cabeza y me miraba fijamente. No me pareció que entendiese realmente la teoría. Pero quizás fuese porque el mundo espiritual de Mark no es muy avanzado, lo cual de hecho podría revelarse como otro problema en nuestra relación.

–¡«Perdónanos nuestras deudas como nosotros

perdonamos a nuestros deudores»! –dije indignada. Justo entonces sonó el teléfono.

–Debe de ser el cuartel general de la guerrilla de
las citas –dijo Mark–. ¡O quizá el arzobispo de Can-
terbury!

Era mi madre.

–¿Qué haces todavía ahí? Chop, chop. Pensaba
que tú y Mark ibais a venir a comer.

–Pero mamá... –Estaba segura de no haberle dicho que íbamos a ir a comer, estaba segura. Mark
puso los ojos en blanco y empezó a mirar el fútbol.

–Francamente, Bridget. He hecho tres paulovas...
aunque de hecho cuesta lo mismo hacer tres que
una, y he sacado una lasaña y...

Oí a papá al fondo diciendo: «Déjala en paz,
Pam», mientras ella, malhumorada, no dejaba de
hablar de los peligros de volver a congelar la carne,
y entonces él se puso al teléfono.

–No te preocupes, cariño. Estoy seguro de que tú
no le dijiste que ibais a venir. Es sólo que se le ha
metido en la cabeza. Intentaré calmar las cosas.
Por cierto, la mala noticia es que se va a Kenia.

Mamá cogió el teléfono.

–Todo lo del pasaporte está solucionado. Me han
hecho una foto preciosa en la tienda para bodas de
Kettering, ya sabes, donde a Ursula Collingwood le
hicieron las fotos de Karen.

–¿La aerografiaron?

–¡No! –dijo indignada–. Quizá hiciesen algo
con el ordenador, pero no tuvo nada que ver con
aeroloquesea. Por cierto, Una y yo nos vamos el
sábado que viene. Sólo por diez días. ¡África! ¡Imagínate!

–¿Y qué hay de papá?

–¡Por favor, Bridget! ¡La vida está para vivirla! Si
papá quiere vivir entre el campo de golf y el cobertizo, ¡allá él!

Finalmente conseguí colgar, animada por Mark

puesto en pie junto a mí con un periódico enrollado en una mano y golpeando el reloj con la otra. Fuimos a su casa y definitivamente ahora le creo, porque el ama de llaves estaba allí limpiando la cocina, con quince miembros de su familia, todos los cuales parecían querer venerar a Mark como a un dios. Nos quedamos en su casa y llenamos el dormitorio de velas. ¡Hurra! Creo que todo va bien. Sí. Seguro que va bien. Amo a Mark Darcy. A veces infunde un poco de miedo, pero en el fondo es muy amable y cariñoso. Lo cual es bueno. Creo.

Sobre todo teniendo en cuenta que san Valentín es dentro de doce días.

Lunes 3 de febrero

57,6 kg (muy bien), 3 unidades de alcohol, 12 cigarrillos, 11 días para san Valentín, número de minutos obsesionándome acerca de lo negativa que resulta la perspectiva feminista de obsesionarse con respecto al día de san Valentín: aprox. 162 (mal).

8.30 a.m. Espero que papá esté bien. Si mamá se va el sábado, eso significa que lo dejará solo precisamente el día de san Valentín, lo cual no es demasiado considerado. Puede que yo le envíe una postal, como si fuese una admiradora secreta.

Me pregunto qué hará Mark. Seguro que como mínimo me enviará una postal.

Definitivamente, lo hará.

Y quizá salgamos a cenar o alguna otra cosa. Mmm. Es muy bonito tener novio el día de san Valentín por una vez. Ah, el teléfono.

8.45 a.m. Era Mark. Mañana se va a Nueva York por dos semanas. De hecho sonaba poco amistoso, y me ha dicho que estaba demasiado ocupado como para que nos viéramos esta noche porque tenía que arreglar todos sus papeles y sus cosas.

He conseguido estar simpática y sólo he dicho: «Oh, es estupendo», esperando a haber colgado para gritar «Pero del viernes en una semana será el día de san Valentín, el día de san Valentín. ¡Buaaa-aaaah!».

Da igual. Esto es inmaduro. Lo que importa es la relación y no cínicas estratagemas de *marketing*.

Martes 4 de febrero

8 a.m. En el café tomando un *cappuccino* y un cruasán de chocolate. ¡Ahí está, ves! He salido de la ciénaga de pensamientos negativos y de hecho probablemente esté muy bien que Mark se vaya. Eso le dará la oportunidad de estirarse como una goma elástica marciana y, como se dice en *Citas de Marte y Venus*, sentir verdaderamente su atracción. Además a mí me dará la oportunidad de trabajar en mis cosas y poner mi propia vida al día.

Planes para cuando Mark no esté.
1. Ir al gimnasio todos los días.
2. Pasar muchas noches fantásticas con Jude y con Shazzer.
3. Seguir haciendo un buen trabajo arreglando el apartamento.
4. Pasar tiempo con papá cuando mamá se haya ido.
5. Trabajar verdaderamente duro en el trabajo para mejorar mi posición.

¡Ah! También, obviamente, perder tres kilos.

Mediodía. Oficina. Apacible mañana. Me dieron un reportaje sobre coches verdes.

–Eso significa verdes ecológicamente hablando, Bridget –dijo Richard Finch–, no de color verde.

Pronto me quedó claro que el reportaje sobre los coches verdes no se haría, lo que me dejó libre para abandonarme a mis fantasías relacionadas con Mark Darcy y con el diseño de nuevo papel de cartas con cabecera para mí, utilizando diferentes fuentes y colores, mientras pensaba en nuevas ideas para reportajes que me situarían en primer plano de... ¡Aaah!

12.15 p.m. Era el maldito Richard Finch gritando:

–Bridget. Esto no es ninguna jodida residencia de asistencia social. Es una reunión del departamento de producción de televisión. Si tienes que mirar por la ventana, como mínimo intenta hacerlo sin meterte y sacarte ese bolígrafo de la boca. ¿Puedes hacer eso?

–Sí –dije de mala gana y dejé el bolígrafo encima de la mesa.

–No, no que si puedes sacarte el bolígrafo de la boca, ¿puedes encontrarme a alguien de la Inglaterra media, votante de clase media, de más de cincuenta años, que tenga casa propia y que además esté a favor?

–Sí, ningún problema –respiré confiada, pensando que más tarde le podría preguntar a Patchouli a favor de qué.

–¿A favor de qué? –dijo Richard Finch.

Le sonreí de forma bastante enigmática.

–Según creo, si te fijas verás que acabas de contestar a tu propia pregunta –le dije–. ¿Hombre o mujer?

–Ambos –dijo Richard con sadismo–, uno de cada.

–¿Hetero o gay? –le lancé.

–He dicho de la Inglaterra media –dijo gruñendo desdeñosamente–. Ahora coge el maldito teléfono y, en el futuro, intenta acordarte de ponerte una falda, estás distrayendo a mi equipo.

Por favor, como si ellos se hubiesen fijado, con lo obsesionados que están con sus carreras, y no es tan corta, es que se ha subido.

Patchouli me ha dicho que se trata de estar a favor de la moneda europea o única. Ella cree que las dos cosas significan lo mismo. Oh joder, oh joder. Vale. Ah, el teléfono. Será el gabinete de prensa de la Tesorería en la Sombra.

12.25 p.m. –Oh, hola, cariño –Grrr. Era mi madre–. Escucha, ¿tienes algún top ceñido?

–Mamá, ya te he dicho que no me llames al trabajo a no ser que se trate de una emergencia –protesté.

–Oh, ya lo sé, pero, verás, el problema es que nos vamos el sábado y las tiendas todavía están llenas de ropa de invierno.

De repente tuve una idea. Tardé un poco de tiempo en explicárselo.

–Sinceramente, Bridget –me dijo cuando se lo hube explicado–. No queremos que los camiones de Alemania nos roben todo el oro durante la noche.

–Pero mamá, como tú dices, ¡la vida está para vivirla! Tienes que probarlo todo.

Silencio.

–Ayudará al mercado monetario del pueblo africano. –No estaba segura de que aquello fuese rigurosamente cierto pero qué importaba.

–Bueno, quizá sea así, pero no tengo tiempo para apariciones en televisión justo cuando estoy intentando hacer las maletas.

–Escucha –siseé–, ¿quieres el top o no?

12.40 p.m. ¡Hurra! No he conseguido ni uno, ni dos, sino tres votantes de la Inglaterra media. Una quiere venir con mamá porque así podrán revisar mi guardarropa y pasar a echar un vistazo por Dickens y Jones, y Geoffrey quiere salir por la tele. Soy una investigadora de primera.

—¡Y bien! ¿Estamos ocupados, eh? —Richard Finch tenía todo el aspecto de haber acabado hacía poco de comer, sudado y jactancioso—. Planeando la versión Jones del tan efectivo plan de moneda única, ¿no es eso?

—Bueno, no exactamente —murmuré con una plácida sonrisa de autodesaprobación en el rostro—. Pero he encontrado a tus votantes de la Inglaterra media que están a favor. A tres de ellos, de hecho —añadí como sin darle importancia mientras buscaba entre mis notas.

—Oh, ¿no te lo ha dicho nadie? —dijo sonriendo malignamente—. Lo hemos dejado. Ahora estamos haciendo uno de amenazas de bomba. ¿Puedes conseguirme a un par votantes de los *tories* de la Inglaterra media que vivan en las afueras de Londres y puedan entender los argumentos del IRA?

8 p.m. Uf. Me he pasado tres horas en una estación Victoria azotada por el viento, intentando manipular las opiniones de los viajeros acerca del IRA, hasta el punto de que he empezado a temer un arresto inmediato y el traslado a la Prisión Maze de Belfast. Regresé a la oficina, preguntándome qué encontrarían mamá y Una en mi guardarropa, para mantener una conversación con Richard Finch en la que se burló de mí con cosas como «¿No creías realmente que fueras a encontrar a nadie, verdad? ¡Boba!».

Tengo que hacerlo, tengo que encontrar otro empleo. Oooh, estupendo, el teléfono.

Era Tom. ¡Hurra! ¡Ha vuelto!

–¡Bridget! ¡Has perdido muchísimo peso!

–¿Tú crees? –dije encantada, antes de recordar que tal observación estaba siendo hecha por teléfono.

Entonces Tom me explicó su viaje a San Francisco entusiasmado y con todo lujo de detalles.

–El chico de la aduana era absolutamente divino. Me dijo: «¿Algo que declarar?», y yo le contesté: «¡Sólo este bronceado de escándalo!». ¡Bueno, él me dio su número de teléfono y echamos un polvo en un lavabo!

Sentí un ya familiar relámpago de envidia por la facilidad que tienen los gays con el sexo, la gente parece follar al instante sólo porque les apetece a ambos, y nadie se preocupa por tener tres citas antes o de cuánto tiempo dejar pasar antes de volver a llamar.

Tras cuarenta y cinco minutos explicando aventuras cada vez más escandalosas, dijo:

–Bueno, ya sabes que odio hablar de mí. ¿Cómo estás *tú*? ¿Cómo está ese chico, Mark, con su culito de nalgas firmes?

Le dije que Mark estaba en Nueva York pero, por miedo a estimularle demasiado, decidí dejar al Niñoconejo para más tarde. En lugar de eso, decidí aburrirle con mi trabajo.

–Tengo que encontrar otro empleo, está minando mi sentido de la dignidad personal y mi autoestima. Necesito algo que me permita utilizar en serio mi talento y mi capacidad.

–Mmm. Entiendo lo que quieres decir. ¿Has pensado en hacer la calle?

–Oh, muy gracioso.

–¿Por qué no haces un poco de periodismo de otro tipo como trabajo extra? ¿Hacer algunas entrevistas en tu tiempo libre?

Era una idea realmente brillante. Tom dijo que hablaría con su amigo Adam, del *Independent*, para que me diese una entrevista, o una crítica, ¡o cualquier otra cosa!

Voy a ser una periodista de primera y a obtener de forma gradual más y más trabajo y dinero extra, y así podré dejar mi empleo y simplemente sentarme en el sofá con el portátil sobre las rodillas. ¡Hurra!

Miércoles 5 de febrero

Acabo de llamar a papá para saber cómo estaba y si le apetecería hacer algo agradable para san Valentín.

–Oh, eres muy buena, cariño. Pero tu madre dijo que yo necesitaba expandir mis conocimientos.

–¿Y?

–Voy a Scarborough a jugar a golf con Geoffrey.
Estupendo. Me alegro de que esté bien.

Jueves 13 de febrero

58,5 kg, 4 unidades de alcohol, 19 cigarrillos, 0 visitas al gimnasio, 0 san Valentines adelantados, 0 menciones de san Valentín por parte del novio, sentido del día de san Valentín si el novio ni siquiera lo menciona: 0.

Muy harta. Mañana es san Valentín y Mark ni siquiera lo ha mencionado. De todas formas no entiendo por qué tiene que quedarse todo el fin de semana en Nueva York. Seguro que las oficinas jurídicas están cerradas.

Objetivos cumplidos en ausencia de Mark:
Número de visitas al gimnasio: 0.

6 noches pasadas con Jude y con Shazzer (y otra más mañana por la noche, al parecer).

0 minutos pasados con papá. 0 minutos pasados hablando con papá sobre sus sentimientos. 287 minutos hablando con papá sobre golf, con Geoffrey gritando al fondo.

0 artículos periodísticos escritos.

0 kilos perdidos.

1 kilo ganado.

De todas formas le he enviado un san Valentín a Mark. Un corazón de chocolate. Lo envié al hotel antes de que él llegase, con una nota que decía «No abrir hasta el 14 de febrero». Creo que sabrá que es mío.

Viernes 14 de febrero

58,9 kg, 0 visitas al gimnasio, 0 Valentines, 0 regalos de san Valentín, flores y chucherías, sentido de san Valentín: 0, diferencia entre san Valentín y cualquier otro día: ninguna, sentido de la vida: incierto, posibilidad de sobrerreaccionar ante el desastre del día sin san Valentín: leve.

8 a.m. Realmente, estoy lejos de preocuparme por cosas como san Valentín. Simplemente, no es tan importante en el esquema general de las cosas.

8.20 a.m. Voy a bajar a ver si ha llegado el correo.

8.22 a.m. El correo no ha llegado.

8.27 a.m. El correo sigue sin haber llegado.

8.30 a.m. ¡El correo ha llegado! ¡Hurra!

8.35 a.m. Era un estado de cuentas bancario. Nada de Mark, nada, nada, nada, nada, nada. Nada.

8.40 a.m. No puedo creer que vuelva a pasar el día de san Valentín sola. Lo peor fue hace dos años, cuando fui a Gambia con Jude y Shaz y tuve que ir un día antes por culpa de los vuelos. Cuando bajé a cenar había un corazón en cada árbol. Todas las mesas estaban ocupadas por parejas cogiéndose de las manos y me tuve que sentar allí, sola, leyendo *Aprender a quererte*.
Estoy muy triste. No es posible que él no lo sepa. Es que no le importa. Eso debe de significar que soy una Chica Sólo Para Ahora porque, como se dice en *Citas de Marte y Venus*, creo que si un hombre está realmente interesado en ti, siempre te compra regalos como lencería y joyas, y no libros o aspiradoras. Quizá sea su forma de darme a entender que todo se ha acabado y me lo piensa decir cuando regrese.

8.43 a.m. Quizá Jude y Shaz tenían razón y yo debería haberlo dejado cuando aparecieron las señales de aviso. Mira el año pasado con Daniel, si la primera vez que me dio plantón, en nuestra primera cita, y me dio una excusa patética, lo hubiese dejado y me hubiese desvinculado, en lugar de entrar en la Negación, nunca habría acabado encontrando a una mujer desnuda tomando el sol en la terraza del tejado de su casa. De hecho, ahora que lo pienso, ¡Daniel es casi un anagrama de Nadie, que es como decir Negación!
Es una pauta. Sigo encontrando gente desnuda en las casas de mis novios. Estoy repitiendo pautas.

8.45 a.m. Oh, Dios mío. Tengo un saldo al descubierto de 200 libras. ¿Cómo? ¿Cómo? ¿Cómo?

8.50 a.m. ¿Ves? Todas las cosas tienen algo bueno. He encontrado un extraño cheque que no identifico, por valor de 149 libras, en el estado de cuentas. Estoy convencida de que será el cheque que les hice a los de la tintorería por valor de 14.90 libras o algo así.

9 a.m. He llamado al banco para saber a quién le había sido entregado y se trata de «monsieur S. F. S.». Todos los de las tintorerías son unos defraudadores. Llamaré a Jude, a Shazzer, a Rebecca, a Tom y a Simon y les diré que no vayan más a Siemprelimpio.

9.30 a.m. Ja. Con la excusa de llevar un camisoncito negro de seda a lavar, acabo de ir a Siemprelimpio para saber quién es el tal «Monsieur S. F. S.» No he podido evitar comprobar que la plantilla de la tintorería no parecía ser tanto francesa como india. Quizá indofranceses, sin embargo.

–¿Puedes decirme tu nombre, por favor? –le dije al hombre al entregarle mi camisón.

–Salwani –dijo con una sonrisa sospechosamente amable.

S. ¡Ja!

–¿Y tú te llamas? –me preguntó.

–Bridget.

–Bridget. Por favor, escribe aquí tu dirección, Bridget.

¿Ves?, eso fue muy sospechoso. Decidí poner la dirección de Mark Darcy porque él tiene servicio y alarmas antirrobo.

–¿Conoces a un tal monsieur S. F. S.? –dije, con lo que el hombre se puso casi en plan de broma.

–No, pero creo que te conozco de algún sitio –me dijo.

–No creas que no sé lo que está ocurriendo –dije y salí disparada de la tienda. ¿Ves? Me estoy ocupando yo misma de las cosas.

10 p.m. No puedo creer lo que ha pasado. A las once y media un joven entró en la oficina con un ramo enorme de rosas rojas y las llevó hasta mi mesa. ¡Yo! Había que ver las caras de Patchouli y del Horrible Harold. Incluso Richard Finch se quedó mudo, sólo ha conseguido soltar un patético:

–Te las has enviado tú misma, ¿verdad?

He abierto el sobre y esto es lo que ponía:

Feliz día de san Valentín a la luz de mi monótona vida. Ve mañana, a las 8.30 a.m., a Heathrow, terminal 1, para recoger un billete en el mostrador de British Airways (ref. P23/R55) para unas mágicas y misteriosas minivacaciones. Regreso: lunes por la mañana, a tiempo para ir a trabajar. Me encontraré contigo en el lugar de llegada.

(Intenta que te presten un traje de esquiar y unos zapatos prácticos.)

No me lo puedo creer. De verdad que no me lo puedo creer. Mark me va a llevar a esquiar en un viaje sorpresa por san Valentín. Es un milagro. ¡Hurra! Será muy romántico, en un pueblecito de postal navideña, entre titilantes luces, etc., deslizándonos por pendientes cogidos de la mano como el Rey y la Reina de la Nieve.

Me siento fatal por haberme metido en la obsesiva ciénaga de los pensamientos negativos, pero es el tipo de cosas que podrían ocurrirle a cualquiera. Seguro.

Acabo de llamar a Jude, me ha dejado un equipo de esquí: negro, de una pieza, como el de la Michelle Pfeiffer vestida de Catwoman o parecido. El único problemilla es que sólo he ido a esquiar una

vez, con la escuela, y me torcí el tobillo el primer
día. Da igual. Seguro que será fácil.

Sábado 15 de febrero

*76 kg (así me siento: una pelota hinchable gi-
gante llena de fondue, perritos calientes, chocolate
caliente etc.), 5 grappas, 32 cigarrillos, 6 chocola-
tes calientes, 8.257 calorías, 3 pies, 8 experiencias
cercanas a la muerte.*

1 p.m. Al borde del precipicio. No me puedo
creer la situación en la que me encuentro. Cuando
llegué a la cima de la montaña el miedo me parali-
zó, así que animé a Mark Darcy a que fuera por delante mientras yo me ponía los esquís y le veía
bajar «Wuuush, fzzzzzzz, fzzzzzz» ladera abajo
como un misil Exocet, un petardo asesino prohibi-
do o algo parecido. A pesar de estar muy agradecida por haber sido invitada a esquiar, para empezar
no podía creer la pesadilla que ha supuesto subir a
la montaña, desconcertada porque no le veía sentido al hecho de tener que pasar por entre edificios
gigantescos de hormigón llenos de rejas y cadenas,
como salidos de un campo de concentración, con
las rodillas medio dobladas y el equivalente a esca-
yolas en los pies, llevando unos pesados esquís que
no dejaban de separarse, para luego ser metida en
un torniquete automatizado como una oveja dirigiéndose al baño desinfectante, cuando podría haber estado confortablemente en la cama. Lo peor
de todo es que el pelo se me ha vuelto loco con la
altitud, formando extraños picos y cuernos como
una bolsa de Mishapes, esos bombones deformes
de Cadbury, y el traje de Catwoman está diseñado

exclusivamente para gente alta y delgada como Jude, con el resultado de que parezco un negrito o una vieja vedette. Y además hay niños de tres años que no dejan de pasar a mi lado como balas sin usar palos, manteniéndose sobre una pierna y realizando saltos mortales, etc.

El esquí es realmente un deporte muy peligroso, ni me imagino cuánto. La gente se queda paralizada, sepultada por avalanchas, etc., etc. Shazzer me contó que un amigo suyo salió en una aterradora misión fuera de las pistas, perdió los nervios y los encargados de las pistas tuvieron que ir a buscarle y bajarle en una camilla, y luego *soltaron la camilla*.

2.30 p.m. Café de la Montaña. Mark vino a gran velocidad «wusssssh fzzzzzz» y me preguntó si ya estaba preparada para bajar.

Le expliqué en voz baja que había cometido un gran error al entrar en la pista y que el esquí es un deporte muy peligroso, tanto que el seguro de vacaciones ni siquiera lo cubre. Una cosa es tener un accidente que no puedes prever y otra muy distinta ponerte de buena gana en una situación extremadamente peligrosa como el *puenting*, escalar el Everest, dejar que la gente dispare a manzanas encima de tu cabeza, etc., jugando conscientemente con la muerte o con la posibilidad de quedarte lisiado.

Mark escuchaba atentamente y en silencio.

—Entiendo tu punto de vista, Bridget —me dijo—. Pero ésta es la pista para principiantes. Es prácticamente horizontal.

Le dije a Mark que quería bajar con el aparato en el que habíamos subido, pero él me dijo que era un telearrastre y que no se puede bajar la colina con un telearrastre. Cuarenta y cinco minutos más tarde Mark, empujándome un poquito y corriendo para cogerme, me había bajado por la colina. Al llegar abajo me pareció adecuado sacar el tema de que quizás podríamos coger el teleférico y regresar al pueblo para descansar un poco y tomar un *cappuccino.*

–Bridget, la cuestión es que esquiar es como todo en la vida. Sólo es una cuestión de confianza. Venga. Creo que necesitas una *grappa.*

2.45 p.m. Mmm. Si, me encanta la deliciosa *grappa.*

3 p.m. La *grappa* es una bebida de primera. Mark tiene razón. Probablemente yo tenga un maravilloso don natural para esquiar. Lo único que necesito es aumentar mi desdibujada confianza.

3.15 p.m. En la cima de la pista para principiantes. Jo. Esto «tá chupao». Allá voy. ¡Eyyyyyyyyyy!

4 p.m. Soy maravillosa, una esquiadora fantástica. Acabo de bajar perfectamente por la pista con Mark «wusssssh, fzzzzzzz», todo el cuerpo balanceándose, moviéndose en perfecta armonía, como por instinto. ¡Euforia salvaje! He descubierto una nueva fuente de vitalidad. ¡Soy una mujer deportista al estilo de la Princesa Ana! ¡Llena de un nuevo vigor y pensamientos positivos! ¡Confianza! ¡Hurra! ¡Me espera una nueva vida llena de confianza! ¡*Grappa!* ¡Hurra!

5 p.m. Fuimos a descansar al café de la montaña y de repente Mark fue saludado por un nutrido grupo de personas del tipo abogado-banquero, entre las cuales había una mujer rubia, alta y delgada de espaldas a mí, con un traje de esquí blanco, orejeras lanudas y gafas de sol de Versace. Estaba muerta de risa. Como a cámara lenta, se apartó el pelo de la cara y, cuando volvió a caer formando una suave cortina, empecé a darme cuenta de que reconocía su risa y entonces vi como giraba el rostro hacia nosotros. Era Rebecca.

—¡Bridget! —dijo con voz cantarina y besándome—. ¡Preciosa! ¡Qué maravilla verte! ¡Menuda coincidencia!

Miré a Mark, que estaba absolutamente perplejo y se pasaba la mano por el pelo.

—Mmm, en realidad no es ninguna coincidencia, me parece —dijo desabridamente—. Tú sugeriste que trajese a Bridget aquí. Quiero decir que, estoy encantado de veros, claro, pero yo no tenía ni idea de que ibais a estar también todos vosotros por aquí.

Una cosa realmente buena de Mark es que siempre le creo pero, ¿cuándo lo sugirió ella? ¿Cuándo?

Rebecca pareció nerviosa por un instante, luego sonrió de forma encantadora.

—Lo sé, pero es que precisamente eso me recordó lo fantásticamente bien que se está en Courcheval, y todos los demás iban a venir, así que... ¡Oooh! —Muy oportunamente, se «tambaleó» y tuvo que ser «cogida» por uno de los expectantes admiradores.

—Mmm —dijo Mark. No parecía contento en absoluto. Yo permanecí cabizbaja, intentando comprender qué estaba ocurriendo.

Al final no pude aguantar más tiempo el esfuerzo de intentar ser normal, así que le susurré a Mark que haría otra bajadita por la pista de los principiantes. Me puse a la cola para el telearrastre con más facilidad que de costumbre, agradecida por estar lejos de aquella extraña escena. Perdí los dos primeros arrastres por no poder asirlos debidamente, pero conseguí coger el siguiente.

El problema fue que, una vez empecé a subir, nada parecía ir exactamente bien, todo estaba lleno de baches y era desigual, casi como si fuera trotando. De repente vi a un niño que me hacía señas desde el apartadero y me gritaba algo en francés.

Miré horrorizada en dirección a la terraza del café y vi cómo todos los amigos de Mark también gritaban y me hacían señas. ¿Qué estaba pasando? Lo siguiente que vi fue a Mark saliendo del café y corriendo frenéticamente hacia mí.

–Bridget –me gritó cuando pude oírle– has olvidado ponerte los esquís.

–Maldita imbécil –gruñó Nigel cuando regresamos al café–. Es la mayor estupidez que he visto en años.

–¿Quieres que me quede con ella? –le dijo Rebecca a Mark abriendo mucho los ojos y con expresión preocupada, como si yo fuese una niña que siempre se mete en líos–. Así podrás hacer una buena esquiada antes de la cena.

–No, no, estamos bien –dijo él, pero me di cuenta por la expresión de su cara que quería irse a esquiar, y yo también quería que lo hiciese porque le encanta esquiar. Pero, sencillamente, no podía soportar la idea de una clase de esquí con la maldita Rebecca.

–En realidad, creo que necesito descansar –dije–. Me tomaré un chocolate caliente e intentaré serenarme.

Beber un chocolate en el café fue fantástico, como tomarse una copa gigante de crema de chocolate, lo cual fue bueno porque me distrajo de la imagen de Mark y Rebecca subiendo juntos en el telesilla. Me la imaginaba toda alegre y juguetona, tocándole el brazo.

Por fin reaparecieron deslizándose colina abajo como el Rey y la Reina de la Nieve –él de negro y ella de blanco– con aspecto de ser una pareja salida de un folleto de chalés de primera en la clásica foto que implica que –además de ocho pistas negras, 400 remontadores y media pensión– puedes disfrutar de un sexo estupendo como el que esos dos están a punto de practicar.

–Oh, es tan estimulante… –dijo Rebecca colocándose las gafas en la frente y riendo frente a la

cara de Mark–. Escuchad, ¿queréis cenar con nosotros esta noche? Vamos a hacer una *fondue* arriba
en la montaña, y después una bajada esquiando
con antorchas... oh, perdona, Bridget, pero tú podrías bajar en el teleférico.

–No –dijo Mark bruscamente–. Me perdí el día
de san Valentín y voy a llevar a Bridget a una cena de
san Valentín.

Lo bueno de Rebecca es que siempre hay una
milésima de segundo en que se delata y parece
muy cabreada.

–Vale, da igual, que lo paséis bien –dijo, mostró
su sonrisa de anuncio de dentífrico, se puso las gafas y se fue esquiando con mucho estilo hacia el
pueblo.

–¿Cuándo la viste? –le dije–. ¿Cuándo te sugirió
Courcheval?

Él frunció el entrecejo.

–Estaba en Nueva York.

Me tambaleé y dejé caer uno de mis palos de esquí. Mark se echó a reír, lo recogió y me dio un
fuerte abrazo.

–No te pongas así –me dijo mejilla con mejilla–.
Estaba allí con un grupo, tuve una conversación de
diez minutos con ella. Le dije que quería preparar
algo bonito para compensarte por no haber estado
el día de san Valentín y ella me sugirió este sitio.

Un sonido breve e indeterminado salió de mi interior.

–Bridget –me dijo–, te quiero.

Domingo 16 de febrero

Peso: me da igual (de hecho, no hay báscula),
número de veces que he repetido mentalmente el

sublime momento de la palabra que empieza por [quiero]: cifra exorbitante tipo agujero negro.

Soy tan feliz... No estoy enfadada con Rebecca, sino que me siento generosa y condescendiente. Es como una mantis religiosa, absolutamente agradable y presumida. Mark y yo tuvimos una cena encantadora y muy divertida, con muchas risas, y nos dijimos lo mucho que nos habíamos añorado. Le di un regalo, que era un llavero del Newcastle United, y unos calzoncillos, también del Newcastle United, que le gustaron muchísimo. Él me dió un regalo de san Valentín consistente en un camisón rojo de seda, que era un poco pequeño, aunque eso no pareció importarle, más bien todo lo contrario, si tengo que ser sincera. Por otra parte, después me contó todas las cosas de trabajo que habían ocurrido en Nueva York y yo le di mis opiniones con respecto a ellas, ¡que él dijo que eran muy alentadoras y «únicas»!

P.D. Nadie tiene que leer esta parte porque me avergüenza. Estaba tan emocionada por el hecho de que me hubiera dicho tan pronto en nuestra relación la palabra que empieza por Q que accidentalmente he llamado a Jude y a Shaz y les he dejado mensajes explicándoselo. Pero ahora me doy cuenta de que eso ha sido superficial y equivocado.

Lunes 17 de febrero

59,8 kg (¡Aaah! ¡Aaah! Maldito chocolate caliente), 4 unidades de alcohol (pero está incluido el vuelo en avión, así que muy bien), 12 cigarrillos, embarazosos actos neocolonialistas cometidos por mi madre: 1 extremadamente grave.

Las minivacaciones, aparte de Rebecca, fueron fantásticas pero esta mañana he tenido un pequeño *shock* en Heathrow. Estábamos en el vestíbulo de llegadas buscando los indicadores de parada de taxis cuando una voz dijo:

—¡Cariño! No hacía falta que vinieses a buscarme, tontorrona. Geoffrey y papá nos están esperando fuera. Le traemos un regalo a papá. ¡Ven a conocer a Wellington!

Era mi madre, con un reluciente bronceado naranja, el pelo con trenzas a lo Bo Derek, con cuentas en los extremos, y vestida con un voluminoso *batik* naranja como Winnie Mandela.

—Sé que vas a pensar que es un masai, ¡pero es un kikuyu! ¡Un kikuyu! ¡Imagínate!

Seguí su mirada hasta Una Alconbury, también naranja y vestida con un *batik* de la cabeza a los pies, pero con las gafas de leer puestas y un bolso verde de piel con cierre dorado, que estaba en el mostrador de la Tienda del Calcetín con el monedero abierto. Estaba observando encantada a un enorme joven negro con un anillo de carne colgando de cada oreja y un carrete fotográfico en una de ellas, vestido con un manto azul a cuadros.

—*Hakuna matata*. ¡No te preocupes, sé feliz! Swahili. ¿No es pistonudo? ¡Una y yo nos lo hemos pasado como nunca y Wellington viene para quedarse! Hola, Mark —dijo, reconociendo superficialmente su presencia—. Ven, cariño, ¡ven a decirle *jambo* a Wellington!

—Cállate, madre, cállate —dije entre dientes, mirando nerviosa de un lado a otro—. No puedes tener a un miembro de una tribu africana en casa. Eso es neocolonialista, y papá justo acaba de superar lo de Julio.

—Wellington no es —dijo mi mamá irguiéndose—, un miembro de una tribu. Bueno, o por lo menos es, cariño, ¡un miembro *verdadero* de una tribu! ¡Quiero decir que vive en una cabaña de estiércol!

¡Pero él quería venir! ¡Quiere viajar por todo el mundo, como Una y yo!

Mark estuvo muy poco comunicativo en el taxi de regreso a casa. Maldita madre. Ojalá tuviese una madre normal como el resto de la gente, con el pelo gris, que hiciese fantásticos estofados.

Vale, voy a llamar a papá.

9 p.m. Papá se ha refugiado en su peor estado anímico de emociones contenidas de inglés medio y parecía completamente ensimismado una vez más.

–¿Cómo van las cosas? –dije, cuando finalmente conseguí apartar a una exaltada mamá del teléfono y que él se pusiese.

–Oh bien, bien, ya sabes. Guerreros zulúes en el jardincito. Las prímulas brotando. ¿Y tú? ¿Todo bien?

Oh Dios. No sé si podrá aguantar toda esa locura otra vez. Le he dicho que me llame cuando quiera, pero es muy duro cuando se pone flemático.

Martes 18 de febrero

59,8 kg (emergencia seria ya), 13 cigarrillos, 42 fantasías masoquistas referentes a Mark enamorado de Rebecca.

7 p.m. Totalmente confusa. He regresado apresuradamente tras otro día de pesadilla en el trabajo (inexplicablemente Shaz ha decidido que le gusta el fútbol, así que Jude y yo vamos a ir a su casa a ver cómo unos alemanes ganan a unos turcos, belgas o algo así) y he encontrado dos mensajes en el contestador, ninguno de ellos de papá.

El primero era de Tom diciendo que a Adam, su amigo del *Independent*, no le importaría darme una oportunidad para entrevistar a alguien, siempre y cuando sea capaz de encontrar a alguien muy famoso a quien entrevistar y no espere que se me pague por ello.

Estoy segura de que no es así como funcionan los periódicos ¿Cómo paga la gente sus hipotecas y sus problemas con la bebida?

El segundo era de Mark. Decía que esta noche tenía que salir con Amnistía y con los indonesios y que, si le era posible, me llamaría a casa de Shazzer para saber qué había ocurrido en el partido. Luego había una especie de pausa y proseguía:

—Oh y, eh…, Rebecca nos ha invitado a nosotros y a toda la «pandilla» a casa de sus padres, en Gloucestershire, a una fiesta el fin de semana que viene. ¿Qué te parece? Te llamaré más tarde.

Sé perfectamente lo que me parece. Me parece que preferiría pasar todo el fin de semana sentada en un agujerito en el jardincito de mamá y papá haciendo amistad con los gusanos que ir a la fiesta de Rebecca y verla flirtear con Mark. Quiero decir, ¿por qué no me llamó a mí para invitarnos?

Es Mencionitis. Es simple y clara Mencionitis. No hay duda al respecto. El teléfono. Seguro que es Mark. ¿Qué le voy a decir?

—Bridget, cógelo. Déjalo, déjalo. DÉJALO.

Lo cogí, confundida.

—¿Magda?

—¡Oh Bridget! ¡Hola! ¿Qué tal el esquí?

—Genial pero... le conté toda la historia de Rebecca y Nueva York y la fiesta—. No sé si debo ir o no.

—Claro que tienes que ir, Bridge —dijo Magda—. Si Mark quisiese salir con Rebecca estaría saliendo con Rebecca, digamos que... sal de ahí, sal de ahí, Harry, baja del respaldo de esa silla ahora mismo o mamá te dará una bofetada. Sois dos personas muy diferentes.

–Mmm. Verás, *creo* que Jude y Shazzer argumentarían...

Jeremy le arrebató el teléfono.

–Escucha, Bridge, recibir consejos sobre tus citas de Jude y Shazzer es como recibir consejos de un consultor dietético que pesara ciento veinte kilos.

–¡Jeremy! –gritó Magda–. Sólo está haciendo de abogado del diablo, Bridge. No hagas caso. Cada mujer tiene su aura. Él te ha elegido a ti. Sencillamente, ve a esa fiesta, preséntate preciosa y no le quites la vista de encima a ella. ¡Nooo! ¡En el suelo no!

Tiene razón. Voy a ser una mujer segura de sí misma, serena, receptiva y sensible y pasar un rato estupendo irradiando mi aura. ¡Hurra! Voy a llamar a papá y después iré a ver el fútbol.

Medianoche. De vuelta en el apartamento. Una vez fuera, con un frío que te calaba los huesos, la mujer segura de sí misma se transformó en pura inseguridad. Tuve que pasar por delante de unos trabajadores que estaban arreglando una cañería central de gas bajo unas luces muy potentes. Yo llevaba un abrigo muy corto y botas, así que me preparé para habérmelas con silbidos obscenos y observaciones embarazosas, y luego me sentí como una imbécil cuando no hubo ni lo uno ni lo otro.

Me recordó una vez, cuando tenía quince años, en que yo caminaba por una solitaria callejuela y un hombre empezó a seguirme y me agarró del brazo. Me di la vuelta para mirar alarmada al atacante. Por aquel entonces yo estaba muy delgada y llevaba tejanos ajustados. También, sin embargo, llevaba unas gafas de patillas anchas y aparatos en los dientes. El hombre me echó un vistazo a la cara y salió corriendo.

Al llegar les confié mis sentimientos relacionados con los trabajadores a Jude y a Sharon.

–Ése es el quid de la cuestión, Bridget –explotó

Shazzer–. Esos hombres tratan a las mujeres como objetos, como si nuestra única función en el mundo fuese atraerles físicamente.

–Pero éstos no lo demostraron así –dijo Jude.

–Precisamente por eso toda esta cuestión es tan desagradable. Y ahora venga, se supone que deberíamos estar viendo el partido.

–Mmm. Tienen unos fuertes muslos preciosos, ¿no? –dijo Jude.

–Mmm –me mostré de acuerdo, preguntándome distraídamente si Shaz se enfurecería si les hablaba de Rebecca durante el partido.

–Conocía a alguien que una vez se acostó con un turco –dijo Jude–. Y tenía un pene tan enorme que no podía acostarse con nadie.

–¡Cómo! Creí que habías dicho que se había acostado con él –dijo Shazzer con un ojo clavado en la televisión.

–Se acostó con él pero no lo hicieron –explicó Jude.

–Porque ella no pudo porque su cosa era demasiado grande –dije apoyando la anécdota de Jude–. Qué cosa más terrible. ¿Creéis que va por nacionalidades? ¿Quiero decir, vosotras creéis que los turcos...?

–Eh, callad –dijo Shazzer.

Por un instante todas permanecimos en silencio, imaginando la cantidad de penes que estaban primorosamente guardados en sus pantalones cortos y pensando en todos los partidos de diferentes nacionalidades que se habían jugado en el pasado. Yo estaba a punto de abrir la boca cuando Jude, que parecía haberse quedado obsesionada por alguna razón, dijo inesperadamente:

–Debe de ser muy extraño tener pene.

–Sí –asentí– muy extraño tener un apéndice activo. Si lo tuviese, pensaría en ello continuamente.

–Bueno, sí, te preocuparía saber qué sería lo siguiente que éste haría –dijo Jude.

–Eso, exactamente –asentí–. De repente podrías tener una erección gigantesca en medio de un partido de fútbol.

–¡Oh, por amor de Dios! –chilló Sharon.

–Vale, cálmate –dijo Jude–. ¿Bridge? ¿Estás bien? Pareces un poco deprimida por alguna cosa.

Miré nerviosamente a Shaz y decidí que era demasiado importante como para no mencionarlo. Carraspeé para llamar la atención y anuncié:

–Rebecca ha llamado a Mark y le ha ofrecido que vayamos a pasar el fin de semana a casa de sus padres.

–¿QUÉ? –Jude y Shaz explotaron al unísono.

Me alegró mucho que la seriedad de la situación fuese apreciada en toda su importancia. Jude se levantó a buscar el Milk Tray y Shaz fue a la nevera a por otra botella.

–La cuestión es –estaba resumiendo Sharon–, que conocemos a Rebecca desde hace cuatro años. ¿Alguna vez en todo este tiempo te ha invitado a ti, a mí o a Jude a alguna de sus cursis fiestas de fin de semana?

–No. –Negué solemnemente con la cabeza.

–Pero la cuestión es –dijo Jude–, en caso de que tú no vayas ¿qué pasará si va él solo? No puedes dejar que caiga en las garras de Rebecca. Y además está clarísimo que es importante para una persona en la posición de Mark contar con alguien que sea un buen compañero desde el punto de vista social.

–Mmm –bufó Shazzer–. Eso no es más que una estupidez retrospectiva. Si Bridget dice que no quiere ir y él va sin ella y luego liga con Rebecca, entonces es que es un charlatán de segunda categoría y no vale la pena tenerlo. Compañero social... bah. Ya no estamos en los cincuenta. Ella ya no se pasa todo el día limpiando la casa vestida con un sujetador puntiagudo y después distrayendo a los colegas de él como una esposa decorativa Stepford. Dile que sabes que Rebecca le va detrás y que por eso no quieres ir.

–Pero entonces él se sentirá halagado –dijo Jude–. No hay nada más atractivo para un hombre que una mujer esté enamorada de él.

–¿Quién lo dice? –dijo Shaz.

–La baronesa en *Sonrisas y lágrimas* –dijo Jude tímidamente.

Por desgracia, cuando volvimos a dedicarle nuestra atención, el partido se había acabado.

Entonces llamó Mark.

–¿Qué ha pasado? –dijo entusiasmado.

–Mmm... –dije gesticulando furiosamente a Jude y a Shazzer, que parecían estar absolutamente en blanco.

–Lo habéis visto, ¿no?

–Sí, claro, *el fútbol viene a casa, viene a...* –canté, recordando vagamente que aquello tenía algo que ver con Alemania.

–¿Y entonces cómo es que no sabes lo que ha pasado? No te creo.

–Lo hemos visto. Pero estábamos...

–¿Qué?

–Hablando –acabé diciendo sin convicción.

–Oh Dios. –Hubo un largo silencio–. Escucha, ¿quieres ir a lo de Rebecca?

Miré alternativamente a Jude y a Shaz, frenética. Un sí. Un no. Y un sí de Magda.

–Sí –dije.

–Oh genial. Será divertido, creo. Me dijo que llevásemos bañador.

¡Un bañador! Maldición. Maldicioooóon.

De camino a casa me encontré al mismo grupo de trabajadores, borrachos, saliendo tambaleantes de un *pub*. Respiré hondo y decidí que me daba igual si silbaban o no, pero en cuanto pasé ante ellos se elevó una enorme cacofonía de ruidosos elogios. Me di la vuelta, encantada de poder echarles una mirada obscena, y vi que estaban todos mirando hacia el otro lado y que uno de ellos acababa de lanzar un ladrillo contra la ventanilla de un Volkswagen.

Sábado 22 de febrero

59,4 kg (horripilante), 3 unidades de alcohol (el mejor comportamiento), 2 cigarrillos (¡eh!), 10.000 calorías (sospecha de un probable sabotaje de Rebecca), 1 perro subido a mi falda (constantemente).

Gloucestershire. Resulta que la «casita de campo» de los padres de Rebecca tiene caballerizas, cobertizos, piscina, servicio al completo y su propia iglesia en el «jardín». Al pasar por el camino de grava encontramos a Rebecca –con unos tejanos ceñidísimos que le marcaban el culo en plan anuncio de Ralph Lauren– jugueteando con una perra, la luz del sol salpicándole el pelaje, entre una impresionante colección de Saabs y BMW descapotables.

–¡Emma! ¡Abajo! ¡Hooooola! –gritó, y la perra se soltó y vino directamente a meter el morro por debajo de mi abrigo.

–Muá, venid y servíos una copa –dijo dando la bienvenida a Mark mientras yo luchaba con la cabeza de la perra.

Mark me rescató gritando:

–¡Emma! ¡Aquí! –y lanzó un palo que la perra trajo de vuelta meneando el rabo.

–Oh, te adora, ¿verdad cariño, verdad, verdad, verdad? –ronroneó Rebecca, frotando mimosamente la cabeza del perro como si se tratase de su primer hijo con Mark.

Mi móvil sonó. Simulé no haberlo oído.

–Creo que es el tuyo, Bridget –dijo Mark.

Lo saqué y apreté el botón.

–Oh, hola, cariño, ¿adivina qué?

–Madre, ¿para qué me llamas al móvil? –protesté, observando como Rebecca se llevaba a Mark.

–¡El viernes que viene vamos todos a *Miss Saigón*! Una y Geoffrey y papá y yo y Wellington. Él nunca ha ido a un musical. Un kikuyu en *Miss Saigón*. ¿No es divertido? ¡Y tengo entradas para que tú y Mark vengáis con nosotros!

–¡Aaah! ¡Musicales! Hombres extraños y vociferantes soltando canciones sin parar con las piernas separadas.

Cuando llegué a la casa Mark y Rebecca habían desaparecido y no había nadie por allí excepto la perra, que me volvió a meter el morro por el abrigo.

4 p.m. Acabo de regresar de un paseo por el «jardín». Rebecca no ha dejado de introducirme en conversaciones con hombres para después llevarse a Mark a kilómetros de distancia de cualquier persona. He acabado paseando con el sobrino de Rebecca: un pseudo Leonardo DiCaprio de pacotilla y rostro atormentado con un abrigo de Oxfam, al que todo el mundo se refería como «el chico de Johnny».

–Quiero decir, o sea, que yo tengo un nombre –murmuraba él.

–¡Oh, no digas tonteriiías! –dije intentando comportarme como Rebecca–. ¿Cuál es?

Se detuvo, parecía avergonzado.

–St John.

–Oh –le compadecí.

Él rió y me ofreció un cigarrillo.

–Mejor que no –dije señalando con la cabeza en dirección a Mark.

–¿Es tu novio o tu padre?

Me condujo fuera del camino en dirección a un lago pequeño y me encendió un cigarrillo.

Estuvo muy bien fumar y reír traviesamente.

–Será mejor que regresemos –dije y apagué el cigarrillo con el zapato.

Como los demás estaban a kilómetros de distancia, tuvimos que correr: jóvenes y salvajes y libres, como en los anuncios de Calvin Klein. Cuando les alcanzamos Mark me rodeó con sus brazos.

–¿Qué has estado haciendo? –me dijo con la boca cerca de mi cabellera–. ¿Fumando como una colegiala traviesa?

–¡Yo no he fumado un cigarrillo en cinco años! –canturreó Rebecca.

7 p.m. Mmm. Mmm. Mark se ha puesto cachondo antes de cenar. Mmm...

Medianoche. Rebecca montó un gran lío para sentarme junto al «chico de Johnny» en la cena –«¡¡Vosotros dos os estáis llevando taaaaaan bien!!»– y tener a Mark a su lado. Estaban perfectos juntos y vestidos de etiqueta. ¡De etiqueta! Como decía Jude, sólo era porque Rebecca quería exhibir su cuerpo con Ropa Informal de Campo y en traje de noche como si fuera una aspirante a Miss Mundo. En el momento justo dijo:

–¿Nos ponemos los trajes de baño ahora? –Fue a cambiarse y apareció minutos más tarde con un bañador negro de corte exquisito, que dejaba al descubierto unas piernas interminablemente largas.

–Mark –dijo–, ¿me echas una mano? Tengo que quitar la lona de la piscina.

Mark pasó su mirada de ella a mí con aire preocupado.

–Claro. Sí –dijo torpemente, y desapareció tras ella.

–¿Vas a nadar? –dijo el mequetrefe.

–Bueno –empecé a decir–, no me gustaría que

pensases que no soy una deportista resuelta y profundamente motivada, pero las once de la noche después de una cena de cinco platos no es mi momento ideal para nadar.

Charlamos un rato y entonces me di cuenta de que estaban saliendo del salón las últimas personas que quedaban.

–¿Vamos a tomar un café? –dije levantándome.

–Bridget –de repente, borracho, se inclinó hacia delante e intentó besarme. La puerta se abrió de golpe. Eran Rebecca y Mark.

–¡Ay! ¡Perdón! –dijo Rebecca, y cerró la puerta.

–¡¿Qué crees que estás haciendo?! –le grité aterrorizada al mequetrefe.

–Pero.. Rebecca me ha dicho que tú le habías dicho que yo te gustaba mucho, y, y...

–¿Y qué?

–Me ha dicho que tú y Mark estábais en pleno proceso de separación.

Me agarré a la mesa para no caer redonda al suelo.

–¿Quién le ha dicho eso?

–Ella ha dicho –parecía tan humillado que me sentí mal por él–, ha dicho que se lo dijo Mark.

Domingo 23 de febrero

78 kg (probablemente), 3 unidades de alcohol (desde la medianoche y apenas son las 7 a.m.), 100.000 cigarrillos (eso parece), 3.275 calorías, 0 pensamientos positivos, novios: cifra extremadamente incierta.

Cuando entré en la habitación Mark estaba en el baño, así que me senté en camisón a planificar mi defensa.

–No es lo que piensas –dije en un alarde de originalidad cuando él apareció.

–¿No? –dijo él, con un whisky en la mano. Empezó a andar a pasos largos en su estilo de abogado, vestido sólo con una toalla. Era desconcertante, pero estaba increíblemente sexy–. ¿Tenías una canica atravesada en la garganta, quizá? –me dijo–. ¿Quizá «Senjon» no es el adolescente vago viviendo de rentas que parece ser, sino que en realidad es un excelente cirujano otorrinolaringólogo y estaba intentando extraerla con la lengua?

–No –dije, cuidadosa y pensativamente–. Tampoco se trata de eso.

–¿Entonces, estabas hiperventilando? ¿Estaba «Senjon» –habiendo asimilado su cerebro podrido por la marihuana los conocimientos de primeros auxilios, quizás aprendidos en un póster de los que hay en las paredes de uno de los muchos centros de desintoxicación que ha visitado en su corta y de no ser por eso vacía vida– intentando practicarte la respiración boca a boca? ¿O quizá te había confundido con una buena dosis de «caballo» y se sintió incapaz de...

Yo empecé a reír. Entonces él también se echó a reír, y empezamos a besarnos y una cosa llevó a la otra y después nos quedamos dormidos abrazados.

Por la mañana me levanté animada pensando que todo iba bien, pero cuando eché un vistazo y le vi ya vestido, supe que nada iba ni mucho menos bien.

–Puedo explicarlo –dije, incorporándome de golpe dramáticamente. Durante un instante nos miramos y nos echamos a reír. Pero entonces él se puso serio.

–Pues adelante.

–Fue Rebecca –dije–. St John me contó que Rebecca le había dicho que él me gustaba y...

–¿Y te creíste ese desconcertante catálogo de cuentos chinos?

–Y que tú le habías dicho que nosotros nos estábamos...

–¿Sí?

–Separando –dije.

Mark se sentó y empezó a pasarse los dedos muy lentamente por la frente.

–¿Lo hiciste? –murmuré–. ¿Le dijiste eso a Rebecca?

–No –dijo finalmente–. No le dije eso a Rebecca, pero...

No me atrevía a mirarle.

–Pero quizá nosotros... –empezó a decir.

La habitación empezó a llenarse de manchas. Eso es lo que odio de las citas. En un determinado momento te sientes más cerca de alguien que de nadie más en todo el mundo, y al minuto siguiente les basta con pronunciar las palabras «tiempo separados», «una conversación seria» o «quizá tú...» para que no les vuelvas a ver en tu vida y tengas que pasarte los seis meses siguientes manteniendo conversaciones imaginarias en las que ellos te suplican volver, y rompiendo a llorar cada vez que ves su cepillo de dientes.

–¿Quieres que lo dejemos...?

Alguien llamó a la puerta. Era Rebecca, radiante con su chaqueta de cachemir rosa oscuro.

–¡Último aviso para el desayuno, chicos! –ronroneó, y se quedó allí.

Acabé desayunando con el pelo despeinado y sin lavar, mientras Rebecca agitaba su brillante melena y servía *kedgeree*.

De camino a casa permanecimos en silencio mientras yo luchaba por no mostrar cómo me sentía ni decir nada bobo. Sé por experiencia lo horrible que es intentar convencer a alguien de no romper cuando éste ya se ha hecho a la idea, y luego encima volver a pensar en lo que has dicho. Te sientes una idiota integral.

–¡No lo hagas! –quise gritar cuando nos detuvimos frente a mi casa–. Ella está intentando pillarte y todo es una conspiración. Yo no besé a St John. Te quiero.

–Bueno, pues adiós –dije muy digna, y me obligué a salir del coche.

–Adiós –murmuró sin mirarme.

Le vi dar la vuelta con el coche muy rápido, con las ruedas chirriando. Cuando se fue le vi pasarse la mano por la mejilla enfadado, como si estuviese borrando algo.

4
Persuasión

Lunes 24 de febrero

95 kg (peso combinado de una y su infelicidad), 1 unidad de alcohol, a saber: yo, 20.000 cigarrillos, 8.477 calorías (sin contar el chocolate), 477 teorías acerca de lo que está ocurriendo, número de veces que he cambiado de opinión sobre qué hacer: 488.

3 a.m. No sé qué habría hecho ayer sin las chicas. Las llamé en cuanto Mark se marchó, en menos de quince minutos estaban en mi casa y ni una sola vez me dijeron «Ya te lo dije».

Shazzer entró cargada de botellas y bolsas de la compra, ladrando:

–¿Ha llamado? –Fue como estar en la serie de televisión *ER* cuando llega el doctor Greene.

–No –dijo Jude metiéndome un cigarrillo en la boca como si de un termómetro se tratase.

–Es sólo cuestión de tiempo –dijo Shaz con prontitud, y sacó una botella de Chardonnay, tres pizzas, dos Häagen-Daas de praliné y crema y un paquete de Twix tamaño familiar.

–Sí –dijo Jude colocando la cinta de *Orgullo y prejuicio* encima del vídeo, junto a *Hacia la autoestima a través del amor y la pérdida*, *El cuaderno de las cinco fases de las citas* y *Cómo curar el dolor odiando*–. Volverá.

–¿Creéis que debería llamarle? –dije.

–¡No! –chilló Shaz.

–¿Has perdido la cabeza? –vociferó Jude–. Él está siendo una goma elástica marciana. Lo *último* que debes hacer es llamarle.

–Lo sé –dije malhumorada. Quiero decir que, era increíble que pensase que yo había leído tan pocos libros.

–*Deja* que él vuelva a su cueva y sienta la atracción, y tú vuelve a pasar de la Exclusividad a la Incertidumbre.

—¿Pero y si él...?

—Será mejor que lo desconectes, Shaz —suspiró Jude—. Si no, en lugar de trabajar su autoestima, se pasará la noche esperando a que él la llame.

—¡Noooo! —grité sintiéndome como si me fuesen a cortar una oreja.

—De todas formas —dijo Shaz con prontitud, desconectando el teléfono de la pared con un click—, a él le irá bien.

Dos horas más tarde me sentía bastanta confusa.

—¡«Cuanto más le gusta una mujer a un hombre más evitará éste comprometerse»! —dijo Jude triunfalmente leyendo de *Citas de Marte y Venus*.

—¡A mí me suena a lógica masculina! —dijo Shaz.

—¿Entonces abandonarme podría ser en realidad una señal de que él se toma la relación en serio? —dije excitada.

—Espera, espera —Jude estaba leyendo atentamente *Inteligencia emocional*—. ¿Le fue infiel su mujer?

—Sí —musité con la boca llena de Twix—. Una semana después de su boda. Con Daniel.

—Mmm. Mira, a mí me parece que él también estaba sufriendo un Secuestro Emocional, probablemente a causa de una anterior «magulladura» emocional que tú has tocado sin querer. ¡Claro! ¡Claro! ¡Eso es! Por eso sobrerreaccionó con lo del besuqueo entre tú y el chico. Así que no te preocupes, una vez la magulladura deje de confundir todo su sistema nervioso, se dará cuenta de su error.

—¡Y también se dará cuenta de que tiene que salir con otra porque tú le gustas mucho! —dijo Sharon encendiendo alegremente un Silk Cut.

—Cállate, Shaz —siseó Jude—. Cállate.

Era demasiado tarde. El espectro de Rebecca surgió, llenando la habitación como un monstruo hinchable.

–Oh, oh, oh –dije entornando los ojos.

–Deprisa, tráele una copa, tráele una copa –chilló Jude.

–Lo siento, lo siento. Pon *Orgullo y prejuicio* –dijo Shaz atropelladamente mientras vertía brandy seco en mi boca–. Busca la escena de la camisa mojada. ¿Nos tomamos las pizzas?

Fue un poco como en Navidad, o más bien como cuando alguien muere y con el funeral y todo el lío nada es normal, y la gente no es consciente de la pérdida porque todos están muy ocupados. Cuando la vida retoma su curso sin aquella persona, empiezan los problemas. Como ahora, por ejemplo.

7 p.m. ¡Loca alegría! Llegué a casa y me encontré la luz del contestador parpadeando.

–Bridget, hola, soy Mark. No sé dónde estabas anoche pero, bueno, sólo llamaba para decir hola. Intentaré encontrarte más tarde.

Intentaré encontrarte más tarde. Mmm. Así que, presumiblemente, eso significa que no le llame.

7.13 p.m. No ha llamado. Ahora no estoy segura de cúal es el procedimiento adecuado. Mejor será llamar a Shaz.

Por si todo esto fuera poco, encima el pelo, como por simpatía, se ha vuelto loco. Extraño como el pelo está normal durante semanas y de repente, en cinco minutos, se vuelve loco, anunciando que es el momento de cortarlo, como un niño que empieza a gritar para que le alimenten.

7.30 p.m. Le hice oír el mensaje a Shaz por teléfono y le dije:

–¿Debería llamarle?

–¡No! Deja que sufra. Si te ha abandonado y luego cambia de opinión, tiene que demostrar que te merece.

Shaz tiene razón. Sí. Estoy en un estado de ánimo muy asertivo con respecto a Mark Darcy.

8.35 p.m. Oh, sin embargo, él quizá esté triste. Odio pensar que está sentado, con la camiseta del Newcastle United, triste. Quizá debería llamarle y llegar al fondo de la cuestión.

8.50 p.m. Estaba a punto de llamar a Mark y soltarle lo mucho que me gustaba y que todo había sido un malentendido pero, por suerte, Jude me llamó antes de que pudiese descolgar el teléfono. Le expliqué lo de mi breve pero preocupantemente positivo estado de ánimo.

—¿Así que quieres decir que has vuelto a caer en la Negación?

—Sí —dije indecisa—. ¿Quizá debería llamarle mañana?

—No, si quieres que volvais a estar juntos, no tienes que montarle ninguna escena. Así que espera cuatro o cinco días hasta que hayas recuperado la compostura y entonces sí, no hay nada malo en hacerle una alegre y amistosa llamada sólo para hacerle saber que todo va bien.

11 p.m. No me ha llamado. Oh joder. Estoy tan confusa. El mundo de las citas es como un juego horrible de faroles y más faroles, con hombres y mujeres disparándose desde barricadas opuestas formadas por sacos de arena. Es como si hubiese una serie de reglas que se supone debes seguir, pero nadie sabe cuáles son y entonces cada cual se monta las suyas. Y al final acabas siendo abandonada porque no seguiste las reglas correctamente pero, ¿cómo se podía esperar que lo hicieses cuando para empezar no sabías cuáles eran?

Martes 25 de febrero

Número de veces que he pasado conduciendo frente a la casa de Mark para ver si hay luces encendidas: 2 (o 4 si cuentas ida y vuelta). Número de veces que he marcado el 141 (para que él no pueda rastrear mi número si marca el 1471) y entonces he llamado a su casa sólo para oír su voz en el contestador: 5 (mal) (aunque muy bien por no haber dejado ningún mensaje). Número de veces que he comprobado el número de Mark Darcy en el listín telefónico sólo para demostrarme a mí misma que todavía existe: 2 (muy moderado), porcentaje de llamadas hechas desde el móvil para mantener la línea libre por si llama: 100%. Porcentaje de gente que me ha llamado y me ha hecho sentir enfadada y resentida por no ser Mark Darcy –a no ser que llamasen para hablar de Mark Darcy– y a las que he apremiado a colgar el teléfono lo más rápido posible por si estaban bloqueando una llamada de Mark Darcy: 100%.

8 p.m. Magda acaba de llamar para preguntarme cómo me ha ido el fin de semana. He acabado soltando toda la historia.

–Escucha, si se lo vuelves a coger una sola vez, ¡te vas directamente de cara a la pared! ¡Harry! Perdona, Bridge. ¿Y qué dice él al respecto?

–No he hablado con él.

–¿Qué? ¿Por qué no?

Le expliqué lo del mensaje del contestador y la teoría completa de la goma elástica/magulladura emocional/le gusto demasiado.

–Bridget, eres literalmente increíble. No hay nada en toda la historia que sugiera que te ha abandonado. Sólo se siente mal porque te pilló besuqueándote con otro.

—Yo no me estaba besuqueando con otro. ¡Ocurrió contra mi voluntad!

—Pero él no es adivino. ¿Cómo se supone que debe saber lo que sientes? Tienes que comunicarte. ¡Sácale eso de la boca, ahora! Te vienes conmigo. Vienes conmigo arriba, a ponerte de cara a la pared.

8.45 p.m. Quizá Magda tenga razón. Quizá yo supuse que me estaba abandonando y ésa no era en absoluto su intención. ¡Quizá en el coche sólo estaba molesto por todo el asunto del besuqueo y quería que *yo* dijese algo y ahora crea que le estoy evitando! Voy a llamar. Ése es el problema con las relaciones (o ex relaciones) modernas: simplemente no hay suficiente *comunicación*.

9 p.m. Vale, lo haré.

9.01 p.m. Allá voy.

9.10 p.m. Mark Darcy contestó ladrando «¿Sssiiiií?» con una voz muy impaciente y mucho ruido de fondo.

Alicaída, murmuré:

—Soy yo, soy Bridget.

—¡Bridget! ¿Estás loca? ¿No sabes lo que está ocurriendo? No me has llamado en dos días y ahora me llamas en medio del más importante, del más crucial... ¡Noooooo! ¡Nooooo! Estúpido, maldito... Dios santo. Estúpido... justo al lado del árbitro. ¡Eso era falta! Te van a... Le está amonestando. Está expulsado. Oh Dios... mira, te llamaré cuando haya acabado.

9.15 p.m. Naturalmente, he sabido de inmediato que debía de tratarse de alguna final Transuniversal o algo así, y yo lo había olvidado debido al pantano emocional. Le hubiera podido pasar a cualquiera.

9.30 p.m. ¿Cómo puedo ser tan estúpida? ¿Cómo? ¿Cómo?

9.35 p.m. Oh estupendo... ¡el teléfono! ¡Mark Darcy!

Era Jude.

–¿Qué? –dijo–. ¿No ha hablado contigo porque estaba viendo un *partido de fútbol*? Sal. Sal inmediatamente. No estés en casa cuando te llame. ¡Cómo se atreve!

Al instante comprendí que Jude tenía razón y que, si yo le importase de verdad a Mark, el fútbol no hubiera sido más importante. Shaz fue incluso más categórica.

–La única razón por la que los hombres están tan obsesionados con el fútbol es que son unos gandules –explotó–. Creen que por animar a uno u otro equipo y hacer mucho ruido son ellos personalmente quienes han ganado el partido, y que se merecen los vítores y los aplausos y todo el lío que se arma.

–Sí. ¿Vas a venir a casa de Jude?

–Ejem, no...

–¿Por qué no?

–Estoy viendo el partido con Simon.

¿Simon? ¿Shazzer y Simon? Pero si Simon es sólo uno de nuestros amigos.

–¿Pero pensaba que acababas de decir que...?

–Esto es diferente. La razón por la que me gusta el fútbol es que se trata de un juego muy interesante.

Mmm. Estaba saliendo de casa cuando el teléfono volvió a sonar.

–Oh, hola, cariño. Soy mamá. Lo estamos pasando de maravilla. ¡Todos adoran a Wellington! Le llevamos al Rotary y...

–Madre –protesté–. No puedes pasear a Wellington como si se tratase de una especie de objeto digno de una exposición.

–Ya sabes, cariño –dijo glacial–, que si hay algo que realmente no me gusta es el racismo y la intolerancia.

–¿Qué?

–Bueno. Cuando los Robertson vinieron desde Amersham los llevamos al Rotary y no dijiste nada al respecto, ¿no?

Me quedé boquiabierta intentando desenredar la telaraña de su retorcida lógica.

–Siempre estás clasificando a la gente en cajitas, ¿verdad?, con tus «Petulantes casados» y «Solterones», y gente de color y homosexuales. Bueno, te llamaba para lo de *Miss Saigón* del viernes. Empieza a las siete y media.

Dios bendito.

–¡Ejem...! –dije sin pensar. Estoy segura de que no dije que sí, estoy segura.

–Venga, Bridget. Ya hemos comprado las entradas...

Accedí resignada a la extraña excursión, y justifiqué la ausencia de Mark farfullando atropelladamente la excusa de que tenía que trabajar, lo que la enfureció.

–¡Trabajando, por favor! ¿Qué hace trabajando un viernes por la noche? ¿Estás segura de que no está trabajando demasiado duro? Realmente no creo que trabajar...

–Mamá, de verdad que tengo que dejarte, he quedado con Jude y llego tarde –dije con firmeza.

–Oh, siempre corriendo de acá para allá. Jude, Sharon, el yoga. ¡Me sorprende que tú y Mark tengáis tiempo para veros!

Una vez en casa de Jude, la conversación se centró de forma natural en Shazzer y Simon.

–Pero, de hecho –Jude se echó hacia delante para revelarme una confidencia, aunque no había nadie más con nosotras–, el sábado me los encontré en la Conran Shop. Y se estaban riendo mientras miraban cubertería juntos como una pareja de Petulantes Casados.

¿Qué pasa con los Solterones de hoy en día que la única forma de que puedan tener una relación normal es que ésta no sea considerada como una relación? Ahí está Shaz, que no está saliendo con Simon pero con el que hace lo que se supone que hacen las parejas, y yo y Mark, que se supone que estamos saliendo pero no nos vemos.

–En mi opinión la gente no debería decir «sólo buenos amigos», sino «sólo saliendo juntos» –dije sombríamente.

–Sí –dijo Jude–. Quizá la solución esté en tener amigos platónicos combinados con un consolador.

Al volver escuché el mensaje de un Mark arrepentido en el que decía que me había intentado llamar justo después del partido pero comunicaba todo el rato, y que ahora no me había encontrado. Estaba pensando si llamarle o no cuando él llamó.

–Perdona por lo de antes –me dijo–. Me siento muy mal al respecto, ¿tú no?

–Lo sé –dije con ternura–, me siento exactamente igual.

–No hago más que pensar: ¿por qué?

–¡Exacto! –dije agradecida; una intensa oleada de amor y alivio me invadió.

–Fue algo tan estúpido e innecesario –dijo angustiado–. Un arrebato sin sentido de devastadoras consecuencias.

–Lo sé –asentí pensando, caray, se lo está tomando incluso más dramáticamente que yo.

–¿Cómo puede un hombre vivir con eso?

–Bueno, todos somos humanos –dije pensativa–. La gente tiene que perdonar a los demás... y perdonarse a sí misma.

–¡Bueh! Es fácil decirlo –dijo–. Pero si no le hubiesen expulsado no nos habríamos visto expuestos a la tiranía de los lanzamientos de penalty. ¡Luchamos como reyes contra leones, pero eso nos costó el partido!

Emití un grito ahogado, la cabeza me daba vueltas. ¿Será verdad que los hombres tienen fútbol en lugar de emociones? Me doy cuenta de que el fútbol es excitante y que une a naciones con objetivos y odios comunes, pero seguro que toda la angustia, depresión y las horas de lamentaciones que más tarde supone están...

–Bridget, ¿qué te pasa? Sólo es un juego. Hasta yo puedo entenderlo. Cuando me llamaste durante el partido estaba tan enfrascado en mis sentimientos que... Pero sólo es un juego.

–Vale, vale –dije mirando fijamente de un lado a otro de la habitación como una chiflada.

–De todas formas, ¿qué está pasando? No sé ni una palabra de ti desde hace días. Espero que no hayas estado besuqueando a ningún otro adolescente... Oh espera, espera, vuelven a darlo. ¿Qué tal si me paso mañana?, no, espera, mañana juego a fútbol-sala... ¿el jueves?

–Mmm... sí –dije.

–Genial, nos vemos a eso de las ocho.

Miércoles 26 de febrero

58,9 kg, 2 unidades de alcohol (muy bien), 3 cigarrillos (muy bien), 3.845 calorías (pobre), 24 minutos sin obsesionarme con Mark Darcy (progreso excelente), 13 variaciones de la escultura de dos cuernos inventadas por mi pelo (alarmante).

8.30 a.m. Vale. Probablemente todo va bien (excepto, obviamente, mi pelo) aunque es posible que Mark estuviese eludiendo el tema porque no quería hablar de sentimientos por teléfono. Así que la noche de mañana es crucial.

Lo importante es mostrarme segura, receptiva, sensible, no quejarme por nada, retroceder una fase y... ejem, estar verdaderamente sexy. Veré si me puedo cortar el pelo a la hora de la comida. E iré al gimnasio antes del trabajo. Quizá tome un baño de vapor para así estar resplandeciente.

8.45 a.m. ¡Ha llegado una carta para mí! ¡Hurra! Quizá una tardía tarjeta postal de san Valentín de un admirador secreto, extraviada por llevar el código postal equivocado.

9 a.m. Era una carta del banco acerca del descubierto. Adjuntaba el cheque a «monsieur S. F. S.». ¡Ah! Me había olvidado de ello. El fraude de la tintorería está a punto de salir a la luz y yo recuperaré mis 149 libras. Ooh, acaba de caer una nota al suelo.

La nota decía: «Este cheque es para Marks & Spencer Servicios Financieros».

Era por el pago de Navidad con la tarjeta de M&S. Oh. Oh, Dios. Ahora me siento un poco mal por acusar mentalmente al inocente tipo de la tintorería y montarle el numerito. Mmm. Ya es demasiado tarde para ir al gimnasio y además estoy demasiado perturbada. Iré después del trabajo.

2 p.m. Oficina. En los lavabos. Total y absoluto desastre. Acabo de llegar de la peluquería. Le dije a Paolo que sólo me hiciese un pequeño arreglo para convertir mi demencial y caótica cabellera en la de Rachel de *Friends*. Me empezó a pasar las manos por el pelo y al instante me sentí en manos de un genio que entendía mi belleza interior. Paolo parecía controlarlo a la perfección, echando el pelo a un lado y a otro, entonces lo crepó muchísimo mientras me lanzaba miradas como diciendo «Te voy a transformar en una tía buena de primera».

Entonces de repente se detuvo. El pelo tenía un aspecto absolutamente demencial, como el de una profesora que se hiciera la permanente y luego se cortara el pelo en casco. Me miró sonriendo expectante y confiado y su ayudante se acercó y dijo extasiada «Oh, es una maravilla». Al mirarme al espejo me entró el pánico, pero se había establecido tal unión de admiración mutua con Paolo que decir que detestaba el corte habría hecho que todo se viniese abajo como un castillo de naipes. Acabé uniéndome al éxtasis acerca del monstruoso peinado y dándole una propina de 5 libras a Paolo. Al volver al trabajo, Richard Finch me dijo que me parecía a Ruth Madoc, de *Hi-de-Hi*.

7 p.m. De vuelta a casa. El pelo parece una espantosa peluca con un horroroso flequillo corto. Acabo de pasar cuarenta y cinco minutos mirándome al espejo con las cejas fruncidas intentando hacer que el flequillo parezca más largo pero no me puedo pasar toda la noche de mañana con el aspecto de Roger Moore cuando el malo con el gato le ha amenazado con volar por los aires a él, al mundo entero y a la cajita que contiene los vitales ordenadores MI5.

7.15 p.m. El intento de imitar a una joven Linda Evangelista colocando el flequillo en diagonal utilizando gel me ha transformado en Paul Daniels.

Absolutamente furiosa con el estúpido Paolo. ¿Por qué tiene que hacerle alguien algo así a otra persona? ¿Por qué? Odio a los peluqueros sádicos y megalómanos. Voy a demandar a Paolo. Voy a denunciar lo de Paolo a Amnistía Internacional, Esther Rantzen, Penny Junor o algo así, y a desenmascararlo en la televisión nacional.

Demasiado deprimida para ir al gimnasio.

7.30 p.m. He llamado a Tom para explicarle el trauma y me ha dicho que no debería ser tan superficial y pensar sin embargo en Mo Mowlam y la calvicie. Estoy muy avergonzada. No me voy a obsesionar más. Por otra parte Tom me ha preguntado que si ya había pensado en alguien a quien entrevistar.

—Bueno, he estado un poco ocupada —dije con sentimiento de culpabilidad.

—¿Sabes una cosa? Tienes que empezar a mover el culo. —Oh Dios, no sé qué le ha ocurrido en California—. ¿En quién estás realmente interesada? —prosiguió—. ¿No hay ninguna celebridad a la que realmente te gustaría entrevistar?

Pensé en ello y de repente me di cuenta.

—¡El señor Darcy!

—¿Qué? ¿Colin Firth?

—¡Sí! ¡Sí! ¡El señor Darcy! ¡El señor Darcy!

Y ahora tengo un proyecto. ¡Hurra! Voy a ponerme manos a la obra y a concertar una entrevista por medio de su agente. Será maravilloso, puedo sacar todos los recortes y mostrar un perspectiva realmente única de... Oh, sin embargo, será mejor que espere hasta que me haya crecido el flequillo. ¡Aaah! El timbre. Espero que no sea Mark. ¡Pero dijo claramente mañana! Calma, calma.

—Soy Gary —oí por el interfono.

—Oh, hola, hola. ¡Gaaary! —exageré disimulando, sin tener la menor idea de quién era—. ¿Cómo estás? —dije, pensando—. Por cierto, ¿quién eres?

—Frío. ¿Vas a dejarme pasar?

De repente reconocí la voz.

—Oh, *Gary* —dije con afectación y de forma todavía más exagerada—. ¡¡¡Sube!!!

Me golpeé con fuerza en la cabeza. ¿Qué hacía él aquí?

Entró vestido con unos tejanos como de albañil manchados de pintura, una camiseta naranja y una chaqueta a cuadros con el cuello de piel de oveja de imitación.

–Hola –me dijo, sentándose a la mesa de la cocina como si fuese mi marido. No estaba segura de cómo habérmelas con el panorama de ser dos-personas-en-la-habitación-con-un-concepto-de-la-realidad-totalmente-distinto.

–Bueno, Gary –dije–. ¡Tengo un poco de prisa!

No dijo nada y empezó a liarse un cigarrillo. De repente empecé a sentirme un poco asustada. Quizás era un loco violador. Pero nunca había intentado violar a Magda, por lo menos hasta donde yo sé.

–¿Olvidaste alguna cosa? –dije nerviosa.

–Naa –dijo mientras seguía liando el cigarrillo. Miré en dirección a la puerta preguntándome si debía correr hacia ella–. ¿Dónde está el tubo de desagüe?

–¡Garyyyyyyyyy! –quise gritar–. Vete. Simplemente vete. Mañana por la noche he quedado con Mark y tengo que hacer algo con mi flequillo y trabajar mis ejercicios en el suelo.

Se metió el cigarrillo en la boca y se levantó.

–Echemos un vistazo al cuarto de baño.

–¡Noooo! –grité al recordar que junto al lavamanos había un tubo abierto de tinte Jolene y un ejemplar de Lo que quieren los hombres–. Mira, ¿puedes volver otro...?

Pero él ya estaba fisgoneando, abriendo la puerta, asomándose a las escaleras y dirigiéndose al dormitorio.

–¿Tienes alguna ventana trasera aquí?

–Sí.

–Echemos un vistazo.

Me quedé de pie nerviosa en la puerta del dormitorio, mientras él abría la ventana y miraba al exterior. Parecía más interesado en tuberías que en atacarme realmente.

–¡Ya me lo parecía! –dijo triunfalmente, volviendo a meter la cabeza y cerrando la ventana–. Aquí fuera tienes espacio para una ampliación.

–Me temo que vas a tener que marcharte –dije irguiéndome y dirigiéndome hacia el salón–. Tengo que ir a un sitio.

Pero él ya había pasado por delante de mí y volvía a dirigirse hacia las escaleras.

–Sí, tienes espacio para una ampliación. Aunque te advierto que tendrás que mover el tubo del desagüe.

–Gary...

–Podrías tener un segundo dormitorio, con una terracita encima. Encantador.

¿Terracita? ¿Segundo dormitorio? Podría convertirlo en mi despacho y empezar mi nueva carrera.

–¿Cuánto costaría?

–Ohhh –empezó a mover la cabeza pesaroso–. ¿Sabes qué? Bajemos al *pub* y pensemos con respecto a eso.

–No puedo –dije con firmeza–. Voy a salir.

–De acuerdo. Bueno, me lo voy a pensar y ya te llamaré.

–Estupendo. ¡Bueno! ¡Será mejor que me vaya!

Cogió su abrigo, su tabaco y su papel de fumar Rizla, abrió su bolsa y dejó una revista encima de la mesa de la cocina con una reverencia.

Al llegar a la puerta se dio la vuelta y me echó una mirada de complicidad.

–Página setenta y uno –me dijo–. *Ciao*.

Cogí la revista pensando que se trataría del *Architectural Digest*, y me encontré mirando *El pescador de agua dulce*, con un hombre sosteniendo un viscoso y gigantesco pez gris en portada. Hojeé un gran número de páginas, todas ellas conteniendo muchas fotos de hombres sosteniendo viscosos y gigantescos peces grises. Llegué a la página 71 y allí, junto a un artículo sobre «Cebos de rapiña BAC», con una gorra de tela vaquera con distintivos y una sonrisa orgullosa y radiante, estaba Gary, sosteniendo un viscoso y gigantesco pez gris.

Jueves 27 de febrero

58,5 kg (el medio kilo perdido era el cabello), 17 cigarrillos (por culpa del cabello), 625 calorías (no apetece comer por culpa del cabello), 22 cartas imaginarias a abogados, programas del consumidor, Departamento de Sanidad, etc., quejándome de la desgracia de Paolo en mi cabello, 72 visitas al espejo para comprobar el crecimiento del cabello, milímetros que ha crecido el cabello a pesar de todo el duro trabajo: 0.

7.45 p.m. Quedan quince minutos. Acabo de volver a comprobar el flequillo. El cabello ha pasado de espantosa peluca a peluca horrorosa, terrorífica, en punta.

7.47 p.m. Sigo siendo Ruth Madoc. ¿Por qué tiene que ocurrir esto en la noche más importante en lo que va de relación con Mark Darcy? ¿Por qué? Como mínimo, sin embargo, esto me ha hecho dejar de mirar en el espejo si mis muslos se han reducido.

Medianoche. Cuando Mark Darcy apareció por la puerta se me hizo un nudo en el estómago.
Entró resueltamente sin decir hola, se sacó un sobre para tarjetas postales del bolsillo y me lo entre-

gó. Estaba a mi nombre pero tenía la dirección de Mark. Ya había sido abierto.

–Ha estado en la bandeja de entrada desde que volví –dijo y se dejó caer pesadamente en el sofá–. Esta mañana la he abierto por error. Perdona. Pero probablemente sea para bien.

Temblando, saqué la tarjeta postal del sobre.

En ella había representados dos erizos observando un sujetador entrelazado con unos calzoncillos que daban vueltas en una lavadora.

–¿De quién es? –me dijo con afabilidad.

–No lo sé.

–Sí que lo sabes –dijo con esa calma y esa sonrisita que sugieren que alguien está a punto de sacar un hacha y cortarte la nariz–. ¿De quién es?

–Ya te lo he dicho –murmuré–. No lo sé.

–Lee lo que hay escrito.

La abrí. En el interior, en tinta roja y con una escritura de patas de araña, decía: «Sé Mi Valentín. Nos veremos cuando pases a recoger tu camisón. Amor. Sxxxxxxxx».

Me quedé perpleja. Justo en ese momento sonó el teléfono.

¡Baaah!, pensé, debe de ser Jude o Shazzer con algún horrible consejo sobre Mark. Hice ademán de dirigirme hacia él para cogerlo pero Mark me puso la mano en el brazo.

–Hola, muñeca, Gary al habla –oh Dios. ¿Cómo se atreve a mostrarse tan familiar?–. Mira, sobre lo que estuvimos hablando en el dormitorio... tengo algunas ideas, así que llámame y enseguida pasaré por ahí.

Mark bajó la mirada y parpadeó muy deprisa. Luego inspiró profundamente y se pasó la mano por el rostro, como intentando recobrarse.

–¿Bien? –me dijo–. ¿Quieres explicármelo?

–Es el Chapuzas. –Quise rodearle con mis brazos–. Gary, el chapuzas de Magda. El que colocó esa mierda de estanterías. Quiere hacer una ampliación entre el dormitorio y las escaleras.

–Ya veo –dijo–. ¿Y la postal también es de Gary? ¿O es de St John? ¿O de algún otro...?

Justo entonces el fax empezó a gruñir. Me estaban enviando algo.

Me quedé mirando cómo Mark arrancaba la página del fax, la miraba y me la entregaba. Era una nota garabateada de Jude que decía: «Quién necesita a Mark Darcy cuando por 9,99 libras más gastos de envío te puedes comprar uno de éstos», encima de un anuncio de un consolador con una lengua.

Viernes 28 de febrero

58 kg (la única razón para el optimismo), razones por las que a la gente le gusta ir a musicales: cifra misteriosamente insondable, razones por las que Rebecca debería seguir con vida: 0, razones por las que Mark, Rebecca, mamá, Una y Geoffrey Alconbury y Andrew Lloyd Webber o gente así quieren arruinarme la vida: poco claras.

Debo mantener la calma. Tengo que ser positiva. Ha sido mucha mala suerte que todas estas cosas ocurrieran a la vez, de eso no hay duda. Completamente comprensible que Mark se fuese después de todo aquello y que dijera que me llamaría cuando se calmase y... ¡Ah! Acabo de caer en la cuenta de quién diablos era la postal. Tiene que haber sido el chico de la tintorería. Cuando yo estaba intentando sacarle lo del fraude y diciéndole «No creas que no sé lo que está ocurriendo», le acababa de dejar mi camisón. Y le di la dirección de Mark por si era problemático. El mundo está lleno de lunáticos y locos y esta noche tengo que ir a ver el jodido *Miss Saigón*.

Medianoche. Al principio no estuvo muy mal. Fue un alivio salir de la prisión de mis pensamientos y del infierno de marcar 1471 cada vez que iba al lavabo.

Wellington, lejos de ser una trágica víctima del imperialismo cultural, parecía sentirse cómodo vestido con uno de los trajes de los años cincuenta de papá, como si se tratase de uno de los camareros del Met Bar en su noche libre, respondiendo con solemne amabilidad mientras mamá y Una se agitaban a su alrededor como *groupies*. Llegué tarde, así que conseguí limitarme a intercambiar con él las mínimas palabras de disculpa durante el entreacto.

–¿Es extraño estar en Inglaterra? –dije, y me sentí estúpida porque obviamente debía de ser extraño.

–Es interesante –dijo mirándome con perspicacia–. ¿A ti te parece extraño?

–¡Bien! –irrumpió Una–. ¿Dónde está Mark? ¡Yo pensaba que supuestamente él también venía!

–Está trabajando –murmuré mientras el tío Geoffrey se acercaba, borracho, con papá.

–¡Eso es lo que dijo el último!, ¿no? –bramó tío Geoffrey–. Siempre lo mismo con mi pequeña Bridget –me dijo dándome un golpecito peligrosamente cerca del culo–. Se le van. ¡Uyyy!

–¡Geoffrey! –dijo Una y añadió como queriendo hacer la conversación más ligera–. Wellington, ¿en tu tribu tenéis mujeres mayores que no se pueden casar?

–Yo no soy una mujer mayor –protesté.

–Eso es responsabilidad de los ancianos de la tribu –dijo Wellington.

–Bueno, yo siempre he dicho que esa es la mejor forma, ¿verdad Colin? –presumió mamá–. Quiero decir, ¿no le dije yo a Bridget que tenía que salir con Mark?

–Pero cuando una mujer es mayor, con o sin marido, tiene el respeto de la tribu –dijo Wellington lanzándome un guiño.

–¿Puedo trasladarme allí? –dije sombríamente.

–No estoy seguro de que te gustase el olor de las paredes –dijo riendo.

Conseguí llevarme a papá a un lado y le susurré:

–¿Cómo va eso?

–Oh, no demasiado mal, ya sabes –dijo–. Parece un tipo bastante simpático. ¿Podemos llevarnos las bebidas a nuestro asiento?

La segunda parte fue una pesadilla. Toda la juerga del escenario pasó borrosa, mientras mi mente caía en un horroroso efecto bola-de-nieve con imágenes de Rebecca, Gary, vibradores, consoladores y camisones, imágenes más y más espeluznantes a medida que iban pasando dando vueltas sobre sí mismas.

Afortunadamente la aglomeración de gente saliendo en tropel fuera del *foyer* y gritando con –presumiblemente– alegría, impidió cualquier conversación hasta que todos nos amontonamos en el Range Rover de Geoffrey y Una. Allí estábamos, Una conduciendo, Geoffrey de copiloto, papá riendo divertido en el maletero y yo hecha un sándwich entre mamá y Wellington en el asiento trasero, cuando el horrible e increíble incidente tuvo lugar.

Mamá se acababa de poner unas gafas enormes con montura dorada.

–No sabía que habías empezado a llevar gafas –estaba diciendo yo, alarmada por aquella señal, nada característica en ella, de que reconocía el proceso de envejecimiento.

–No he empezado a llevar gafas –dijo ella alegremente–. Una, cuidado con el poste luminoso.

–Pero –dije–, las llevas.

–¡No, no, no! Sólo las llevo para conducir.

–Pero no estás conduciendo.

–Sí que lo está haciendo –papá sonrió tristemente mientras mamá chillaba:

–¡Una, cuidado con el Fiesta! ¡Ha puesto el intermitente!

–¿No es ese Mark? –dijo Una de repente–. Pensaba que estaba trabajando.

–¡Dónde! –dijo mamá con tono autoritario.

–Allí –dijo Una–. Ohhh, por cierto, ¿te he dicho que Olive y Roger se han ido al Himalaya? Al parecer está cubierto de papel de váter. Todo el Monte Everest.

Seguí con la mirada el dedo de Una y allí estaba Mark, vestido con su abrigo azul oscuro y una camisa muy blanca y medio desabrochada, saliendo de un taxi. Como a cámara lenta vi una figura emergiendo de la parte trasera del taxi: alta, delgada, con una larga cabellera rubia, riendo muy cerca del rostro de Mark. Era Rebecca.

El nivel de tortura desencadenado en el Range Rover fue increíble: mamá y Una se pusieron locas de indignación a mi favor –«Bueno, ¡creo que es absolutamente repugnante! ¡Con otra mujer un viernes por la noche cuando ha dicho que estaba trabajando! Estoy pensando en llamar a Elaine y dejarle las cosas claras»; Geoffrey, borracho, diciendo: «¡Se le van! ¡Uyyy!», y papá intentando calmar toda la situación. Las únicas personas que permanecían en silencio éramos yo y Wellington, quien me cogió la mano y la sostuvo apretándola con fuerza, sin decir una palabra.

Cuando llegamos a mi apartamento saltó del Range Rover para dejarme salir, oyendo en segundo plano los murmullos: «¡Bueno! Quiero decir, ¿verdad que su primera mujer le abandonó?». «Bueno, exactamente. No hay humo sin fuego.»

—En la oscuridad la piedra se convierte en búfalo —me dijo Wellington—. A la luz del día todo es lo que parece.

—Gracias —le dije agradecida, y avancé dando traspiés hasta mi piso, mientras me preguntaba si podría transformar a Rebecca en un búfalo y quemarla sin provocar el humo suficiente como para alarmar a Scotland Yard.

Sábado 1 de marzo

10 p.m. Mi apartamento. Un día muy negro. Jude, Shaz y yo hemos ido de compras de emergencia y luego hemos venido todas aquí a prepararnos para pasar una noche en la ciudad, programada por las chicas para quitarme las preocupaciones de la cabeza. A las 8 p.m. las cosas ya se estaban poniendo achispadas.

—Mark Darcy es gay —declaró Jude.

—Claro que es gay —gruñó Shazzer mientras servía más *Bloody Marys*.

—¿De verdad lo pensáis? —dije, momentáneamente consolada por aquella teoría deprimente pero al mismo tiempo reconfortante para mi ego.

—Bueno, encontraste un chico en su cama, ¿verdad? —dijo Shaz.

—¿Por qué si no iba a salir con una persona tan monstruosamente alta como Rebecca, sin ningún sentido de la feminidad, sin tetas y sin culo, o sea, virtualmente un hombre? —dijo Jude.

—Bridge —dijo Shaz mirándome con cara de borracha—, Dios, ¿sabes? Cuando te miro desde este ángulo, de verdad que tienes una barbilla doble.

–Gracias –dije con ironía sirviéndome otra copa de vino y volviendo a apretar el botón de ESCUCHAR LLAMADAS, ante lo que Jude y Shazzer se taparon las orejas con las manos.

–Hola, Bridget. Soy Mark. Parece que no contestas a mis llamadas. Sinceramente creo, lo que sea, yo... Yo de verdad que... Nosotros... por lo menos yo así lo siento... te debo que seamos amigos, así que espero que tú... que lo seamos. Oh Dios, de todas formas, llámame pronto. Si quieres.

–Parece haber perdido totalmente el norte –refunfuñó Jude–. Como si no tuviese nada que ver con él haberse ido con Rebecca. De verdad que ahora tienes que desvincularte. Oye, ¿vamos a ir a esa fiesta o no?

–¡Siií!. ¿Quién diablos se cree que es? –dijo Shaz–. ¡Te lo debo! ¡Nah! Deberrríaz dezzzirle: «Encanto, no necesito que nadie forme parte de mi vida porrrque me lo debe».

En aquel instante sonó el teléfono.

–Hola –era Mark. Mi corazón se vio inoportunamente inundado por una gran ola de amor.

–Hola –dije ilusionada, articulando «Es él» a las chicas.

–¿Recibiste tu mensaje? ¿Quiero decir, mi mensaje? –dijo Mark.

Shazzer me estaba pellizcando la pierna mientras siseaba frenéticamente:

–Dile cuatro cosas, venga.

–Sí –dije en tono repipi–. Pero como lo recibí minutos después de verte salir de un taxi con Rebecca a las 11 de la noche, no me sentía de un humor precisamente tratable.

Shaz golpeó el aire con el puño y dijo «¡¡¡Siií!!!»; Jude le tapó la boca con la mano, me enseñó el pulgar y cogió el Chardonnay.

Al otro lado del teléfono había silencio.

–Bridge, ¿por qué siempre tienes que sacar conclusiones precipitadas?

Hice una pausa, la mano tapando el auricular del teléfono.

–Dice que estoy sacando conclusiones precipitadas –siseé, con lo que Shaz, furiosa, hizo ademán de abalanzarse sobre el teléfono.

–¿Conclusiones precipitadas? –dije–. Rebecca te ha estado yendo detrás desde hace un mes, tú me has abandonado por cosas que no he hecho y lo siguiente que sucede es que te veo salir de un taxi con Rebecca...

–Pero no fue culpa mía, puedo explicarlo, y acababa de llamarte.

–Sí... para decirme que me debías que fuésemos amigos.

–Pero...

–¡Sigue! –siseó Shaz.

Respiré hondo.

–¿Me lo debes? Encanto... –En aquel instante Jude y Shaz se abrazaron extasiadas. ¡Encanto! Yo casi era Linda Fiorentino en *La última seducción*– ...no necesito que nadie forme parte de mi vida porque me lo debe –seguí con determinación–. Tengo las mejores, más leales, inteligentes, divertidas, afectuosas y compasivas amigas del mundo. Y si *fuese* tu amiga después de la forma en que me has tratado...

–Pero... ¿Qué forma? –parecía angustiado.

–Si todavía siguiese siendo tu amiga... –yo estaba flaqueando.

–Sigue –siseó Shaz.

– ...Tú serías *muy* afortunado.

–De acuerdo, ya has dicho bastante –dijo Mark–. Si no quieres que te lo explique, no te molestaré con llamadas telefónicas. Adiós, Bridget.

Anonadada, colgué el teléfono y miré a mis amigas. Sharon estaba estirada en la alfombra zarandeando triunfalmente un cigarrillo en el aire y Jude estaba bebiendo directamente de la botella de Chardonnay. De repente tuve la horrorosa sensación de haber cometido el más terrible de los errores.

Diez minutos más tarde sonó el timbre. Corrí hacia la puerta.

–¿Puedo entrar? –dijo una apagada voz masculina. ¡Mark!

–Claro –dije, aliviada. Me giré hacia Jude y Shaz y les dije–: ¿Creéis que podríais ir... al dormitorio?

Estaban levantándose de mala gana cuando se abrió la puerta del piso, pero no era Mark sino Tom.

–¡Bridget! ¡Qué delgada estás! –dijo–. Oh Dios. –Se desplomó sobre la mesa de la cocina–. Oh Dios. La vida es una mierda, la vida es un cuento explicado por un cínico...

–Tom –dijo Shazzer–. Estábamos manteniendo una conversación.

–Y ninguna de nosotras te ha visto el pelo en semanas –farfulló Jude resentida.

–¿Una conversación? ¿No sobre mí? ¿De qué otra cosa podría tratarse? Oh Dios... jodido Jerome, jodido, jodido Jerome.

–¿Jerome? –dije horrorizada–. ¿El Pretencioso Jerome? Pensaba que le habías desterrado de tu vida para siempre.

–Me dejó todos esos mensajes cuando yo estaba en San Francisco –dijo Tom tímidamente–. Así que empezamos a vernos, y entonces esta noche he hecho una alusión a la posibilidad de volver a salir juntos, bueno, he intentado besuquearle y Jerome me ha dicho, me ha dicho... –Tom se frotó un ojo airadamente– ...que no se sentía atraído por mí.

Permanecimos en silencio anonadadas. El Pretencioso Jerome había cometido un crimen contra todas las leyes de la decencia en las citas, un crimen depravado, egoísta, imperdonable y destructor de egos.

–No soy atractivo –dijo Tom desesperadamente–. Soy un confirmado paria del amor.

Al instante nos pusimos en acción: Jude cogió el

Chardonnay mientras Shaz le abrazaba y yo traía una silla y decía atropelladamente:

—¡No lo eres, no lo eres!

—¿Y entonces por qué me ha dicho eso? ¿Por qué? ¿POR QUEEEEEEÉ?

—Es perfectamente obvio —dijo Jude dándole una copa—. Porque el Pretencioso Jerome es hétero.

—Totalmente hétero —dijo Shaz—. Sabía que ese chico no era gay desde la primera y jodida vez que le vi.

—Hétero —dijo Jude riendo en señal de estar de acuerdo—. Un buen chico hétero y recto, como un muy hétero y muy recto... pene.

5
Señor Dardy, señor Darcy

Domingo 2 de marzo

5 a.m. Aaargh. Acabo de recordar lo ocurrido.

5.03 a.m. ¿Por qué lo hice? ¿Por qué? ¿Por qué? Me gustaría poder volver a dormirme o levantarme.

5.30 a.m. Extraño lo deprisa que pasa el tiempo cuando tienes resaca. Es porque tienes muy pocos pensamientos: exactamente lo opuesto a cuando la gente se está ahogando y pasan ante sus ojos ráfagas como fogonazos de partes completas de su vida, y el momento parece dilatarse eternamente porque están teniendo muchos pensamientos.

6 a.m. Ya lo ves, ha pasado media hora como si nada porque no he tenido ningún pensamiento. Uf. Me duele bastante la cabeza. Oh Dios. Espero no haber vomitado en el abrigo.

7 a.m. El problema es que nunca te dicen lo que pasará si bebes más de dos copas al día o, más concretamente, todas las unidades de alcohol permitidas para toda una semana en una noche. ¿Significa que entonces se te pondrá la cara color magenta y la nariz torcida como si fueras un gnomo, o que eres un alcohólico? Pero en ese caso todas las personas de la fiesta a la que fuimos anoche debían de ser alcohólicas. Excepto porque las únicas personas que no estaban bebiendo eran los alcohólicos. Mmm.

7.30 a.m. Quizá esté embarazada y el alcohol haya dañado al bebé. Oh, pero no puedo estar embarazada porque acabo de tener la regla y nunca más volveré a practicar sexo con Mark. Nunca. Jamás.

8 a.m. Lo peor de todo es estar sola en mitad de la noche sin nadie con quien hablar o a quien preguntarle si estaba muy borracha. Sigo recordando las cosas cada vez más y más horribles que dije. Oh no. Acabo de recordar que le di 50 peniques a un mendigo que, en lugar de decirme «Gracias», me dijo «Pareces muy borracha».

De repente también acabo recordar a mi madre diciéndome en mi infancia: «No hay nada peor que una mujer borracha». Soy como una de esas zorras fáciles que frecuentan los bares. Tengo que volver a dormir.

10.15 a.m. Me siento un poco mejor después de haber dormido. Quizá la resaca se me haya pasado. Creo que voy a abrir las cortinas. ¡AAAAAAAAAH! No puede ser natural que el sol esté tan jodidamente brillante por la mañana.

10.30 a.m. Da igual. Dentro de un minuto me voy al gimnasio y nunca volveré a beber, por lo tanto éste es un momento perfecto para iniciar la dieta Scarsdale. Así que de hecho lo que ocurrió anoche estuvo muy bien porque éste es el inicio de una vida totalmente nueva. ¡Hurra! La gente dirá... Oooh, el teléfono.

11.15 a.m. Era Shazzer.

—Bridge, ¿estuve muy borracha y desagradable anoche?

Por un momento no pude recordarla lo más mínimo.

—No, claro que no —dije amablemente para animar a Shazzer, segura de que si hubiese estado verdaderamente borracha yo lo recordaría. Reuní todo mi valor y pregunté—: ¿Y yo? —Hubo un silencio.

—No, estuviste encantadora, muy, muy cariñosa.

Ahí está, ya ves, era sólo paranoia de resaca. Ooh, el teléfono. Quizá sea él.

Era mi madre.

–Bridget, ¿qué diablos estás haciendo todavía en casa? Se supone que tienes que estar aquí dentro de una hora. ¡Papá está preparando el postre! Alaska al horno.

11.30 a.m. Joder, oh joder. El viernes por la noche me invitó a comer y yo estaba demasiado débil como para discutir, y después demasiado borracha para recordarlo. No puedo dejar de ir otra vez. ¿Puedo? Vale. Lo que tengo que hacer es permanecer tranquila y comer fruta porque las enzimas limpian las toxinas y todo estará bien. Comeré un poquito e intentaré no vomitar y luego, una vez haya salido de la Tierra de la Indecisión, llamaré a mamá.

Pros de ir

Podré comprobar si Wellington está siendo tratado de una forma que no ofendería a la Comisión de Igualdad Racial.

Podré hablar con papá.

Seré una buena hija.

No me las tendré que haber con mamá.

Contras de ir

Tendré que sufrir la tortura y el tormento del incidente Mark/Rebecca.

Quizá vomite en la mesa.

Otra vez el teléfono. Será mejor que no sea ella.

–¿Qué tal tienes la cabeza hoy? –Era Tom.

–Bien –gorjeé alegremente, ruborizándome–. ¿Por qué?

–Bueno, anoche estabas bastante pasada.

–Shazzer me ha dicho que no.

–Bridget –dijo Tom–, Shazzer no estaba. Se fue al Met Bar a encontrarse con Simon y, por lo que yo sé, ella estaba en el mismo estado que tú.

Lunes 3 de marzo

59,4 kg (horrible producción instantánea de grasa después de la comida familiar del domingo untada de manteca de cerdo), 17 cigarrillos (emergencia), incidentes durante la comida familiar que sugieran que queda algo de cordura o sentido de la realidad en la vida: 0.

8 a.m. Finalmente la resaca está empezando a desaparecer. Gran alivio volver a estar en mi propia casa, donde soy la adulta dueña del castillo en lugar de un simple peón en el juego de otras personas. Ayer decidí que no había forma de librarme de la comida de mamá pero durante todo el camino por la autopista hacia Grafton Underwood sentí arcadas subiendo por mi garganta. El pueblo tenía un aspecto surrealmente idílico, guarnecido con narcisos, invernaderos, patos, etc. y gente podando setos, como si la vida fuese fácil y pacífica, los desastres no ocurriesen y existiese algo parecido a un Dios.

–¡Oh, hola, cariño! *Hakuna matata.* Acabamos de llegar del super –dijo mamá haciéndome pasar a toda prisa en dirección a la cocina–. ¡No quedaban guisantes! Voy a escuchar los mensajes del contestador.

Me senté sintiendo náuseas mientras el contestador retumbaba y mamá iba de aquí para allá conectando aparatos cuyos ruidos y rugidos se clavaban en mi ya de por sí dolorida cabeza.

–Pam. –El contestador–. Soy Penny. ¿Sabes ese tío que vive pasada la esquina del garaje? Bueno, se ha suicidado por culpa del ruido que hacía el tiro al plato. Viene en el *Kettering Examiner.* Oh, y quería decirte, ¿puede Merle meter un par de docenas de pasteles de picadillo de fruta en tu congelador mientras les revisan el sistema del gas?

–¡Hola, Pam! ¡Margo! ¡Soy una gorrona! ¿Tienes un molde para brazo de gitano de doce centímetros que puedas prestarme para el veintiún cumpleaños de Alison?

Miré frenéticamente por la cocina, enloquecida de pensar en los diferentes mundos que se nos revelarían al reproducir las cintas de los contestadores de la gente. Quizás alguien debería hacerlo como una instalación en la Saatchi Gallery. Mamá estaba revolviendo ruidosamente en los armarios; luego marcó un número.

–Margo. Pam. Tengo un molde *circular* para bizcocho, ¿te sirve? Bueno, ¿por qué no utilizas un molde para pudín Yorkshire y alisas el fondo con un poco de papel encerado?

–Hola, hola, bomdibombóm –dijo papá entrando en la cocina–. ¿Alguien sabe el código postal de Barton Seagrave? ¿Es KT4, HS o L? Ah, Bridget, bienvenida a las trincheras, la Tercera Guerra Mundial en la cocina, Mau Mau en el jardín.

–Colin, ¿puedes sacar el aceite de la sartén para las patatas fritas? –dijo mamá–. Geoffrey dice que cuando lo has calentado a temperatura elevada diez veces tienes que tirarlo. Por cierto, Bridget, te he comprado un poco de talco. –Me entregó una botella lila de Yardley con tapa dorada.

–Ejem, ¿por qué? –dije cogiéndolo con cautela.

–¡Bueno! Te mantiene fresca y limpia, ¿no?

Grrr. Grrr. Todo el mecanismo de su pensamiento resultaba transparente. Mark se había ido con Rebecca porque...

–¿Me estás diciendo que huelo mal? –dije.

–No, cariño. –Se detuvo–. Sin embargo, siempre está bien mantenerse limpia y fresca, ¿no crees?

–¡Buenas tardes Bridget! –Era Una apareciendo de la nada con un plato de huevos pasados por agua–. ¡Pam! Había olvidado decírtelo, Bill está intentando que el ayuntamiento examine su entrada para coches porque no alisaron la superficie y por eso ahora está llena de baches, así que Eileen quiere que les digas que el agua corría desde tu entrada hasta que te pusieron una rejilla.

Todo aquello era un galimatías. Un galimatías. Me sentí como un paciente en coma del que todo el mundo pensara que no podía oír nada.

–Venga, Colin, ¿dónde está la carne de cerdo en conserva? Llegarán en cualquier momento.

–¿Quiénes? –dije con recelo.

–Los Darcy. Una, pon un poco de mayonesa y paprika en esos huevos, ¿quieres?

–¿Los Darcy? ¿Los padres de Mark? ¿Ahora? ¿Por qué?

Justo en ese momento el timbre de la puerta –que toca la melodía entera de un reloj de ayuntamiento– empezó a repicar.

–¡Somos los ancianos de la tribu! –dijo mamá alegremente, sacándose el delantal–. ¡Venga, todos, a la mesa!

–¿Dónde está Wellington? –le susurré a mamá.

–Oh, ¡está fuera en el jardín practicando su fútbol! No le gustan estas comidas con tanta gente sentada a la mesa en las que tiene que charlar con todos nosotros.

Mamá y Una salieron apresuradamente y papá me dio una palmadita en el brazo.

–Adelante, siempre en la brecha –me dijo.

Le seguí hacia la confusa-tierra-de-alfombras-y-ornamentos del salón, preguntándome si tenía la fuerza y el control suficientes sobre mis extremidades como para fugarme repentinamente, y decidí que no era así. Los padres de Mark y Una y Geoffrey estaban de pie formando un círculo extraño, todos ellos con una copa de jerez en la mano.

–Muy bien, mi amor –dijo papá–. Vamos a servirte una copa.

–¿Conoces a...? –dijo señalando hacia donde es-

taba Elaine–. Ya sabes, querida, lo siento, te conozco desde hace treinta años y me he olvidado por
completo de tu nombre.

–¿Y cómo está ese hijo tuyo? –interrumpió Una.

–¡Mi hijo! ¡Bueno, verás, se va a casar! –dijo el
almirante Darcy, un simpático vocinglero. De repente la habitación se llenó de manchas. ¿Casarse?

–¿Va a casarse? –dijo papá cogiéndome del brazo mientras yo intentaba recuperar la respiración.

–Oh lo sé, lo sé –dijo el almirante Darcy jovial-
mente–. Ya no hay quien pueda seguirles el ritmo a
los jóvenes: ¡casado con una un minuto, saliendo
con otra al minuto siguiente! ¿No es cierto, cariño?
–dijo dándole una palmadita en el culo a la madre
de Mark.

–Cariño, creo que Una estaba preguntando por
Mark y no por Peter –dijo ella con un destello de
comprensión en mi dirección–. Peter es nuestro
otro hijo y está en Hong Kong. Se va a casar en junio. Y ahora venga, chicos, ¿puede alguno de vosotros servirle una copa a Bridget? Son todos unos
bocazas, ¿verdad? –dijo con una amable mirada.

Que alguien me saque de aquí, pensé. No quiero ser torturada. Quiero estirarme en el suelo del
cuarto de baño con la cabeza cerca de la taza, como la gente normal.

–¿Te apetece uno? –dijo Elaine sosteniendo una
caja plateada llena de Black Sobranies–. Estoy segura de que son fatales para la salud, pero aquí estoy yo todavía con sesenta y cinco años.

–Vale, ¡pasad y sentaos todos! –dijo mamá entrando con una bandeja de salchichas de hígado–.
Uuf. –Montó todo un numerito tosiendo y abani-
cando el aire y dijo glacialmente–: Elaine, no se
puede fumar en la mesa.

La seguí hacia el comedor, donde, al otro lado
de las puertaventanas, Wellington se las arreglaba
sorprendentemente bien jugando a tocar el balón

evitando que tocara el suelo, vestido con una sudadera y unos *shorts* sedosos de color azul.

–Ahí va. Ánimo, chico –dijo Geoffrey riendo satisfecho, mirando por la ventana y zangoloteando con las manos arriba y abajo en sus bolsillos–. ¡Venga, ánimo!

Todos nos sentamos y nos quedamos mirándonos con incomodidad. Era como una reunión preboda para la feliz pareja con las dos familias presentes, con la salvedad de que el novio se había ido con otra dos noches antes.

–¡Bueno! –dijo mamá–. ¿Salmón, Elaine?

–Gracias –dijo Elaine.

–¡La otra noche fuimos a ver *Miss Saigón*! –empezó a decir mamá con peligrosa claridad.

–¡Baah! Musicales. No puedo soportarlos, atajo de malditos maricones –murmuró el almirante Darcy mientras Elaine le servía un trozo de salmón.

–¡Bueno, lo pasamos bien! –dijo mamá–. Pero...

Tuve una especie de inspiración que me hizo mirar frenéticamente por la ventana y vi que Wellington me estaba mirando a su vez. «Socorro», articulé. Él señaló con un gesto de cabeza en dirección a la cocina y desapareció.

–De pie con las piernas abiertas vociferando –rugió el almirante, un hombre que estaba de acuerdo conmigo.

–Mucho mejor Sullivan y Gilbert. Su opereta *HMS Pinafore*, eso es otra cosa.

–Perdonadme un momento –dije y me escapé, haciendo caso omiso de la furibunda mirada de mamá.

Entré precipitadamente en la cocina y me encontré con que Wellington ya estaba allí. Me desplomé contra el congelador.

–¿Qué? –me dijo mirándome a los ojos fijamente–. ¿Qué ocurre?

–Cree que es una de las ancianas de la tribu –susurré–. La está tomando con los padres de Mark, ya sabes, Mark, el que vimos...

Asintió.

–Lo sé todo al respecto.

–¿Qué le has estado diciendo? Está intentando montar un escándalo con el asunto de que él saliera con Rebecca, como si...

Justo entonces la puerta de la cocina se abrió de golpe.

–¡Bridget! ¿Qué estás haciendo aquí? Oh. –Mamá, al ver a Wellington, se detuvo en seco.

–¿Pamela? –dijo Wellington–. ¿Qué está ocurriendo?

–Bueno, simplemente pensaba en lo que tú dijiste de que los adultos podíamos... ¡podíamos solucionar algo! –dijo recuperando su confianza y esbozando una leve sonrisa.

–¿Estabas adoptando los comportamientos de nuestra tribu? –dijo Wellington.

–Bueno... Yo...

–Pamela. Tu cultura ha evolucionado a lo largo de muchos siglos. Cuando aparece una influencia externa no debes permitir que ésta contamine y adultere tu herencia. Tal como te dije, viajar por el mundo brinda la posibilidad de observar, no de destruir. –No pude evitar preguntarme cómo encajaba en todo aquello el nuevo Walkman CD de Wellington, pero mamá estaba asintiendo arrepentida. Nunca antes la había visto tan hechizada por alguien.

–Ahora, regresa junto a tus invitados y deja estar el noviazgo de Bridget, como marca la antigua tradición de tu tribu.

–Bueno, supongo que tienes razón –dijo pasándose la mano por el pelo.

–Que disfrutes de la comida –dijo Wellington, guiñándome el ojo de forma casi imperceptible.

De regreso al comedor, pareció que la madre de Mark ya había esquivado diestramente el enfrentamiento.

—Para mí es un completo misterio cómo alguien se casa con otra persona en nuestros días —estaba diciendo—. Si no me hubiese casado tan joven, yo no lo habría hecho nunca.

—¡Oh, estoy completamente de acuerdo! —dijo papá, excesivamente entusiasmado.

—Lo que no entiendo —dijo el tío Geoffrey—, es cómo puede una mujer llegar a la edad de Bridget sin pescar a algún tío. ¡Nueva York, el Espacio Exterior, se le van! ¡Uyyy!

—Oh, ¡Cállate! ¡Cállate! —tuve ganas de gritar.

—Ahora es muy difícil para los jóvenes —volvió a interrumpir Elaine, mirándome fijamente—. Una chica puede casarse con cualquiera cuando tiene dieciocho años. Pero cuando ha formado su carácter, aceptar la realidad de un hombre tiene que parecer insufrible. Exceptuando la compañía presente, claro está.

—Eso espero —rugió el padre de Mark alegremente, dándole un golpecito en el brazo—. De lo contrario, voy a tener que cambiarte por dos treintañeras. ¡Por qué iba a ser mi hijo el único que lo pasase en grande! —Insinuó una galante inclinación de cabeza en dirección a mí, lo que hizo que el corazón me volviese a dar un vuelco. ¿Quizás creía que seguíamos juntos? ¿O sabía lo de Rebecca y pensaba que Mark estaba saliendo con las dos?

Afortunadamente la conversación volvió entonces a *HMS Pinafore*, saltó a las habilidades futbolísticas de Wellington, cambió a las vacaciones que Geoffrey y papá pasaron jugando a golf, sobrevoló por arriates herbáceos, pasó por la entrada para coches de Bill y para entonces ya eran las 3.45 y la pesadilla había terminado.

Elaine introdujo un par de Sobranies en mi mano cuando se fueron.

—Igual los necesitas para el viaje de vuelta. Espero que nos volvamos a ver —dijo, lo que pareció alentador, aunque no lo suficientemente sólido como para levantar sobre esa base la vida de una. Desafortunadamente, era con Mark y no con sus padres con quien yo quería volver a salir.

–Muy bien, cariño –dijo mamá, saliendo a toda prisa de la cocina con un Tupperware–. ¿Dónde has puesto tu bolso?

–Mamá –dije entre dientes–. No quiero comida.

–¿Estás bien, cariño?

–Todo lo bien que puedo estar dadas las circunstancias –murmuré.

Me abrazó. Lo que fue hermoso pero sorprendente.

–Sé que es duro –dijo–. Pero no aguantes más tonterías de Mark. Todo te irá bien. Sé que será así. –Justo cuando yo estaba gozando del insólito consuelo materno me dijo–: ¡Así que ya ves! ¡*Hakuna matata!* No te preocupes. ¡Sé feliz! Bien. ¿Quieres llevarte un par de paquetes de minestrone cuando te vayas? ¿Y qué tal un poco de Primula y galletitas Tuc? ¿Me dejas pasar y abrir ese cajón? Ooh, mira lo que te digo. Tengo un par de filetes de ternera.

¿Por qué creerá que la comida es mejor que el amor? Si me hubiese quedado un minuto más en la cocina juro que habría vomitado.

–¿Dónde está papá?

–Oh, estará fuera, en su cobertizo.

–¿Qué?

–Su cobertizo. Se pasa horas allí y luego sale oliendo a...

–¿A qué?

–Nada, cariño. Ve y despídete si quieres.

Fuera, Wellington estaba leyendo el *Sunday Telegraph* en el banco.

–Gracias –dije.

–No hay de qué –dijo y añadió–: Es una buena mujer. Una mujer de carácter, buen corazón y entusiasta, pero quizá...

– ...como 400 veces demasiado, ¿a veces?

–Sí –dijo riendo. Oh, Dios mío, espero que estuviese pensando sólo en el entusiasmo por la vida.

Cuando me acercaba al cobertizo salió papá, bastante sonrojado y con aspecto sospechoso. En el interior sonaba su cinta de Nat King Cole.

–Ah, ¿de regreso a la enorme Londres cargada de humo? –dijo, tropezando levemente y agarrándose al cobertizo–. ¿Estás un poco deprimida, cariño? –dijo arrastrando las palabras amablemente.

Asentí.

–¿Tú también? –le dije.

Me rodeó con sus brazos y me abrazó muy fuerte, como solía hacer cuando yo era pequeña. Era hermoso: mi papá.

–¿Cómo te las has arreglado para estar casado con mamá tanto tiempo? –susurré al tiempo que me preguntaba qué era aquel leve olor dulzón. ¿Whisky?

–Nosssss tan complicado en realidad –dijo apoyándose otra vez contra el cobertizo. Ladeó la cabeza para escuchar a Nat King Cole.

–*Lo más importante* –empezó a canturrear– *que aprenderás jamás es a amar y ser correspondido.* Sólo espero que me siga queriendo a mí y no a ese Mau Mau.

Entonces se echó hacia delante y me besó.

Miércoles 5 de marzo

58 kg (bien), 0 unidades de alcohol (excelente), 5 cigarrillos (una cifra agradable y saludable), número de veces que he pasado conduciendo por delante de casa de Mark: 2 (muy bien), número de ve-

ces que he buscado Mark Darcy en el listín de telé-
fonos para demostrarme que todavía existe: 18
(muy bien), 12 llamadas al 1471 (mejor), número
de llamadas de Mark: 0 (trágico).

8.30 a.m. Mi apartamento. Muy triste. Añoro a
Mark. No supe nada de él el domingo ni el lunes, y
entonces anoche, al volver del trabajo, me encontré un mensaje en el que me decía que se iba unas
semanas a Nueva York. «Así que supongo que es
una despedida de verdad.»

Estoy intentando con todas mis fuerzas mantenerme animada. He descubierto que si, cuando me
despierto por la mañana, justo antes de sentir la primera punzada de dolor, pongo el programa *Today*
de Radio 4 –incluso si el programa parece consistir
en horas y horas de juegos en plan *Sólo un minuto*
con políticos intentando no decir ni «Sí» ni «No»,
ni contestar ninguna de las preguntas– entonces
puedo evitar verme atrapada en los obsesivos ci-
clos de «si por lo menos» y en las conversaciones
imaginarias con Mark Darcy que no hacen más que
aumentar mi tristeza y mi incapacidad para salir de
la cama.

Tengo que decir que Gordon Brown ha estado
muy bien en el programa de esta mañana, pues ha
conseguido hablar de la moneda europea sin du-
dar, detenerse ni decir absolutamente nada, y en
lugar de eso se ha pasado todo el tiempo hablando
tranquilamente y con fluidez, mientras se oía a
John Humphreys de fondo gritando como Leslie
Crowther «¿Sí o no? ¿Sí o no?». Así que... bueno,
podría ser peor. Supongo.

Me pregunto si la moneda europea será necesa-
riamente moneda única. En algunos aspectos estoy a
favor porque presumiblemente tendríamos monedas
distintas, lo que podría ser bastante europeo y chic.
Además, podrían desembarazarse de las marrones,

que son demasiado pesadas, y de las de 5 y 20 peniques, que son demasiado pequeñas e insignificantes para ser agradables. Mmm. Sin embargo deberíamos seguir con las de 1 libra, que son fantásticas, como soberanos, y de repente descubres que tienes 8 libras en el monedero cuando pensabas que te habías quedado sin blanca. Pero entonces tendrían que modificar todas las máquinas tragaperras y... ¡Aaaaaaah! El timbre. Quizá Mark viene a despedirse.

Sólo era el maldito Gary. Finalmente conseguí sacarle que había venido a decirme que la ampliación «sólo» costaría 7.000 libras.

—¿De dónde voy a sacar 7.000 libras?

—Podrías obtener una segunda hipoteca –dijo–. Sólo te costaría cien más al mes.

Afortunadamente incluso él pudo ver que ya llegaba tarde al trabajo, así que conseguí sacarle de casa. 7.000 libras. Francamente...

7 p.m. De vuelta en casa. Seguramente no es normal tratar a mi contestador como si fuera un amigo entrañable: salir corriendo del trabajo para ver en qué estado de ánimo se encuentra, si su parpadeo confirmará que soy un amable y aceptable miembro de la sociedad, o estará vacío y distante, como ahora por ejemplo. No sólo es el 42º día consecutivo en que no hay mensajes de Mark, sino que tampoco hay mensajes de ninguna otra persona. Quizá debería leer un poco de *La carretera menos recorrida*.

7.06 p.m. Sí, ya ves que el amor no es algo que te ocurre sino algo que haces. ¿Y qué no hice yo?

7.08 p.m. Soy una mujer independiente, segura de sí misma, receptiva y sensible. Mi sentido de mí misma no procede de otra gente sino de... de... ¿mí misma? Eso no puede ser verdad.

7.09 p.m. Da igual. Lo bueno es que no me estoy obsesionando con Mark Darcy. Estoy empezando a desvincularme.

7.15 p.m. ¡Qué bien, el teléfono! ¡Quizá sea Mark Darcy!

—Bridget, ¡qué delgada estás! —Tom—. ¿Cómo está mi niña?

—Hecha una mierda —dije sacándome el chicle Nicorette de la boca y empezando a darle forma como a una escultura—. Obviamente.

—¡Oh, venga, Bridgelene! ¡Hombres! No valen nada, diez por un penique. ¿Qué tal va la nueva carrera como entrevistadora?

—Bueno, llamé al agente de Colin Firth y he conseguido todos los recortes. Realmente pensé que quizá quisiese hacerlo porque *Al rojo vivo* saldrá pronto, y creí que quizá les interesase la publicidad.

—¿Y?

—Me llamaron y me dijeron que estaba demasiado ocupado.

—¡Ah! Bueno, en realidad yo te llamaba precisamente por eso. Jerome dice que conoce...

—Tom —dije arriesgadamente—, ¿por casualidad no será esto Mencionitis?

—No, no... No voy a volver con él —mintió descaradamente—. Pero, de todas formas, Jerome conoce a ese tío que trabajó en la última película de Colin Firth y me ha dicho que si quieres que les hable de ti.

—¡Sí! —dije entusiasmada.

Me doy cuenta de que sólo es otra excusa de Tom para seguir en contacto con el Pretencioso Jerome, pero al fin y al cabo todas las buenas obras son una mezcla de altruismo e interés propio, ¡y quizás Colin Firth diga que sí!

¡Hurra! ¡Será un trabajo perfecto para mí! Puedo ir por todo el mundo entrevistando a famosas celebridades. Y además con todo el dinero extra podré obtener la segunda hipoteca para el despacho y la terraza del tejado y entonces dejaré el odioso trabajo en *Despiértate, Reino Unido* y trabajaré en casa. ¡Sí! ¡Todo empieza a encajar! Voy a llamar a Gary. No puedes esperar que algo cambie si tú no cambias. ¡Estoy cogiendo las riendas!

Vale, no voy a estar tirada en la cama sintiéndome triste. Me voy a levantar y hacer algo útil. Como... mmm... ¿fumarme un cigarrillo? Oh Dios. No puedo soportar la idea de que Mark llame a Rebecca, y que repasen todos los pequeños detalles del día como hacía conmigo. No debo, no debo ser negativa. ¡Quizá Mark no está saliendo con Rebecca y volverá y estará conmigo! ¿Ves? ¡Hurra!

Miércoles 12 de marzo

58 kg, 4 unidades de alcohol (pero ahora soy periodista, así que está claro que tengo que estar borracha), 5 cigarrillos, 1.845 calorías (bien), luz al final de túnel: 1 (muy tenue).

4 p.m. Tom acaba de llamarme al trabajo.

—¡Está en marcha!

—¿Qué?

—¡Lo de Colin Firth!

Me enderezé, temblando.

—¡Sí! El amigo de Jerome llamó y Colin Firth estuvo muy simpático y dijo que si podías sacarlo en el *Independent*, lo haría. ¡Y voy a salir a cenar con el Pretencioso Jerome!

—Tom, eres un santo, un Dios y un arcángel. ¿Y qué tengo que hacer?

—Sencillamente, llama al agente de Colin Firth y después a Adam al *Independent*. Oh, por cierto, les he dicho que has hecho muchísimas cosas antes.

—Pero no es así.

—Oh, no seas tan jodidamente *literal*, Bridgelene, simplemente dile que sí lo has hecho.

Martes 18 de marzo

58,5 kg (castigo muy injusto teniendo en cuenta que no he cometido ningún delito), 1.200 calorías (visto para sentencia), 2 hipotecas (¡hurra!), número de dormitorios en el piso: dentro de poco 2 (¡hurra!).

¡He llamado al banco y me han concedido la segunda hipoteca! ¡Todo lo que tengo que hacer es rellenar algunos formularios y me darán 7.000 libras, y sólo me cuesta 120 libras al mes! No puedo creer que no se me ocurriese antes. ¡Podría haber sido la respuesta a todos mis problemas de descubierto!

Miércoles 2 de abril

59 kg, 998 calorías (la extraña relación inversa calorías/grasa parece convertir en algo carente de sentido la restricción de comida), milagros: múltiples, recién descubierta alegría: infinita.

5 p.m. Está ocurriendo algo extraño. ¡No sólo habrá entrevista a Colin Firth, sino que ésta se hará en Roma! Lo siguiente será que me digan que la entrevista tendrá lugar desnudos en una isla del Caribe en plan *Cita a ciegas*. Puedo entender que Dios me conceda un deseo para compensar por todo, pero esto, seguro, va más allá de cualquier razonamiento religioso normal. Sugiere que la vida está llegando a un clímax terrorífico y final, y que lo siguiente será una rápida carrera colina abajo hacia una muerte prematura. Quizá es una inocentada tardía.

Acabo de llamar a Tom y me ha dicho que deje de pensar que todo tiene siempre truco y que la razón por la que la entrevista tendrá lugar en Roma es que Colin Firth vive allí –tiene razón– y que intente concentrarme en el hecho que hay más cosas acerca de Colin Firth aparte de que hace el papel del señor Darcy. Como, por ejemplo, su nueva película *Al rojo vivo*.

–Sí, sí, sí –le he dicho, y entonces le he comentado lo agradecida que le estaba por haberme ayudado a montarlo todo–. ¡Mira, eso es justo lo que necesitaba! –le he dicho entusiasmada–. Me siento mucho mejor ahora que me estoy concentrando en mi carrera en lugar de obsesionarme con los hombres.

–Ejem, Bridget –dijo Tom–. Te das cuenta de que Colin Firth tiene novia, ¿verdad?

Mmmff.

Viernes 11 de abril

58 kg, 5 unidades de alcohol (entrenamiento periodístico), 22 cigarrillos, 3.844 calorías (¿ves? ¿Ves? Nunca jamás voy a volver a seguir una dieta).

6 p.m. ¡Ha ocurrido algo maravilloso! ¡Acabo de hablar con la relaciones públicas y Colin Firth me va a llamar a casa el fin de semana para concretar las cosas! No me lo puedo creer. Obviamente no podré salir de casa en todo el fin de semana pero eso es bueno porque así tendré la posibilidad de reunir material viendo el vídeo de *Orgullo y prejuicio*, aunque me doy cuenta de que también tengo que hablar de otros proyectos. Sí. De hecho éste podría ser realmente un cambio decisivo en mi carrera. Resulta bastante irónico que, en una misteriosa y pretendida forma de sexto sentido, el señor Darcy me ha hecho olvidar mi obsesión con Mark Darcy... ¡El teléfono! Quizá el señor Darcy o Mark Darcy; tengo que poner rápidamente un impresionante disco de jazz o clásica.

Uf. Era un maldito mandamás del *Independent* llamado Michael.

—Escucha. No te hemos utilizado antes. No quiero que pase ninguna tontería. Vuelves el lunes por la noche en el avión en el que te hemos hecho la reserva, lo acabas el martes por la mañana y lo entregas antes de las 4 o no saldrá. Y pregúntale por la película *Al rojo vivo*. *Al rojo vivo*, en la que, como sabes, interpreta un personaje que no es el señor Darcy.

De hecho, eso es completamente cierto. Ooh, el teléfono.

Era Jude. Va a venir con Shazzer. Me asusta que me hagan reír cuando llame el señor Darcy pero, por otro lado, necesito algo que me mantenga distraída o me estallará la cabeza.

Sábado 12 de abril

58,5 kg (pero seguro que puedo perder 1,5 kg antes de mañana siguiendo la dieta del Hospital Frankfurt), 3 unidades de alcohol (muy bien), 2 cigarrillos (persona perfectamente santa), 12 salchichas Frankfurt, 7 llamadas al 1471 para comprobar si no oí la llamada de Colin Firth debido a una repentina sordera de la que no me di cuenta, centímetros cuadrados del suelo que no están cubiertos por cajas de pizza, ropa, ceniceros, etc.: 2 m² (debajo del sofá), número de veces que he visto el vídeo de Orgullo y prejuicio *en el que Colin Firth se sumerge en el lago: 15 (investigadora de primera), 0 llamadas de Colin Firth (hasta ahora).*

10 a.m. Colin Firth no ha llamado.

10.03 a.m. Sigue sin llamar.

10.07 a.m. Todavía no ha llamado. ¿Es demasiado temprano para despertar a Jude y a Shazzer? Quizás él esté esperando a que su novia se vaya de compras para llamarme.

5 p.m. El piso parece haber sufrido un ataque con bomba, debido a la vigilante espera por el señor Darcy: todo está tirado por la sala de estar, como en *Thelma y Louise* cuando la policía entra en la casa de Thelma y Harvey Keitel está esperando a que ellas llamen con el zumbido de las grabadoras de fondo. De verdad que aprecio el apoyo de Jude y Shazzer y todo eso, pero me ha impedido proseguir con mi preparación, y no sólo la física.

6 p.m. El señor Darcy sigue sin llamar.

6.05 p.m. Todavía no ha llamado. ¿Qué se supone que debo hacer? Ni siquiera sé dónde nos vamos a encontrar.

6.15 p.m. Todavía no ha llamado. Quizá la novia simplemente se ha *negado* a ir de compras. Quizá han estado practicando el sexo todo el fin de semana, han encargado por teléfono helado italiano y se han estado riendo de mí a mis espaldas.

6.30 p.m. De repente Jude se ha despertado y se ha puesto las yemas de los dedos en la frente.

–Tenemos que salir –ha dicho de forma extraña, con estilo de Mystic Meg, la versión inglesa de Rappel.

–¿Estás loca? –ha protestado Sharon–. ¿Salir? ¿Has perdido la cabeza?

–No –ha dicho Jude con frialdad–. La razón por la que el teléfono no está sonando es porque hay demasiada energía concentrada en él.

–¡Puaf! –ha bufado Sharon.

–Y, aparte, aquí empieza a apestar. Necesitamos limpiar, dejar que la energía fluya, salir y tomarnos un *Bloody Mary* –ha dicho, mirándome de forma tentadora.

Minutos más tarde estábamos fuera, parpadeando ante el inesperado aire primaveral en el que todavía no había oscurecido. De repente di media vuelta a toda prisa en dirección a la puerta pero Shazzer me cogió.

–Vamos a tomar. Un. Bloody. Mary –deletreó y me escoltó por la calle como un enorme policía.

Catorce minutos más tarde estábamos de vuelta. Crucé la habitación a toda prisa y me quedé helada. La luz del contestador estaba parpadeando.

–¿Lo ves? –dijo Jude con una voz horriblemente petulante–. ¿Lo ves?

Como si de una bomba de relojería se tratase,

Shaz se acercó temblorosa y apretó ESCUCHAR MEN-
SAJES.

–Hola, Bridget, soy Colin Firth. –Las tres dimos
un salto hacia atrás. Era el señor Darcy. La misma
voz afectada, profunda, de me-da-igual con la que
le propuso matrimonio a Elizabeth Bennet en la
BBC. Bridget. Yo. El señor Darcy había dicho Bridget. En mi contestador.

–Tengo entendido que el lunes vas a venir a en-
trevistarme a Roma –prosiguió–. Llamaba para concretar algún sitio donde encontrarnos. Hay una plaza
llamada Piazza Navona, un sitio fácil de encontrar
en taxi. Nos vemos a eso de las 4.30 junto a la fuente. Que tengas un buen viaje.

–1471, 1471 –dijo Jude atropelladamente–, 1471,
deprisa, deprisa. ¡No, saca la cinta, saca la cinta!

–Llámale –gritó Sharon como un torturador de
las SS–. Llámale y dile que os encontraréis *en* la
fuente. OhDiosmío.

El teléfono había vuelto a sonar; nos quedamos
inmóviles, boquiabiertas. Entonces tronó la voz de
Tom:

–Hola preciosas, soy el señor Darcy y sólo llamaba para saber si alguien me podría ayudar a quitarme esta camisa mojada.

De repente Shazzer salió del trance:

–Deténlo, deténlo –gritó, abalanzándose sobre el
auricular–. Cállate, Tom, cállate, cállate, cállate.

Pero era demasiado tarde. La grabación de mi
contestador en la que el señor Darcy decía la palabra Bridget y me pedía que nos encontrásemos en
Roma, junto a una fuente, se había perdido para
siempre. Y nadie en el mundo podrá nunca hacer
nada al respecto. Nada. Nada.

6
Un trabajo a la italiana

Lunes 21 de abril

56,5 kg (grasa consumida por la excitación y el miedo), 0 unidades de alcohol: excelente (pero sólo son las 7.30 de la mañana), 4 cigarrillos (muy bien).

7.30 a.m. De verdad que es un fantástico paso hacia delante emprender un viaje con tanto tiempo de anticipación. No hace más que demostrar, como se dice en *La carretera menos recorrida*, que los seres humanos tienen la capacidad de cambiar y crecer. Anoche vino Tom a casa y repasó el cuestionario conmigo. Así que estoy bastante preparada, con directrices claras, aunque, para ser completamente sincera, estaba un poco borracha.

9.15 a.m. En realidad tengo muchísimo tiempo. Todo el mundo sabe que cuando los hombres de negocios andan zumbando entre un aeropuerto europeo y otro, llegan cuarenta minutos antes del despegue, con sólo un maletín con camisas de nailon. El vuelo sale a las 11.45. Tengo que estar en Gatwick a las 11, así que, a las 10.30 el tren desde Victoria, y el metro a las 10. Perfecto.

9.30 a.m. ¿Y si todo se pone demasiado de-aquella-manera y yo, entonces, estallo y le beso? Además los pantalones son demasiado ajustados y me marcarán el estómago. Creo que me voy a poner otra cosa. Quizá también necesite coger el neceser para arreglarme antes de la entrevista.

9.40 a.m. No puedo creer que haya perdido tiempo metiendo el neceser en la maleta cuando lo más importante, sin duda alguna, es estar guapa al llegar. El pelo está completamente loco. Tendré que volver a mojarlo. ¿Dónde está el pasaporte?

9.45 a.m. Ya tengo el pasaporte y el pelo está tranquilo así que será mejor que me vaya.

9.49 a.m. El único problema es: no puedo levantar la maleta. Quizá será mejor que reduzca el contenido del neceser a cepillo de dientes, pasta, enjuagador, desmaquillador y crema hidratante. ¡Oh, y tengo que sacar las 3.500 libras del microondas y dejárselas a Gary para que pueda empezar a comprar los materiales necesarios para la nueva oficina y la terraza en el tejado! ¡Hurra!

9.50 a.m. Estupendo. He pedido un taxi. Estará aquí en dos minutos.

10 a.m. ¿Dónde está el taxi?

10.05 a.m. ¿Dónde coño está el taxi?

10.06 a.m. Acabo de llamar a la compañía de taxis y me han dicho que hay un Cavalier plateado ahí delante.

10.07 a.m. No hay ningún Cavalier plateado, ni ahí delante ni en ninguna otra parte de la calle.

10.08 a.m. El tipo de los taxis dice que seguro que el Cavalier plateado está entrando en mi calle en este preciso instante.

10.10 a.m. Todavía no hay taxi. Jodido, jodido taxi y todos sus... Aaah. Ahí está. Joder, ¿dónde están las llaves?

10.15 a.m. En el taxi. Estoy segura de haber hecho antes este trayecto en sólo quince minutos.

10.18 a.m. Aargh. De repente el taxi está en Marylebone Road... ha decidido inexplicablemente hacer una ruta turística por Londres en lugar de dirigirse hacia Victoria. Lucho contra el instinto de atacar, matar y comerme al taxista.

10.20 a.m. De vuelta en el buen camino, es decir, que ya no nos dirigimos hacia Newcastle, pero hay bastante tráfico. No hay un solo momento ahora en Londres en que no sea hora punta.

10.27 a.m. Me pregunto si es posible ir de Marble Arch a Gatwick Express en un minuto.

10.35 a.m. Victoria. Vale, tranquila, tranquila. El tren se ha ido sin mí. Pero si cojo el de las 10.45 todavía tendré mis buenos treinta minutos antes de que salga el vuelo. Además es probable que el avión salga con retraso.

10.40 a.m. ¿Tendré tiempo en el aeropuerto para comprarme unos pantalones? Pero no voy a comportarme como una neurótica con respecto a eso. Lo maravilloso de viajar sola es que realmente puedes empezar a desarrollar un nuevo carácter, y comportarte de forma perfectamente elegante y en plan Zen, y nadie te conoce.

10.50 a.m. Ojalá dejase de pensar que el pasaporte ha saltado del bolso y se ha ido de vuelta a casa.

11.10 a.m. Inexplicablemente, el tren se ha detenido. De repente todas las cosas accesorias que hice, como dar una segunda capa de esmalte a las uñas, parecen carentes de importancia comparadas con la posibilidad de que acabe por no aparecer.

11.45 a.m. No me lo puedo creer. El avión se ha ido sin mí.

Mediodía. Gracias a Dios, al señor Darcy y a todos los ángeles del cielo. Resulta que podré coger otro avión dentro de una hora y cuarenta minutos. Acabo de llamar a la publicista y me ha dicho que no hay problema, que le dirá que nos encontraremos dos horas más tarde. Estupendo, puedo hacer compras en el aeropuerto.

1 p.m. Me encantan los vaporosos pareos-con-un-estampado-de-rosas para la primavera, pero no creo que debieran diseñarlos como aposta para que no sienten bien a los culos de las personas. Me encanta la encantadora zona de tiendas del aeropuerto. Sir Richard Rogers, Terence Conran y gente así siempre se están quejando de que los aeropuertos se han convertido en grandes centros comerciales pero yo creo que eso es bueno. Posiblemente lo incorpore en el próximo perfil del mismísimo sir Richard, si no de Bill Clinton. Quizá me pruebe el bikini.

1.30 p.m. Vale. Sólo enviaré las cartas y compraré lo indispensable en la Body Shop, y ya está.

1.31 p.m. Hubo un aviso: «Última llamada para el pasajero Jones del vuelo BA 175 con destino a Roma. Por favor, diríjase inmediatamente a la Puerta 12 para embarque inmediato».

Martes 22 de abril

58 kg, 2 unidades de alcohol, 22 cigarrillos, llamadas del mandamás Michael, del Independent *para «saber cómo nos está yendo»: unas 30, número de veces que he escuchado la cinta de la entrevista: 17, palabras de la entrevista escritas: 0.*

9 a.m. De vuelta a mi piso de Londres después del viaje caído del cielo. Vale, voy a escribir la entrevista. Es sorprendente cómo el concentrarse en el trabajo y en la carrera le impide a una ponerse romántica y triste. Ha sido sencillamente fantástico. El taxi me dejó en la plaza de Roma y yo creí que me iba a desmayar: fantástico: un sol resplandeciente y una plaza enorme llena de imponentes ruinas y, en medio de todo aquello, el señor... Ooh, el teléfono.

Era Michael, del *Independent*.

–¿Entonces, la hiciste?

–Sí –dije en plan repipi.

–¿Y te acordaste de llevarte la grabadora y no el Walkman Sony?

Sinceramente. No sé qué le habrá dicho Tom de mí, pero algo en su tono me dice que no debe de haber sido precisamente respetuoso.

–Bueno, tienes hasta las 4 en punto. Así que manos a la obra.

Jauja. Eso es una eternidad. Voy a revivir el día un ratito. Mmm. Era igual que el señor Darcy: provocativo y flaco. E incluso me llevó a una iglesia que tenía un agujero y una tumba de un tal Adriano y una estatua de Moisés y estuvo tremendamente genial al evitar que me atropellasen los coches y no dejó de hablar italiano. Mmm.

Mediodía. La mañana no ha ido demasiado bien, aunque obviamente necesitaba algún tiempo para absorber lo ocurrido y comentar mis impresiones con mis iguales, así que probablemente haya sido muy productiva.

2 p.m. Otra vez el teléfono. Así es la vida cuando eres un escritor de primera de reseñas: el teléfono no para de sonar.

Era el maldito mandamás Michael:

–¿Cómo lo llevamos?

Vaya cara. Ni siquiera es mi hora límite hasta las 4 p.m., lo que obviamente significa al final del día. De hecho estoy muy satisfecha con la cinta. Lo hice realmente bien al empezar con preguntas fáciles antes de entrar en las jugosas preguntas de Tom, que me había anotado la noche anterior a pesar de estar un poco achispada. En realidad creo que se sintió bastante impresionando por mi cuestionario.

2.30 p.m. Voy a tomar un café rápido y a fumar un cigarrillo.

3 p.m. Será mejor que vuelva a escuchar la cinta.

¡Ding dong! Voy a llamar a Shaz para que escuche la última parte.

Aargh, aargh. Son las 3.30 y todavía no he empezado. Bueno, que no cunda el pánico. Ellos no van a volver de comer hasta dentro de mucho rato, y estarán borrachos como, como... periodistas. Espera a que vean mi exclusiva.

¿Cómo empezar? Obviamente, la entrevista tiene que incluir mis impresiones acerca del señor Darcy, así como una hábil urdimbre de cosas sobre su nueva película, *Al rojo vivo*, el teatro, la filmografía, etc. Probablemente me darán un espacio semanal para entrevistas: El Perfil, de Bridget Jones. Jones presenta a Darcy. Jones presenta a Blair. Jones presenta a Marcos, de no ser porque está muerto.

4 p.m. ¿Cómo se puede esperar que haga trabajo de creación si el maldito Michael sigue llamándome cada dos segundos para decirme lo que debo poner y lo que no? Grrr. Si vuelve a ser él... En esta oficina no tienen respeto por los periodistas. Ni el más mínimo.

5.15 p.m. Ajá. «Lo. Es-toy. Ha-cie-ndo.» le he dicho. Eso le ha cerrado la boca.

6 p.m. De todas formas está bien. Todos los grandes periodistas tienen crisis por culpa de la hora de cierre.

7 p.m. Oh joder, oh joder. Oh joder, oh joder.

Miércoles 23 de abril

58,5 kg (de verdad que parezco estar encerrada en alguna clase de rutina de grasa), llamadas de felicitación de amigos, parientes y colegas por la entrevista a Colin Firth: 0, llamadas de felicitación del personal del Independent *por la entrevista a Colin Firth: 0, llamadas de felicitación de Colin Firth por la entrevista a Colin Firth: 0 (extraño, ¿no?).*

8 a.m. El artículo sale hoy. Lo hice un poco deprisa pero probablemente no quedó demasiado mal. De hecho, es posible que sea bastante bueno. Ojalá el periódico llegue pronto.

8.10 a.m. El periódico todavía no ha llegado.

8.20 a.m. ¡Hurra! Aquí está el periódico.
Acabo de ver la entrevista. El *Independent* ha hecho caso omiso por completo de lo que yo escribí. Sé que lo entregué un poco tarde pero esto es intolerable. He aquí lo publicado:

Debido a dificultades técnicas insuperables, ha sido necesario publicar una transcripción directa de la grabación de la entrevista de Bridget Jones a Colin Firth.

BJ: Vale. Voy a empezar la entrevista ahora.

CF: *(Sonando un poco histérico)* Bien, bien.

(Una pausa muy larga)

BJ: ¿Cuál es tu color favorito?

CF: ¿Perdón?

BJ: ¿Cuál es tu color favorito?

CF: El azul.

(Larga pausa)

BJ: ¿Cuál es tu pudín favorito?

CF: Ejem. *Crème brûlée.*

BJ: ¿Conoces la próxima película del libro de Nick Hornby, *Al rojo vivo*?

CF: La conozco, sí.

BJ: *(Pausa, crujido de papeles)* ¿Crees...? Oh. *(Más crujido de papeles).* ¿Crees que el libro de *Al rojo vivo* ha originado un género confesional?

CF: ¿Perdona?

BJ: Si ha. Originado. Un. Género. Confesional.

CF: ¿*Originar* un género confesional?

BJ: Sí.

CF: Bueno. Ciertamente el estilo de Nick Hornby ha sido muy imitado, y personalmente creo que es un género muy, ejem, atractivo, lo haya o no, mmm... originado.

BJ: ¿Has visto ya *Orgullo y prejuicio*, de la BBC?

CF: Lo conozco, sí.

BJ: ¿Cuando tuviste que sumergirte en el lago?

CF: Sí.

BJ: Cuando tuvieron que hacer otra toma, ¿tuviste que sacarte la camisa mojada y ponerte enseguida una seca?

CF: Sí, probablemente así fuera, sí. *Scusi. Ha vinto. É troppo forte. Si grazie.*

BJ: *(Respirando irregularmente)* ¿Cuántas tomas tuviste que hacer sumergiéndote en el lago?

CF: *(Toses)* Bueno. Las tomas bajo el agua fueron rodadas en un tanque en los Ealing Studios.

BJ: Oh no.

CF: Mucho me temo que sí. El, mmm, el *momento* en que estoy en el aire –*extremadamente breve*– lo hacía un especialista.

BJ: Pero se parecía al señor Darcy.

CF: Porque le habían puesto unas patillas y un traje del señor Darcy encima del traje de neopreno, que realmente hacía que se pareciera al último Elvis que vimos. Sólo pudo hacerlo una vez por imposición de la compañía de seguros y después hubo que comprobar que no sufría abrasiones durante las seis semanas siguientes. Todas las demás tomas con la camisa mojada era yo.

BJ: ¿Y la camisa tenía que ir siendo mojada?

CF: Sí, lo hacían con atomizador. La mojaban con un atomizador y entonces...

BJ: ¿Con qué?

CF: ¿Perdona?

BJ: ¿Con qué?

CF: Con un atomizador, un pulverizador, espray. Mira, ¿podemos...?

BJ: Sí pero, lo que yo quería decir es, ¿en algún momento tuviste que quitarte la camisa mojada y... ponerte otra?

CF: Sí.

BJ: ¿Para que te la volviesen a mojar?

CF: Sí.

BJ: *(Pausa)* ¿Has visto ya montada tu próxima película, *Al rojo vivo*?

CF: Sí.

BJ: ¿Cuáles te parece que son las principales diferencias y puntos en común entre el personaje de Paul de *Al rojo vivo* y...?

CF: ¿Y...?

BJ: *(Tímidamente)* El señor Darcy.

CF: Nadie me había preguntado eso nunca.

BJ: ¿De verdad?

CF: No. Bien… Creo que las principales diferencias son...

BJ: ¿Quieres decir que es… una pregunta muy obvia?

CF: No. Quiero decir que nadie me lo había preguntado antes.

BJ: ¿No te lo preguntan continuamente?

CF: No, no. Puedo asegurártelo.

BJ: Así que es...

CF: Es una pregunta totalmente nueva y fresca, sí, eso es.

BJ: Genial.

CF: Y ahora, ¿seguimos?

BJ: Sí.

CF: El señor Darcy no es hincha del Arsenal.

BJ: No.

CF: No es un profesor.

BJ: No.

CF: Vivió hace unos doscientos años.

BJ: Sí.

CF: Al Paul de *Al rojo vivo* le encanta estar entre la aglomeración de público viendo un partido de fútbol.

BJ: Sí.

CF: Mientras que el señor Darcy ni siquiera soporta un baile de pueblo. Ahora bien. ¿Podemos hablar de algo que no tenga que ver con el señor Darcy?

BJ: Sí.

(Pausa. Crujido de papeles)

BJ: ¿Sigues saliendo con tu novia?

CF: Sí.

BJ: Oh.

(Larga pausa)

CF: ¿Te encuentras bien?

BJ: *(Casi inaudible)* ¿Crees que las modestas películas británicas constituyen… digamos un paso hacia delante?

CF: No te oigo.

BJ: *(Tristemente)* ¿Crees que las modestas películas británicas constituyen un paso hacia delante?

CF: ¿Un paso adelante hacia... *(con tono alentador)*... hacia qué?

BJ: *(Meditativa pausa muy larga)* El futuro.

CF: Bueno. Parecen hacernos avanzar paso a paso, creo. Me gustan bastante las películas modestas pero también me gustan las superproducciones y estaría bien que también hiciésemos más de ésas.

BJ: ¿Pero no te parece un problema que ella sea italiana y todo eso?

·CF: No.

(Silencio muy largo)

BJ: *(De mala gana)* ¿Crees que el señor Darcy tiene una dimensión política?

CF: Sí que especulé sobre sus ideas políticas, si es que las tenía. Y no creo que fuesen muy atractivas para un lector del *Independent*. Es esa idea previctoriana o victoriana de ser el rico benefactor social, lo cual probablemente sería muy thatcheriano. Quiero decir que la idea de socialismo obviamente no había entrado en...

BJ: No.

CF: ...entrado en su esfera. Y está claramente expuesto en la forma de mostrar lo buen tipo que es en el hecho de que sea tan amable con sus inquilinos. Pero creo que estaría más cercano a una especie de figura nietzscheana, una..

BJ: ¿Qué es nichiana?

CF: Ya sabes, la idea de que, ejem, el ser humano es un superhombre.

BJ: ¿Superman?

CF: No... superhombre, no el personaje Superman, no. No. *(Leve gemido)*. No creo que él llevase los calzones por encima de las mallas, no. Mira, realmente me gustaría dejar este tema.

BJ: ¿Cuál será tu próximo proyecto?

CF: Se llama *El mundo del musgo*.

BJ: ¿El mundo del musgo? ¿Es un programa de naturaleza?

CF: No. No, no. No. Es, mmm…, es, ejem, sobre una excéntrica familia de los años treinta, en la que el padre tiene una fábrica de musgo.

BJ: ¿No crece el musgo de forma natural?

CF: Bueno, no, él hace algo llamado musgo esfagnal, que se utilizaba para curar las heridas en la Primera Guerra Mundial y, ejem, es, es, una película bastante ligera y, ejem, cómica...

BJ: *(Muy poco convencida)* Suena muy bien.

CF: Espero de verdad que así sea.

BJ: ¿Puedo verificar algo acerca de la camisa?

CF: Sí.

BJ: ¿Cuántas veces exactamente tuviste que quitártela y volvértela a poner?

CF: Exactamente... no lo sé. Mmm. Déjame pensar... estaba la parte en la que yo caminaba hacia Pemberley. Se grabó una vez. Una toma. Y luego estaba la parte en que yo le daba mi caballo a alguien... creo que hubo un cambio.

BJ: *(Más alegre)* ¿Hubo un cambio?

CF: *(Terminantemente)* Lo hubo. Un cambio.

BJ: ¿Así que sólo hubo una camisa mojada?

CF: Una camisa mojada, que iban mojando, sí. ¿De acuerdo?

BJ: Sí. ¿Cuál es tu color favorito?

CF: Ya hemos pasado por ésta.

BJ: Mmm. *(Crujido de papeles)* ¿Crees que la película *Al rojo vivo* trata en realidad de gilipollez emocional?

CF: ¿Cómo? ¿Emocional qué?

BJ: Gilipollez. Ya sabes: hombres enloquecidamente alcohólicos con fobia al compromiso y a los que sólo les interesa el fútbol.

CF: No, francamente no. Yo creo que en cierto sentido Paul está mucho más a gusto con sus emociones y tiene más libertad con respecto a eso que su novia. Creo que, de hecho, en el análisis final, y eso es lo que resulta tan atractivo en cuanto a lo que Nick Hornby está intentando decir en su defensa: que en un mundo más bien mundano y anodino ha encontrado algo capaz de proporcionarle experiencias emocionales que...

BJ: Perdona.

CF: *(Suspiros)* ¿Sí?

BJ: ¿No te parece la barrera del idioma un problema en la relación con tu novia?

CF: Bueno, ella habla muy bien inglés.

BJ: ¿Pero no crees que sería mejor que salieses con alguien que *fuese* inglesa y más de tu edad?

CF: Parece que nos va bien.

BJ: Mmm. *(Sombríamente)* Hasta ahora. ¿Preferirías alguna vez hacer teatro?

CF: Mmm. No suscribo la opinión de que en el teatro es donde se actúa de verdad y que en las películas no se actúa realmente. Pero me encuentro con que prefiero el teatro cuando lo estoy haciendo, sí.

BJ: Pero, ¿no crees que el teatro es un poco... irreal y desconcertante, y que tienes que estar sentado durante horas viendo la obra, sin poder comer nada, ni hablar, ni...

CF: ¿Irreal? ¿Desconcertante e irreal?

BJ: Sí.

CF: ¿Te refieres a irreal en el sentido de que..?

BJ: Te das cuenta de que no es real.

CF: En ese sentido sí es irreal, sí. *(Leve gemido)* Mmm. Aunque creo que no tiene por qué ser así si es bueno. Es mucho más... Resulta más artificial hacer una película.

BJ: ¿De veras? Supongo que no se hace todo de un tirón, ¿no?

CF: Bueno, no. No se hace así. No. Sí. Una película no se hace toda de un tirón. Se rueda por medio de tomas breves y por partes. *(Gemido más fuerte)* Tomas breves y pequeños fragmentos.

BJ: Ya veo. ¿Crees que el señor Darcy se habría acostado con Elizabeth Bennet antes de la boda?

CF: Sí, creo que lo habría hecho.

BJ: ¿De verdad lo *crees*?

CF: Sí. Creo que es perfectamente posible. Sí.

BJ: *(Jadeante)* ¿En serio?

CF: Creo que es posible, sí.

BJ: ¿*Cómo* sería eso posible?

CF: No sé si Jane Austen estaría de acuerdo conmigo al respecto pero...

BJ: No podemos saberlo porque está muerta.

CF: No, no podemos... pero creo que el señor Darcy de Andrew Davies lo habría hecho.

BJ: Pero, ¿*por qué* piensas eso? ¿Por qué? ¿Por qué?

CF: Porque creo que para Andrew Davies era muy importante que el señor Darcy tuviese un instinto sexual poderosísimo.

BJ: *(Jadeos)*

CF: Y, mmm...

BJ: Creo que quedó muy, muy claro con la actuación. De verdad lo creo.

CF: Gracias. Hubo un momento en que Andrew incluso escribió como una indicación de escena: «Imagina que Darcy tiene una erección».

(Enorme estruendo)

BJ: ¿De qué escena se trataba?

CF: Cuando Elizabeth ha estado paseando por el campo y se tropieza con él en los jardines, en la fase inicial.

BJ: ¿Es esa parte en la que ella está toda llena de barro?

CF: Y despeinada.

BJ: ¿Y sudorosa?

CF: Exacto.

BJ: ¿Fue una escena difícil de interpretar?

CF: ¿Te refieres a lo de la erección?

BJ: *(Temeroso susurro)* Sí.

CF: Mmm, bueno, Andrew también escribió «propongo que no nos centremos en eso», y por consiguiente al menos no fue necesario actuar en ese aspecto.

BJ: Mmm.

(Larga pausa)

CF: Sí.

(Más pausa)

BJ: Mmm.

CF: Entonces, ¿eso es todo?

BJ: No. ¿Qué ocurrió con tus amigos cuando empezaste a ser el señor Darcy?

CF: Me hicieron muchas bromas: gritaban «Señor Darcy» en el desayuno y cosas así. Hubo un breve período en el que tuvieron que trabajar bastante duro para ocultar su conocimiento de quién era yo realmente y...

BJ: ¿Ocultárselo a quién?

CF: Bueno, a cualquier persona que sospechase que quizá yo era como el señor Darcy.

BJ: Pero ¿tú crees que no eres como el señor Darcy?

CF: Creo que no soy como el señor Darcy, así es.

BJ: Yo creo que eres exactamente igual que el señor Darcy.

CF: ¿En qué sentido?

BJ: Hablas igual que él.

CF: Oh, ¿en serio?

BJ: Eres clavado a él y yo, oh, oh...

(Estrépito prolongado seguido por algunos ruidos de lucha)

7
Solterones que cambian
de humor

Viernes 25 de abril

57 kg (¡siiií! ¡siiií!), 4 unidades de alcohol, 4 cigarrillos, concienciaciones espirituales como resultado combinado de La carretera menos recorrida y las unidades de alcohol: 4, 0 pisos sin agujeros, cantidad de libras en el banco: 0, novios: 0, personas con las que salir esta noche: 0, fiestas por las elecciones a las que he sido invitada: 0.

5.30 p.m. Oficina. Dos desafiantes días en el trabajo con Richard Finch leyendo en voz alta trozos de la entrevista y estallando en sonoras y gorjeantes carcajadas como si fuese Drácula, pero por lo menos me ha sacado de mi ensimismamiento. Además Jude dijo que la entrevista estaba bastante bien y daba una idea excelente de la atmósfera de toda la cuestión. ¡Hurra! ¡No he vuelto a saber nada ni de Adam ni de Michael del *Independent*, pero seguro que me llamarán pronto y quizá me pidan que haga otra, y entonces podré trabajar como *freelance* en el despacho de mi casa, tecleando en la terraza del tejado con plantas en tiestos de terracota! ¡Además sólo falta una semana para las elecciones, cuando todo cambiará! Dejaré de fumar y Mark volverá y se encontrará una nueva Bridget profesional con un gran piso interior/exterior.

5.45 p.m. Mmmff. Acabo de llamar para oír los mensajes. Sólo uno, de Tom diciendo que había hablado con Adam y que todo el mundo en el *Independent* estaba realmente enfadado. Le he dejado un mensaje urgente diciéndole que me llamase para explicármelo.

5.50 p.m. Ay Dios. Ahora me preocupa haber pedido la segunda hipoteca. No voy a tener ningún dinero extra y, ¿qué pasará si pierdo mi trabajo? Quizá sea mejor que le diga a Gary que no quiero la ampliación y que me devuelva las 3.500 libras. Por suerte, aunque se suponía que tenía que empezar ayer, Gary se limitó a venir, dejar las herramientas y volverse a marchar. Parecía molesto en aquel momento, pero quizá, como así ha sido, era una señal de Dios. Sí. Le llamaré al llegar a casa y después me iré al gimnasio.

6.30 p.m. De vuelta en casa. ¡Aaah! ¡Aaah! ¡Aaah! ¡Hay un jodido enorme agujero en un extremo del piso! Se abre al mundo exterior como un precipicio abierto y desde todas las casas de enfrente se puede ver el interior de la mía. ¡Tengo todo el fin de semana por delante con un agujero gigantesco en la pared, todo el piso lleno de ladrillos y nada que hacer! ¡Nada! ¡Nada!

6.45 p.m. Ooh, el teléfono... ¡quizá sea alguien para invitarme a una fiesta por las elecciones! ¡O Mark!

–Oh, hola, cariño, adivina qué. –Mi madre. Obviamente, tuve que coger un cigarrillo.

–Oh, hola, cariño, adivina qué –volvió a decir. A veces me pregunto cuánto tiempo se podría pasar así, como un loro. Una cosa es decir «¿Hola? ¿Hola?» si al otro extremo de la línea sólo hay silencio, pero «Oh, hola, cariño, adivina qué. Oh, hola, cariño, adivina qué» no parece nada normal.

–¿Qué? –dije de mala gana.

–No me hables en ese tono.

–¿Qué? –volví a decir, esta vez con un encantador tono de hija atenta.

–No digas «¿Qué?», Bridget, di «¿Perdón?».

Le di una calada a mi amable amigo normal, el Silk Cut Ultra.

–Bridget, ¿estás fumando?

–No, no –dije aterrada mientras apagaba el cigarrillo y escondía el cenicero.

–Bueno, adivina qué. ¡Una y yo vamos a dar una fiesta *kikuyu* por las elecciones para Wellington, detrás del jardincito!

Respiré profundamente por la nariz y pensé en la Elegancia Interior.

–¿No te parece algo genial? ¡Wellington saltará por encima de una hoguera como un verdadero guerrero! ¡Imagínatelo! ¡Por encima! Hay que vestir con atuendo tribal. ¡Y todos vamos a beber vino tinto haciendo ver que es sangre de vaca! ¡Sangre de vaca! Por eso Wellington tiene unos muslos tan fuertes.

–Ejem, ¿sabe Wellington algo al respecto?

–Todavía no, cariño, pero seguro que querrá celebrar las elecciones. Wellington es un entusiasta respecto al mercado libre, y no queremos a esos Red Wedge otra vez debajo de la cama. Quiero decir que acabaríamos con el regreso de como-se-llame y de los mineros. No recordarás los apagones cuando ibas a la escuela, pero Una iba a dar el discurso en la comida del Instituto de Damas y no pudo enchufar sus tenacillas.

7.15 p.m. Finalmente conseguí que mamá colgara el teléfono, tras lo cual volvió a sonar inmediatamente. Era Shaz. Le dije lo harta que estaba, y ella estuvo muy cariñosa:

–Venga, Bridge. ¡Sencillamente, no podemos definir nuestra propia individualidad en términos de si estamos o no con otra persona! ¡Deberíamos celebrar lo fantástico que es ser libre! ¡Y pronto habrá elecciones y todo el talante de la nación cambiará!

–¡Hurra! –dije–. ¡Solterones! ¡Tony Blair! ¡Hurra!

–¡Sí! –se entusiasmó Shazzer–. Muchas personas que tienen una relación lo pasan fatal los fines de semana, esclavizadas por hijos desagradecidos y golpeadas por sus propios cónyuges.

—¡Tienes razón! ¡Tienes razón! –dije–. Nosotras podemos salir cuando nos plazca y pasarlo bien. ¿Qué tal si salimos esta noche?

Mmm. Sharon va a una cena con Simon en plan Petulante Casada.

7.40 p.m. Jude acaba de llamar con ganas de confidencias de gran carga sexual.

—¡Vuelve a estar en marcha lo de Stacey! –me dijo–. ¡Anoche le vi y me estuvo hablando de su familia!

Hubo una pausa expectante.

—¡Hablando de su familia! –repitió–. Lo que significa que está pensando seriamente en mí. Y nos sobamos y besuqueamos. Y esta noche voy a verle y es la cuarta cita así que... dubidubiduú. ¿Bridge? ¿Sigues ahí?

—Sí –dije en voz baja.

—¿Qué pasa?

Murmuré algo acerca del agujero en la pared y de Mark.

—La cuestión es la siguiente, Bridge. Tienes que llegar a Dar por Concluido esto y seguir adelante –dijo, al parecer sin darse cuenta de que su último lote de consejos había fracasado estrepitosamente, lo cual podría, sencillamente, invalidar éste.

—Tienes que empezar a trabajar en Amarte a Ti misma. ¡Venga, Bridge! Es fantástico. Podemos acostarnos con quien nos dé la gana.

—¡Viva los solterones! –dije–. Pero entonces, ¿por qué estoy deprimida?

Voy a volver a llamar a Tom.

8 p.m. Fuera. Todo el mundo está fuera divirtiéndose, todo el mundo excepto yo.

9 p.m. Acabo de leer un poco de *Usted puede sanar su vida* y ahora veo exactamente en qué me he estado equivocando. Como dijo Sondra Ray, la la gran especialista en técnicas de regresión-renacimiento, o quizá no fuera ella. Da igual, dijo: «El amor nunca está fuera de nosotros, el amor está en nuestro interior».

¡Sí!

«¿Qué será lo que mantiene el amor lejos de mí?... ¿Valores irracionales? ¿Imágenes de estrellas de cine? ¿Sentimientos de indignidad? ¿La creencia de que no se te puede amar?».

¡Ah! No se trata de creer, es un hecho. Voy a abrir una botella de Chardonnay y a ver *Friends*.

11 p.m. Jobar. *La carretera menos recorrida* es sjfrodidramente bueno. Es «catexis» o algo parecido. «División unitaria de amornncluye amor por uno mismo si se ama a otra persona.» Sjfrodidrante bueno. Uuuf. Gue me gaigo.

Sábado 26 de abril

59 kg, 7 unidades de alcohol (¡Hurra!), 27 cigarrillos (¡Hurra!), 4.248 calorías (¡Hurra!), 0 visitas al gimnasio (¡Hurra!).

7 a.m. Aargg. ¿Quién ha hecho sonar esta maldita cosa?

7.05 a.m. Hoy me haré responsable de mi propia vida y empezaré a quererme. Soy encantadora. Soy maravillosa. Oh Dios. ¿Dónde está el Silk Cut?

7.10 a.m. Bueno. Me voy a levantar y voy a ir al gimnasio.

7.15 a.m. Sin embargo, de hecho, probablemente sea bastante peligroso hacer ejercicio antes de haberse despertado debidamente. Hará que las articulaciones chirríen. Iré esta noche, antes de *Cita a ciegas*. Es una tontería ir un sábado por la mañana, cuando hay tantas cosas que hacer, como ir de compras. No debe importarme que Jude y Shaz estén probablemente en la cama follando salvajemente, follar, follar, follar.

7.30 a.m. Follar.

7.45 a.m. Obviamente es demasiado temprano para que alguien llame. No todo el mundo estará despierto sólo por el mero hecho de que yo lo esté. Tengo que aprender a tener más empatía con los demás.

8 a.m. Jude acaba de llamar pero me ha resultado prácticamente imposible descifrar lo que decía porque ha sido toda una experiencia, mezcla de sollozos, venga a tragar saliva y voz de cordero degollado.

—Jude, ¿qué pasa? —le dije desolada.

—Tengo una crisis nerviosa —sollozó—. Todo me parece negro, negro. No veo ninguna salida, no puedo...

—Está bien. Todo va a ir bien —dije mirando desesperadamente por la ventana para ver si pasaba algún psiquiatra—. ¿Parece algo serio o no es más que un síndrome premenstrual?

—Es algo muy, muy malo —dijo con voz de zombi—. Se ha estado gestando en mi interior durante unos once años. —Se ha venido abajo de nuevo—. Todo el fin de semana por delante sola, sola. Simplemente no quiero seguir viviendo.

—Bueno, eso es bueno —dije de modo tranquilizador, mientras me preguntaba si tenía que llamar a la policía o al teléfono de la esperanza.

Resultó que Stacey, inexplicablemente, se limitó a dejarla en casa después de cenar y no había mencionado nada de volver a verla. Y ahora ella sentía que había fracasado en el besuqueo del jueves.

–Estoy tan deprimida… Todo el fin de semana por delante. Sola sola, podría morirme y...

–¿Quieres venir a casa esta noche?

–¡¡Ohhh, sí, por favor!! ¿Vamos al 192? Puedo ponerme mi nuevo cárdigan de Voyage.

Siguió una llamada de Tom.

–¿Por qué no me devolviste la llamada anoche? –le dije.

–¿Qué? –dijo con un extraño tono apagado y monocorde.

–No me volviste a llamar.

–Oh –dijo en tono de hastío–. No me pareció justo hablar con nadie.

–¿Por qué? –dije, perpleja.

–Oh. Porque he perdido mi anterior personalidad y me he convertido en un maníaco depresivo.

Resultó que Tom se había pasado toda la semana solo en casa trabajando, obsesionándose con Jerome. Al final le ayudé a darse cuenta de que la locura fantasma era algo bastante divertido, teniendo en cuenta que si él no me hubiese informado de que estaba clínicamente loco yo no habría notado la menor diferencia.

Le recordé la vez en que Sharon no salió de casa durante tres días porque pensaba que su rostro se estaba desmoronando a causa de la acción dañina del sol, como con los efectos especiales que hacen envejecer en las películas, y no quería ver a nadie ni exponerse a los rayos UVA hasta haber aceptado privadamente la situación. Luego, cuando vino al Café Rouge, tenía exactamente el mismo aspecto que la semana anterior. Finalmente, conseguí hacer cambiar de tema a Tom y centrarme en mi carrera como genial entrevistadora de celebridades, que parece haber llegado a su fin, por lo menos de momento.

—No te preocupes, chica —dijo Tom—. Ya verás como en diez minutos se habrán olvidado de todo. Podrás volver a resurgir.

2.45 p.m. Ahora me siento mucho mejor. Me he dado cuenta de que la solución es no obsesionarme con los problemas propios sino ayudar a los demás. Acabo de pasarme una hora y cuarto al teléfono animando a Simon que, obviamente, no estaba en la cama con Shazzer. Resulta que él tenía que ver esta noche a esa chica que se llama Georgie, con la que ha estado follando en secreto de forma intermitente los sábados por la noche, pero ahora Georgie dice que hacerlo el sábado por la noche no le parece una buena idea porque eso se asemeja demasiado al arquetipo de «pareja».

—Soy un paria del amor condenado por los dioses a estar siempre solo —decía Simon hecho una furia—. Siempre, siempre. Con todo el domingo por delante.

Como le he dicho, ¡es genial estar solteros porque somos libres! ¡Libres! (Sin embargo, de alguna manera, espero que Shaz no se entere de hasta qué punto es libre Simon).

3 p.m. Soy maravillosa: he sido como una terapeuta todo el día. Ya les he dicho a Jude y a Tom que me pueden llamar a cualquier hora del día o de la noche, que no estén tristes a solas. Así que ya se ve que soy muy juiciosa y equilibrada, casi como la Madre Superiora de *Sonrisas y lágrimas*. De hecho, me imagino perfectamente cantando de improviso «Climb Every Mountain» en medio del 192, con una Jude llena de admiración y arrodillada detrás de mí.

4 p.m. Acaba de sonar el teléfono. Era Shazzer al borde del llanto pero intentando fingir que no era así. Resulta que Simon acababa de llamarla explicándole lo de Georgie (muy molesto, obviamente, porque mi papel de Madre Superiora no ha sido suficiente para, ahora lo comprendo, el emocionalmente codicioso Simon).

–Pero, yo creía que érais «sólo buenos amigos» –le he dicho.

–Y yo –ha dicho ella–. Pero ahora me doy cuenta de que estaba fantaseando secretamente, pensando que estábamos en un nivel más elevado de amor. Es horrible estar soltera –ha estallado–. Nadie que te abrace al final del día, nadie que te ayude a reparar el calentador. ¡Todo el fin de semana por delante! ¡Sola! ¡Completamente sola!

4.30 p.m. ¡Hurra! Todo el mundo va a venir: Shaz, Jude y Tom (pero Simon no, desacreditado por sus Mensajes Mezclados), y vamos a llamar a un Indio de comida para llevar, y a ver vídeos de *Urgencias*. Me encanta estar soltera porque te puedes divertir con personas distintas y la vida está llena de libertad y posibilidades.

6 p.m. Ha ocurrido algo terrible. Magda acaba de llamar.

–¡Vuelve a meterla en el orinal! ¡Vuelve a meterla! Mira, Bridge, no sé si debería decirte esto pero, ¡vuelve a meterla! ¡Vuelve a meter la caquita DENTRO!

–Magda... –dije peligrosamente.

–Perdona, querida. Mira, te llamaba sólo para decirte que Rebecca... mira, eso está muy feo ¡Ecs! ¡Ecs! Di ecs.

–¿QUÉ?

–Mark vuelve a casa la semana que viene. Y ella nos ha invitado a una cena poselecciones de bienvenida para él y... ¡NOOOOOO! Vale, vale, pónmela en la mano.

Me desplomé mareada sobre la mesa de la cocina en busca de un cigarrillo.

–Bueno. Pues entonces déjala en la mano de papá. La cuestión es, Bridge, ¿crees que tenemos que decir que sí o tú vas a dar otra fiesta? Bueno, entonces hazlo en el orinal. ¡En el orinal!

–Oh Dios –dije–. Oh Dios.

6.30 p.m. Voy a salir a buscar cigarrillos.

7 p.m. En primavera todo Londres está lleno de parejas cogiéndose de la mano, follando, follando, follando, follando y planeando encantadoras minivacaciones. Voy a estar sola todo el resto de mi vida. ¡Sola!

8 p.m. Todo está resultando fantástico. Jude y Tom llegaron los primeros con vino y revistas y se cachondearon de mí porque no sabía qué era un *pashmina*. Jude decidió que Stacey tenía un culo grande y que además no dejaba de ponerle la mano en el culo a ella diciendo: «Feliz», algo que ella no había revelado nunca antes y que definitivamente significaba que él está como una regadera.

También estuvieron todos de acuerdo en que era bueno que Magda fuese como espía a la cena de la odiosa Rebecca, y en que si Mark está saliendo realmente con Rebecca, entonces es que definitivamente es gay, lo que es bueno... especialmente para Tom, que se animó muchísimo. Por otra parte, Jude daría una fiesta por las elecciones y no invitaría a Rebecca. ¡JA!

¡AJAJAJAJAJAJAJAJAJAJAJAJAJAJAJAJAJAJAJAJAJAJAJAJAJÁ!

Lo siguiente fue que Shaz apareció llorando, lo que de alguna manera estuvo muy bien porque ella no suele mostrar que nada le importe.

–Maldita sea –acabó diciendo–. Ha sido todo un

año de putadas emocionales, y estoy totalmente confundida.

Todos corrimos con los primeros auxilios: *Vogue*, vino espumoso, cigarrillos, etc., y Tom proclamó que la amistad platónica no existe.

—Claro que existe —dijo Jude resbalándole la lengua—. Lo gue passa es que tússstás obsssesssionado con el sssexo.

—No, no —dijo Tom—. Sólo es una forma de fin de milenio de afrontar la pesadilla de las relaciones. Todas las amistades entre hombres y mujeres están basadas en la dinámica sexual. El error que comete la gente es no hacer caso, y sentirse entonces mal cuando su amigo no echa un polvo con ellos.

—Yo no me siento mal —murmuró Shazzer.

—¿Y qué hay de los amigos que no se sienten atraídos el uno por el otro? —dijo Jude.

—Eso no pasa. El sexo es el motor. «Amigos» es una mala definición.

—Pashminas —dije arrastrando las sílabas y dando un sorbito a mi Chardonnay.

—¡Eso es! —dijo Tom excitado—. Es pashminaísmo de fin de milenio. Shazzer es la «pashmina» de Simon porque quiere follárselo y entonces él la menosprecia y Simon se convierte en el «pashmaster» de Shazzer.

Aquello hizo que Sharon se echase a llorar, cosa que tardamos veinte minutos en solucionar, gracias a otra botella de Chardonnay y a un paquete de cigarrillos, hasta que logramos confeccionar una lista de definiciones:

Pashmincer: Un amigo que te gusta mucho pero que es gay. («Yo, yo, yo», dijo Tom.)

Pashcasado: Un amigo con el que solías salir y que ahora está casado y con hijos, al que le gusta tenerte cerca como recuerdo de su anterior vida pero que te hace sentir como una loca estéril y con el útero marchito imaginándote que el vicario está enamorado de ti.

Ex pashspurt: Un ex compañero que quiere volver contigo pero que te hace ver que sólo sois amigos pero no deja de intentarlo y de enfadarse.

–¿Y qué hay de los «pash-heridos»? –dijo Shaz malhumorada–. Amigos que convierten tu privado desastre emocional en un estudio sociológico a expensas de tus sentimientos.

En aquel momento decidí que sería mejor ir a buscar cigarrillos. Estaba en el sórdido *pub* de la esquina esperando a que me diesen cambio para la máquina de tabaco cuando casi me muero del susto. Al otro lado del bar había un hombre clavado a Geoffrey Alconbury, sólo que en lugar de un suéter de rombos amarillo y pantalones de golf, llevaba tejanos azul claro, planchados con la raya delante, y una chaqueta de piel encima de una camiseta de malla negra de nailon. Intenté tranquilizarme mirando furiosamente una botella de Malibu. No podía ser el tío Geoffrey. Levanté la mirada y vi que estaba hablando con un chico de unos diecisiete años. Era tío Geoffrey. ¡Ya lo creo que era él!

Dudé, sin estar segura de qué hacer. Por un instante consideré la posibilidad de olvidarme de los cigarrillos e irme para no herir los sentimientos de Geoffrey. Pero entonces algún tipo de odio interno antisemita me recordó todas las veces que Geoffrey me había humillado por completo en su ambiente, gritando lo más fuerte que podía. ¡Ja! ¡Ajajajajajajá! Ahora tío Geoffrey estaba en mi territorio.

Estaba a punto de acercarme y gritar «¡Mira quién está aquí! ¡Guau! ¡Te has conseguido un joven monicaco!» lo más fuerte posible, cuando alguien me dio un golpecito en el hombro. Me di la vuelta y no vi a nadie, y entonces noté un golpecito en el otro hombro. Aquella era la broma favorita de tío Geoffrey.

—Jajajajajajá, ¿qué está haciendo aquí mi pequeña Bridget, buscándose un chico? —bramó.

No me lo podía creer. Se había puesto un suéter amarillo con un puma encima de la camiseta, el chico no estaba a la vista, y él intentaba disimular con el mayor cinismo.

—Bridget, aquí no vas a encontrar ninguno; a mi modo de ver todos se parecen a Julian Clarys. ¡Son todos más maricones que un pato cojo! Jajajajá. Yo sólo he entrado a por un paquete de puros.

En aquel instante volvió a aparecer el chico, nervioso y trastornado, sosteniendo la chaqueta de piel.

—Bridget —dijo Geoffrey como con todo el peso de la Sociedad Rotaria de Kettering tras él, y entonces perdió gas y se dio la vuelta hacia el barman—: ¡Venga, chico! ¿Tienes esos puros que te he pedido? Llevo veinte minutos esperando.

—¿Qué estás haciendo en Londres? —dije con recelo.

—¿Londres? He ido a la junta anual de los Rotarios. Londres no te pertenece en exclusiva, ¿sabes?

—Hola, soy Bridget —le dije al chico con toda la intención.

—Oh sí. Éste es, ejem, Steven. Quiere convertirse en tesorero, ¿verdad, Steven? Sólo le estaba dando algunos consejos. Bueno. Será mejor que me vaya. ¡Sé buena! ¡Y si no puedes ser buena, ve con cuidado! ¡Jajajajajajá! —y salió disparado del *pub* seguido por el chico, que se dio la vuelta para mirarme con resentimiento.

De vuelta a casa, Jude y Shazzer no podían creer que hubiera dejado escapar tal oportunidad de venganza.

—Piensa en lo que le podrías haber dicho —dijo Shaz, apretando los ojos con incrédulo pesar.

—¡Bueno! ¡Me alegro de ver que por fin has conseguido un chico, tío GeoffrEEEEEEY! Ya veremos cuánto dura éste, ¿no? Se te van. ¡Uyyy!

Sin embargo Tom tenía en el rostro una fastidiosa expresión de pomposa preocupación.

–Es trágico, trágico –soltó–. ¡Tantos hombres en todos los puntos del país viviendo una mentira! ¡Imaginaos todos los secretos pensamientos, vergüenzas y deseos corroyéndose entre las paredes de los barrios, con todas sus mentiras bajo la alfombra! Es probable que vaya a Hampstead Heath. Probablemente está corriendo riesgos terribles, terribles. Bridget, deberías hablar con él.

–Mira –dijo Shaz–. Cállate. Estás borracho.

–De alguna manera me siento justificada –dije pensativa y cautelosamente. Empecé a explicar que llevaba mucho tiempo sospechando que el mundo de Petulantes Casados de Geoffrey y Una no era exactamente todo lo que parecía y que, por consiguiente, no soy ningún bicho raro, y que vivir como una pareja heterosexual normal no es la única forma instituida por Dios.

–Bridge, cállate. Tú también estás borracha –dijo Shaz.

–¡Hurra! Volvamos a lo nuestro. No hay nada más molesto que dejar que otras personas te distraigan de tu propia obsesión –dijo Tom.

Después de eso todos nos emborrachamos a más no poder. Fue una noche absolutamente fantástica. Como dijo Tom, si miss Havisham hubiese tenido algunos alegres compañeros de piso que se hubieran cachondeado de ella, jamás habría permanecido tanto tiempo con el traje de novia puesto.

Lunes 28 de abril

58 kg, 0 unidades de alcohol, 0 cigarrillos, 0 novios, 0 llamadas de Gary el Chapuzas, 0 posibilida-

des de nuevo empleo (prometedor), 0 visitas al gimnasio, número de visitas al gimnasio en lo que va de año: 1, coste anual por ser socia del gimnasio: 370 libras; coste de la visita de un día al gimnasio: 123 libras (muy mala economía).

Vale. Definitivamente hoy voy a empezar el programa del gimnasio y así podré ir por ahí presumiendo de que «Sí que duele. Sí que funciona», al estilo del Partido Conservador, y –en claro contraste con ellos– a mí todo el mundo me creerá y pensarán que soy maravillosa. Oh Dios, sin embargo son las 9 en punto. Pero iré esta noche. ¿Dónde coño está Gary?

Más tarde. En la oficina. ¡Jajá! ¡Jajajajajajajá! Hoy he estado maravillosa en el trabajo.

–Y bien –dijo Richard Finch cuando estábamos todos reunidos alrededor de la mesa–. Bridget. Tony Blair. Comités de mujeres. Una nueva política Pensada para las Mujeres, ¿alguna sugerencia? Que no tenga nada que ver con Colin Firth, si puedes evitarlo.

Sonreí beatíficamente mientras echaba un vistazo a mis notas y levanté la mirada con elegancia y seguridad en mí misma.

–Tony Blair debería introducir un código de Prácticas de Citas para Solterones –acabé diciendo.

Hubo una celosa pausa de todos los demás investigadores que estaban alrededor de la mesa.

–Eso es todo, ¿no? –dijo Richard Finch.

–Sí, claro –dije confiada.

–¿Y no crees –dijo– que nuestro nuevo Primer ministro en potencia podría tener mejores cosas que hacer con su tiempo?

–Piensa sólo en el número de horas de trabajo perdidas por distracciones, malos humores, discusiones intentando interpretar situaciones y esperando a que suene el teléfono –dije–. Es fácil que esté a la par con el dolor de espalda. Además, todas las demás culturas tienen rituales específicos para las citas, pero nosotros nos movemos en un turbulento mar, lleno de hombres y mujeres cada vez más alienados los unos por los otros.

En aquel momento el Horrible Harold soltó un bufido de mofa.

–Oh Dios –dijo Patchouli lenta y pesadamente, poniendo sus piernas cubiertas por unos *shorts* de ciclista de licra encima de la mesa–. No puedes proscribir el comportamiento emocional de la gente. Eso es fascista.

–No, no, Patchouli, no me has estado escuchando –dije con severidad–. Se trataría sólo de directrices para seguir una buena conducta sexual. Hasta una cuarta parte de los hogares están compuestos por una sola persona; esto ayudaría significativamente al bienestar mental de la nación.

–Sinceramente creo que en el período previo a las elecciones... –empezó a decir el Horrible Harold en tono de mofa.

–No, espera –dijo Richard Finch mascando, moviendo la pierna arriba y abajo y mirándonos de forma extraña–. ¿Cuántos de vosotros estáis casados?

Todos clavaron como tontos la mirada en la mesa.

–Así que soy el único, ¿no? –dijo él–. El único que mantiene unidos los harapientos jirones del tejido social británico?

Todo el mundo intentó no mirar a Saskia, la investigadora que Richard se había estado tirando todo el verano hasta que de repente perdió interés por ella y empezó con la chica de los bocadillos.

–Aunque os advierto que no me sorprende –prosiguió–. ¿Quién iba a querer casarse con ninguno de vosotros? Sois incapaces de comprometeros a ir a buscar los *cappuccinos*, así que ya no hablemos de comprometeros con una persona para el resto de vuestras vidas. –En aquel momento Saskia soltó un extraño ruido y salió disparada de la oficina.

Me pasé toda la mañana haciendo un gran trabajo de investigación, realizando llamadas telefónicas y hablando con gente. De hecho fue bastante interesante ver que incluso aquellos investigadores que habían rechazado con desdén la propuesta no dejasen de aportar sugerencias.

–Vale, Bridget –dijo Richard Finch justo antes de la comida–. Oigamos esa revolucionaria y genial *oeuvre*.

Le expliqué que Roma no se hizo en un día y que, obviamente, todavía no había completado todo mi trabajo, pero que éstas eran las líneas generales en las que estaba trabajando. Me aclaré la voz y empecé:

Código de Práctica de Citas:

1) Si los ciudadanos saben que no quieren salir con alguna otra persona, para empezar, no deben incitarla.

2) Cuando un hombre y una mujer han decidido que les gustaría acostarse juntos, si cualquiera de las dos partes sabe que no quiere más que una «aventura», debería dejarlo claro de antemano.

3) Cuando los ciudadanos se besuqueen o follen con otros ciudadanos, no tienen por qué fingir que no pasa nada.

4) Los ciudadanos no deben salir con otros ciudadanos durante años y años y a la vez seguir diciendo que no quieren ir demasiado en serio.

5) Después de haber mantenido relaciones sexuales es sin lugar a dudas de muy mala educación no quedarse a pasar la noche.

–Pero, ¿y si...? –interrumpió Patchouli violentamente.

–¿*Me dejas* acabar? –dije gentil y autoritariamente, como si yo fuese Michael Heseltine y Patchouli Jeremy Paxman. Luego proseguí con el resto de la lista, y añadí–: Además, si los gobiernos van a seguir apostando por los valores familiares, entonces van a tener que hacer algo más positivo para los Solterones que ponerlos como un trapo –me detuve revolviendo mis papeles desenfadadamente–. Éstas son mis propuestas:

Sugerencias Promocionales para Matrimonio Petulante:

1) Enseñar *Los hombres son de Marte, las mujeres son de Venus* en las escuelas, de modo que ambos bandos enfrentados se comprendan entre sí.

2) Enseñar a todos los niños que compartir las tareas domésticas no consiste en juguetear con un tenedor debajo del grifo.

3) Crear una gigantesca Agencia Gubernamental Casamentera para Solterones, con un estricto Código de Práctica de Citas, una Prestación para los Buscadores-de-Pareja que les permita tomar copas, hacer llamadas telefónicas, adquirir cosméticos etc., penalizaciones por cometer gilipollez emocional, y la normativa de tener que haber acudido a un mínimo de doce citas concertadas por el Estado antes de poder declararte un Solterón; y sólo si tienes motivos razonables para haber rechazado las doce.

4) Si los motivos se consideran poco razonables, entonces tienes que declararte un gilipollas.

–Dios mío –dijo el Horrible Harold–. Quiero decir que, de verdad me parece que aquí el tema es el euro.

–No, esto es bueno, esto es muy bue-no –dijo Richard, mirándome fijamente, ante lo que Harold puso cara de acabar de tragarse un palomo–. Estoy pensando en debates en directo en el estudio. Estoy pensando en Harriet Harman, estoy pensando en Robin Cook. Puede que incluso esté pensando en Blair. Vale, Bridget. Muévete. Prepáralo. Habla con la oficina de Harman y mañana la traes aquí; luego inténtalo con Blair.

Hurra. Soy la investigadora encargada del tema principal. ¡Todo va a cambiar para mí y para la nación!

7 p.m. Mmm. Harriet Harman no me ha devuelto la llamada. Y tampoco Tony Blair. El tema ha sido cancelado.

Martes 29 de abril

No me puedo creer lo de Gary el Chapuzas. Le he dejado un mensaje cada día de la semana y nada. Ninguna respuesta. Quizá esté enfermo o algo así. Además me llegan continuamente vaharadas de algún olor horrible que viene de las escaleras.

Miércoles 30 de abril

Mmm. Acabo de llegar a casa del trabajo y el agujero está tapado por una cortina grande de plástico, pero no hay nota, ni mensaje, y por supuesto nada de devolverme las 3.500 libras. Nada. Ojalá me llamase Mark.

8
Oh, Baby

Jueves 1 de mayo

58 kg, 5 unidades de alcohol (pero por celebrar la victoria del Nuevo Partido Laborista), contribución a la victoria del Nuevo Partido Laborista, aparte de las unidades de alcohol: 0.

6 p.m. ¡Hurra! Realmente hay un ambiente fantástico hoy: los días de elecciones son una de esas pocas ocasiones en las que las personas nos damos cuenta de que somos nosotras las que estamos al mando y que los miembros del gobierno no son más que arrogantes peones abotagados y mutados, y que ahora al fin ha llegado nuestra hora para permanecer unidos y ejercer nuestro poder.

7.30 p.m. Acabo de volver de la tienda. Lo que está pasando ahí fuera es asombroso. Todo el mundo saliendo en avalancha de los *pubs* completamente borrachos. Realmente me siento parte de algo. No es sólo que la gente quiera un cambio. No. Es una gran sublevación de nosotros, la nación, contra toda la codicia, la falta de principios y de respeto por la gente real y sus problemas y... Oh, estupendo, el teléfono.

7.45 p.m. Mmm. Era Tom.
–¿Ya has votado?
–De hecho estaba a punto de ir para allá –dije.
–Oh claro. ¿A qué colegio electoral?
–El que está a la vuelta de la esquina.
Odio cuando Tom se pone así. Sólo porque había sido miembro de Red Wedge y andaba por ahí entonando «Canta si estás contento de ser gay» con voz morbosa, no tiene por qué comportarse como si fuera la Inquisición española.
–¿Y a qué candidato vas a votar?

–Mmm –dije mirando frenéticamente por la ventana en busca de letreros rojos en las farolas–. ¡Buck!

–Pues adelante –dijo–. Y recuerda a la señora Pankhurst.

Sinceramente, ¿quién se cree que es..., el tercer aviso para que un diputado acuda a votar en un importante debate o algo así? Claro que iré a votar. Sin embargo será mejor que me cambie. Con esto que llevo puesto no parezco demasiado de izquierdas.

8.45 p.m. Acabo de regresar del colegio electoral. «¿Tiene su cartilla para votar?», me ha preguntado un mequetrefe mandón. ¿Qué cartilla para votar? Eso es lo que yo quiero saber. Resultó que no estaba registrada en ninguna de sus listas, a pesar de haber estado pagando mis jodidos impuestos municipales durante muchos años, y ahora tengo que ir a otro colegio electoral. Otra vez a cotejar el callejero.

9.30 p.m. Mmm. Joder, allí tampoco estaba registrada. Tengo que ir a una biblioteca o algo así que está a varios kilómetros de distancia. No importa, es genial estar por las calles esta noche. Nosotros, la gente, unidos por el cambio. ¡Siiiií! Sin embargo, ojalá no me hubiese puesto zapatos con plataforma. Ojalá, además, dejase de percibir ese horrible olor procedente de las escaleras cada vez que salgo.

10.30 p.m. No puedo creer lo que ha ocurrido. He defraudado a Tony Blair y a mi país, aunque no ha sido culpa mía. Resultó que, a pesar de que el apartamento figuraba en las listas, yo no estoy registrada para votar, aun cuando llevaba conmigo el libro del impuesto municipal. Sinceramente, arman todo ese lío sobre no poder votar si no pagas tus impuestos y luego resulta que no puedes votar aunque los pagues.

–¿Rellenó el formulario en octubre pasado? –dijo una mujercilla que llevaba una camisa con cuello de volantes y un broche y se las daba de importante, disfrutando de un delirante momento de gloria sólo porque se daba el caso de que era presidente de mesa en el colegio electoral.

–¡Sí! –mentí. Obviamente, no se puede esperar que las personas que viven en apartamentos abran cada aburrido sobre marrón dirigido a «El Inquilino» que te echan en el buzón. ¿Y si Buck pierde por un voto y resulta que se pierden las elecciones por un escaño? Será culpa mía, mía. Ir hasta casa de Shazzer desde el colegio electoral fue una horrible caminata llena de deshonra. Y además ahora ya no puedo llevar más las plataformas porque tengo los pies demasiado doloridos, y parecería más bajita.

2.30 a.m. ¡Joer! ¡Ha sío una pfiersta genial! Corruptos. ¡Fuera! ¡Fuera! ¡Fuera! Uups.

Viernes 2 de mayo

58,5 kg (¡Hurra! Primer medio kilo de la nueva era del Nuevo Partido Laborista).

8 a.m. ¡Hurra! No podría estar más satisfecha con la arrolladora victoria electoral. Eso será un golpe para mis vergonzosos madre y ex novio miembros del partido *tory*. Ja ja. No puedo esperar para refocilarme. Cherie Blair es fantástica. Mira, probablemente ella tampoco cabría en uno de esos bikinis de los probadores de las tiendas. Ella tampoco tiene un culo prieto y, sin embargo, de alguna manera, es capaz de obtener ropa que le abarca el trasero y sigue haciéndola parecer una modelo para imitar. Quizá ahora Cherie utilice su influencia con el Primer ministro, que ordenará a todas las tiendas de ropa que empiecen a fabricar prendas que hagan que los culos de todo el mundo queden atractivos.

Sin embargo me preocupa que el Nuevo Partido Laborista sea como estar colada por alguien y al final conseguir salir con él y entonces, cuando tienes la primera discusión, es un terrible cataclismo. Pero Tony Blair es el primer Primer ministro con el que me puedo imaginar practicando el sexo de forma voluntaria. De hecho, Shaz tenía anoche una teoría según la cual la razón por la que él y Cherie siempre se estaban tocando no era cosa de los asesores de imagen, sino que, a medida que llegaban los resultados positivos, Cherie se iba excitando más y más: el afrodisíaco del poder o... Ohhh, el teléfono.

—Oh, hola, cariño, adivina qué —mi madre.

—¿Qué? —dije con aire de suficiencia, lista para regocijarme.

—Hemos ganado, cariño. ¿No es maravilloso? ¡Mayoría absoluta! ¡Imagínate!

Un escalofrío me recorrió de repente todo el cuerpo. Cuando nos acostamos, Peter Snow estaba paseando a grandes zancadas arriba y abajo maravillosa pero incomprensiblemente, y parecía bastante claro que iban a ganar los laboristas pero... Oh-oh. Quizá no lo entendimos bien. Estábamos un poco achispados y nada, aparte de los edificios azules de los *tories* en el mapa del Reino Unido volando por los aires, tenía un sentido especial. O quizás algo había ocurrido durante la noche que acabó dando la victoria a los *tories*.

—Y adivina qué.

Todo es culpa mía. Los laboristas han perdido y todo es culpa mía. Mía y de gente como yo que, como advirtió Tony Blair, se ha vuelto autosatisfecha. No soy digna de llamarme ni ciudadana británica ni mujer. Maldición. Maldicioooón.

–Bridget, ¿me estás escuchando?

–Sí –susurré mortificada.

–¡Vamos a tener una noche para las Damas de la Sociedad Rotaria en homenaje a Tony Blair y Gordon Brown! Todo el mundo llamará a los demás por su nombre de pila y vestirá con ropa deportiva en lugar de llevar corbata. Merle Robertshaw está intentando dar al traste con todo porque dice que nadie, aparte del vicario, quiere venir en pantalones pero, de hecho, Una y yo creemos que sólo es porque Percival está furioso por lo de los revólveres. Y Wellington daría un discurso. ¡Un hombre negro hablando en la Sociedad Rotaria! ¡Imagínate! Pero ya ves, cariño, que ése es el verdadero espíritu del Partido Laborista. Colores y ética como Nelson Mandela. Geoffrey ha estado llevando a Wellington por ahí a dar unas vueltecitas y enseñándole los *pubs* de Kettering. ¡El otro día se quedaron enganchados a un camión de Nelson Myers lleno de tablones de andamiaje y creímos que habían tenido un accidente!

Intentando no pensar en la posible motivación para las «vueltecitas» del tío Geoffrey con Wellington, dije:

–¿No acabáis de hacer una fiesta por las elecciones con Wellington?

–Oh no, de hecho, cariño, Wellington decidió que no quería hacerla. Dijo que no quería contaminar nuestra cultura y hacer que Una y yo saltásemos por encima de hogueras en las fiestas en lugar de preparar *vol-au-vents*. –Me eché a reír–. Así es que quiere dar ese discurso y reunir algo de dinero para su moto de agua.

–¿Qué?

–Una moto de agua, cariño, ¿sabes? En lugar de vender conchas, quiere montar un pequeño negocio en la playa. Está convencido de que a los de la Sociedad Rotaria les gustará la idea porque son partidarios de los negocios. ¡Bueno, tengo que irme zumbando! ¡Una y yo vamos a llevarlo a que le tiñan!

Soy una mujer segura de sí misma, receptiva y sensible que no se responsabiliza del comportamiento de los demás. Sólo del mío propio. Sí.

Sábado 3 de mayo

58 kg, 2 unidades de alcohol (el estándar saludable para evitar ataques al corazón), 5 cigarrillos (muy bien), 1.800 calorías (muy bien), 4 pensamientos positivos (excelente).

8 p.m. Un estado de ánimo totalmente nuevo y positivo. Seguro que todo el mundo está siendo más cortés y bondadoso bajo el nuevo régimen Blair. Es una victoria a todos los niveles, con una escoba barriendo a los malvados del mandato de los *tories*. Incluso me siento diferente con respecto a Mark y Rebecca. Sólo porque ella haya montado una cena no quiere decir que estén saliendo, ¿no? Sólo está siendo manipuladora. De verdad, es maravilloso cuando uno siente que ha llegado a un punto en concreto en que todo parece encantador. Todas las cosas que solía pensar acerca de no ser atractiva a partir de una cierta edad no son ciertas. Mira a Helen Mirren y a Francesca Annis.

8.30 p.m. Mmm, sin embargo, pensar que la cena es esta noche no me hace ningún bien. Creo que voy a leer un poco de *Budismo: el drama del monje adinerado*. Es bueno para tranquilizarme. No puedo esperar que la vida siempre me vaya bien y que todo el mundo necesite por fuerza alimentar su alma.

8.45 p.m. ¡Sí! ¿Ves? El problema es que he estado viviendo en un mundo de fantasía, mirando constantemente al pasado o el futuro en lugar de disfrutar el momento presente. Voy a sentarme aquí y a disfrutar del momento presente.

9 p.m. No estoy disfrutando lo más mínimo del momento presente. Hay un agujero en la pared, mal olor en las escaleras, un saldo deudor que aumenta en el banco y Mark está en una cena con Rebecca. Quizá abra una botella de vino y vea *Urgencias*.

10 p.m. Me pregunto si Magda ha vuelto. Me prometió que me llamaría en cuanto llegase para darme un informe exhaustivo. Seguro que me dirá que Mark no está saliendo con Rebecca y que él preguntó por mí.

11.30 p.m. Acabo de llamar a la canguro de Magda. Todavía no han llegado. He dejado un mensaje para que le recuerden que me llame.

11.35 p.m. Todavía no ha llamado. Quizá la cena de Rebecca es un éxito rotundo y todavía están todos allí pasándoselo en grande; y habrán alcanzado el clímax cuando Mark Darcy se haya subido a la mesa para anunciar su compromiso con Rebecca... Ohhh, el teléfono.
–Hola, Bridge, soy Magda.
–¿Bueno, y cómo ha ido? –dije demasiado rápidamente.

–Oh, de hecho ha sido bastante bonito.

Me encogí de miedo. No podía haber dicho nada peor, nada.

–Ha preparado *crottin grillé* en ensalada verde y después *penne carbonara*, pero con espárragos en lugar de *pancetta*, una cosa riquísima, y para terminar melocotones cocidos en Marsala con *mascarpone*.

Aquello era terrible.

–Obviamente, era de Delia Smith, pero ella lo ha negado.

–¿Ah, sí? –dije ilusionada. Aquello por lo menos era bueno. A él no le gusta la gente pretenciosa–. ¿Y cómo estaba Mark?

–Oh bien. Es un tío muy majo, ¿eh? Terriblemente atractivo. –Magda no tiene ni idea. Ni idea, para nada. No se debe elogiar a ex novios que la han abandonado a una–. Oh, y ella también ha preparado mondas de naranja bañadas en chocolate.

–Vale –dije pacientemente. Quiero decir que, sinceramente, si estuviese hablando con Jude o con Shazzer tendrían cada matiz listo y diseccionado–. ¿Y crees que está saliendo con Rebecca?

–Mmm…, no estoy segura. Ella ha estado muy coqueta con él.

Intenté recordar lo del budismo y que como mínimo tengo mi propio espíritu.

–¿Ya estaba él allí cuando tú llegaste? –dije lenta y claramente, como si estuviese hablando con un niño de dos años muy confuso.

–Sí.

–¿Y se marchó cuando se fueron todos?

–¡Jeremy! –gritó de repente con todas sus fuerzas–. ¿Mark Darcy todavía estaba allí cuando nos fuimos?

Oh *Dios*.

–¿Que si Mark Darcy qué? –oí gritar a Jeremy y luego algo más.

–¿Se lo ha hecho en la cama? –gritó Magda–. ¿Pipí o caca? ¿ES PIPÍ O CACA? Perdona, Bridge, voy a tener que dejarte.

–Sólo una cosa más –farfullé–. ¿Él me ha mencionado?

–Sácalo de la cama... ¡con las manos! Bueno, te las puedes lavar, ¿no? Oh, por lo que más quieras, crece de una vez. Perdona, Bridge, ¿qué decías?

–¿Me ha mencionado?

–Mmm. Mmm. Oh Jeremy, que te jodan.

–¿Y bien?

–Para serte sincera, Bridge, creo que no, no lo ha hecho.

Domingo 4 de mayo

58 kg, 5 unidades de alcohol, 9 cigarrillos (tengo que detener mi descenso hacia la decadencia), planes de odio a muerte para matar a Rebecca: 14, vergüenza budista por pensamientos homicidas: frecuente, culpabilidad católica (incluso a pesar de no ser católica): en aumento.

Mi apartamento. Día muy malo. A primera hora, como una zombi, pasé por casa de Jude. Ella y Shaz no dejaron de decir que yo tenía que volver a tomar el control y empezaron –francamente insultante– a hojear la sección Corazones Solitarios del *Time Out*.

–No quiero ver los Corazones Solitarios –dije indignada–. No es tan preocupante.

–Ejem, Bridget –dijo Sharon con frialdad–. ¿No eras tú la que quería que Tony Blair montase agencias de citas para Solterones? Creía que estábamos de acuerdo en que la integridad política era importante.

–Oh Dios mío, esto es indignante –Jude estaba leyendo en voz alta, mientras se metía en la boca grandes pedazos de un Huevo de Pascua Crunchie que había sobrado–. «Genuino hombre atractivo y alto de 57 años, BSDH, LGC a una civilizada y apetitosa mujer casada de 20-25 años para discreta y desinhibida relación sin compromiso.» ¿Quiénes se creen que son estos canallas?

–¿Qué es BSDH y LGC? –dije.

–¿Bastante Sexy Disfrazado de Hechicero? ¿Liguero Gris en la Cabeza? –sugirió Sharon.

–¿Buen Sexo Durante Horas con Largos Guantes Ceñidos? –pregunté.

–Significa: Buen Sentido Del Humor, Le Gustaría Conocer –dijo Jude, sugiriendo sospechosamente que quizá había hecho esto antes.

–Supongo que has de tener sentido del humor para ser lo bastante tacaño como para no querer desembolsar el dinero necesario para publicar las palabras con todas las letras –se cachondeó Sharon.

Corazones Parlantes resultó ser muy entretenido. Puedes llamar y *oír* a las personas anunciándose a sí mismas como si fueran concursantes de *Cita a ciegas*.

–Vale. Me llamo Barret y, si eres la sal de mi vida, te daré champán con cada comida.

No es demasiado enrollado empezar el mensaje diciendo «Vale», con lo que das la impresión de estar preparando el terreno para un mensaje atemorizador, aunque obviamente ya asusta de por sí.

–Mi trabajo es serio, satisfactorio y gratificante, y estoy interesado en todas las cosas normales y corrientes: magia, ocultismo, paganismo.

–Soy guapo, soy muy apasionado. Soy escritor y estoy buscando a una protagonista principal muy especial. Ella encontrará placer en un buen cuerpo; yo seré como mínimo diez años mayor que ella y a ella eso le gustará.

—¡Bah! —dijo Shazzer—. Voy a llamar a alguno de estos bastardos sexistas.

Shazzer estaba en el séptimo cielo al poner las llamadas en altavoz y murmurarles en plan muy sexy:

—Hola, ¿Tengo a «Anunciado por Primera Vez» en la línea? Bueno, pues sal de ahí rápidamente, se acerca un tren.

Admito que no era demasiado maduro pero, con el Chardonnay que llevábamos encima, pareció divertido.

—«Hola, soy Chico Salvaje. Soy un español alto y con el pelo largo y moreno, ojos oscuros, largas pestañas negras y un cuerpo salvaje» —leí con tono estúpido.

—¡Ohhh! —dijo Jude con prontitud—. Suena bastante bien.

—Bueno, ¿y por qué no le llamas? —dije.

—¡No! —dijo Jude.

—¿Y por qué estás intentando que yo llame a alguien?

Entonces Jude empezó con evasivas. Y resultó que lo del fin de semana de Depresión por estar Solterona y por Stacey la había catapultado a contestar una de las llamadas del Malvado Richard.

—Oh Dios —dijimos Shazzer y yo al unísono.

—No voy a volver a salir con él ni nada de eso. Sólo es... bonito —acabó diciendo sin convicción, mientras intentaba evitar nuestras miradas de reproche.

Llegué a casa justo a tiempo para oír cómo el contestador se ponía en marcha.

—Hola, Bridget —dijo una voz profunda, sexy, extranjera y de *alguien joven*—. Soy Chico Salvaje...

Las malditas chicas debieron de darle mi número. Aterrada por la sensación de peligro que implica que un extraño tenga mi número de teléfono, no lo cogí y me quedé escuchando a Chico Salvaje explicando que mañana por la noche estaría en el 192 esperándome con una rosa en la mano.

Y entonces llamé inmediatamente a Shazzer y la puse a parir.

—Oh venga —dijo Shaz—. Vayamos todas. Será divertido.

Así que el plan es que vayamos todas mañana por la noche. Oh, mmm. ¿Qué voy a hacer con el agujero de la pared y la peste de las escaleras? ¡Maldito Gary! Tiene 3.500 libras que me pertenecen. Muy bien. Joder, voy a hacerle una llamadita.

Lunes 5 de mayo

57,5 kg (¡hurra!), progreso del agujero en la pared hecho por Gary: ninguno, progresos en superar lo de Mark Darcy fantaseando con Chico Salvaje: moderados (frenado por las pestañas).

Al llegar a casa escuché un mensaje de Gary. Decía que había conseguido otro trabajo y que, como yo me lo estaba pensando, se imaginó que no había ninguna prisa. Afirma que lo solucionará todo y que pasará por aquí mañana por la noche. Así que ya ves, me estaba preocupando innecesariamente. Mmm. Chico Salvaje. Quizá Jude y Shazzer tengan razón. Tengo que tirar hacia delante, dejar de imaginarme a Mark y Rebecca en diferentes escenas amorosas. Sin embargo me preocupa lo de las pestañas. ¿Cómo de largas, exactamente? Fantasías del delgado, salvaje y endemoniado cuerpo de Chico Salvaje ligeramente estropeadas por la imagen de Chico Salvaje parpadeando bajo el peso de unas pestañas larguísimas como el Bambi de Walt Disney.

9 p.m. A las 8.05 llegué al 192, con Jude y Shaz de remolque dispuestas a sentarse en otra mesa y no quitarme ojo de encima. Ninguna señal de Chico Salvaje. El único hombre solo era un viejo asqueroso con camisa de dril, cola de caballo y gafas de sol que no dejaba de mirarme. ¿Dónde estaba Chico Salvaje? Le eché una mirada obscena al viejo asqueroso. Al final, el viejo me estaba mirando tanto que decidí moverme. Empecé a levantarme y entonces casi me muero del susto. El viejo sostenía una rosa. Le miré horrorizada y él, sonriente, se quitó las ridículas gafas de sol para revelar unas pestañas falsas a lo Barbara Cartland. El viejo asqueroso era Chico Salvaje. Me fuí corriendo horrorizada seguida por Jude y Shazzer, que se estaban partiendo de risa.

Martes 6 de mayo

58 kg (¿medio kilo de bebé fantasma?), pensamientos acerca de Mark: mejor, progreso del agujero en la pared hecho por Gary: estático, o sea, ninguno.

7 p.m. Muy deprimida. Acabo de dejarle un mensaje a Tom preguntándole si él también está loco. Me doy cuenta de que tengo que aprender a quererme y a vivir el momento, sin obsesionarme, sino pensando en los demás y ser completa por mí misma, pero me siento fatal. Añoro muchísimo a Mark. No puedo creer que vaya a salir con Rebecca. ¿Qué he hecho? Obviamente, algo va mal en mí. Me voy haciendo cada vez más y más vieja y está claro que nunca habrá nada que funcione, así que quizá sea mejor que acepte que voy a estar sola siempre y que nunca voy a tener hijos. En fin, tengo que recobrar la calma. Gary no tardará en llegar.

7.30 p.m. Gary llega tarde.

7.45 p.m. Todavía no hay señales del maldito Gary.

8 p.m. Nada de Gary.

8.15 p.m. Joder, Gary no ha aparecido. Ohh, el teléfono, debe de ser él.

8.30 p.m. Era Tom diciendo que estaba muy loco y que también lo estaba el gato, que había empezado a cagarse en la alfombra. Luego dijo algo bastante sorprendente.
—¿Bridge? —dijo—. ¿Quieres tener un hijo conmigo?
—¿Qué?
—Un hijo.
—¿Por qué? —dije, imaginando de repente la alarmante imagen de mí misma practicando el sexo con Tom.
—Bueno... —Pensó un minuto—. A mí me gustaría bastante tener un hijo y ver mi linaje extendido pero, primero, soy demasiado egoísta para ocuparme de él y, segundo, soy mariquita. Pero tú cuidarías de él, si es que no te lo olvidabas en alguna tienda.
Adoro a Tom. Es como si de alguna manera notase cómo me siento. Bueno, me ha dicho que me lo piense. Sólo es una idea.

8.45 p.m. Bueno, ¿y por qué no? Podría tenerlo en casa en una canastilla. ¡Sí! Imagínate despertarme por la mañana con una criaturilla encantadora a mi lado a la que abrazar y amar. Y podríamos hacer un montón de cosas juntos, como ir a los columpios y a Woolworth a mirar las cositas de la Barbie, y mi hogar se convertiría en un tranquilo y encantador refugio con olor a polvos de talco para bebé. Y si Gary aparece, el niño podría dormir en la habitación extra. Quizá si Jude y Shazzer también tuviesen hijos podríamos vivir todos juntos en una comuna... Oh mierda. He incendiado el cubo de la basura con la colilla.

Sábado 10 de mayo

58,5 kg (el bebé fantasma ya es realmente gigantesco para su edad), 7 cigarrillos (¿no será necesario dejarlo por el embarazo fantasma, verdad?), 3.255 calorías (como por mí y por el enano fantasma), 4 pensamientos positivos, progresos del agujero en la pared hecho por Gary: ninguno.

11 a.m. Acabo de salir a comprar cigarrillos. De repente hace un calor increíble, de locos. ¡Es fantástico! ¡Hay hombres paseando por las calles en traje de baño!

11.15 a.m. Sólo porque casi sea verano no es razón para que la vida caiga en un desorden absoluto, con el piso hecho un caos, la bandeja de mensajes fuera de control y malos olores por todas partes. (Uf. De verdad que ahora huele fatal en las escaleras.) Voy a cambiar todo esto, me voy a pasar todo el día limpiando el piso y arreglando la bandeja de mensajes. Tengo que ordenar las cosas para dar la bienvenida a una nueva vida en este mundo.

11.30 a.m. Vale. Voy a empezar por mover todos los montones de periódicos y formar una sola pila.

11.40 a.m. Uf, sin embargo…

12.15 p.m. Quizá primero haga lo de la bandeja de mensajes.

12.20 p.m. Claramente imposible sin vestirme como es debido.

12.25 p.m. No me gusta mi aspecto con *shorts*. Demasiado deportivo. Necesito uno de esos vestiditos sueltos.

12.35 p.m. ¿Dónde está?

12.40 p.m. Sólo hay que lavarlo y colgarlo para que se seque. Y luego podré continuar.

12.55 p.m. ¡Hurra! ¡Voy a nadar al estanque de Hampstead con Jude y Shazzer! No me he depilado las piernas pero Jude dice que el estanque es sólo para mujeres y está lleno de lesbianas que consideran un distintivo de orgullo gay ser tan peludas como el Yeti. ¡Hurra!

Medianoche. En el estanque ha sido fantástico, como una pintura de ninfas del siglo XVI, sólo que había más de las que se podía esperar con bañadores Dorothy Perkins. Muy a la antigua, con suelo de madera y vigilantes. Nadar en un entorno natural con barro en el culo, el culo del estanque, no el nuestro, ha sido una experiencia totalmente nueva.

Les dije lo que me había dicho Tom sobre la idea de ser padre de un niño.

–¡Dios mío! –dijo Shaz–. Bueno, creo que es una buena idea. Sólo que, además de «¿Por qué no estás casada?», tendrás que lidiar con lo de «¿Quién es el padre?».

–Siempre podría decir que fue una concepción inmaculada –sugerí.

–Creo que eso sería tremendamente egoísta –dijo Jude con frialdad.

Hubo una pausa de asombro. Nos la quedamos mirando anonadadas, intentando comprender qué estaba ocurriendo.

–¿Por qué? –acabó por decir Shaz.

–Porque un niño necesita dos padres. Tú lo estarías haciendo para satisfacerte a ti misma cuando en realidad eres demasiado egoísta para tener una relación.

Caray. Ya estaba viendo a Shaz sacando una ametralladora y soltándole una ráfaga. Lo siguiente fue que Shaz empezó a despotricar sin tapujos en una ecléctica esfera plagada de referencias culturales.

–Mira a los caribeños –vociferó mientras las demás chicas nos miraban alarmadas y yo pensaba, mmm. Caribeños. Lujoso y encantador hotel y arena blanca.

–Las mujeres crían a los niños en chamizos –declaró Shaz–. Y los hombres sólo aparecen de vez en cuando y se las follan, y ahora las mujeres están obteniendo poder económico y hay panfletos en los que pone «Los Hombres están en peligro», porque están perdiendo su papel como EN TODO EL RESTO DEL JODIDO MUNDO.

A veces me pregunto si Sharon es realmente toda una autoridad como doctora en filosofía de, bueno, de todo, como pretende.

–Un niño necesita dos padres –dijo Jude tenazmente.

–Oh, por amor de Dios, ése es un punto de vista totalmente estrecho de miras, paternalista, ilusorio, partidario del Padre-Petulante-Casado-de-Clase-Media –protestó Shaz–. Todo el mundo sabe que una tercera parte de los matrimonios acaba en divorcio.

–¡Sí! –dije yo–. Seguro que es mejor estar con una madre que te quiere que ser el producto de un amargo divorcio. Los niños necesitan relaciones y vida y gente a su alrededor, pero no tiene por qué ser un marido. –Entonces, lo que no deja de ser irónico, recordé de repente algo con lo que siempre me sale mi madre–: No puedes malcriar a un niño amándolo.

–Bueno, tampoco hace falta que os confabuléis contra mí –dijo Jude malhumorada–. Sólo estoy dando mi opinión. Pero bueno, tengo algo que deciros.

–¿Ah sí? ¿Qué? –dijo Shaz–. ¿Estás a favor de mantener la esclavitud?

–El Malvado Richard y yo nos vamos a casar.

Shazzer y yo nos quedamos boquiabiertas de horror, y Jude bajó la mirada, ruborizándose de vanidad.

–Ya lo sé, ¿no es maravilloso? Creo que la última vez que le abandoné él se dio cuenta de que no sabes lo que tienes hasta que lo pierdes... ¡y eso fue lo que finalmente le empujó a ser capaz de comprometerse!

–Más bien se vio empujado finalmente a darse cuenta de que tendría que buscarse un maldito trabajo si ya no podía vivir más a tu costa –murmuró Shaz.

–Ejem, Jude –dije–. ¿Acabas de decir que te vas a casar con el Malvado Richard?

–Sí –dijo Jude–. Y me preguntaba, ¿seréis mis damas de honor?

Domingo 11 de mayo

58 kg (el bebé fantasma se ha ido, horrorizado por la inminente boda), 3 unidades de alcohol, 15

cigarrillos (ahora ya puedo fumar y beber libre-
mente), fantasías sobre Mark: sólo 2 (excelente).

Shaz acaba de llamar y ambas estamos de acuerdo en que todo esto es una maldición. Maldición.
Y en que Jude no debe casarse con el Malvado Richard porque:

a) Está loco.
b) Es malvado: malvado de nombre y malvado
por naturaleza.
c) Es intolerable tener que vestirse con pompo-
nes rosas y caminar por el pasillo con todo el mundo mirándonos.

Voy a llamar a Magda y explicárselo.
–¿Qué te parece? –dije.
–Mmm. No me parece una idea demasiado pro-
metedora. Pero ya sabes, las relaciones entre las
personas son bastante misteriosas –dijo enigmática-
mente–. Visto desde fuera nadie entiende de verdad qué es lo que hace que funcionen.
Entonces la conversación se desvió hacia la idea
de ser madre, lo que, inexplicablemente, pareció
animar a Magda.
–¿Sabes qué, Bridge? Creo que primero deberías
probarlo, de verdad que lo creo.
–¿A qué te refieres?
–Bueno, ¿por qué no cuidas de Constance y de
Harry durante una tarde y ves cómo va. Quiero decir que a menudo he pensado que tenerlos a tiempo parcial es la respuesta para la mujer moderna.
Caray. Le he prometido que el sábado que viene,
mientras ella se hace los reflejos, me encargaré de
Harry, Constance y el bebé. Y ella y Jeremy van a
dar una fiesta en el jardín dentro de seis semanas
para celebrar el cumpleaños de Constance y me ha
preguntado si quería que invitase a Mark. Le he di-

cho que sí. Mira, él no me ha vuelto a ver desde febrero, y le irá muy bien ver cómo he cambiado y lo tranquila y equilibrada y llena de fuerza interior que estoy ahora.

Lunes 12 de mayo

Llegué al trabajo para encontrarme con Richard Finch insoportablemente hiperactivo, dando saltos por la habitación, mascando chicle y gritándole a todo el mundo. (Sexy Matt, que esta mañana parecía especialmente un modelo de DKNY, le dijo al Horrible Harold que creía que Richard Finch le daba a la cocaína.)

De todas formas, resultó que el director de la cadena había desechado la idea de Richard de reemplazar la parte de las noticias del desayuno por una cobertura en directo con todos los fallos de la reunión de la mañana del equipo de «Despiértate, Reino Unido». Teniendo en cuenta que la última «reunión» de la mañana de «Despiértate, Reino Unido» consistió en una discusión acerca de cuál de nuestros presentadores cubriría la historia principal y que la historia principal era acerca de qué presentadores ofrecerían las noticias de la BBC y de la ITV, no creo que hubiese sido un programa muy interesante; pero Richard estaba muy cabreado al respecto.

–¿Sabéis cuál es el problema con las noticias? –estaba diciendo, sacándose el chicle de la boca y lanzándolo en una dirección cercana a la papelera–. Que son aburridas. Aburridas, aburridas, jodidamente aburridas.

–¿Aburridas? –dije–. Pero si estamos presenciando el desembarco del primer gobierno laborista desde... ¡desde hace varios años!

–Dios mío –dijo quitándose las gafas a lo Chris Evans–. ¿Tenemos un nuevo gobierno laborista? ¿De verdad que lo tenemos? ¡Todos! ¡Todos! Acercaos. Bridget tiene una exclusiva.

–¿Y qué hay de los serbios de Bosnia?

–Oh, despierta y baja de la higuera –gimoteó Patchouli–. ¿Así que quieren seguir disparándose parapetados tras los arbustos? ¿Y? Lo mismo que hace cinco minutos.

–Sí, sí, sí –dijo Richard con creciente excitación–. La gente no quiere albaneses muertos con pañuelos en la cabeza, quieren gente. Estoy pensando en el informativo *Nationwide*. Estoy pensando en Frank Bough, estoy pensando en patos en monopatín.

Así que ahora hemos de pensar en temas de Interés Humano, como caracoles que se emborrachan o personas mayores que hagan *puenting*. O sea, ¿cómo se supone que debemos organizar el *puenting* de un geriátrico por...? ¡Ah, el teléfono! Será la Asociación de Moluscos y Pequeños Anfibios.

–Oh, hola, cariño, adivina qué.

–Mamá –dije peligrosamente–, ya te he dicho que...

–Lo sé, cariño. Sólo llamaba para decirte algo muy triste.

–¿Qué? –dije de mala gana.

–Wellington vuelve a su casa. Su discurso en la Sociedad Rotaria fue fantástico. Absolutamente fantástico. ¿Sabes?, ¡cuando habló acerca de las condiciones de vida de los niños de su tribu, Merle Robertshaw estaba literalmente llorando! ¡Llorando!

–Pero, yo pensaba que estaba ahorrando para una moto de agua.

–Oh, así es, cariño. Pero se le ocurrió ese maravilloso proyecto que fascinó a la Sociedad Rotaria. Dijo que si ellos donaban dinero, él no sólo daría un diez por ciento de los beneficios a la sucursal de Kettering, sino que si daban la mitad de éste a la escuela de su pueblo él lo igualaría con otro cinco por ciento de sus beneficios. Caridad y pequeños negocios, ¿no está bien pensado? ¡Bueno, pues reunieron cuatrocientas libras y él vuelve a Kenia! ¡Construirá una nueva escuela! ¡Imagínate! ¡Y todo gracias a nosotros! Hizo una encantadora presentación con diapositivas y el «Nature Boy» de Nat King Cole de fondo. ¡Y al final dijo *«¡Hakuna matata!»*, y lo hemos adoptado como nuestro lema!

—¡Eso es genial! —dije, y entonces vi que Richard Finch estaba mirando malhumorado en mi dirección.

—Bueno, pues, cariño, pensamos que tú...

—Mamá —interrumpí—, ¿conoces a personas mayores que hagan cosas interesantes?

—Sinceramente, qué pregunta más tonta. Todas las personas mayores hacen cosas interesantes. Mira Archie Garside —ya conoces a Archie— que era portavoz suplente de los gobernadores y ahora es paracaidista. De hecho, creo que mañana hará un salto con paracaídas patrocinado por la Sociedad Rotaria, y tiene noventa y dos años. ¡Un paracaidista de noventa y dos años! ¡Imagínate!

Media hora más tarde me dirigí hacia el despacho de Richard Finch, con una petulante sonrisa en los labios.

6 p.m. ¡Hurra! ¡Todo es genial! Definitivamente vuelvo a estar en la lista de los elegidos de Richard Finch y saldré hacia Kettering para filmar el salto en paracaídas. Y no sólo eso, sino que voy a dirigirlo, y será el tema principal.

Martes 13 de mayo

No quiero seguir siendo una estúpida mujer que está haciendo carrera en la televisión. Es una profesión inhumana. Había olvidado la pesadilla de los equipos de TV cuando se les permite interactuar libremente con los confiados y mediáticamente vírgenes miembros del público. No se me permitió dirigir el tema porque éste fue considerado demasiado complejo, así que me dejaron en tierra mientras el mandón y obsesionado con su carrera Greg subió al avión para hacerlo. Resultó que Archie no quería saltar porque no veía un buen lugar donde tomar tierra. Pero Greg no dejaba de repetir una y otra vez «Venga, hombre, que se nos va la luz», y al final le presionó para saltar sobre un campo en barbecho aparentemente blando. Sin embargo, por desgracia, no era un campo en barbecho, era un solar en el que estaban haciendo trabajos de alcantarillado.

Sábado 17 de mayo

58,5 kg, 1 unidad de alcohol, 0 cigarrillos, 1 detestable fantasía sobre el bebé, detestables fantasías sobre Mark Darcy: todas en las que él me volvía a ver y se daba cuenta de lo cambiada, serena, o sea, delgada, bien vestida, etc. que estoy, y se volvía a enamorar de mí: 472.

Absolutamente agotada por la semana de trabajo. Casi demasiado hecha polvo para salir de la cama. Ojalá pudiese conseguir a alguien que me fuese a buscar el periódico abajo, y también un cruasán de chocolate y un *cappuccino*. Creo que voy a quedarme en la cama, leer el *Marie-Claire* y hacerme la manicura, luego veré si a Jude y a Shazzer les apetece ir al Jigsaw. Me gustaría conseguir algo nuevo para cuando vuelva a ver a Mark la semana que viene, como para subrayar que he cambiado...

¡Aaah! El timbre. ¿Quién en su sano juicio llamaría al timbre de la casa de alguien a las 10 en punto de un sábado por la mañana? ¿Están completamente locos?

Más tarde. Fuí tambaleándome hasta el interfono. Era Magda, que gritó animada: «¡Decidle hola a Tía Bridget!».

Me retorcí de horror, recordando vagamente la oferta de pasar el sábado llevando a los hijos de Magda a los columpios mientras ella pasaba el día en la peluquería y comía con Jude y Shazzer como una chica soltera.

Presa del pánico apreté el botón del interfono, me enfundé la única bata que pude encontrar –inadecuada, muy corta, translúcida– y empecé a recorrer el piso recogiendo ceniceros, tazas de vodka, copas rotas etc., etc.

–Uff. ¡Aquí estamos! Me temo que Harry tiene un pequeño resfriado, ¿no es así? –canturreó Magda mientras subía las escaleras enguirnaldada con sillitas de ruedas y bolsas como si fuera una «sin techo»–. Uff. ¿Qué es ese olor?

Constance, mi ahijada, que cumple tres años la semana que viene, me dijo que me había comprado un regalo. De hecho parecía muy satisfecha con su elección y segura de que me gustaría. Lo desenvolví emocionada. Era un catálogo de chimeneas.

–Creo que ella pensó que era una revista –susurró Magda.

Demostré un enorme placer. Constance sonrió satisfecha y me dió un beso, lo que me gustó, y entonces se sentó feliz a ver el vídeo de *Pingu*.

–Perdona. Voy a tener que descargar y marchar, llego tarde para mis reflejos –dijo Magda–. Todo lo que necesitas está en la bolsa debajo del cochecito. No dejes que los niños se caigan por el agujero de la pared.

Todo parecía estar en orden. El bebé estaba durmiendo, a su lado, Harry, que tiene casi un año, estaba sentado en la sillita de ruedas doble, sosteniendo un conejo muy maltrecho y también parecía a punto de caer dormido. Pero en cuanto la puerta de abajo se cerró, Harry y el bebé empezaron a poner el grito en el cielo, a retorcerse y dar patadas cuando yo intentaba cogerlos, como deportados violentos.

Me encontré intentando hacer cualquier cosa (aunque, obviamente, no amordazarlos con cinta) para que parasen: bailar, agitar los brazos y hacer ver que estaba soplando una trompeta imaginaria, todo en vano.

Constance apartó la mirada del vídeo y se quitó la botella de la boca.

–Probablemente tienen sed –dijo–. Se te transparenta el camisón.

Humillada de ser tratada como una niña por alguien que no tenía ni tres años, encontré las botellas en la bolsa, se las di y al instante los dos niños dejaron de llorar y ahí se quedaron chupando mientras me observaban enérgicamente con sus ceños fruncidos como si yo fuera alguien muy malo del Ministerio del Interior.

Intenté escabullirme a la habitación contigua para ponerme algo de ropa y entonces se sacaron las botellas de la boca y empezaron a gritar otra vez. Al final, acabé vistiéndome en la sala de estar mientras ellos me observaban atentamente como si yo fuera una extraña bailarina de *strip-tease* vistiéndose en lugar de desnudándose.

Tras cuarenta y cinco minutos de operación en plan Guerra del Golfo para cogerlos, sin olvidar los cochecitos y las bolsas, salimos a la calle. Fue muy bonito cuando llegamos a los columpios. Harry, como explica Magda, todavía no domina el lenguaje humano, pero Constance desarrolló conmigo un tono muy dulce y confidencial tipo nosotras-somos-las-adultas, diciendo «Creo que quiere ir al columpio», cuando él farfullaba, y añadiendo solemnemente cuando compré un paquete de Minstrels «Creo que será mejor que no le digamos nada a nadie acerca de esto».

Desgraciadamente, por alguna razón, cuando llegamos a la puerta principal Harry empezó a estornudar y una gran telaraña de moco verde pareció volar por los aires y cayó encima de su rostro como si se tratase de Mr Spock. Entonces a Constance, horrorizada, le vinieron arcadas y me vomitó en el pelo, y luego el bebé empezó a gritar, lo cual hizo que los otros dos se uniesen a él. En un desesperado intento por calmar la situación me arrodillé, le limpié los mocos a Harry y le volví a colocar el chupete en la boca y, mientras, empecé a cantar una dulce interpretación de «I will always love you».

Durante un milagroso segundo hubo silencio. Emocionada con mis dotes naturales de madre, pasé a la segunda estrofa, sonriendo con el rostro muy cerca del de Harry, ante lo que, de golpe, se quitó el chupete de la boca y me lo metió en la mía.

–Hola de nuevo –dijo una voz varonil mientras Harry empezaba de nuevo a gritar. Me di la vuelta, con el chupete en la boca y el vómito en el pelo, para encontrarme con un Mark Darcy tremendamente perplejo.

–Son de Magda –acabé diciendo.

–Ah, ya me parecía a mí que era un poco rápido. O un secreto muy bien guardado.

–¿Quién es ése? –Constance me cogió de la mano y le miró con recelo.

–Soy Mark –dijo él–. Soy amigo de Bridget.

–Oh –dijo ella sin dejar de mirarle con recelo.

–De todas formas tiene la misma expresión que tú –dijo él, mirándome de una forma que no logré comprender–. ¿Puedo echarte una mano hasta tu casa?

Acabé llevando al bebé en brazos y a Constance de la mano mientras Mark cogía la sillita de ruedas y a Harry de la mano. Por alguna razón ninguno de los dos éramos capaces de hablar, excepto a los niños. Pero entonces oí voces en las escaleras. Entré y allí había dos policías vaciando el armario del vestíbulo. Habían recibido una queja del vecino de al lado por el olor.

–Tú lleva a los niños arriba que yo me encargo de esto –dijo Mark tranquilamente. Me sentí como María en *Sonrisas y lágrimas*, cuando han estado cantando en el concierto y ella tiene que meter a los niños en el coche mientras el capitán Von Trapp se enfrenta a la Gestapo.

Mientras susurraba de forma alegre y fraudulentamente confiada, volví a poner el vídeo de *Pingu*, les puse un poco de jarabe de arándanos sin azúcar en sus botellas y me senté en el suelo junto a ellos, algo que pareció satisfacerles bastante.

Entonces apareció el policía sosteniendo una bolsa que reconocí como mía. Con la mano enfundada en un guante sacó, acusadoramente, una bolsa de plástico con carne sanguinolenta del compartimento con cremallera y dijo:

–Señora, ¿esto es suyo? Estaba en el armario del vestíbulo. ¿Podríamos hacerle algunas preguntas?

Me levanté, dejando a los niños ensimismados con *Pingu* mientras Mark aparecía por la puerta.

–Como ya les he dicho, soy abogado –dijo afablemente a los jóvenes policías, con sólo una ligerísima insinuación de «así que será mejor que vayáis con cuidado con lo que hacéis» en su tono.

Justo entonces sonó el teléfono.

–¿Contesto por usted, señorita? –dijo uno de los agentes receloso, como si pudiera ser mi proveedor de trozos de gente muerta el que llamaba. Yo no podía llegar a entender cómo había llegado un pedazo de carne sanguinolenta a mi bolsa. El policía se acercó el teléfono a la oreja, pareció absolutamente aterrorizado por un instante, y luego me pasó el auricular.

—Oh, hola, querida, ¿quién era ése? ¿Tienes un hombre en casa?

De repente caí en la cuenta. La última vez que había utilizado aquella bolsa fue cuando fui a comer a casa de mamá y papá.

—Madre —dije—, cuando vine a comer, ¿me pusiste algo en la bolsa?

—Sí, ahora que lo dices, sí que lo hice. Dos pedazos de filete. Y aún espero que me des las gracias. En el compartimento con cremallera. O sea, como le dije a Una, ese filete no era precisamente barato.

—¿Por qué no me lo dijiste? —protesté.

Al final conseguí que una madre nada arrepentida confesase a los policías. Incluso entonces ellos empezaron a decir que querían llevarse los filetes para analizarlos y que quizá me llamarían para interrogarme, momento en el que Constance empezó a llorar, la cogí, y ella me pasó el brazo por el cuello, sujetándose a mi suéter como si yo estuviese a punto de ser arrancada de su lado y echada a un foso con osos.

Mark se limitó a reír, apoyó la mano en el hombro de uno de los policías y dijo:

—Venga, chicos. Son un par de filetes de su madre. Estoy seguro de que tenéis cosas mejores que hacer con vuestro tiempo.

Los policías se miraron, asintieron y empezaron a cerrar sus blocs de notas y a coger sus cascos. Entonces el jefe dijo:

—De acuerdo, señorita Jones, en el futuro, fíjese en lo que su madre le mete en la bolsa. Gracias por su ayuda, señor. Buenas tardes. Buenas tardes, señorita.

Hubo un segundo de silencio cuando Mark se quedó mirando el agujero de la pared, sin saber muy bien qué hacer, y entonces dijo de repente:

«Disfruta de *Pingu*», y salió disparado escaleras abajo detrás de los policías.

Miércoles 21 de mayo

57,5 kg, 3 unidades de alcohol (muy bien), 12 cigarrillos (excelente), 3.425 calorías (sin apetito), progresos en el agujero de la pared hecho por Gary: 0, pensamientos positivos acerca de llevar una tela de tapicería como traje original para una ocasión especial: 0.

Jude se ha vuelto completamente loca. Acabo de ir a su casa y me he encontrado con todo el espacio sembrado de revistas de novias, muestras de encajes, frambuesas doradas, folletos de soperas y cuchillos para pomelos, macetas de terracota con hierbajos y briznas de paja.

—Quiero un gurd —estaba diciendo—. ¿O es un yurd? En lugar de una marquesina. Es como la tienda de un nómada de Afganistán, con alfombras en el suelo, y quiero lámparas de aceite de bronce y con pico largo.

—¿Qué vas a llevar puesto? —dije hojeando una revista con fotos de modelos como palillos vestidas con bordados y arreglos florales en la cabeza, mientras me preguntaba si debería llamar a una ambulancia.

—Me lo van a hacer. ¡Abe Hamilton! Encaje y mucho escote.

—¿Qué tipo de escote? —murmuró Shaz cruelmente.

—El tipo del que hablarían los camioneros que leen la revista *Loaded*.

—¿Perdona? —dijo Jude con frialdad.

—Escote de tía buena —expliqué.

–¡Basta, por favor! –dijo Shaz.

–Chicas –dijo Jude demasiado amablemente, como una profesora de gimnasia a punto de hacernos permanecer en el pasillo con las mallas de gimnasia–, ¿podemos seguir?

Interesante cómo el concepto «nosotras» se había ido introduciendo imperceptiblemente. De repente no era la boda de Jude sino nuestra boda, e íbamos a tener que hacer todas esas lunáticas tareas, como atar pajitas alrededor de 150 lámparas de aceite de cobre e irnos a un balneario para que la pongan a punto.

–¿Puedo decir sólo una cosa? –dijo Shaz.

–Sí –dijo Jude.

–NO TE CASES CON EL MALVADO RICHARD, JODER. Es un gilipollas nada de fiar, egoísta, holgazán e infiel del demonio. Si te casas con él, te cogerá la mitad de tu dinero y se escapará con una putilla. Ya sé que existen los acuerdos prematrimoniales pero...

Jude se quedó muda. De repente me di cuenta –al sentir su puntapié en la espinilla– de que se suponía que yo tenía que apoyar a Shazzie.

–Escuchad esto –dije ilusionada, y leí de la *Guía para la novia en la boda*–. «Padrino: lo ideal es que el novio elija a una persona responsable y sensata...»

Miré alrededor con suficiencia como para demostrar el punto de vista de Shaz, pero la respuesta fue gélida.

–Además –dijo Shaz–, ¿no crees que la boda ejerce demasiada presión en la relación? Quiero decir, no es exactamente hacerse la difícil, ¿no?

Jude respiró profundamente por la nariz mientras nosotras, con el alma en vilo, la mirábamos.

–¡Ahora! –dijo ella por fin, levantando la mirada con una valiente sonrisa–. ¡Los deberes de las damas de honor!

Shaz encendió un Silk Cut.

–¿Qué nos vamos a poner?

–¡Bueno! –dijo Jude efusivamente–. Creo que deberíamos encargar que los hiciesen. ¡Y mirad esto! Era un artículo titulado «50 maneras de ahorrar dinero en el Gran Día». «¡Para damas de honor, la tela de tapicería puede ir sorprendentemente bien!»

¿Tela de tapicería?

–Mira –prosiguió Jude–, en lo referente a la lista de invitados dice que no tienes que sentirte obligada a invitar a las nuevas parejas de los invitados... pero en cuanto lo mencioné ella dijo: «Oh, nos encantará venir».

–¿Quién? –pregunté.

–Rebecca.

Miré a Jude muda de asombro. Ella no. Ella no podía esperar de mí que caminase por el pasillo vestida como un sofá mientras Mark Darcy estaba sentado con Rebecca, ¿no?

–Y me han preguntado si quiero ir de vacaciones con ellos. No es que vaya a ir, claro está. Pero creo que Rebecca estaba un poco dolida porque no se lo había dicho antes.

–¿Qué? –explotó Shazzer–. ¿No tienes el más mínimo concepto de lo que significa la palabra «amiga»? Bridget es tu mejor amiga junto conmigo, y Rebecca le ha robado descaradamente a Mark y, en lugar de hacerlo con la mayor discreción y tener un poco de tacto, está intentando absorber a todo el mundo en su repugnante telaraña social para que él esté tan atrapado en ella como para no poder salir de allí nunca más. Y tú no estás moviendo un puto dedo. Ése es el problema con el mundo moderno: todo es perdonable. Pues bueno, a mí eso me pone enferma, Jude. Si ésa es la clase de amiga que eres, puedes caminar por el pasillo con Rebecca detrás de ti vestida con cortinas de Ikea en lugar de hacerlo con nosotras. A ver si te gusta. ¡Y te puedes meter tu yurd, gurd, turd de mierda o como sea que se llame por el culo!

Y ahora ni Sharon ni yo nos hablamos con Jude. Oh, Dios mío. Dios mío.

9
Infierno social

Domingo 22 de junio

58,5 kg, 6 unidades de alcohol (sentía que se lo debía a Constance), 5 cigarrillos (muy bien), 2.455 calorías (pero principalmente alimentos cubiertos por alcorza de naranja), 1 animal de granja escapado, veces que he sido atacada por los niños: 2.

Ayer fue la fiesta de cumpleaños de Constance. Llegué casi una hora tarde y, siguiendo el ruido de los gritos, crucé la casa de Magda en dirección al jardín, donde se estaba desarrollando una escena de matanza desenfrenada, con adultos persiguiendo a niños, niños persiguiendo conejos y, en el rincón, una pequeña valla tras la cual había dos conejos, un jerbo, una oveja de aspecto enfermizo y un cerdo barrigón.

Me detuve ante las contraventanas mirando nerviosamente a mi alrededor. El corazón me dio un vuelco cuando le localicé, de pie, solo, según la tradicional forma que tiene Mark Darcy de comportarse en una fiesta, dando la imagen de ser indiferente y distante. Echó un vistazo en dirección a la puerta en la que yo estaba y, por un segundo, nos miramos fijamente a los ojos, hasta que me saludó confusamente con un gesto de cabeza y desvió la mirada. Entonces vi a Rebecca agachada a su lado con Constance.

–¡Constance! ¡Constance! ¡Constance! –ronroneaba Rebecca, mientras agitaba un abanico japonés delante de su rostro, a lo que Constance, ceñuda, parpadeaba malhumorada.

–¡Mira quién ha venido! –dijo Magda agachándose junto a Constance y señalando en mi dirección.

Una subrepticia sonrisa cruzó el rostro de Constance, y se encaminó con determinación, aunque ligeramente insegura, hacia donde yo me encontraba, dejando a Rebecca moviendo el abanico con un aspecto de lo más ridículo. Me agaché cuando la tuve cerca y ella me rodeó el cuello con el brazo y apretó su cálida carita contra la mía.

—¿Me has traído un regalo? —susurró.

Aliviada de que aquel descarado ejemplo de puro amor interesado hubiera sido inaudible para todos excepto para mí, murmuré:

—Puede ser.

—¿Dónde está?

—En mi bolso.

—¿Vamos a buscarlo?

—Oh, ¿no es encantadora? —oí ronronear a Rebecca, y levanté la vista para contemplar a ella y a Mark que observaban cómo Constance me cogía de la mano y se me llevaba hacia la inhóspita casa.

De hecho me gustaba bastante el regalo de Constance, un paquete de Minstrels y un tutú rosa estilo Barbie con una falda de malla dorada y rosa por la que había tenido que explorar dos sucursales de Woolworth hasta encontrarla. Le gustó mucho y, naturalmente —como hubiera hecho cualquier otra mujer— quiso ponérsela inmediatamente.

—Constance —dije después de que la hubiésemos admirado desde todos los ángulos posibles—, ¿te has alegrado de verme por mí o por el regalo?

Me miró cabizbaja.

—Por el regalo.

—Vale —dije.

—¿Bridget?

—Sí.

—¿Sabes en tu casa?

—Sí.

—¿Por qué no tienes ningún juguete?

—Bueno, porque la verdad es que no juego con *esa clase* de juguetes.

—Oh. ¿Por qué no tienes un cuarto de jugar?

—Porque no hago esa clase de juegos.

–¿Por qué no tienes un hombre?

No me lo podía creer. Acababa de llegar a la fiesta y una niña de tres años me estaba hablando como una Petulante Casada.

Y entonces, sentadas en las escaleras, tuve una conversación larga y bastante seria con ella en la que le hablé de que todas las personas somos diferentes y algunas Solteronas, y entonces oí un ruido y levanté la vista y vi que Mark Darcy nos estaba mirando.

–Sólo… ejem. El lavabo está arriba, ¿supongo? –dijo sin interés–. Hola Constance. ¿Cómo está Pingu?

–No es real –dijo ella mirándole ceñuda.

–Cierto, cierto –dijo él–. Perdón. Estúpido de mí, ser tan... –me miró fijamente a los ojos– ...simplón. De todas formas, feliz cumpleaños.

Y entonces pasó por delante nuestro sin ni siquiera darme un beso de saludo ni nada. «Simplón.» ¿Seguiría creyendo todavía que le había sido infiel con Gary el Chapuzas y con el tipo de la tintorería? De todas formas, pensé, me da igual. No importa. Todo va bien y lo he superado, sí, completamente.

–Pareces triste –dijo Constance. Pensó un momento y entonces se sacó un Minstrel medio chupado de la boca y me lo metió en la mía. Decidimos volver a salir para enseñar el tutú, y Constance fue inmediatamente abordada por una maníaca Rebecca.

–Oh, mira, es un hada. ¿Eres un hada? ¿Qué clase de hada eres? ¿Dónde está tu varita mágica? –dijo atropelladamente.

–Un gran regalo, Bridge –dijo Magda–. Voy a buscarte algo de beber. Ya conoces a Cosmo, ¿verdad?

–Sí –dije, con el corazón en los pies al ver los temblorosos carrillos del enorme y fanático banquero.

–¡Bueno! ¡Bridget, encantado de verte! –vociferó Cosmo mientras me repasaba con la mirada de arriba abajo impúdicamente–. ¿Qué tal el trabajo?

–Oh, genial, de hecho –mentí, aliviada de que no se metiese de lleno en mi vida amorosa. ¡Cómo han cambiado las cosas!–. Ahora estoy trabajando en televisión.

–¿Televisión? ¡Maravilloso! ¡Jodidamente maravilloso! ¿Estás delante de las cámaras?

–Sólo ocasionalmente –dije en esa clase de tono modesto que sugería que yo era casi como Cilla Black pero no quería que nadie lo supiese.

–¡Oh! Una celebridad, ¿eh? Y –se echó hacia delante como preocupado–, ¿estás solucionando el resto de tu vida?

Por desgracia en aquel instante Sharon pasaba por nuestro lado. Se quedó mirando a Cosmo, como lo hace Clint Eastwood cuando piensa que alguien está intentando engañarle.

–¿Qué clase de pregunta es ésa? –gruñó.

–¿Qué? –dijo Cosmo mirándola sorprendido.

–«¿Estás solucionando *el resto de tu vida*?» ¿A qué te refieres con eso exactamente?

–Bueno, ah, ya sabes... bueno, que cuándo va a... ya sabes...

–¿Casarse? Así que, básicamente, sólo porque su vida no es exactamente como la tuya tú crees que no está solucionada, ¿verdad? ¿Y tú, estás tú solucionando el resto de tu vida, Cosmo? ¿Cómo van las cosas con Woney?

–Bueno yo... pues... –dijo Cosmo resoplando y poniéndose colorado.

–Oh, cuánto lo siento. Está claro que le he tocado la fibra. ¡Vamos, Bridget, antes de que vuelva a meter la pata!

–¡Shazzer! –dije cuando estuvimos a una distancia prudente.

–Oh, venga –dijo ella–. Ya basta. No pueden ir

por ahí tratando a la gente de forma paternalista en cuanto se la encuentran delante y despreciando sus estilos de vida. Probablemente a Cosmo le gustaría que Woney perdiese veinticinco kilos y dejase de emitir esa risa chillona todo el día, pero nosotras no asumimos eso al minuto de haberle conocido y tampoco decidimos que sea asunto nuestro refregárselo por la cara, ¿no es así? –Un maligno destello iluminó su mirada–. O quizá deberíamos hacerlo –dijo agarrándome del brazo y volviendo a encaminarse en dirección a Cosmo, pero volvimos a tropezar con Mark, Rebecca y Constance. Ay Dios mío.

–¿Quién crees que es más viejo, yo o Mark? –estaba diciendo Rebecca.

–Mark –dijo Constance de mala gana mirando de lado a lado como si estuviese planeando su fuga.

–¿Quién crees que es más vieja, yo o mami? –prosiguió Rebecca en tono guasón.

–Mami –dijo Constance de forma desleal, y Rebecca esbozó una sonrisita.

–¿Quién crees que es más vieja, yo o Bridget? –dijo Rebecca guiñándome un ojo.

Constance me miró dubitativa mientras Rebecca le sonreía alegremente. Yo le hice un rápido gesto de asentimiento a Rebecca.

–Tú –dijo Constance.

Mark Darcy estalló de risa.

–¿Jugamos a las hadas? –gorjeó Rebecca cambiando de tema e intentando coger a Constance de la mano–. ¿Vives en un castillo de hadas? ¿Es Harry también un hado? ¿Dónde están tus amiguitas hadas?

–Bridget –dijo Constance mirándome con cara circunspecta–, creo que será mejor que le digas a esta señora que no soy un hada de verdad.

Más tarde, cuando le estaba contado eso a Shaz, me dijo misteriosamente:

–Oh Dios. Mira quién está aquí.

Al otro extremo del jardín estaba Jude, radiante, vestida de color turquesa, charlando con Magda pero sin el Malvado Richard.

–¡Las chicas están aquí! –dijo Magda alegremente–. ¡Mira! ¡Allí!

Shaz y yo bajamos la mirada y observamos con aplicación el interior de nuestros vasos como si no nos hubiéramos dado cuenta. Cuando levantamos la mirada, Rebecca estaba besuqueando a Jude y a Magda como una esposa de literato que ha subido socialmente y acaba de ver a Martin Amis hablando con Gore Vidal.

–¡Oh Jude, me alegro tanto por ti, es maravilloso! –dijo con efusión.

–No sé lo que se ha metido esa mujer pero yo quiero un poco –murmuró Sharon.

–Oh, tú y Jeremy tenéis que venir, seguro. Sin duda alguna –estaba diciendo Rebecca entonces–. ¡Bueno, traedlos! ¡Traed a los niños! ¡Me encantan los niños! El segundo fin de semana de julio. En casa de mis padres, en Gloucestershire. Les encantará la piscina. ¡Va a venir toda clase de personas encantadoras! He invitado a Louise Barton-Foster, a Woney y a Cosmo... –A la madrastra de Blancanieves, a Fred y Rosemary West y a Calígula, pensé que diría a continuación.

– ...a Jude y a Richard y, naturalmente, Mark también estará allí, y Giles y Nigel, ya sabéis, del despacho de Mark...

Vi que Jude echaba una mirada en nuestra dirección.

–¿Y Bridget y Sharon? –dijo.

–¿Qué? –dijo Rebecca.

–Debes de haber invitado a Bridget y a Sharon.

–Oh –Rebecca parecía confusa–. Bueno, claro, no estoy segura de que tengamos suficientes dormitorios, pero supongo que podríamos utilizar la caseta. –Todo el mundo se la quedó mirando–. ¡Sí, tengo sitio! –Miró a su alrededor frenéticamente–. ¡Oh, ahí estáis las dos! ¿Verdad que vais a venir el día doce?

–¿Adónde? –dijo Sharon.

–A Gloucestershire.

–No sabíamos nada al respecto –dijo Sharon en voz alta.

–Bueno. ¡Ahora ya lo sabéis! La segunda semana de julio. Está justo a las afueras de Woodstock. Ya has estado antes, ¿verdad Bridget?

–Sí –dije sonrojándome al recordar aquel horrible fin de semana.

–¡Bien! ¡Eso es genial! Y tú vas a venir, Magda, así que...

–Mmm... –Empecé a decir.

–Nos encantará ir –dijo Sharon con firmeza, pegándome un pisotón.

–¿Qué? ¿Qué? –dije cuando Rebecca se hubo ido relinchando.

–Joder, claro que vamos a ir –dijo–. No vas a dejar que te secuestre a todos tus amigos así de fácil. Está intentando reunir a todo el mundo en alguna clase de rídiculo círculo social de repentinamente-necesitados-casi-amigos de Mark para que los dos puedan dejarse ver por allí como el Rey y la Reina Abeja.

–¿Bridget? –dijo una voz afectada. Me di la vuelta para ver a un chico bajito con gafas y el pelo rojo–. Soy Giles, Giles Benwick. Trabajo con Mark. ¿Te acuerdas? Me fuiste de mucha ayuda aquella noche que hablamos por teléfono, cuando mi mujer me dijo que se iba.

–Oh, sí, Giles. ¿Cómo estás? –dije–. Y, ¿cómo va todo?

–Oh, mucho me temo que no demasiado bien –dijo Giles. Sharon desapareció y echó una mirada hacia atrás, tras lo cual Giles se embarcó en una larga, detallada y minuciosa explicación de su ruptura matrimonial.

–Agradecí muchísimo tu consejo –me dijo mirándome con seriedad–. Y compré *Los hombres son de Marte, las mujeres de Venus*. Me pareció un libro muy, muy, muy bueno, aunque no creo que alterase el punto de vista de Verónica.

–Bueno, trata más de las citas que del divorcio –dije leal-al-concepto-Marte-y-Venus.

–Muy cierto, muy cierto –asintió Giles–. Dime: ¿has leído *Usted puede sanar su vida*, de Louise Hay, por casualidad?

–¡Sí! –dije encantada. Giles Benwick realmente parecía conocer muy bien el mundo de los libros de autoayuda, y yo hubiera estado muy contenta de discutir con él las diferentes obras, si no hubiera sido porque él no paraba de hablar. Finalmente vino Magda con Constance.

–¡Giles, de verdad que tienes que venir a conocer a mi amigo Cosmo! –dijo, poniendo los ojos en blanco discretamente cuando me miró–. Bridge, ¿te importaría cuidar un momento de Constance?

Me arrodillé para hablar con Constance, que parecía estar preocupada por el efecto estético de ciertas manchas de chocolate en el tutú. Justo cuando nos habíamos convencido de que las manchas de chocolate formaban un diseño atractivo, inusual y positivo en el rosa, Magda volvió a aparecer.

–Creo que el pobre Giles está colado por ti –dijo con ironía, y se llevó a Constance a hacer caca. Antes de que me hubiese vuelto a levantar alguien empezó a darme manotazos en el trasero.

Me di la vuelta, pensando, lo confieso, ¡quizá Mark Darcy!, pero vi a William, el hijo de Woney, y a su amigo riendo perversamente.

–Vuelve a hacerlo –dijo William, y su pequeño amigo empezó otra vez a darme manotazos. Intenté levantarme, pero William –que tiene unos seis años y es muy grande para su edad– se agarró a mi espalda y me pasó los brazos por el cuello.

–Para, William –dije en un intento de imponer mi autoridad, pero en aquel momento en el otro lado del jardín había alboroto. El cerdo barrigón se había liberado y estaba corriendo de un lado para otro, emitiendo un sonido muy agudo. Era un caos, con los padres corriendo en busca de sus hijos, pero William seguía aferrado a mi espalda y el chico seguía dándome manotazos en el trasero y emitiendo grandes carcajadas al estilo de *El exorcista*. Intenté zafarme de William, pero éste era sorprendentemente fuerte y se mantuvo firme. La espalda me dolía de verdad.

Entonces de repente los brazos de William dejaron de agarrarse a mi cuello. Sentí que lo levantaban y los manotazos se detuvieron. Me quedé un momento con la cabeza inclinada, intentando recuperar el aliento y la compostura. Luego me di la vuelta para ver a Mark Darcy alejándose con un niño de seis años retorciéndose bajo cada brazo.

Durante un buen rato la fiesta se centró por completo en volver a capturar al cerdo y en Jeremy poniendo de vuelta y media al guarda de los animales. Lo siguiente que vi fue a Mark con la chaqueta puesta y despidiéndose de Magda, ante lo que Rebecca se les acercó a toda prisa y también empezó a despedirse. Desvié rápidamente la mirada e intenté no pensar en ello. Y entonces, de repente, Mark estaba viniendo hacia mí.

–Yo, ejem, ya me voy, Bridget –dijo. Podría jurar que me miró las tetas–. No te lleves ningún trozo de carne en el bolso, ¿vale?

–Vale –dije. Por un instante nos quedamos mirándonos–. Ah, gracias, gracias por... –señalé hacia donde había ocurrido el incidente.

–De nada –dijo dulcemente–. Siempre que quieras que te quite un chico de la espalda... –Y, en aquel preciso momento, el maldito Giles Benwick volvió a aparecer con dos bebidas.

–Oh, ¿ya te vas, viejo? –dijo–. Yo estaba a punto de intentar sacarle a Bridget alguno más de sus sabios consejos.

Mark pasó la mirada rápidamente de uno al otro.

–Estoy seguro de que estarás en muy buenas manos –dijo bruscamente–. Nos vemos el lunes en el despacho.

Joder, joder, joder. ¿Por qué nunca flirtea nadie conmigo excepto cuando Mark está cerca?

–De vuelta a la vieja cámara de tortura, ¿eh? –estaba diciendo Giles mientras le daba palmaditas en la espalda–. Siempre lo mismo. Siempre lo mismo. Venga, vete.

La cabeza me daba vueltas mientras Giles hablaba y hablaba de enviarme un ejemplar de *Siente el miedo pero hazlo de todas formas*. Estaba muy interesado en saber si Sharon y yo íbamos a ir a Gloucestershire el día doce. Pero el sol parecía haberse escondido, había muchos llantos y gritos de «Mamá te va a pegar», y todo el mundo parecía estar marchándose.

–Bridget. –Era Jude–. ¿Quieres venir al 192 a tomar...?

–No, no queremos –le espetó Sharon–. Tenemos que ir a hacer una autopsia. –Lo que era mentira, porque Sharon se iba a encontrar con Simon. Jude pareció herida. Oh Dios. La maldita Rebecca ha arruinado todo el maldito buen rollo que teníamos. Aunque tengo que recordar que no debo culpar a otros sino aceptar mi propia responsabilidad por todo lo que me sucede.

Martes 1 de julio

57,5 kg (¡está funcionando!), progresos en el agujero de la pared hecho por Gary: 0.

Creo que ahora será mejor que lo acepte. Mark y Rebecca son una pareja. No hay nada que yo pueda hacer al respecto. He estado leyendo un poco más de *La carretera menos recorrida* y me doy cuenta de que uno no puede tener todo lo que quiere en la vida. Parte de lo que se quiere sí, pero no todo lo que se quiere. Lo que cuenta no es lo que te pasa en la vida sino cómo juegas las cartas que te dan. No voy a pensar en el pasado y en el rosario de desastres con los hombres. Voy a pensar en el futuro. ¡Ohhh genial, el teléfono! ¡Hurra! ¡Ya lo ves!

Era Tom, que llamaba sólo para quejarse. Lo que me pareció bien. Hasta que dijo:

—Oh, por cierto, esta noche he visto a Daniel Cleaver.

—¿Ah, sí? ¿Dónde? —gorjeé en un tono alegre pero ahogado. Me doy cuenta de que soy una persona nueva y que los problemas del pasado con las citas (o sea, sólo por cazar un ejemplo al vuelo, encontrar a una mujer desnuda en la terraza de Daniel el verano pasado, cuando se suponía que yo estaba saliendo con él), nunca me volverán a ocurrir. Pero aún así no quiero que el espectro de la humillación de Daniel emerja de forma alarmante en plan monstruo del lago Ness, o como una erección.

—En el Club Groucho —dijo Tom.

—¿Has hablado con él?

—Sí.

—¿Qué le has dicho? —pregunté con cautela. Toda la cuestión con los ex es que los amigos deberían castigarlos e ignorarlos, y no intentar estar a buenas con ambas partes, como Tony y Cherie con Charles y Diana.

—Uuf. Ahora no lo recuerdo exactamente. He dicho, mmm…: «¿Por qué te has portado tan mal con Bridget, que es tan buena?».

Hubo algo en la forma en que lo dijo, como si fuera un loro, que me hizo pensar que quizá no había citado sus palabras exactamente una por una.

—Bien —dije—, muy bien —me detuve decidida a dejarlo así y cambiar de tema. Quiero decir, ¿a mí qué me importa lo que haya dicho Daniel?

—¿Y él qué ha dicho? —siseé.

—Ha dicho —dijo Tom, y se echó a reír—. Ha dicho…

—¿Qué?

—Ha dicho… —ahora casi estaba llorando de risa.

—¿Qué? ¿Qué? ¿QUEEEEEEÉ?

—«¿Cómo se puede salir con alguien que no sabe dónde está Alemania?»

Solté una aguda risilla de hiena, casi como la que uno suelta cuando oye que su abuela ha muerto y se cree que se trata de una broma. Entonces lo vi claro. Me agarré al extremo de la mesa de la cocina; la cabeza me daba vueltas.

—¿Bridge? —dijo Tom—. ¿Estás bien? Yo sólo reía porque es tan… ridículo. Quiero decir que, claro que sabes dónde está Alemania… ¿Bridge? ¿No es así?

—Sí —susurré débilmente.

Hubo una larga y extraña pausa durante la cual intenté comprender lo que había ocurrido, o sea, que Daniel me había dejado porque pensaba que era estúpida.

—Y bien —dijo Tom con prontitud—. ¿Dónde está… Alemania?

—En Europa.

—Ya, pero, ¿dónde de Europa?

Por favor. En la edad moderna no es necesario

saber dónde están los países porque todo lo que se necesita es comprar un billete de avión que te lleva a donde sea. En la agencia de viajes no te preguntan precisamente por qué países sobrevolarás antes de darte el billete, ¿verdad?

–Dame sólo una situación aproximada.

–Ejem –dije quedándome atascada, cabizbaja, los ojos paseándose rápidamente por la habitación en busca de un atlas a mano.

–¿Qué países crees que puedan estar cerca de Alemania? –siguió presionando.

Lo pensé con cuidado.

–Francia.

–Francia. Ya veo. Así que Alemania está «cerca de Francia», ¿es eso?

Algo en la forma que Tom dijo eso hizo que me sintiese como si hubiese cometido un error digno de un cataclismo. Entonces se me ocurrió que Alemania está obviamente conectada con Alemania del Este y por consiguiente es más probable que esté cerca de Hungría, Rusia o Praga.

–Praga –dije, y Tom se echó a reír.

–De todas formas, eso de la cultura general ya no existe –dije indignada–. Hay artículos que demuestran que los medios de comunicación han creado un mar de conocimiento tan grande que no es posible que todo el mundo obtenga la misma porción de éste.

–No importa, Bridge –dijo Tom–. No te preocupes por eso. ¿Quieres ir a ver una película mañana?

11 p.m. Sí, a partir de ahora sólo voy a ir al cine y a leer libros. Lo que Daniel haya dicho o dejado de decir es una cuestión que a mí me deja absolutamente indiferente.

11.15 p.m. ¡Cómo se atreve Daniel a ir por ahí criticándome! ¿Cómo sabía él que yo no sé dónde está Alemania? Ni siquiera fuimos nunca cerca de allí. Lo más lejos que llegamos fue a Rutland Water. ¡Bah!

11.20 p.m. Da igual, soy muy buena. Para que lo sepas.

11.30 p.m. Soy horrible. Soy estúpida. Voy a empezar a estudiar *The Economist* y también a asistir a clases nocturnas y a leer *Dinero* de Martin Amis.

11.35 p.m. Jajá. Ya he encontrado el atlas.

11.40 p.m. ¡Ja! Vale. Voy a llamar a ese bastardo.

11.45 p.m. Acabo de marcar el teléfono de Daniel.
—¿Bridget? —dijo él antes de que yo tuviera tiempo de decir nada.
—¿Cómo sabías que era yo?
—Por un surreal sexto sentido —dijo lentamente y divertido—. Espera. —Le oí encender un cigarrillo—. Adelante. —Aspiró profundamente.
—¿Qué? —murmuré.
—Dime dónde está Alemania.
—Está al lado de Francia —dije—. Y también de Holanda, Bélgica, Polonia, Checoslovaquia, Suiza, Austria y Dinamarca. Y tiene un lado que da al mar.
—¿A qué mar?
—Al mar del Norte.
—¿Y…?
Me quedé mirando el atlas furiosa. No ponía el otro mar.
—Vale —dijo él—. Un mar de dos está bien. ¿Quieres venir a casa?
—¡No! —dije. La verdad, Daniel es el colmo. No voy a reincidir en todo aquello, de nuevo.

Sábado 12 de julio

*140 kg (así me siento comparada con Rebecca),
número de dolores en la espalda por culpa del infame colchón de espuma: 9, número de pensamientos involucrando a Rebecca en desastres naturales,
incendios por cortocircuito, inundaciones y asesinos profesionales: alto, pero proporcionado.*

Casa de Rebecca, Gloucestershire. En la horrible casita de campo para invitados. ¿Por qué he venido aquí? ¿Por qué? ¿Por qué? Sharon y yo salimos bastante tarde y llegamos aquí diez minutos antes de la cena. Eso no le gustó demasiado a Rebecca, que gorjeó:

–¡Oh, casi os habíamos dado por perdidas! –como mamá o Una Alconbury.

Nosotras estábamos alojadas en la casita de campo de los sirvientes, lo que me pareció bien porque así no me toparía con Mark por los pasillos, hasta que llegamos allí: todas las paredes pintadas de verde con camas individuales de gomaespuma y cabeceras de formica, en claro contraste con la última vez que estuve ahí y me alojé en una preciosa habitación como de hotel con lavabo independiente.

–Típico de Rebecca –refunfuñó Sharon–. Los Solterones son ciudadanos de segunda clase. Refregándonoslo por las narices.

Llegamos tambaleándonos a la cena, tarde y sintiéndonos como un par de divorciadas demasiado llamativas por habernos puesto el maquillaje tan deprisa. El comedor tenía el espléndido aspecto de siempre, con el gran rincón de la chimenea al final y veinte personas sentadas alrededor de una antigua mesa de roble iluminada por candelabros de plata y adornada con arreglos florales.

Mark presidía la mesa, sentado entre Rebecca y Louise Barton-Foster y enfrascado en una conversación.

Rebecca pareció no percibir que habíamos entrado. Molestas, nos quedamos junto a la mesa mirando incómodamente a nuestro alrededor hasta que Giles Benwick gritó:

—¡Bridget! ¡Aquí!

Me colocaron entre Giles y el Jeremy de Magda, que parecía haber olvidado que yo había salido alguna vez con Mark Darcy y soltó cosas como:

—¡Bueno! Pues parece que Darcy ha ido a por tu amiga Rebecca. Divertido, porque estaba aquella tía buena, Heather no sé qué, amiga de Barky Thompson, que parecía estar un poco colada por el viejo granuja.

El hecho de que Mark y Rebecca nos podían oír era algo de lo que Jeremy no se había dado cuenta, pero yo sí. Yo estaba intentando concentrarme en la conversación de Jeremy y no escuchar la de ellos, que ahora se centraba en unas vacaciones que Rebecca estaba organizando en una villa de la Toscana con Mark, en agosto —o eso se suponía— a las que, insistía, todo el mundo tenía que ir excepto, presumiblemente, yo y Shaz.

—¿Qué es eso, Rebecca? —vociferó un terrible niño pijo al que yo recordaba vagamente de cuando habíamos ido a esquiar. Todo el mundo miró a la chimenea, donde había un escudo que parecía nuevo con el lema «Per Determinam ad Victoriam». Era bastante extraño que tuvieran un escudo porque la familia de Rebecca no es miembro de la aristocracia, sino que sólo constituye una parte importante de la agencia inmobiliaria Knight, Frank y Rutley.

—¿«Per Determinam ad Victoriam»? —bramó el niño pijo—. «Sin piedad hacia la victoria». Ésa es nuestra Rebecca, sí señor.

Hubo un estallido de carcajadas y Shazzer y yo intercambiamos una alegre miradita.

—De hecho es «Con determinación hacia el éxito» —dijo Rebecca fríamente. Miré a Mark, un atisbo de sonrisa desapareciendo detrás de su mano.

De alguna forma llegué al final de la cena, escuchando a Giles hablar muy lentamente y de forma analítica acerca de su mujer y, compartiendo mi conocimiento sobre libros de autoayuda, intenté mantener mi mente apartada del extremo de la mesa en que se encontraba Mark.

Estaba desesperada por meterme en la cama y escapar de aquella dolorosa pesadilla, pero todos tuvimos que ir al gran salón para bailar.

Empecé a mirar la colección de CD para distraer mi atención de la imagen de Rebecca haciendo girar a Mark lentamente por la estancia, los brazos alrededor de su cuello, los ojos moviéndose rápida y alegremente por el salón. Me sentía enferma, pero no iba a demostrarlo.

—Oh, por amor de Dios, Bridget. Ten un poco de sentido común —dijo Sharon mientras revolvía los CD, quitaba «Jesus to a child» y en su lugar ponía una recopilación de frenéticos temas de *acid garage*. Saltó a la pista, apartó a Mark de Rebecca y empezó a bailar con él. Mark estuvo bastante divertido, riéndose con los intentos de Shazzer por convertirle en un tipo marchoso. Rebecca parecía haberse comido un tiramisú y justo entonces haberse dado cuenta de las calorías que tenía.

De repente Giles Benwick me agarró y empezó a rocanrolear conmigo salvajemente, así que me encontré lanzada por el salón con una sonrisa fija en mi rostro, y la cabeza arriba y abajo como si fuese una muñeca de trapo a la que se están tirando.

Después de aquello ya no pude soportarlo más, literalmente.

—Voy a tener que irme —le susurré a Giles.

–Lo sé –me dijo con complicidad–. ¿Quieres que te acompañe hasta la casita de campo?

Conseguí sacármelo de encima y acabé tambaleándome por la grava en mis zapatos de tacón de Pied à Terre e incluso hundiéndome agradecida en aquella cama ridículamente incómoda. Probablemente en ese momento Mark se estaba metiendo en la cama con Rebecca. Hubiera preferido estar en cualquier otro sitio: la fiesta de verano de la Sociedad Rotaria de Kettering, la reunión matinal de *Despiértate, Reino Unido*, el gimnasio. Pero era culpa mía. Yo había decidido ir.

Domingo 13 de julio

150 kg, 0 unidades de alcohol, 12 cigarrillos (a escondidas), 1 persona rescatada de accidente acuático, número de personas que no deberían haber sido rescatadas de dicho accidente acuático sino que deberían haber sido abandonadas allí para que se quedasen arrugadas del todo: 1.

Un día extraño, que me ha hecho pensar.

Después del desayuno decidí escaparme y me paseé por el jardín acuático, que era bastante bonito, con riachuelos poco profundos entre riberas con césped y debajo de puentecitos de piedra, rodeados por un seto con todos los campos más allá. Me senté en un puente de piedra, observé el riachuelo y pensé que realmente nada tenía importancia porque siempre estaría la naturaleza, y entonces oí voces que se acercaban justo por detrás del seto.

–...El peor conductor del mundo... madre siempre le está... corrigiendo pero... no tiene el concepto... de precisión al volante. Perdió su bonificación por no presentar los partes de accidente hace cuarenta y cinco años y nunca la ha vuelto ha recuperar. –Era Mark–. Si yo fuese mi madre me negaría a ir en coche con él, pero ellos no se separarán. Es bastante entrañable.

–¡Oh, eso me encanta! –dijo Rebecca–. Si yo estuviese casada con alguien a quien quisiera de verdad desearía estar con él constantemente.

–¿De verdad? –dijo él ilusionado. Luego prosiguió–: Yo creo que, a medida que te haces mayor, entonces... El peligro es que si has estado soltero durante un tiempo, te encuentras tan atrapado en una red de amigos –eso es especialmente cierto con las mujeres– que difícilmente deja espacio para que haya un hombre en sus vidas, sobre todo emocionalmente, porque sus amigas y las opiniones de éstas son su primer punto de referencia.

–Oh, estoy bastante de acuerdo. Yo, claro que quiero a mis amigos, pero no son lo primero en mi lista de prioridades.

A mí me lo vas a decir, pensé. Hubo un silencio, y entonces Mark soltó:

–Eso de los libros de autoayuda no tiene ningún sentido: todas esas míticas reglas de conducta que se supone debes seguir. Y sabes que cada movimiento que haces está siendo diseccionado por un comité de amigas que siguen un código tremendamente arbitrario salido de *Budismo hoy*, *Venus y Buda echan un polvo* y el Corán. ¡Acabas por sentirte como un ratón de laboratorio con una oreja en la espalda!

Agarré mi libro, el corazón a cien. Ésa no podía ser la forma en que él veía lo que había ocurrido conmigo, ¿verdad?

Pero Rebecca volvía a la carga:

–Oh, estoy bastante de acuerdo –dijo con efusión–. No tengo tiempo para esas cosas. Si decido que amo a alguien entonces nada se interpone en mi camino. Nada. Ni amigos, ni teorías. Sólo sigo mi instinto, sigo mi corazón –añadió con voz afectada, como una florecilla silvestre.

–Te respeto por ello –dijo Mark dulcemente–. Una mujer tiene que saber en lo que cree; si no, ¿cómo puede uno creer en ella?

–Y tiene que confiar en su hombre por encima de todo –dijo Rebecca, ya con otra voz, resonante y controlada, como una afectada actriz interpretando a Shakespeare.

Entonces se hizo un horrible silencio. Yo me quedé como muerta, muerta y paralizada en aquel lugar, asumiendo que se estaban besando.

–Naturalmente le dije todo eso a Jude –volvió a empezar Rebecca–. Estaba muy preocupada por todo lo que le habían dicho Bridget y Sharon acerca de no casarse con Richard –él es un tipo estupendo–, y yo le dije: «Jude, sigue tu corazón».

Me quedé boquiabierta mirando a una abeja que pasaba, para tranquilizarme. No podía ser que Mark fuera tan esclavamente respetuoso acerca de eso, ¿verdad?

–Ss... sí –dijo él dubitativo–. Bueno, no estoy seguro...

–¡Giles parece estar totalmente colado por Bridget! –irrumpió Rebecca, sintiendo obviamente que se había salido de rumbo.

Hubo una pausa. Entonces Mark dijo en un tono inusualmente agudo:

–Oh, ¿de veras? Y es... ¿es recíproco?

–Oh, ya conoces a Bridget –dijo Rebecca como sin darle importancia–. Quiero decir, Jude dice que tiene a todos esos chicos que le van detrás –La buena de Jude, empecé a pensar–, pero está tan hecha un lío que no... bueno, como suele decirse, no puede ligar con ninguno de ellos.

–¿De verdad? –interrumpió Mark–. ¿Así que ha habido...?

–Oh, creo que sí –ya sabes– pero ella está tan empantanada con sus reglas para las citas o lo que sea que nadie resulta lo suficientemente bueno.

No podía comprender lo que estaba ocurriendo. Quizá Rebecca estaba intentando que él dejase de sentirse culpable por mí.

–¿De verdad? –volvió a decir Mark–. ¿Así que ella no...?

–¡Oh, mira, un patito! ¡Oh, mira, toda una familia de patitos! Y ahí están la madre y el padre. ¡Oh, qué momento tan perfecto, perfecto! ¡Oh, vayamos a mirar!

Y se fueron, y yo me quedé sin aliento y con la cabeza a cien por hora.

Después de la comida hacía un calor de mil demonios y todo el mundo se refugió debajo de un árbol, a la orilla del lago. Era una escena idílica, pastoril: un viejo puente de piedra por encima del agua, sauces sobresaliendo de las orillas cubiertas de hierba. Rebecca estaba triunfante.

–¡Oh, esto es tan divertido...! ¿No os parece? ¿No es divertido?

El Gordo Nigel, del despacho de Mark, estaba jugueteando con una pelota de fútbol, pasándosela con la cabeza a uno de los señoritos, su enorme estómago estremeciéndose bajo la luz del sol. Intentó un remate, falló y cayó de cabeza al agua, creando una ola gigante.

–¡Siií! –dijo Mark riendo–. Una incompetencia pasmosa.

–Es hermoso, ¿verdad? –le dije a Shaz distraídamente–. Una casi espera ver leones tumbados junto a corderos.

–¿Leones, Bridget? –dijo Mark. Me sobresalté. Estaba sentado justo al otro extremo del grupo, mirándome a través de un hueco entre la gente, levantando una ceja.

–Me refiero a como en el rollo ése del salmo –expliqué.

–Vale –dijo él. Su mirada tenía un aire guasón que me era familiar–. ¿Crees que quizá estés pensando en los Leones de León Safari?

De repente Rebecca se puso en pie.

–¡Voy a saltar desde el puente!

Miró a su alrededor sonriendo expectante. Todos los demás llevaban *shorts* o vestiditos, pero ella estaba desnuda, excepto por el minúsculo bikini marrón Calvin Klein de nailon.

–¿Por qué? –dijo Mark.

–Porque la atención se ha desviado de su persona durante cinco minutos –dijo Sharon en voz baja.

–¡Solíamos hacerlo cuando éramos pequeños! ¡Es genial!

–Pero el nivel del agua es muy bajo –dijo Mark.

Era cierto, casi medio metro de arcilla flanqueaba el agua.

–No, no. Esto se me da bien, soy muy valiente.

–Rebecca, no creo que debas hacerlo, de verdad –dijo Jude.

–Estoy decidida. ¡Estoy resuelta! –parpadeó coquetamente, se puso unas chancletas de Prada y se fue pavoneándose hacia el puente. Felizmente, había un poco de barro y hierba pegados en la parte superior de su nalga derecha, lo que aumentó el efecto. La miramos, se quitó las chancletas, las sostuvo en una mano y escaló hasta el borde del parapeto.

Mark se había puesto en pie, mirando preocupado el agua y el puente.

–¡Rebecca! –dijo–. De verdad, creo que no...

–Está bien, confío en mi propio juicio –dijo en broma sacudiéndose el pelo. Entonces miró hacia arriba, levantó los brazos y, tras una dramática pausa, saltó.

Todo el mundo vio cómo entraba en contacto con el agua. Llegó el momento en que tenía que reaparecer. No lo hizo. Cuando Mark se dirigía hacia el lago, ella apareció en la superficie gritando.

Él se lanzó en su dirección, y con él los otros dos chicos. Yo rebusqué el móvil en mi bolso.

Ellos la llevaron hasta la zona menos profunda y al final Rebecca, después de mucho retorcerse y llorar, salió cojeando a la orilla, apoyándose entre Mark y Nigel. Estaba claro que no podía haber ocurrido nada demasiado terrible.

Me levanté y le entregué mi toalla.

—¿Quieres que marque el 999? —dije medio en broma.

—Sí... sí.

Todo el mundo se agrupó para observar el pie lesionado de la anfitriona. Podía mover los dedos primorosa y profesionalmente pintados de Rouge Noir, así que aquello era positivo.

Al final encontré el número del médico, conseguí por el contestador el número para fuera de horas de consulta, lo marqué y le pasé el teléfono a Rebecca.

Habló largo y tendido con el médico, moviendo el pie de acuerdo con las instrucciones de éste y emitiendo un gran abanico de sonidos, pero finalmente se pusieron de acuerdo en que no había rotura, ni tampoco torcedura, sólo un leve golpe.

—¿Dónde está Benwick? —dijo Nigel mientras se secaba y tomaba un buen trago de vino blanco frío.

—Sí, ¿dónde está Giles? —dijo Louise Barton-Foster—. No le he visto en toda la mañana.

—Voy a ver —dije, agradecida por alejarme de la terrible imagen de Mark frotando el delicado tobillo de Rebecca.

Fue agradable entrar en el fresco vestíbulo de la entrada con su majestuosa escalera. Había una hilera de estatuas con plintos de mármol, alfombras orientales en el suelo de losas, y otro de los enormes y llamativos escudos encima de la puerta. Me detuve un momento para saborear la paz que se respiraba allí.

—¿Giles? —dije, y mi voz se perdió en varios ecos—. ¿Giles?

No hubo respuesta. Yo no tenía ni idea de dónde estaba su habitación, así que subí por la majestuosa escalera.

—¡Giles!

Eché una rápida mirada en una de las habitaciones y vi una gigantesca cama con cuatro baldaquinos de roble tallado. Toda la habitación era roja y daba a donde había tenido lugar la escena del lago. El vestido rojo que Rebecca había llevado en la cena estaba colgado del espejo. Miré la cama y me sentí como si me hubieran dado un puñetazo en el estómago. Los calzoncillos del Newcastle United que le había comprado a Mark para el día de san Valentín estaban pulcramente doblados encima del cubrecama.

Salí disparada de la habitación y me quedé respirando con dificultad con la espalda apoyada contra la pared. Entonces oí un gemido.

—¿Giles? —dije. Nada—. ¿Giles? Soy Bridget.

Volví a oír un gemido.

Caminé por el pasillo.

—¿Dónde estás?

—Aquí.

Abrí la puerta. Esta habitación era de un verde chillón y los robustos muebles de madera oscura le daban un aspecto horrible. Giles estaba tumbado boca arriba con la cabeza hacia un lado, gimiendo débilmente, el teléfono descolgado junto a él.

Me senté en la cama y él abrió un poco los ojos y los volvió a cerrar. Tenía las gafas mal puestas. Se las saqué.

—Bridget. —Sostenía un frasco de pastillas.

Se lo cogí. Temazepam.

—¿Cuántas te has tomado? —le dije cogiéndole la mano.

—¿Seis. O... cuatro?

—¿Cuándo?

—No hace mucho... unos... no hace mucho.

—Provócate las ganas de vomitar —dije pensando que siempre le hacían un lavado de estómago a la gente que había tomado una sobredosis de lo que fuera.

Entramos juntos en el cuarto de baño. Sinceramente, no fue algo precisamente agradable, pero luego le di mucha agua y él volvió a desplomarse en la cama y empezó a sollozar sin hacer ruido, y me agarró de la mano. Había llamado a Verónica, su mujer, según comprendí entre gemidos mientras le acariciaba la cabeza. Y al suplicarle que volviera, él había perdido todo sentido de sí mismo y de su amor propio y por consiguiente había echado por tierra todo el buen trabajo que había estado llevando a cabo durante los dos últimos meses. En aquellas circunstancias, ella le anunció que quería el divorcio definitivamente y él se sintió desesperado, algo con lo que me siento totalmente solidaria y afín. Como le dije, era suficiente razón como para que cualquier persona tomase Temazepam.

Se oyeron pasos en el pasillo, llamaron y entonces Mark apareció por la puerta.

—¿Puedes volver a llamar al doctor? —le dije.

—¿Qué se ha tomado?

—Temazepam. Media docena. Ha vomitado.

Mark salió al pasillo. Había más voces. Oí a Rebecca decir «¡Oh, por amor de Dios!» y a Mark intentando tranquilizarla, y luego más susurros.

—Yo sólo quiero que todo acabe. No quiero sentirme así. Sólo quiero que todo acabe —dijo Giles gimiendo.

—No, no —dije—. Debes tener esperanza y confianza en que todo irá bien, y así será.

Hubo más pasos y voces en la casa. Entonces Mark volvió a aparecer.

Me miró esbozando una leve sonrisa.

–Perdón –entonces volvió a ponerse serio–. Giles, te pondrás bien. Aquí estás en buenas manos. El doctor estará aquí dentro de quince minutos, pero ha dicho que no hay nada de qué preocuparse.

–¿Estás bien? –me preguntó.

Asentí.

–Te estás portando genial –dijo–. Una versión bastante más atractiva de George Clooney. ¿Te quedas con él hasta que llegue el doctor?

Cuando finalmente el médico hubo curado a Giles, la mitad de la gente parecía haberse ido. Rebecca estaba sentada llorando en el salón señorial con el pie elevado, hablando con Mark, y Shaz estaba delante de la puerta principal fumando un cigarrillo; su bolsa y la mía estaban preparadas.

–Es que es tan desconsiderado –estaba diciendo Rebecca–. ¡Ha arruinado todo el fin de semana! La gente debería ser fuerte y resuelta, es tan... egoísta y obsesivo. No te quedes ahí sin decir nada, ¿no crees que tengo razón?

–Creo que deberíamos... hablar de ello más tarde –dijo Mark.

Después de que Shaz y yo nos hubiésemos despedido, cuando estábamos colocando las maletas en el coche, Mark salió y vino hacia nosotras.

–Bien hecho –dijo con brusquedad–. Lo siento. Dios, parezco un sargento mayor. Se me está contagiando el ambiente. Has estado genial, allí arriba, con... con... bueno, con ambos.

–¡Mark! –gritó Rebecca–. Se me ha caído el bastón.

–¡Tráelo! –dijo Sharon.

Durante una milésima de segundo una mirada absolutamente abochornada cruzó el rostro de Mark; luego recuperó la compostura y dijo:

–Bueno, encantado de veros, chicas, conducid con cuidado.

Mientras salíamos de allí, Shaz estaba riendo jubilosa ante la idea de Mark pasándose el resto de su vida obligado a correr detrás de Rebecca, siguiendo sus órdenes y llevando bastones como un perrito, pero mi mente estaba dando vueltas y vueltas a la conversación que había escuchado por casualidad desde detrás del seto.

10
Marte y Venus
en el cubo de la basura

Lunes 14 de julio

59 kg, 4 unidades de alcohol, 12 cigarrillos (ya no es una prioridad), 3.752 calorías (predieta), libros de autoayuda inventariados para ir al cubo de la basura: 47.

8 a.m. Total confusión. No es posible que leer libros de autoayuda para mejorar mi relación haya destruido esa relación por completo. Me siento como si el trabajo de toda una vida hubiera sido un fracaso. Pero si una cosa he aprendido de los libros de autoayuda es cómo olvidar el pasado y seguir adelante.

A punto de ser tirados:

Lo que quieren los hombres
Cómo piensan los hombres y qué sienten
Por qué los hombres sienten que quieren lo que creen que quieren
Las reglas
Ignorar las reglas
Ahora no, cariño, estoy viendo el partido
Cómo buscar y encontrar al amor que quieres
Cómo encontrar el amor que quieres sin buscarlo
Cómo saber que quieres el amor que no buscabas
Feliz de estar soltera
Cómo no estar soltera
Si Buda tuviese citas
Si Mahoma tuviese citas
Si Jesús saliese con Afrodita
La carretera hambrienta, de Ben Okri (no estrictamente un libro de autoayuda, por lo que yo sé, pero de todas formas nunca leeré esa maldita cosa)

Vale. Todos van a la basura junto con los otros treinta y dos. Oh Dios. Sin embargo no puedo soportar tirar *La carretera menos recorrida* y *Usted puede sanar su vida*. ¿Dónde, si no en los libros de autoayuda puede uno buscar orientación espiritual para afrontar los problemas de la era moderna? ¿Por otra parte, quizá debería darlos a Oxfam? Pero no. No debo arruinar las relaciones de otra gente, especialmente en el Tercer Mundo. Sería un comportamiento peor que el que tienen los potentados del tabaco.

Problemas:

Agujero en la pared del piso.

Finanzas en situación negativa debido a la segunda hipoteca para solucionar el tema del agujero en la pared del piso.

Mi novio está saliendo con Otra Mujer.

No me hablo con mi mejor amiga común porque se va de vacaciones con mi novio y la Otra Mujer.

El trabajo es una mierda pero lo necesito debido a la segunda hipoteca para el agujero en la pared del piso.

Necesito urgentemente unas vacaciones debido a novio/amigas/agujero en la pared del piso/crisis financiera y profesional, pero no tengo a nadie con quien irme de vacaciones. Tom se vuelve a ir a San Francisco. Magda y Jeremy se van a Toscana con Mark y la jodida Rebecca y probablemente Jude y el Malvado Richard también, por lo que yo sé. Shazzer se muestra evasiva presumiblemente porque está esperando a ver si Simon acepta ir a algún sitio con ella, siempre y cuando duerman en camas gemelas (no menos de metro y medio), con la esperanza de que él se meta en la suya.

Tampoco tengo dinero para ir de vacaciones debido a la crisis financiera causada por el agujero en la pared del piso.

No. No voy a flaquear. Me he dejado influir de-

masiado por las ideas de los demás. Se van. Al. Cubo. De. La. Basura. Voy a. Valerme. Por. Mí. Misma.

8.30 a.m. El piso está purgado de libros de autoayuda. Me siento vacía y espiritualmente en un mar
de confusión. Pero seguramente algo de informa-
ción habrá permanecido en mi cabeza, ¿no?

*Principios espirituales que he acumulado a par-
tir del estudio de los libros de autoayuda (no basa-
dos en las citas):*

1. Importancia de pensar en positivo, véase: *Inteligencia emocional, Confianza emocional, La carretera menos recorrida, Cómo eliminar la celulitis
de tus muslos en 30 días,* Evangelio según San Lu-
cas, cap. 13.
2. Importancia del perdón.
3. Importancia de ir con la corriente y seguir los
propios instintos en lugar de intentar dar forma a
las cosas y organizarlo todo.
4. Importancia de tener confianza en uno mismo.
5. Importancia de la sinceridad.
6. Importancia de disfrutar del momento presente y no fantasear ni tampoco arrepentirse de las
cosas.
7. Importancia de no estar obsesionada con los
libros de autoayuda.

Así que la solución es:

1. Pensar en lo bien que lo estoy pasando escribiendo listas de problemas y soluciones espirituales
en lugar de planear por adelantado y...

¡Aaah!, ¡aaah! ¡Son las 8.45! Voy a perderme la
reunión de la mañana y no tengo tiempo para un
cappuccino.

10 a.m. En el trabajo. Gracias a Dios he conseguido un *cappuccino* que me ha ayudado a superar las secuelas de tener que tomar un *cappuccino* cuando se llega tarde. Es extraño cómo las colas para comprar *cappuccinos* dan a barrios enteros de Londres el aspecto de una cultura arrasada por la guerra o el comunismo, con gente esperando pacientemente durante horas en largas colas como si aguardasen para el pan en Sarajevo mientras otros sudan, asándose y rechinando, golpeando cosas de metal llenas de porquería, y de las que sale vapor. Es extraño que, cuando la gente en general muestra menos y menos buena voluntad para esperar por cualquier cosa, estén preparados para esperar por esta única cosa: como si en el cruel mundo moderno fuese lo único en lo que uno puede verdaderamente creer y apoyarse... ¡Aaah!

10.30 a.m. Lavabos, en el trabajo. Era Richard Finch gritándome «Venga, Bridget. No seas tímida»; el muy zoquete gruñó delante de todo el mundo, moviéndose nerviosamente y mascando en un delirio ahora obvio de exceso de cocaína. «¿Cuándo vas a ir?»

—Ejem... —dije, esperando poderle preguntar más tarde a Patchouli «¿Adónde?».

—No tienes ni idea de lo que te estoy hablando, ¿no es así? Es literalmente increíble. ¿Cuándo te vas de vacaciones? Si no lo pones ahora en la tabla no te podrás ir.

—Oh, mmm..., ya —dije como sin darle importancia.

—No tabla, no vacaciones.

—Seguro, seguro, ya, sólo necesito comprobar las fechas —dije apretando los dientes. En cuanto la reunión ha finalizado me he metido a toda prisa aquí, en los lavabos, para fumarme un buen cigarrillo. No me importa ser la única persona de toda la oficina que no se vaya de vacaciones. No importa. Eso no significa que sea una paria social. Definitivamente. Todo está bien en mi mundo. Incluso si tengo que hacer otra vez un artículo sobre el alquiler de úteros.

6 p.m. Día de pesadilla, intentando conseguir que viniesen mujeres a hablar sobre permutaciones nauseabundas de la fertilización de óvulos. No puedo soportar la idea de volver directamente a mi casa en obras. Hace un atardecer fantástico y soleado. Quizá vaya a dar un paseo por Hampstead Heath.

9 p.m. Increíble. Increíble. Esto demuestra que si dejas de luchar para solucionarlo todo y sigues la Corriente del Zen de forma positiva las soluciones aparecen.

Estaba caminando por un camino hacia la parte de arriba de Hampstead Heath y pensando lo fantástico que es Londres en verano, con la gente soltándose las corbatas después de trabajar y echándose despreocupada al sol, cuando mi mirada se detuvo en una pareja de aspecto feliz: ella boca arriba, con la cabeza encima del estómago de él, él sonriente y acariciándole el pelo mientras hablaba. Había algo en ellos que me resultaba familiar. Al acercarme, vi que eran Jude y el Malvado Richard.

Me di cuenta de que nunca antes les había visto juntos a solas... bueno, obviamente porque si yo hubiese estado allí, ellos ya no habrían estado a solas. De repente Jude se echó a reír por algo que había dicho el Malvado Richard. Parecía realmente feliz. Dudé, preguntándome si debía irme o volver atrás, y entonces el Malvado Richard dijo:

—¿Bridget?

Me detuve, petrificada, y Jude levantó la mirada y me miró boquiabierta de una forma nada atractiva.

El Malvado Richard se puso en pie y se sacudió la hierba que se le había pegado encima.

–Eh, encantado de verte, Bridget –dijo con una sonrisa. Me di cuenta de que siempre le había visto en situaciones sociales basadas en Jude, en las que yo había estado flanqueada por Shazzer y por Tom, y él se había mostrado bastante resentido.

–Voy a buscar un poco de vino, siéntate con Jude. Oh, venga, no te va a comer. Jamás tocaría una piel tan láctea.

Cuando él se fue Jude sonrió tímidamente.

–No puedo decir que esté contenta de verte ni nada de eso.

–Yo tampoco estoy contenta de verte –dije bruscamente.

–Bueno, ¿quieres sentarte?

–De acuerdo –dije, y me arrodillé en la manta y ella me dio una palmada en el hombro que casi me tira al suelo.

–Te he echado de menos –me dijo.

–Caaaaaállate –dije por la comisura de los labios. Por un momento pensé que me iba a echar a llorar.

Jude se disculpó por haber sido insensible con lo de Rebecca. Dijo que se había dejado llevar por el hecho de que alguien se alegrase de que pudiera casarse con el Malvado Richard. Resulta que ella y el Malvado Richard, a pesar de haber sido invitados, no irían a la Toscana con Mark y Rebecca porque el Malvado Richard dijo que no quería ser mangoneado por una desquiciada ingeniera social y que prefería que se fuesen por su cuenta. Sentí una inexplicable simpatía por el Malvado Richard. Dije que sentía haberme peleado por algo tan estúpido como lo de Rebecca.

–No fue algo estúpido. Estabas dolida de verdad –dijo Jude. Luego dijo que iban a retrasar la boda porque todo se había complicado mucho, pero que todavía quería que yo y Shaz fuésemos las damas de honor–. Si quieres –dijo tímidamente–. Aunque sé que él no te gusta.

–Le quieres de verdad, ¿no?

–Sí –dijo llena de felicidad. Entonces pareció inquieta–. Pero no sé si estoy haciendo lo correcto. En *La carretera menos recorrida* dice que el amor no es algo que sientes sino algo que decides hacer. Y también, en *Cómo conseguir el amor que quieres*, que si sales con alguien que no se gana la vida como es debido y que acepta ayuda de sus padres, entonces éste todavía no se ha independizado de sus progenitores y la relación nunca funcionará.

Lo que me estaba pasando por la cabeza era la canción de Nat King Cole que mi papá estaba escuchando en el cobertizo. *«Lo más grande que... aprenderás jamás...»*

–Además creo que es un adicto porque fuma hierba, y los adictos no pueden establecer relaciones serias. Mi psiquiatra dice...

«Es cómo amar y ser correspondido.»

– ...Yo no debería tener una relación como mínimo durante un año porque soy adicta a las relaciones –prosiguió Jude–. Y tú y Shaz pensáis que es un gilipollas. ¿Bridge? ¿Me estás escuchando?

–Sí, sí, perdona. Creo que si te parece bien deberías seguir adelante.

–Exacto –dijo el Malvado Richard apareciendo por encima de nosotras como Baco, con una botella de Chardonnay y dos paquetes de Silk Cut.

Lo pasé genial con Jude y el Malvado Richard y los tres nos amontonamos en un taxi y regresamos juntos. Cuando llegué a casa llamé inmediatamente a Shazzer para explicarle las novedades.

–Oh –dijo cuando le hube explicado los milagrosos efectos de dejarse llevar por la Corriente a lo Zen–. Ejem, ¿Bridge?

–¿Qué?

—¿Quieres ir de vacaciones?

—Pensaba que no querías ir conmigo.

—Bueno, pensé esperar hasta que...

—¿Hasta que qué?

—Oh, nada. Pero, de todas formas...

—¿Shaz? —me aventuré.

—Simon se va a Madrid a visitar a una chica que conoció por Internet.

Me encontré dividida entre la pena por Sharon, la inmensa alegría de tener a alguien con quien ir de vacaciones y los sentimientos de insuficiencia por no ser un arquitecto de metro ochenta con pene cuando no podía estar más lejos de ello.

—Baaah. Sólo es pashminaísmo. Probablemente ella resultará ser un hombre —dije para hacer que Shazzie se sintiese mejor.

—Bueno, de todas formas —dijo como sin darle importancia, tras una pausa que transmitió enormes vibraciones de dolor a través del teléfono—, ¡he encontrado uno de esos vuelos fantásticos a Tailandia por sólo 249 libras y podríamos ir a Koh Samui y ser hippies y no nos costaría casi nada!

—¡Hurra! —dije—. ¡Tailandia! Podremos estudiar budismo y tener una epifanía espiritual.

—¡Sí! —dijo Shaz—. ¡Sí! Y no tendremos nada que ver con ningún MALDITO HOMBRE.

Así que, ya ves... Oh, el teléfono. ¡Quizá sea Mark Darcy!

Medianoche. La llamada de teléfono era de Daniel, que sonaba distinto que de costumbre aunque, obviamente, borracho. Dijo que estaba muy deprimido porque las cosas le estaban yendo mal en el trabajo, y que sentía lo de Alemania. Aceptó que de hecho yo era muy buena en geografía y me preguntó si podíamos cenar juntos el viernes. Sólo para hablar. Así que le dije que sí. Me siento muy bien con respecto a eso. ¿Por qué no debería yo ser amiga de Daniel en tiempos de adversidad? Una no debe guardar rencor porque eso sólo te frena; una debe perdonar.

Además, como han demostrado Jude y el Malvado Richard... la gente puede cambiar y yo estaba *realmente* loca por él.

Y estoy muy sola.

Y sólo es una cena.

Sin embargo, definitivamente, no me voy a acostar con él.

Viernes 18 de julio

57,5 kg (excelente presagio), 84 condones intentados comprar, 36 condones comprados, 12 de los condones comprados utilizables (creo que debería tener de sobra. Sobre todo cuando no tengo la menor intención de usarlos).

2 p.m. A la hora de comer voy a salir a comprar algunos condones. No es que vaya a acostarme con Daniel ni nada de eso. Es sólo por precaución.

3 p.m. La expedición en busca de condones ha resultado ser un estrepitoso fracaso. Al principio disfruté muchísimo de la repentina sensación de ser consumidora de condones. Cuando no tengo vida sexual siempre me siento triste al pasar por la sección de condones, como si se me negase un aspecto de la vida. Sin embargo, al llegar al mostrador me he encontrado una desconcertante gama de distintos condones: Extra Seguros «para extra sensibilidad», Paquete Surtido «para distintas opciones» (atractiva sugerencia en plan Kellogg's), Ultra Finos «lubricados con espermicida», Finos, «lubricados con un suave lubricante sin» (ahora viene la palabra repulsiva y horrible) «espermicida», de Corte Natural para Extra Comodidad (si eso significa mayor, entonces, ¿qué pasa si es demasiado grande?). Bajé la mirada furiosa y miré de reojo la colección de condones. Sin duda lo que una querría es Extra Sensibilidad y Extra Comodidad y Ultra Finos; entonces, ¿por qué hay que escoger?

—¿Puedo ayudarla? —dijo el entrometido farmacéutico con una maliciosa sonrisa. Obviamente, yo no podía decir que quería condones porque eso habría sido lo mismo que anunciar «Estoy a punto de practicar el sexo»: casi como cuando las mujeres obviamente embarazadas andan por ahí y es como si te estuviesen diciendo: «Mirad, todos, he practicado el sexo». No puedo creer que la industria del condón, cuya mismísima existencia se basa en la virtual admisión de que todo el mundo practica el sexo en todo momento (excepto yo), se empeñe en seguir fingiendo que nadie lo hace, lo cual seguramente es más normal en nuestra tierra.

Bueno. Sólo he comprado unos Bradasols.

6.10 p.m. Me he visto irritantemente retenida en el trabajo hasta las 6 p.m., y ahora la farmacia está cerrada y no tengo condones. Ya sé: voy a ir a Tesco Metro. Seguro que tendrán porque es una tienda diseñada para Solterones impulsivos.

6.40 p.m. Me paseé subrepticiamente arriba y abajo por el pasillo de la pasta de dientes. Nada de nada. Al final, desesperada, me acerqué sigilosamente a una mujer que tenía pinta de supervisora y susurré, en un intento de «¡todos juntos, muchachos!» y una sonrisa levantando una ceja:

—¿Dónde están los condones?

—Vamos a venderlos —dijo solícita—. Quizá dentro de un par de semanas.

«¡Y eso a mí de qué coño me sirve!», tuve ganas de gritar. «¿Qué hay de esta noche?» Aunque no me voy a acostar con él, ¡obviamente!

Bueh. Tienda *soi-disant* moderna, urbana, dirigida a Solterones. ¡Bah!

7 p.m. Acabo de ir a la apestosa y carísima tienda de barrio que está a la vuelta de la esquina. Pude ver condones detrás del mostrador, al lado de los cigarrillos y los detestables pantis, pero no me decidí porque todo aquello me resultó demasiado sórdido. Me gustaría comprar los condones en un entorno agradable y limpio a lo Boots. También pésima elección. Sólo de Primera Calidad con tetina en la punta.

7.15 p.m. He tenido una idea luminosa. Iré a una estación de servicio, esperaré haciendo cola mientras miro secretamente los condones, y entonces... De hecho no tengo por qué ajustarme a anticuados estereotipos masculinos ni sentirme descarada o como una zorra por llevar condones. Todas las chicas aseadas tienen condones. Es higiene.

7.30 p.m. Tralaralá. Lo he hecho. Ha sido fácil. En realidad he conseguido coger dos paquetes: un Paquete Variado (la sal de la vida) y otro de Látex Ultra Ligeros con Tetina en la Punta para Incluso Más Sensibilidad. El dependiente se quedó perplejo ante la variedad y cantidad de diferentes condones y al mismo tiempo se mostró extrañamente respetuoso: probablemente pensara que yo era una profesora de biología o algo así que compraba condones para la clase de alumnos adolescentes precoces.

7.40 p.m. Sobresaltada por los explícitos dibujos del folleto de instrucciones, que me hicieron pensar, inquietantemente, no en Daniel sino en Mark Darcy. Mmm. Mmm.

7.50 p.m. Seguro que lo tuvieron difícil a la hora de decidir el tamaño en los dibujos para evitar que la gente se sintiese alicaída o excesivamente arrogante. El Paquete Variado es una locura: «Los condones coloreados mates están pintados con colores chillones para diversión adicional». ¿Diversión adicional? De repente vi la extravagante imagen de parejas con penes erectos de colores chillones llevando sombreros de papel, estallando en estridentes risas y golpeándose con globos. Creo que voy a tirar el Paquete Variado. Vale, será mejor que me prepare. Oh Dios, el teléfono.

8.15 p.m. Oh maldita sea. Era Tom quejándose de que había perdido su móvil y dijo que le parecía que se lo había dejado aquí. Me obligó a buscar por todas partes, a pesar de que yo ya llegaba muy tarde, pero no conseguí encontrarlo y al final me asaltó la sospecha de que quizá lo había tirado junto con los libros de autoayuda y los periódicos.

—Bueno, ¿puedes ir a cogerlo? –dijo impaciente.

—Llego muy tarde. ¿No puedo hacerlo mañana?

—Pero, ¿y si vacían los contenedores? ¿Qué día pasan?

—Mañana por la mañana –dije amargamente con el alma en un puño–. Pero la cuestión es que está en uno de esos enormes cubos comunitarios y no sé en cuál.

Acabé echándome una chaqueta larga de piel por encima del sujetador y las bragas y saliendo a la calle dispuesta a esperar a que Tom llamase a su teléfono, y así yo sabría en qué contenedor estaba. Me encontraba encaramada a la pared mirando en el interior de los contenedores cuando una voz familiar dijo:

—Hola.

Me di la vuelta y allí estaba Mark Darcy.

Me echó una mirada de arriba abajo y caí en la cuenta de que estaba con toda la ropa interior —afortunadamente bien combinada— a la vista.

—¿Qué estás haciendo? —me dijo.

—Estoy esperando a que suene el contenedor —contesté dignamente cerrándome la chaqueta.

—Ya veo —hizo una pausa—. ¿Y llevas esperando... mucho rato?

—No —dije con cautela—. El tiempo normal.

Justo entonces uno de los contenedores empezó a sonar.

—Ah, debe de ser para mí —dije, e intenté meterme dentro.

—Por favor, permíteme —dijo Mark; dejó su maletín en el suelo, se encaramó de un salto con bastante agilidad a la pared, buscó en el interior del cubo de basura y sacó el teléfono.

—Teléfono de Bridget Jones —dijo—. Sí, claro, ahora te la paso.

Me lo entregó.

—Es para ti.

—¿Quién era ése? —siseó Tom histérico de excitación—. Tiene una voz muy sexy, ¿quién es?

Tapé el auricular con la mano.

—Muchísimas gracias —le dije a Mark Darcy, que había sacado un puñado de libros de autoayuda del cubo y los estaba mirando con expresión de perplejidad.

—No hay de qué —dijo, y volvió a dejar los libros de autoayuda—. Ejem... —se detuvo mirando mi chaqueta de piel.

—¿Qué? —dije con el corazón en un puño.

—Oh, nada, ejem, sólo, mmm..., bueno, encantado de verte. —Vaciló—. En fin... encantado de volver a verte. —Entonces intentó sonreír, se dio la vuelta y empezó a alejarse.

–Tom, volveré a llamarte –dije por el móvil. El corazón me latía violentamente. Según todas las leyes de protocolo en las citas debería dejar que se fuera, pero yo estaba pensando en la conversación que había oído desde detrás del seto–. ¿Mark?

Se dio la vuelta con aspecto de estar emocionado. Durante un instante nos miramos.

–¡Ey! ¡Bridge! ¿Vas a venir a cenar sin falda?

Era Daniel, acercándose por detrás de mí.

Vi cómo Mark se percataba de su aparición. Me lanzó una mirada larga y dolorosa; luego dio media vuelta y se marchó.

11 p.m. Daniel no había visto a Mark Darcy... afortunada y a la vez desafortunadamente porque, por un lado no tuve que dar explicaciones de qué estaba haciendo él allí pero, por otro, no pude explicar por qué me sentía tan agitada. En cuanto entramos en el piso Daniel ya trató de besarme. Fue extraño negarme a que lo hiciese después de todo el tiempo que pasé el año pasado deseando desesperadamente que sí lo hiciese y preguntándome por qué no lo hacía.

–Vale, vale –dijo extendiendo los brazos con las palmas de las manos hacia mí–. No hay problema. –Sirvió para ambos un vaso de vino y se sentó en el sofá, sus largas y delgadas piernas con un aspecto terriblemente sexy enfundadas en aquellos tejanos–. Mira, sé que te he hecho daño, y lo siento. Sé que estás a la defensiva pero ahora soy diferente, de verdad. Ven y siéntate aquí.

–Voy a vestirme.

–No. No. Ven aquí –dijo dando un golpecito con la mano en el sofá a su lado–. Venga, Bridge. No te voy a tocar ni un pelo, lo prometo.

Me senté con cautela, me arrebujé en la chaqueta y puse remilgadamente las manos en las rodillas.

–Eso es –dijo–. Ahora venga, toma un trago y relájate.

Me pasó el brazo con ternura por los hombros.

–Estoy obsesionado por la forma que te traté. Fue imperdonable. –Era encantador sentirse abrazada otra vez–. Jones –susurró dulcemente–. Mi pequeña Jones.

Me atrajo hacia él, colocando mi cabeza contra su pecho.

–No te merecías eso. –Una vaharada de su viejo y familiar olor llegó hasta mí–. Así. Sólo acurrúcate un poquito. Ahora estás bien.

Me acariciaba el pelo, me acariciaba el cuello, me acariciaba la espalda, empezó a quitarme la chaqueta por los hombros, bajó la mano por mi espalda y, con un rápido movimiento que produjo un leve chasquido, ya me había desabrochado el sujetador.

–¡Para! –dije intentando envolverme de nuevo en la chaqueta–. De verdad, Daniel. –Yo estaba medio riendo. De repente vi su cara. Él no se reía.

–¿Por qué? –dijo y me volvió a quitar la chaqueta bruscamente–. ¿Por qué no? Venga.

–¡No! –dije–. Daniel, sólo vamos a salir a cenar. No quiero besarte.

Echó la cabeza hacia delante respirando entrecortadamente y entonces se irguió, la cabeza hacia atrás, los ojos cerrados.

Me puse en pie envolviéndome en la chaqueta y caminé hacia la mesa. Cuando miré hacia atrás Daniel tenía el rostro entre las manos. Me di cuenta de que estaba sollozando.

–Lo siento, Bridge. Me han bajado de categoría. Perpetua se ha quedado con mi trabajo. Me siento superfluo, y ahora tú me rechazas. Ninguna chica me querrá. Nadie quiere a un hombre de mi edad sin una buena trayectoria profesional.

Le miré sorprendida.

–¿Y cómo crees que me sentí yo el año pasado? Cuando era el último mono de la oficina y tú te dedicabas a jugar conmigo mientras te metías en líos con otras y haciendo que me sintiese como una mujer usada?

–¿Usada, Bridge?

Le iba a explicar la teoría de lo de la mujer usada, pero algo me hizo decidir que simplemente no valía la pena molestarse.

–Creo que ahora será mejor que te vayas –dije.

–Oh, venga, Bridge.

–Sencillamente, vete –dije.

Mmm. Da igual. Simple y llanamente me voy a desvincular de todo esto. Me alegro de irme. En Tailandia podré liberar mi mente de todo lo que tiene que ver con los hombres y concentrarme en mí misma.

Sábado 19 de julio

58,5 kg (¿por qué? Y en el día que iba a comprar el bikini, ¿por qué?), pensamientos confusos acerca de Daniel: demasiados, partes de abajo de bikini en las que he cabido: 1, partes de arriba de bikini en las que he cabido: media, pensamientos indecentes con el Príncipe William: 22, número de veces que he escrito «El Príncipe William y su encantadora acompañante, la señorita Bridget Jones, en Ascot» en la revista Hello!: 7.

6.30 p.m. Mierda, mierda, mierda. Me he pasado todo el día en probadores de Oxford Street, intentando apretujar mis pechos en tops de bikini diseñados para personas con los pechos situados, o uno encima del otro en el centro de sus torsos, o uno debajo de cada brazo, con la cruda luz haciéndome parecer una *frittata* del River Café. La solución obvia es un bañador de una pieza, pero entonces volveré con un estómago ya de por sí blando y fofo que resaltará del resto del cuerpo por su blancura.

Programa urgente de dieta bikini con el objetivo de perder peso; 1ª semana:

Domingo, 20 de julio	58,6 kg
Lunes, 21 de julio	58,1 kg
Martes, 22 de julio	57,7 kg
Miércoles, 23 de julio	57,2 kg
Jueves, 24 de julio	56,8 kg
Viernes, 25 de julio	56,3 kg
Sábado, 26 de julio	55,9 kg

¡Hurra! Así que de hoy en ocho días casi habré alcanzado el objetivo y entonces, con el volumen del cuerpo así ajustado, todo lo que necesitaré será alterar la textura y disposición de la grasa mediante ejercicio.

Oh joder. Nunca funcionará. Sólo voy a compartir habitación, y probablemente cama, con Shaz. Pues entonces me concentraré en el espíritu. Bueno, Jude y Shaz llegarán pronto. ¡Hurra!

Medianoche. Encantadora velada. Estuvo muy bien volver a estar con las chicas, aunque Shaz fue presa de tal grado de indignación con Daniel que a duras penas pude evitar que llamase a la policía e hiciese que le arrestaran por violación en una cita.

–¿Superfluo? ¿Ves? –despotricaba ella–. Daniel es el perfecto arquetipo de hombre de fin de milenio. Le está quedando claro que las mujeres son la raza superior. Se está dando cuenta de que no tiene ningún papel ni función que desempeñar y, ¿qué hace? Echa mano de la violencia.

—Bueno, sólo intentó besarla —dijo Jude pacíficamente mientras hojeaba distraída las páginas de *Carpas de Ensueño*.

—¡Claro! Ésa es justamente la cuestión. Ha tenido mucha suerte de que él no apareciese en el banco donde ella trabaja vestido como un Guerrero Urbano y allí matase a diecisiete personas con una metralleta.

Justo entonces sonó el teléfono. Era Tom que, inexplicablemente, no llamaba para agradecerme que le enviase el móvil después de todos los malditos problemas que me había causado el fastidioso aparato, sino para pedirme el número de teléfono de mi mamá. Tom parece ser bastante amigo de mamá, a la que en mi opinión ve como una especie de Judy Garland/Ivana Trump a lo *kitsch* (lo cual es extraño porque el año pasado sin ir más lejos recuerdo a mamá dándome un sermón acerca de que la homosexualidad era «sólo vagancia, cariño, simplemente no se quieren molestar en relacionarse con el sexo opuesto»... pero, claro, aquello había sido el año pasado). De repente temí que Tom le iba a pedir a mi madre que cantase «Non, je ne regrette rien» con un vestido cubierto de lentejuelas en un club llamado Bombear, a lo que ella —por ingenuidad y ego— accedería, pensando que aquello tenía algo que ver con la vieja maquinaria de los molinos de Cotswold.

—¿Para qué lo quieres? —dije con recelo.

—¿No está ella en un club de lectores?

—No sé. Todo es posible. ¿Por qué?

—Jerome siente que sus poemas están listos y le estoy buscando clubes de lectores en que los pueda recitar. Hizo una lectura la semana pasada en Stoke Newington y fue impresionante.

—¿Impresionante? —dije mirando a Jude y a Shaz y poniendo cara de estar a punto de vomitar. Acabé dándole el número a Tom a pesar de mis dudas, porque pensé que mamá necesitaría otra diversión ahora que Wellington se había ido.

—¿Qué pasa con los clubes de lectores? —dije al colgar el teléfono—. ¿Soy yo o han aparecido de repente de la nada? ¿Deberíamos estar en uno, o tienes que ser Petulante Casado para ello?

—Tienes que ser Petulante Casado —dijo Shaz con toda seguridad—. Eso es porque temen que sus mentes estén siendo absorbidas por las exigencias paternalistas de... Oh Dios mío, mira al Príncipe William.

—Déjame ver —interrumpió Jude arrebatándole el ejemplar del *Hello!* con la foto del ágil y joven mocoso real. Yo misma tuve que hacer grandes esfuerzos por no arrebatársela. Aunque está claro que me gustaría contemplar tantas fotos del Príncipe William como fuese posible, preferiblemente con un buen surtido de trajes, me doy cuenta de que ese impulso es avasallador y negativo. Sin embargo no puedo dejar a un lado la impresión de grandes cosas fermentando en el joven cerebro real y la sensación de que, cuando llegue a la madurez, aparecerá como un caballero de antaño de la Mesa Redonda, enarbolando su espada y creando un deslumbrante nuevo orden que hará que el presidente Clinton y Tony Blair parezcan anticuados caballeros de edad y pasados de moda.

—¿Hasta qué edad creéis que se es demasiado joven? —dijo Jude como si estuviera soñando.

—Demasiado joven para ser tu hijo legal —dijo Shaz con absoluta seguridad, como si aquella fuese una ley gubernamental. Y supongo que ya lo es, ahora que lo pienso, dependiendo de lo mayor que seas tú. Justo entonces volvió a sonar el teléfono.

—Oh, hola, cariño. Adivina qué. —Mi madre—. Tu amigo Tom —ya sabes, el «homo»—, bueno, ¡va a traer a un poeta a leer al Club de Lectores del Instituto Nacional de Salvamento Marítimo! Nos leerá poemas románticos. ¡Como Lord Byron! ¿No es divertido?

—Ejem... ¿Sí? —repuse sin saber qué decir.

—De hecho, no es nada especial —dijo con desdén—. A menudo tenemos autores en el club.

—¿De verdad? ¿Como quién?

—Oh, muchos, cariño. Penny es *muy buena amiga* de Salman Rushdie. Pero bueno, cariño, vas a venir, ¿verdad?

—¿Cuándo es?

—El viernes de la semana que viene. Una y yo vamos a preparar *vol-au-vents* calientes con trocitos de pollo.

Un repentino miedo me sacudió.

—¿Irán el almirante y Elaine Darcy?

—¡Brrr! No pueden venir hombres, tonta. Elaine sí que vendrá, pero los hombres no aparecerán hasta más tarde.

—Pero Tom y Jerome van a ir.

—Oh, ellos *no son* chicos, cariño.

—¿Estás segura de que los poemas de Jerome son el tipo de cosa que...?

—Bridget, no sé qué estás intentando decir. No nacimos ayer, ¿sabes? Y todo el sentido de la literatura se basa en la libre expresión. Ohh, y creo que Mark vendrá más tarde. Le está haciendo el testamento a Malcolm... ¡nunca se sabe!

Viernes 1 de agosto

58,5 kg (fracaso total de la dieta para el bikini), 19 cigarrillos (ayuda a la dieta), 625 calorías (aún no es demasiado tarde, seguro).

6.30 p.m. Grrr. Grrr. Mañana me voy a Tailandia, no tengo la maleta hecha y me había olvidado de que «el viernes de la semana que viene» es esta-maldita-noche. De verdad, de verdad que no quiero conducir hasta Grafton Underwood. Es un atardecer caluroso y Jude y Shaz irán a una encantadora fiesta en el River Café. Sin embargo, obviamente, es importante apoyar a mamá, la vida amorosa de Tom, el Arte, etc. Se trata de respetarse a una misma respetando a los demás. Tampoco importa si mañana cuando me meta en el avión estoy cansada, porque al fin y al cabo me voy de vacaciones. Seguro que la preparación del viaje no me llevará mucho tiempo porque no necesito más que una maleta minúscula (¡sólo un par de *bodies* y un *sarong*!), y en hacer la maleta siempre se tarda justo el tiempo de que se dispone, así que lo mejor será que el tiempo disponible sea lo más breve posible. ¡Sí! ¡Ya lo ves! ¡Así lo podré hacer todo!

Medianoche. Acabo de volver. Llegué muy tarde debido a la típica debacle de la señalización en la autopista (si hoy entráramos en guerra, probablemente lo mejor para despistar a los alemanes sería dejar los indicadores tal como están). Me recibió mamá, que llevaba un caftán muy extraño de terciopelo granate con el que supongo pretendía ser literaria.

—¿Cómo está Salman? —le dije, mientras ella me regañaba por mi retraso.

—Oh, no, nada de salmón; hemos decidido hacer pollo en su lugar —dijo con desdén mientras cruzaba conmigo las contraventanas de vidrio esmerilado hacia el salón, donde lo primero que vi fue un llamativo nuevo «blasón familiar» con el lema *«Hakuna matata»* encima de la falsa chimenea de piedra.

—¡Chis! —dijo Una con el índice levantado, extasiada.

El Pretencioso Jerome, un pezón con *piercing* claramente visible a través de la camiseta negra con apariencia de estar mojada, se encontraba en pie ante la colección de vajilla de vidrio tallado, vociferando con tono agresivo: «Observo sus nalgas duras, huesudas y excitantes. Observo, deseo, agarro», ante un semicírculo de consternadas mujeres con traje-sastre-de-Jaeger del Club de Lectores de las comidas del Instituto Nacional de Salvamento Marítimo sentadas en reproducciones de sillas de comedor Regency. Al otro extremo de la estancia vi a la madre de Mark Darcy, Elaine, con una contenida expresión de diversión.

—Deseo —seguía gritando Jerome—. Agarro sus nalgas excitantes y peludas. Tengo que poseer. Empujo, corcoveo, follo...

—¡Bueno! ¡Creo que esto ha sido absolutamente fantástico! —dijo mamá poniéndose en pie de un salto—. ¿A alguien le apetece un *vol-au-vent*?

Es sorprendente cómo el mundo de las mujeres de clase media consigue suavizarlo todo, convirtiendo todo el caos y la complicación del mundo en un seguro y acogedor arrullo materno, algo así como el limpiador del inodoro, que hace que todas las cosas del lavabo se vuelvan rosas.

—¡Oh, adoro la palabra, el lenguaje, tanto hablado como escrito! ¡Hace que me sienta tan libre! —le estaba diciendo Una en pleno éxtasis a Elaine mientras Penny Husbands-Bosworth y Mavis Enderbury hacían aspavientos alrededor del Pretencioso Jerome como si de T. S. Eliot se tratara.

—Pero si no había acabado —se quejó Jerome—. Quería leer «Ensueños anales» y «Los hombres con el culo hueco».

Justo entonces se oyó un bramido:

—«Si puedes mantener la cabeza cuando todos a tu alrededor/la están perdiendo y culpándote de ello.»

Eran papá y el almirante Darcy. Ambos como una cuba. Oh Dios. Últimamente, cada vez que veo a papá parece estar completamente borracho, como si se hubiese producido un extraño cambio de papeles padre-hija.

—«Si puedes confiar en ti mismo cuando todos los hombres dudan de ti» —gritó el almirante Darcy subiéndose de un salto a una silla, para gran conmoción de las damas reunidas.

—«Y permitir además que así lo hagan» —añadió papá casi llorando, apoyándose en el almirante.

El borracho dúo procedió a recitar todo el «If» de Rudyard Kipling como si fueran sir Laurence Olivier y John Gielgud, ante la furia de mamá y del Pretencioso Jerome, que empezaron a lanzar siseos simultáneamente como acometidos por algún extraño ataque.

—Es típico, típico, típico —siseó mamá mientras el almirante Darcy, de rodillas y golpeándose el pecho, declamaba:

—«O cuando te mientan, no dar pábulo a las mentiras.»

—Es retrógrado, ramplones versos colonialistas —siseó Jerome.

—«Si puedes forzar tu corazón, y tu valor y vigor.»

—Quiero decir que, joder, además rima —volvió a sisear Jerome.

—Jerome, no permitiré esa palabrota en mi casa —volvió a sisear mamá por su parte.

—«Para cuando llegue tu hora mucho después de que ellos se hayan ido» —dijo papá, y se echó en la alfombra fingiendo estar muerto.

—Bueno, entonces, ¿por qué me has invitado? —dijo Jerome con un siseo que ya era casi un silbido.

—«Y ya no te queda si no la voluntad de resistir» —rugió el almirante.

—«Excepto tu valor» —gruñó papá desde la alfombra–. «Que te dice» –se puso de rodillas y levantó los brazos–: «¡Resiste!».

Hubo vítores y muchos aplausos por parte de las damas mientras Jerome salía enfadado dando un portazo y Tom se apresuraba a correr tras él. Volví a mirar desesperadamente a la habitación para encontrarme cara a cara con Mark Darcy.

–¡Bueno! ¡Eso ha sido interesante! –dijo Elaine Darcy acercándose a mi lado mientras yo inclinaba la cabeza, intentando recuperar la compostura–. La poesía uniendo a viejos y jóvenes.

–Borrachos y sobrios –añadí.

Entonces el almirante Darcy se tambaleó hacia delante, aferrado a su poema.

–¡Mi amor, mi amor, cariño mío! –dijo abalanzándose sobre Elaine–. Oh, aquí está como-se-llame –añadió mirándome–. ¡Encantador! ¡Ha llegado Mark, ése es mi chico! Viene a recogernos, sobrio como un juez. Solo. ¡Yo no sé! –dijo.

Los dos se dieron la vuelta para mirar a Mark, que estaba sentado a la mesa auxiliar con forma de antigua moneda de tres peniques de Una, escribiendo algo bajo la atenta mirada de un delfín de cristal azul.

–¡Escribiendo mi testamento en una fiesta! Yo no sé. ¡Trabajo, trabajo, trabajo! –gruñó el almirante–. Se ha traído a esa tía buena, ¿cómo se llamaba, amor mío?, ¿Rachel?, ¿Betty?

–Rebecca –dijo Elaine ásperamente.

–Pero ahora resulta que ya no se la ve por ninguna parte. ¡Pregúntale qué ha ocurrido con ella, y él está musitando! ¡No soporto a la gente que musita! Nunca he podido.

–Bueno, no creo que ella fuese realmente... –murmuró Elaine.

–¡Por qué no! ¡Por qué no! ¡Perfectamente adecuada! ¡Yo no sé! ¡Preocupándose por esto, aquello y lo de más allá! ¡Espero que vosotras las damas jóvenes no estéis siempre de flor en flor como parecen estar haciendo estos jóvenes!

–No –dije con tristeza–. De hecho, si queremos a alguien, es bastante duro sacárnoslo de la cabeza cuando se larga.

Se produjo un estruendo detrás de nosotros. Me di la vuelta para ver que Mark Darcy había tirado el delfín de cristal azul que, a su vez, había hecho caer un jarrón con crisantemos y un marco para fotografías, creando una *mêlé* de cristales rotos, flores y trozos de papel, mientras que el espantoso delfín en cuestión había quedado milagrosamente intacto.

En medio de una gran conmoción, mamá, Elaine y el almirante Darcy fueron corriendo hasta allí, el almirante dando vueltas a grandes zancadas y gritando, papá intentando hacer rebotar el delfín contra el suelo mientras decía: «Deshazte de esa maldita cosa» y Mark cogiendo sus papeles y ofreciéndose a pagar por todo aquello.

–¿Estás listo para que nos marchemos, papá? –murmuró Mark, que parecía profundamente molesto.

–No, no, cuando tú quieras, yo he estado en muy buena compañía con Brenda. Tráeme otro oporto, ¿quieres, hijo?

Hubo una extraña pausa durante la cual Mark y yo nos miramos.

–Hola, Bridget –dijo Mark de pronto–. Venga, papá, de veras creo que deberíamos irnos.

–Sí, ven, Malcolm –dijo Elaine cogiéndole cariñosamente del brazo–. O acabarás meando en la alfombra.

–Oh, meando, meando, yo no sé.

Se despidieron los tres, Mark y Elaine ayudando a salir al almirante por la puerta. Les observé, sintiéndome vacía y abatida, y entonces, de repente, Mark volvió a aparecer y se dirigió hacia mí.

–Ah, olvidaba la pluma –dijo, cogiendo su Mont Blanc de la mesa auxiliar–. ¿Cuándo te vas a Tailandia?

–Mañana por la mañana. –Por una décima de segundo habría jurado que él parecía contrariado–. ¿Cómo sabías que me iba a Tailandia?

–En Grafton Underwood no se habla de otra cosa. ¿Has hecho ya las maletas?

–¿Tú qué crees?

–Ni unas bragas –dijo con ironía.

–Mark –aulló su padre–. Venga, chico, pensaba que eras tú quien quería marcharse.

–Ya voy –dijo Mark, mirando por encima del hombro–. Esto es para ti. –Me entregó un trozo de papel hecho una bolita, me lanzó una... ejem.... penetrante mirada y se fue.

Esperé a que nadie mirase y entonces abrí el papel con manos temblorosas. Sólo era una copia del poema de papá y el almirante Darcy. ¿Por qué me había dado eso?

Sábado 2 de agosto

58 kg (jo, fracaso total de la dieta prevacaciones), 5 unidades de alcohol, 42 cigarrillos, 4.457 calorías (desesperación total), cosas metidas en la maleta: 0, 6 ideas acerca de dónde puede estar el pasaporte, ideas acerca del paradero del pasaporte que han demostrado tener algún tipo de solidez: 0.

5 a.m. ¿Por qué, oh, por qué me voy de vacaciones? Me pasaré todo el tiempo deseando que Sharon fuese Mark Darcy, y ella que yo fuese Simon. Son las 5 de la mañana. Todo mi dormitorio está cubierto de ropa recién lavada, bolis Bic y bolsas de plástico. No sé cuántos sujetadores llevarme, no soy capaz de encontrar mi vestidito negro de Jigsaw, sin el cual no me puedo ir, ni la otra chancleta de color rosa mermelada, todavía no tengo ni un solo cheque de viaje y no creo que mi tarjeta de crédito funcione. Sólo me queda una hora y media antes de tener que salir de casa y no me cabrá todo en la maleta. Quizá me pase unos minutos fumando un cigarrillo y mirando el folleto para calmarme.

Mmm. Será maravilloso tumbarse a tomar el sol y ponerse morenísima en la playa. El sol brillando, y nadar, y... Ohhh. La luz del contestador está parpadeando. ¿Cómo no me había dado cuenta?

5.10 a.m. Pulsé ESCUCHAR MENSAJES.

–Oh, Bridget, soy Mark. Simplemente me preguntaba... ¿Te das cuenta de que en Tailandia ahora es la estación de las lluvias? Quizá debieras llevarte un paraguas.

11
Tailandés para llevar

Domingo 3 de agosto

Sin peso (en el aire), 8 unidades de alcohol (pero durante el vuelo, así que compensadas por la altitud), 0 cigarrillos (desesperada: en asiento de no fumadores), 1 millón de calorías (compuestas completamente por cosas que nunca me habría imaginado que me iba a meter en la boca de no haber estado en la bandeja de la comida servida durante el vuelo), pedos del compañero de viaje: 38 (hasta ahora), variaciones del aroma de los pedos: 0.

4 p.m. Hora inglesa. En el avión, en el cielo. Tengo que hacer ver que estoy muy ocupada, me he puesto el *walkman* y escribo porque el pesadísimo hombre con traje sintético marrón claro que está sentado a mi lado no deja de intentar hablar conmigo entre un silencioso pero mortífero pedo y otro. He intentado hacer ver que me había quedado dormida mientras me tapaba la nariz pero, a los pocos minutos, el pesado me dio un golpecito en el hombro y me dijo:

—¿Tienes algún *hobby*?

—Sí, descabezar un sueñecito —contesté, pero ni siquiera eso le hizo desistir en su intento, y en cuestión de segundos me he visto sumergida en el tenebroso mundo del antiguo sistema monetario etrusco.

Sharon y yo no nos sentamos juntas porque llegamos tan tarde que ya sólo quedaban asientos separados y Shazzer se puso de muy mal humor conmigo. Sin embargo, ella parece haberlo superado inexplicablemente, pues está claro que no tiene nada que ver con el hecho de que esté sentada al lado de un desconocido, tipo Harrison Ford con tejanos y una arrugada camisa caqui, riéndose como una descosida (extraña expresión, ¿verdad?) con cada cosa que dice él. Y eso a pesar del hecho que Shaz odia a todos los hombres por haber perdido los papeles y pasarse al pashminaísmo y a la violencia gratuita. Yo, mientras tanto, tengo que aguantar al Señor-Máquina-de-Pedos-con-Traje-de-Tejido-Sintético, y no puedo fumarme un cigarrillo en doce horas. Gracias a Dios que tengo Nicorette.

Un principio no demasiado bueno, pero sigo estando muy emocionada en lo que se refiere al viaje a Tailandia. Sharon y yo vamos a ser más *viajeras* que turistas, o sea, no nos vamos a quedar en uno de esos enclaves herméticamente cerrados para turistas, sino que experimentaremos la religión y la cultura de verdad.

Propósitos del viaje:

1. Ser una viajera estilo hippy.
2. Perder peso mediante una disentería suave, a ser posible que no llegue a constituir una amenaza para mi vida.
3. Conseguir un sutil bronceado tipo galleta; nada de naranja reluciente como Sheryl Gascoigne, ni que provoque melanoma o arrugas.
4. Pasarlo bien.
5. Encontrarme a mí misma; y también las gafas de sol. (Con un poco de suerte estarán en la maleta.)
6. Nadar y tomar el sol (seguro que sólo llueve durante breves tormentas tropicales).
7. Ver templos (aunque no demasiados, espero).
8. Tener una epifanía espiritual.

Lunes 4 de agosto

53,2 kg (ya no es posible pesarse, así que puedo decidir el peso de acuerdo con el estado de ánimo en que me encuentre: excelente ventaja de viajar), 0 calorías, 12 minutos fuera del lavabo (eso parece).

2 a.m. Hora local. Bangkok. Shazzer y yo estamos intentando dormir en el peor sitio en que he estado en mi vida. Creo que me voy a asfixiar y a dejar de respirar. Cuando sobrevolamos Bangkok había un nubarrón gris y estaba lloviendo a cántaros. La Casa de Huéspedes Sin Sane (Sin Sae) no tiene lavabos, sólo horribles agujeros apestosos en el suelo de unos cubículos. La ventana abierta y el ventilador no cambian nada porque el aire es lo más parecido que se pueda imaginar a agua caliente sin serlo realmente. Hay una disco debajo (del hotel, no del lavabo) y entre pausas se oye a toda la gente de la calle quejándose y también sin poder dormir. Me siento como una cosa grande y blanca temblequeante. Primero el pelo se me ha convertido en guedejas y después se me ha pegado a la cara. Lo peor de todo es que Sharon no deja de parlotear acerca del desconocido a lo Harrison Ford del avión.

– ...Ha viajado tanto... ¡Estaba en la Sudan Airways cuando el piloto y el copiloto decidieron estrechar la mano de todos los pasajeros y la puerta de la cabina se cerró tras ellos! Tuvieron que echarla abajo con un hacha. De lo más gracioso. Se hospeda en el Oriental... me dijo que nos pasásemos.

–Pensaba que no queríamos tener nada que ver con hombres –dije malhumorada.

–No, no, a mí sólo me parecía que, estando en un sitio desconocido, sería útil hablar con alguien que realmente ha viajado tanto.

6 a.m. Al final cogí el sueño a las 4.30, para ser despertada a las 5.45 por Sharon dando saltos en la cama y diciendo que deberíamos ir a un templo a ver la salida del sol (¿a través de cien metros de nubes?). No puedo seguir. ¡Aaah! Algo verdaderamente horrible parece estar sucediendo en mi estómago. No dejo de tener pequeños eructos con olor a huevo.

11 a.m. Sharon y yo llevamos cinco horas despiertas, cuatro y media de las cuales las hemos pasado haciendo turnos para ir al «lavabo». Sharon dice que el sufrimiento y la vida sencilla forman parte de la epifanía espiritual. El confort físico no sólo es innecesario sino también un impedimento para la espiritualidad. Vamos a meditar.

Mediodía. ¡Hurra! ¡Nos hemos registrado en el Hotel Oriental! Me doy cuenta de que una noche aquí nos costará más que una semana en Corfú, pero es una emergencia y, ¿para qué están las tarjetas de crédito? (la de Shazzer todavía funciona y me ha dicho que se lo puedo pagar cuando volvamos. Me pregunto: ¿estará bien tener una epifanía espiritual con la tarjeta de crédito de otra persona?).

Ambas hemos estado de acuerdo en que el hotel era maravilloso y nos hemos cambiado al instante, poniéndonos los albornoces azul pastel y hemos jugueteado en un baño de burbujas, etc. Shazzer también dice que no es necesario vivir sin comodidades todo el tiempo para ser un buen viajero, porque el contraste entre los mundos y los estilos de vida es lo que hace que uno tenga una epifanía espiritual. Yo no podría estar más de acuerdo. Aprecio muchísimo, por ejemplo, a la vista del actual estado de mi estómago, la presencia simultánea de lavabo y bidet.

8 p.m. Shazzer estaba durmiendo (o muerta a causa de la disentería), así que decidí salir a dar un paseo por la terraza del hotel. Era preciosa. Permanecí de pie en la negra oscuridad, con una suave brisa cálida levantándome las guedejas aplastadas de la cara, observando el río Chao Phraya... y todas las luces y a lo lejos los botes de estilo oriental. Volar es algo maravilloso –hace sólo 24 horas estaba sentada en la cama de mi casa rodeada de ropa recién lavada–, ahora todo es increíblemente exótico y romántico. Estaba a punto de encender un cigarrillo cuando de repente apareció debajo de mi nariz un elegante encendedor de oro. Miré el rostro a la luz del encendedor y emití un extraño sonido. ¡Era el Harrison Ford de las líneas aéreas! El camarero nos trajo unos *gin-tonics* que parecían bastante cargaditos. Harrison Ford, o «Jed», explicó que era muy importante tomar quinina en las zonas tropicales. Comprendí bastante bien por qué Shaz no dejaba de hablar de él. Me preguntó cuáles eran nuestros planes. Le expliqué que habíamos decidido ir a la isla hippy de Koh Samui para quedarnos en una choza y tener una epifanía espiritual. Me dijo que a lo mejor él también vendría. Le dije que eso a Sharon le gustaría (porque obviamente él era suyo, aunque eso no se lo dije a Harrison Ford), y que quizá debería ir a despertarla. Para entonces yo ya me sentía bastante mareada con toda la quinina y me entró el pánico cuando él me pasó suavemente un dedo por la mejilla y se inclinó hacia mí.

–Bridget –siseó una voz–, y tú dices llamarte una jodida amiga...

Oh no, oh no. Era Shazzer.

Jueves 7 de agosto

53 kg, ¿o quizá 51,5?, 10 cigarrillos, 0 apariciones del sol.

Isla Koh Samui, Tailandia. (Mmm: no rima, pero tiene ritmo, como un *rap* o algo así.)

Hemos llegado a una playa hippy muy idílica, aparte de la lluvia torrencial: encantadora media luna de arena y pequeñas chozas sobre pilares y restaurantes flanqueándola. Las chozas están hechas de bambú, con balcones que dan al mar. Las cosas están bastante gélidas entre Shaz y yo, y ella ha desarrollado una aversión irracional a los «Chicos-Que-Tienen-Chozas-Cerca-De-Mí», con el resultado de que, aun cuando todavía no llevamos ni dieciocho horas aquí, hemos tenido que cambiar de choza tres veces, bajo la lluvia. La primera vez era bastante comprensible porque a los tres minutos los chicos vinieron e intentaron vendernos algo que era o heroína, u opio, o dulce de azúcar. Entonces nos trasladamos a una nueva choza-hotel en la que los chicos de la choza de al lado parecían muy elegantes, con aspecto de bioquímicos o algo así. Sin embargo, por desgracia, los bioquímicos vinieron y nos dijeron que alguien se había ahorcado en nuestra choza tres días antes, con lo cual Shazzer insistió en que nos fuésemos. Para entonces ya estaba todo negro como boca de lobo. Los bioquímicos se habían ofrecido a ayudarnos con el equipaje, pero Shaz no aceptó y tuvimos que pasarnos una eternidad andando penosamente por la playa cargadas con las mochilas. Resultó que al final, tras haber recorrido cerca de 30.000 kilómetros para poder despertarnos junto al mar, acabamos en una choza que daba a la parte trasera de un restaurante y a una zanja. Así que ahora tenemos que recorrer la playa de arriba abajo en busca de otra choza que dé al mar pero no tenga ese tipo de chicos al lado, o el karma de un recién ahorcado. Maldita Shazzer.

11.30 p.m. ¡Joer, de futa madre en el restauerante de hachís!, Shaz es jodidamente fantástica. Mi mezjuor aumiga.

Viernes 8 de agosto

50,7 kilos (maravilloso efecto secundario de la explosión del estómago), 0 unidades de alcohol, 0 cigarrillos (muy bien), 12 setas alucinógenas (mmmmm uauuu fiuuu).

11.30 a.m. Cuando me he despertado, lo admito, bastante tarde, estaba sola. No he encontrado a Shaz por ninguna parte de la choza, así que he salido al balcón y he echado un vistazo. Preocupante: las espantosas chicas suecas de al lado parecen haber sido reemplazadas por un Chico-Que-Tiene-Choza-Cerca-De Mí pero está claro que eso no es culpa mía porque siempre hay viajeros yendo y viniendo. Me puse las gafas de sol de farmacia porque todavía no tenía las lentes definitivas y, al fijarme más, el Chico-Nuevo-Que-Tiene-Choza-Cerca-De-Mí ha resultado ser el de las líneas aéreas que-se-parece-al-Harrison-Ford-besucón-del-Hotel-Oriental. Mientras yo le miraba él se ha dado la vuelta y ha sonreído a algo que salía de su choza. Era Shazzer, revelando que toda la filosofía de «ten cuidado cuando viajas, evita a los Chicos-Que-Tienen-Choza-Cerca-De-Ti» contiene una gigantesca excepción tipo «a no ser que sean realmente atractivos».

1 p.m. ¡Jed nos llevará a un café a tomar una tortilla de setas alucinógenas! Al principio dudamos porque estamos estrictamente en contra de las sustancias ilegales, pero Jed nos explicó que los champiñones mágicos no son droga sino algo natural y nos proporcionarán una puerta de entrada para nuestra epifanía espiritual. Muy emocionada.

2 p.m. Soy hermosa en una forma impresionante y exótica, hermosa y parte de todos los colores y de la vida con sus leyes. Cuando me echo en la arena y miro al cielo a través de mi sombrero del ejército brillan alfileres de luz, y es la cosa más hermosa, hermosa, preciosa en imágenes. Shazzer es hermosa. Llevaré mi sombrero hasta el mar para que la belleza del mar se combine con los preciosos alfileres de luz como joyas.

5 p.m. Sola en el restaurante de marihuana. Shazzer no me habla. Al principio, después de la tortilla de setas alucinógenas, no pasó nada, pero de repente, de regreso a nuestra choza, todo empezó a parecer muy divertido y por desgracia empecé a reír sin parar. Sin embargo Shaz no pareció unirse a la broma. Al llegar a nuestra última choza decidí poner mi hamaca fuera, usando una cuerdecita que se rompió, y acabé en la arena. En aquel momento aquello me pareció tan divertido que quise volver a hacerlo inmediatamente y, según pretende Shaz, repetí durante cuarenta y cinco minutos la divertida caída de la hamaca, encontrando que la diversión no disminuía con la repetición. Jed había estado en la choza con Shaz pero se había ido a dar un baño, así que decidí entrar a buscarla. Estaba echada en la cama gimiendo: «Soy fea, fea, fea, fea». Alarmada por la aversión a sí misma, en claro contraste con mi estado, corrí hacia ella para animarla. Sin embargo, en el camino, me vi en el espejo y nunca había visto una criatura más hermosa o cautivadora en toda mi vida.

Shaz alega que durante los siguientes cuarenta minutos no dejé de intentar levantarle el ánimo pero me vi repetidamente distraída por mi imagen en el espejo, haciendo poses y suplicándole a Shaz que me admirase. Shaz, mientras tanto, estaba sufriendo un trauma absoluto, creyendo que toda su cara y su cuerpo estaban gravemente deformados. Salí a buscarle un poco de comida y regresé riendo con un plátano y un *Bloody Mary*, diciéndole que la camarera del restaurante llevaba una pantalla de lámpara en la cabeza, y entonces regresé atontada a mi puesto ante el espejo. Y después de eso, Shaz pretende que me quedé estirada en la playa durante dos horas y media observando el sombrero del ejército y agitando los dedos grácilmente en el aire, mientras ella se planteaba el suicidio.

Todo lo que puedo recordar es estar en medio del momento más feliz de mi vida, segura de haber comprendido las profundas y permanentes leyes de la vida y de que todo lo necesario era entrar en un estado más profundo de Flujo Espiritual –como está claramente descrito en *Inteligencia emocional*–, y por consiguiente seguir las leyes según una pauta Zen, y entonces fue como si un interruptor se hubiese apagado. Regresé a la choza y, en lugar de la radiante encarnación femenina Buda/Yasmin Le Bon del espejo, sólo era yo, muy roja y con el rostro sudoroso, una parte del pelo aplastada contra la cabeza y la otra llena de remolinos y cuernos, y Shaz en la cama mirándome con la expresión de un asesino armado con un hacha. Muy triste y avergonzada por mi comportamiento, pero no era yo, eran las setas.

Quizá si regreso a la choza y hablo de epifanías espirituales ella no estará tan malhumorada.

Viernes 15 de agosto

51,3 kg (hoy en un estado de ánimo ligeramente más redondo), 5 unidades de alcohol, 25 cigarrillos, 0 epifanías espirituales, 1 desastre.

9 a.m. Hemos pasado unas vacaciones fantásticas, aunque no una epifanía espiritual. Me he sentido un poco excluida porque Shaz estaba a menudo con Jed, pero el sol hizo algunas apariciones y me he bañado y he tomado el sol cuando ellos estaban follando, y por la noche los tres cenábamos juntos. Shaz tiene el corazón partido porque anoche Jed se fue hacia alguna otra isla. Vamos a tomar un desayuno revitalizante (aunque sin setas alucinógenas), y entonces volveremos a estar las dos solas y lo pasaremos en grande. ¡Hurra!

11.30 a.m. Oh, Dios maldito, joder. Sharon y yo acabamos de volver a nuestra choza y nos hemos encontrado con que nuestro candado estaba abierto y nuestras mochilas habían desaparecido. Estoy segura de que lo dejé cerrado, pero deben de haberlo forzado. Afortunadamente teníamos los pasaportes y no todas nuestras cosas estaban en las bolsas, pero los billetes de avión y los cheques de viaje ya no están. La tarjeta de Shazzer ya no funciona después de Bangkok y todas las compras, etc. Sólo tenemos 38 dólares entre las dos y el vuelo a Londres desde Bangkok es el martes y estamos a cientos de kilómetros de distancia, en una isla. Sharon está llorando y yo sigo intentando animarla sin demasiados resultados.

Toda la situación recuerda a *Thelma y Louise*, cuando Thelma se acuesta con Brad Pitt, que le roba todo su dinero, y Geena Davis está diciendo que todo va bien y Susan Sarandon está llorando y diciendo «Nada va bien. Thelma, definitivamente, nada va bien».

Incluso viajar hasta Bangkok a tiempo para coger el avión nos costará 100 dólares por cabeza, y luego quién sabe si en el aeropuerto de Bangkok se van a creer lo de los billetes perdidos o si podremos... Oh Dios. Tengo que mantenerme animada y tranquila. Acabo de sugerirle a Shazzer que volvamos al restaurante de marihuana y nos tomemos un par de *Bloody Marys* y que lo consultemos con la almohada, y ella se ha vuelto loca.

El problema es que una parte de mí está frenéticamente furiosa y la otra cree que es genial tener una crisis y una aventura y que eso supone un cambio enorme en mi preocupación por la circunferencia de mis muslos. Creo que me voy a escapar a por los *Bloody Marys*. Quizás eso nos levante el ánimo. De todas formas no se puede hacer nada al respecto hasta el lunes porque todo está cerrado, salvo que nos vayamos a un bar y ganemos algo de dinero con bailes exóticos en los que hagamos salir de nosotras pelotas de ping pong, pero, de alguna manera, creo que no podríamos hacer nada frente a la competencia.

1 p.m. ¡Hurra! Shazza ei yo varmos a fivir en KohSamui como hippys, comiendo plátanos y vendiendo conchas en la plaayia. Ss'como una epifanía spiritual. Juodidiamente briliante. Nadie más que nuosotras en quien gonfiar. Spiritual.

5 p.m. Mmm. Shaz sigue durmiendo, algo de lo que me alegro porque parece estar tomándose las cosas más bien mal. Creo que ésta es una oportunidad para comprobar nuestra independencia. Ya sé. Voy a ir al gran hotel y a preguntar en recepción de qué servicios disponen para afrontar una crisis. Por ejemplo, podría llamar a la compañía de los cheques de viaje. Pero entonces nunca obtendré el reembolso a tiempo. No, no. Mantente positiva.

7 p.m. ¿Ves? Siempre y cuando te mantengas animada aparece algo que te saca del agujero. ¡Con quién debía toparme en el vestíbulo del hotel sino con Jed! Dijo que su viaje a las otras islas había sido cancelado por la lluvia; iba a regresar a Bangkok esa misma noche y venía a saludarnos antes de irse. (Creo que Shaz se sentirá un poco decepcionada de que él no fuera a buscarla directamente, pero aun así... Él quizá pensaba que ya nos habíamos ido o... Mira, no voy a empezar a obsesionarme por el comportamiento de Sharon.)

En cualquier caso, Jed estuvo muy amable, aunque dijo que nunca deberíamos haber dejado nada de valor en la choza, incluso si estaba cerrada con candado. Me dio un pequeño sermón (endiabladamente *sexy*, como una especie de figura padre/sacerdote) y luego dijo que sería difícil llegar a Bangkok a tiempo para el vuelo del martes, porque todos los vuelos desde aquí de hoy y mañana estaban llenos, pero que intentaría conseguirnos billetes para el tren de mañana por la noche, con lo que deberíamos poder hacer el enlace. También se ofreció a darnos algo de dinero para taxis y para pagar el hotel aquí. En su opinión, si lo primero que hacíamos el lunes era llamar a la agencia de viajes de Londres seguro que volverían a expedir los billetes para que nosotras los recogiésemos en el aeropuerto.

–Te devolveremos el dinero –dije agradecida.

–Oye, no te preocupes –dijo–. No es demasiado.

–No, te lo devolveremos –insistí.

–Bueno, cuando os lo podáis permitir –dijo riendo.

Es un dios de ensueño rico y generoso, aunque el dinero obviamente no es importante. Excepto cuando estás perdida en una crisis.

Lunes 18 de agosto

En el tren de Surat Thani Koh Samui a Bangkok. Está bastante bien esto del tren, observando los arrozales y la gente con sombreros triangulares en la cabeza al pasar. Cada vez que el tren se detiene hay gente que se acerca a las ventanillas y nos ofrece pollo saté, que es delicioso. No puedo dejar de pensar en Jed. Ha sido tan amable, y, cuando le hemos necesitado, allí ha estado, con una actitud que me ha recordado a Mark Darcy antes de que se largase con Rebecca. Incluso nos ha dado una de sus bolsas para que metiéramos nuestras cosas –las que quedaban después del robo– y todos los frasquitos de champú y jabón que había recogido en los hoteles donde había estado. Shaz está contenta porque se han intercambiado teléfonos y direcciones y van a quedar en cuanto ella vuelva. De hecho, para ser completamente sincera con respecto a eso, Shazzer está pagada de sí misma hasta el punto de hacerse insufrible. Sin embargo eso es bueno porque lo ha pasado fatal con lo de Simon. Yo siempre había sospechado que ella no odia a todos los hombres, sólo a los mierdas. Oh Dios. Espero que lleguemos al aeropuerto a tiempo.

Martes 19 de agosto

11 a.m. Aeropuerto de Bangkok. Una terrible pesadilla parece estar teniendo lugar. Me siento como si tuviese toda la sangre agolpada en la cabeza y casi no puedo ver. Shaz se adelantó para hacer que el avión nos esperase mientras yo me encargaba del equipaje. Tuve que pasar junto a un policía con un perro atado que se puso a tirar de la correa hacia mi bolsa y a ladrar. Todos los trabajadores de las líneas aéreas empezaron a farfullar y entonces una mujer del ejército me cogió y me llevó con la bolsa a una habitación separada. Vaciaron la bolsa y entonces cogieron un cuchillo y arrancaron el forro y en el interior de éste había una bolsita de polietileno llena de polvo blanco. Y entonces... Oh Dios. Oh Dios. Que alguien me ayude.

Miércoles 20 de agosto

38 kg, 0 unidades de alcohol, 0 calorías, probabilidades de volver a comer alguna vez comida tailandesa para llevar: 0.

11 a.m. Bajo custodia de la policía, Bangkok. Calma. Calma. Calma. Calma.

11.01 a.m. Calma.

11.02 a.m. Llevo grilletes en los pies. Llevo GRILLETES EN LOS PIES. Estoy en una apestosa celda del Tercer Mundo con ocho prostitutas tailandesas y un orinal en un rincón. Creo que del calor que hace me voy a desmayar. Esto no puede estar ocurriendo.

11.05 a.m. Oh Dios. Todo lo que ha ocurrido empieza a concordar. No puedo creer que alguien pueda ser tan cruel como para acostarse con alguien y luego robarle todas sus cosas y engañar a su amiga para que haga de correo. Es increíble. De todas formas, espero que el embajador británico venga pronto para explicarlo todo y pueda sacarme de aquí.

Mediodía. Me estoy angustiando un poco por el paradero del embajador británico.

1 p.m. Seguro que el embajador británico vendrá después de su hora de comer.

2 p.m. Quizá el embajador británico haya sido retenido, puede que por un caso más urgente de verdadero tráfico de drogas, lo contrario del de una víctima inocente.

3 p.m. Oh, maldita sea, Dios mío, joder. Espero que verdaderamente hayan *avisado* al embajador británico. Seguro que Shazzer habrá dado la alarma. Quizá también hayan encerrado a Shazzer. Pero, ¿dónde está?

3.30 p.m. Mira, tengo que, tengo que mantener la serenidad. Ahora sólo me tengo a mí misma. Jodido Jed. No debo agarrarme al resentimiento... Oh Dios, estoy tan hambrienta...

4 p.m. El guarda acaba de venir con un poco de arroz asqueroso y algunos efectos personales que me han permitido conservar: un par de bragas, una foto de Mark Darcy y otra de Jude enseñándole a Shazzer cómo tener un orgasmo y un trozo de papel arrugado del bolsillo de los tejanos. He intentado preguntarle al guarda por el embajador británico, pero él sólo ha asentido con la cabeza y ha dicho algo que no he podido comprender.

4.30 p.m. ¿Lo ves? Incluso cuando las cosas parecen ir mal siguen ocurriendo cosas instructivas. El papel arrugado era el poema de papá del club de lectores que me había dado Mark. Es literatura. Voy a leerlo y pensar en cosas mejores.

«If», de Rudyard Kipling

«Si puedes mantener la cabeza cuando todos a tu alrededor
La están perdiendo y...»

Oh, Dios mío. Oh, DIOS mío. ¿Siguen decapitando en Tailandia?

Jueves 21 de agosto

32 kg (muy bien, pero imaginario), 14 unidades de alcohol (pero también imaginario), 0 cigarrillos, 12 calorías (arroz), número de veces que habría preferido ir a Cleethorpes: 55.

5 a.m. Terrible noche acurrucada en un viejo saco relleno de calcetines e infestado de pulgas que pasa por ser un colchón. Es curioso lo rápido que te acostumbras a estar sucia e incómoda. El olor es lo peor. Conseguí dormir un par de horas, lo que estuvo genial, de no ser por el momento en que me desperté, y recordé lo que había ocurrido. No hay señales del embajador británico. Seguro que esto es sólo un error y que todo irá bien. Tengo que mantenerme animada.

10 a.m. Un guarda acaba de aparecer ahora mismo por la puerta con un tío con camisa rosa y aspecto de niño bien londinense.

–¿Eres el embajador británico? –grité echándome prácticamente encima de él.

–Ah. No. Ayudante del cónsul. Charlie Palmer-Thompson. Encantado de conocerte. –Me dio la mano de una forma que habría sido tranquilizadoramente británica de no ser porque después se la limpió involuntariamente en los pantalones.

Me preguntó qué había ocurrido y anotó los detalles en un bloc de notas Mulberry encuadernado en cuero, diciendo cosas como «Ya, ya. Oh Dios, qué espantoso», como si yo le estuviese contando una anécdota de un partido de polo. Empecé a asustarme porque a) él no parecía comprender la gravedad de la situación, b) no parecía –no es por ser esnob ni nada de eso– ser precisamente el inglés más listo que yo había conocido, y c) no parecía ni de lejos estar tan seguro como yo hubiera deseado de que todo aquello había sido un error y que se me liberaría en cualquier momento.

–Pero, ¿por qué? –dije después de haberle contado toda la historia una vez más. Le expliqué, cómo Jed debió de haber entrado en la choza y planearlo todo.

–Bueno, mira, el rollo es –Charlie se echó hacia delante como para decírmelo en confianza– que todo el mundo que entra aquí tiene algún tipo de historia, por lo general en una línea bastante parecida a la tuya. Así que, a no ser que ese maldito Jed lo confiese todo, nos encontramos en una situación un poco difícil.

–¿Me van a condenar a pena de muerte?

–Por Dios, no. Ni hablar. Ni lo pienses. A lo peor que te enfrentas es a diez años.

–¿DIEZ AÑOS? ¡Pero si no he hecho nada!

–Ya, ya, es una putada, lo sé –dijo asintiendo con la mayor seriedad.

—Pero, ¡yo no sabía que eso estaba ahí!

–Seguro, seguro –dijo como si se hubiese visto involucrado en una situación un poco extraña en una fiesta de copas.

–¿Harás todo lo que te sea posible?

–Seguro –dijo, y se levantó–. Sí.

Me dijo que me traería una lista de abogados para que escogiese uno y que podía hacer dos llamadas por mí, sólo para dar los detalles de lo que había ocurrido. Me encontré, en un dilema. A efectos prácticos, la mejor persona era Mark Darcy, pero no me gustaba nada la idea de admitir que me había vuelto a meter en un lío, sobre todo cuando había sido él quien solucionó lo de mamá y Julio el año pasado. Al final opté por Shazzer y Jude.

Ahora siento que mi destino está en manos de un niño bien londinense, un típico Sloane, recién salido de Oxbridge. Dios, esto de aquí es tan horrible... Tanto calor y mal olor y tan extraño. Me siento como si nada fuese real.

4 p.m. Muy negro. Toda la vida he tenido la sensación de que estaba a punto de ocurrir algo terrible, y así ha sido.

5 p.m. No debo deprimirme. Tengo que mantener mi mente apartada de todo esto. Quizá lea el poema y trate de hacer caso omiso de las dos primeras líneas:

«If», de Rudyard Kipling

Si puedes mantener la cabeza cuando todos a tu alrededor
la están perdiendo y culpándote de ello,
si puedes confiar en ti mismo cuando todos los hombres dudan de ti
y permitir además que así lo hagan,
si puedes esperar y no cansarte de estar esperando
o cuando te mientan, no dar pábulo a las mentiras,
o cuando te odien, no dejar lugar al odio
y aun así no parecer demasiado bueno, no hablar demasiado sabiamente;

si puedes soñar y no hacer de los sueños tus amos,
si puedes pensar y no hacer de tus pensamientos tu propósito,
si puedes conocer el triunfo y el desastre
y tratar por igual a esos dos impostores
si puedes soportar la verdad que tú mismo has pronunciado
deformada por bribones para tender una trampa a los tontos,
o ver las cosas por las que has dado tu vida, rotas
y torcidas y construidas con herramientas gastadas;

si puedes hacer una pila con todas tus victorias
y arriesgarla en una sola jugada a cara o cruz
y perder, y volver a empezar desde el principio,
si puedes forzar tu corazón, y tu valor y vigor
para cuando llegue tu turno mucho después de que
ellos se hayan ido
y así resistir, cuando no haya ya nada en ti
excepto la voluntad que les dice: «¡Resiste!»;

si puedes hablar con cuervos y conservar tu virtud
o caminar con reyes, pero no perder el sentido común,
si ni los enemigos ni los amigos más queridos pueden herirte,
si todos los hombres te importan, pero ninguno demasiado,
si puedes llenar el implacable minuto
con sesenta segundos de valiosa y distanciadora
carrera,
tuya es la Tierra y todo lo que hay en ella
y lo que es más, ¡serás un Hombre, hijo mío!

El poema es bueno. Muy bueno, casi como un libro de autoayuda. Quizá por eso Mark Darcy me lo
dió. ¡Quizá sintió que yo me podía poner en peligro!
O quizá sólo estaba intentando decirme algo acerca
de mi actitud. Menuda impertinencia. De todas formas no estoy segura de si vale la pena la carrera de
sesenta segundos, o de si realmente quiero ser un
hombre. También es un poco duro tratar este desastre como a los triunfos porque no tengo ningún triunfo en el que pueda pensar, pero aun así... Voy a forzar el corazón y el valor y el vigor para cuando me
llegue el turno, etc., como en la Primera Guerra
Mundial o un soldado en la jungla o en fuera lo que
fuese Rudyard Kipling y voy a resistir. Como mínimo
no me están disparando ni tengo que salir de la trin-
chera. Y tampoco me estoy gastando un duro en la

cárcel, así que eso está ayudando a mi crisis financiera. Sí, tengo que mirar el aspecto positivo.

Cosas buenas de estar en la cárcel:

1. No me estoy gastando ni un duro.
2. Los muslos se me han rebajado mucho y probablemente he perdido tres kilos sin ni siquiera intentarlo.
3. Al pelo le irá bien estar una temporada sin lavarlo, algo que nunca antes he sido capaz de hacer porque estaba demasiado despeinado para poder salir a la calle.

Así que cuando me vaya a casa estaré más delgada, con el pelo brillante y menos arruinada. Pero, ¿cuándo me iré a casa? ¿Cuándo? Seré vieja. Estaré muerta. Si permanezco diez años aquí nunca podré tener hijos. A no ser que me tome una droga de la fertilidad cuando salga y tenga ocho. Seré una vieja sola y arruinada zarandeando el puño ante los golfillos de la calle que ponen cacas en los buzones. Aunque... ¿podría tener un hijo estando en prisión? Podría hacer que de alguna forma el ayudante del cónsul británico me dejase preñada. Pero, ¿dónde conseguirá ácido fólico en la cárcel? El niño crecerá mal desarrollado. Tengo que detener esto. Para. Para. Estoy haciendo una catástrofe de esto.
Aunque esto es una catástrofe.
Voy a leer el poema otra vez.

Viernes 22 de agosto

22 calorías, implacables minutos pensando en la distancia que debo recorrer: 0.

8 p.m. Correccional de Mujeres, Bangkok. Esta mañana vinieron y pasé de estar bajo custodia policial a estar en la cárcel propiamente dicha. Desesperada. Me siento como si eso significase que no van a perder más tiempo y han aceptado que estoy acabada. La celda es una habitación grande y sucia como mínimo con sesenta mujeres apretujadas en el interior. Es como si, a medida que me voy quedando más y más sucia y exhausta, todo poder e individualidad me estuviesen siendo arrebatados inexorablemente. Hoy he llorado por primera vez en cuatro días. Siento que estoy deslizándome a través de la red. Siento que ahora voy a caer en el olvido y acabaré pudriéndome aquí, una vida desperdiciada. Voy a intentar dormir. Estaría tan bien dormir...

11 p.m. Aargg. Acababa de ponerme a dormir cuando algo chupándome el cuello me despertó. Era la Pandilla de Lesbianas, que se habían apoderado de mí. Todas empezaron a darme besos y a sobarme todas las partes de mi cuerpo. Yo no podía sobornarlas para que se detuviesen porque ya había regalado mi Wonderbra y en ningún caso estaba dispuesta a pasearme por ahí sin bragas. No podía gritar para avisar al guarda porque eso es lo peor que una puede hacer aquí. Así que tuve que canjear mis tejanos por un sarong viejo y sucio. A pesar de que, obviamente, me sentí violada, una parte de mí no pudo evitar sentir que estuvo muy bien que alguien me tocase. ¡Aaah! ¿Quizá sea lesbiana? No. No lo creo.

Domingo 24 de agosto

Minutos que he llorado: 0 (¡hurra!).

Mucho más alegre porque he podido dormir. Creo que voy a encontrar a Phrao. Phrao es mi amiga porque fue trasladada al mismo tiempo que yo y le dejé mi Wonderbra. A pesar de no tener pechos que cubrir, pareció gustarle: siempre está andando por ahí con el Wonderbra puesto y diciendo «Madonna». No puedo evitar pensar que es amor interesado o amor de cajón de ropa interior, pero los pobres no escogen y está bien tener una amiga. Y tampoco quiero que sea como cuando los rehenes de Beirut salieron y era obvio que a nadie le gustaba realmente Terry Waite.

¿Ves? Puedes acostumbrarte a todo si lo intentas. No voy a caer en una depresión. Seguro que en casa están haciendo algo. Shazzer y Jude estarán organizando campañas en los periódicos como la de John McCarthy y manifestándose delante de la Cámara de los Comunes con banderas con mi rostro y antorchas.

Tiene que haber algo que yo pueda hacer. A mi modo de ver, salir depende de capturar a Jed y obtener una confesión, con lo cual deberían de poner un poco más de esfuerzo en capturar y obtener.

2 p.m. ¡Hurra! De repente soy la mujer más popular de la celda. Le estaba enseñando las letras de las canciones de Madonna a Phrao, porque ella está obsesionada con Madonna, cuando un pequeño grupo empezó a formarse a nuestro alrededor. Parecieron considerarme una diosa porque me sabía toda la letra de «Immaculate Collection». Acabé, forzada por la demanda popular, cantando «Like a Virgin» subida a una pila de colchones, llevando el

Wonderbra y el sarong y utilizando un tampax como micrófono, momento en el que el guarda empezó a gritar con una voz muy aguda. Levanté la mirada y vi que el representante del cónsul británico acababa de entrar.

–Ah, Charlie –dije con una sonrisa bajándome de los colchones y acercándome a él a toda prisa, al mismo tiempo que intentaba subirme el sarong hasta por encima del sujetador y recobrar mi dignidad–. ¡Estoy tan contenta de que hayas venido! ¡Tenemos muchas cosas de que hablar!

Charlie parecía no saber hacia dónde mirar, pero al parecer no podía evitar mirar continuamente en dirección al Wonderbra. Me trajo una bolsa de la embajada británica que contenía agua, galletas, bocadillos, repelente para insectos, algunos bolígrafos y papel de escribir y, lo mejor de todo, jabón.

Me quedé absolutamente anonadada. Era el mejor regalo que me habían hecho en toda mi vida.

–Gracias, gracias, no sé cómo agradecértelo lo suficiente –dije emocionada, a punto de rodearle con mis brazos y follármelo contra los barrotes.

–No hay de qué, de hecho, es la distribución estándar. Te habría traído una antes, pero toda la maldita gente del despacho no dejaba de coger los bocadillos.

–Ya veo –dije–. Bueno, Charlie. Jed.

Mirada vaga y vacía.

–¿Te acuerdas de Jed? –dije en un tono de Escucha-A-Mamá–. ¿El tío que me dio la bolsa? Es muy importante que lo cojamos. Me gustaría darte muchos más detalles sobre él y que entonces me envíes a alguien de la brigada antidroga que pueda dirigir la búsqueda.

–Vale –dijo Charlie, serio pero al mismo tiempo poco convencido–. Vale.

–Venga, vamos –dije transformándome en una persona tipo Peggy Ashcroft de los últimos días del imperio británico en la India que estuviera a punto de golpearle en la cabeza con una sombrilla–. Si las autoridades de Tailandia están tan interesadas en dar ejemplo en lo de las drogas como para encarcelar a occidentales inocentes sin juzgarlos, como mínimo tienen que mostrar algún interés en atrapar a los traficantes.

Charlie se me quedó mirando tontamente.

–Ya, vale, vale –dijo frunciendo el ceño y asintiendo enérgicamente, sin que la más mínima chispa de comprensión le iluminase la mirada.

Charlie, después de que se lo hube explicado algunas veces más, de repente vio la luz.

–Ya, ya. Veo lo que quieres decir. Ya. Ellos tienen que ir tras el tío que te ha metido aquí porque si no parece que no estén haciendo ningún esfuerzo.

–¡Exacto! –dije sonriente, encantada con mi obra.

–Vale, vale –dijo Charlie mientras se ponía en pie, todavía con su seria expresión en el rostro–. Voy a hacer que se pongan a trabajar en esto ahora mismo.

Mientras le observaba marcharse me asombraba de que tal criatura pudiese haber ascendido por el escalafón del servicio diplomático británico. De repente tuve una idea luminosa.

–¿Charlie? –dije.

–Sí –dijo él bajando la mirada para comprobar que no tenía la bragueta abierta.

–¿Qué hace tu padre?

–¿Papá? –El rostro de Charlie se iluminó–. Oh, trabaja en el Ministerio de Asuntos Exteriores. Es un maldito carroza.

–¿Es un político?

–No, de hecho es funcionario. Era la mano derecha de Douglas Hurd.

Comprobé rápidamente que los guardas no estaban mirando y me eché un poco hacia delante.

–¿Qué tal te va tu carrera aquí?

—Para serte completamente sincero, está un poco jodidamente estancada –dijo alegremente–. Maldito agujero negro de Calcuta a no ser, claro está, que vayas abajo, a las islas. Oh, perdona.

—¿No te iría realmente bien obtener un éxito diplomático? –empecé a tentarle–. ¿Por qué no le haces una llamadita a tu padre...?

Lunes 25 de agosto

45 kg (delgadez en busca de atención) número de... oh, joder, el cerebro se ha disuelto. Seguro que va bien para adelgazar.

Mediodía. Un día malo y deprimente. Debía de estar loca para pensar que podía influir en algo. Estoy machacada por los mosquitos y las pulgas. Tengo náuseas y me siento débil, no paro de tener diarrea, algo delicado teniendo en cuenta la situación del orinal. Sin embargo, por un lado está bastante bien porque el delirio hace que todo sea irreal: mucho mejor que en la realidad. Ojalá pudiese dormir. Hace tanto calor... Quizá tenga malaria.

2 p.m. Maldito Jed. O sea, ¿cómo puede alguien ser tan...? Pero no debo guardar resentimientos o me hará daño. Desvincular. No le deseo enfermedades, no le deseo suerte. Me desvinculo.

2.01 p.m. Maldito jodido perro cerdo bastardo del infierno. Espero que su cabeza acabe clavada en una estaca.

6 p.m. ¡Resultados! ¡Resultados! Hace una hora vino el guarda y me sacó de la celda a empujones.

Ha sido fantástico salir de la celda y alejarme del mal olor. Me llevaron a una pequeña habitación de interrogatorios con una mesa de fórmica que simulaba madera, un armario gris metálico para documentos y un ejemplar de una revista porno gay japonesa, que el guarda se apresuró a sacar cuando un distinguido hombre tailandés bajo y de mediana edad entró y se presentó como Dudwani.

Resultó ser de la Brigada Antidroga y un hueso duro de roer. El bueno y viejo Charlie.

Empecé con los detalles de la historia, los vuelos en los que Jed había llegado y probablemente se había ido, la bolsa, la descripción de Jed.

—Así que, ¿seguro que pueden dar con él con esto? —concluí—. Sus huellas dactilares tienen que estar en la bolsa.

—Oh, sabemos dónde está —dijo como no tomando la cosa en serio—. Y él no tiene huellas dactilares.

Guau. Sin huellas dactilares. Como no tener pezones o algo así.

—¿Y por qué no lo han capturado?

—Está en Dubai —dijo de modo desapasionado.

De repente me sentí muy molesta.

—Oh, así que está en Dubai, ¿verdad? —dije—. Y lo saben todo sobre él. Y saben que lo hizo. Y saben que yo no lo hice y que él hizo que pareciese que fui yo quien lo hizo y yo no lo hice. Pero por la noche usted se va a casa con sus deliciosos palitos de saté y con su mujer y su familia y yo me quedo aquí por el resto de mi años fecundos por algo que no he hecho sólo porque no se puede molestar en coger a alguien que confiese por algo que yo no he hecho.

Me miró consternado.

—¿Por qué no hacen que confiese? —le dije.

—Está en Dubai.

—Bueno, pues entonces consigan que otra persona confiese.

—Señora Jones, en Tailandia, nosotros...

–Alguien debió de haberle visto entrar en la choza o debió de haber entrado porque él se lo dijo. Alguien debió de coser el forro con las drogas en el interior. Lo hicieron con una máquina de coser. Vaya a investigar, como se supone que debe hacer.

–Estamos haciendo todo lo que podemos –dijo fríamente–. Nuestro gobierno se toma muy en serio cualquier violación de los códigos sobre drogas.

–Y mi gobierno se toma muy en serio la protección de sus ciudadanos –dije pensando un momento en Tony Blair entrando a toda prisa y golpeando al agente tailandés en la cabeza con una cachiporra.

El hombre tailandés se aclaró la garganta para hablar.

–Nosotros...

–Y yo soy una periodista –le interrumpí–. De uno de los programas de actualidad más importantes de la televisión británica –dije intentando luchar contra la imagen de Richard Finch diciendo: «Estoy pensando en Harriet Harman, estoy pensando en ropa interior negra, estoy pensando...».

»Están planeando una fuerta campaña a mi favor.

Inciso mental para Richard Finch: «Oh, Bridget-a-quien-le-cuelga-el-bikini no ha regresado de sus vacaciones, ¿verdad? Besqueándose en la playa se olvidó de coger el avión».

»Tengo contactos en los cargos más importantes del gobierno y yo creo que, teniendo en cuenta el clima actual –me detuve para mirarle con intención, quiero decir, el clima actual siempre es algo, ¿verdad?–, en nuestros medios de comunicación estaría muy mal visto que yo fuese encarcelada en estas condiciones francamente espantosas por un crimen que no está claro y que incluso usted ha admitido que yo no he cometido, mientras las fuerzas policiales de aquí están fracasando a la hora de hacer cumplir sus propias leyes a su propia gente y de investigar este crimen como es debido.

Me rodeé con el sarong con una dignidad tremenda, me eché hacia atrás en la silla y le miré con frialdad. El oficial se revolvió en su asiento, miró sus papeles. Entonces, con el bolígrafo en equilibrio sobre la mano, levantó la mirada.

–Señora Jones, ¿podemos volver al momento en que se dieron cuenta de que habían forzado la entrada de su choza?

¡Ja!

Miércoles 27 de agosto

50,7 kg, 2 cigarrillos (pero a un precio horrible), fantasías relacionadas con Mark Darcy/Colin Firth/el Príncipe William irrumpiendo aquí y diciendo: «–¡En nombre de Dios y de Inglaterra, soltad a mi futura mujer!»: constantes.

Dos preocupantes días en los que no ha ocurrido nada. Ni una palabra, ni visitas, sólo peticiones constantes de que cantase canciones de Madonna. Seguir leyendo el «If» sólo me sirve para mantener la calma. Y entonces esta mañana Charlie ha aparecido... ¡de un humor diferente! Extremadamente serio, *top level* y demasiado confiado, con otro envío de bocadillos de queso de crema que –dada la fantasía previa de la fecundación en la cárcel– no quise comer.

–Ya. Las cosas están empezando a moverse –dijo Charlie con el profundo aire de un agente del gobierno cargado de explosivos MI5 ocultos–. De hecho va endiabladamente bien. Parece que el Ministerio de Asuntos Exteriores está empezando a mover las tripas.

Intentando no pensar en pequeñas cagadas de alto nivel enviadas en cajas de regalo.

—¿Has hablado con tu padre?

—Ya, ya —dijo—. Lo saben todo al respecto.

—¿Ha salido en los periódicos? —dije, emocionada.

—No, no. Silencio, silencio. No queremos llamar la atención. Bueno. Hay correo para ti. Tus amigas se lo han enviado a papá. De hecho papá ha dicho que eran tremendamente atractivas.

Abrí el sobre grande marrón del Ministerio de Asuntos Exteriores con las manos temblorosas. La primera carta era de Jude y Shaz, escrita con cuidado, casi codificada, como si pensasen que quizá los espías la leerían.

Bridge, no te preocupes, te queremos. Vamos a sacarte de aquí. Jed ha sido localizado. Mark Darcy está ayudando (!).

El corazón me dio un vuelco. Eran las mejores noticias posibles (aparte, obviamente, de que me levantasen la sentencia de diez años de cárcel).

Recuerda Elegancia Interior y el potencial de la dieta en la cárcel. Pronto 192.

Repítete: «No debo preocuparme. Las chicas encima».

Todo nuestro amor,

Jude y Shaz

Miré la carta parpadeando de emoción y entonces abrí el otro sobre con impaciencia. ¿Quizá fuese de Mark?

Estaba escrita en la parte de atrás de una concertina de fotos del lago Windermere y decía:

Visitando a la abuelita en St Anne's y dando una vuelta por los lagos. El tiempo es un poco cambiante pero hay unas factory shops *geniales. ¡Papá se ha comprado una zamarra! ¿Puedes lla-*

mar a Una y comprobar que haya puesto el temporizador?

Con amor,

Mamá

Sábado 30 de agosto

50,7 kg (esperanza), 6 copas de alcohol (¡hurra!), 0 cigarrillos, 8.755 calorías (¡hurra!), número de veces que he comprobado que la bolsa no tenga drogas en su interior: 24.

6 a.m. En el avión. ¡Me voy a casa! ¡Libre! ¡Delgada! ¡Limpia! ¡Con el pelo resplandeciente! ¡Con mi ropa limpia! ¡Hurra! Tengo la prensa amarilla, el *Marie-Claire* y el *Hello!* Todo es maravilloso.

6.30 a.m. Inexplicable caída en picado. Desorienta volver a estar apretujada en un avión en la oscuridad con todo el mundo durmiendo. Siento una gran presión para estar eufórica pero me siento verdaderamente desmadrada. Anoche vinieron los guardas y me llamaron. Fuí llevada a una habitación y me devolvieron mi ropa, me encontré con un nuevo oficial de la embajada llamado Brian que llevaba una extraña camisa de nailon de manga corta y gafas de alambre. Dijo que había habido un «progreso» en Dubai y presión desde el más alto cargo del Ministerio de Asuntos Exteriores y que tenían que sacarme del país de inmediato antes de que el clima cambiase.

En la embajada todo fue extraño. Allí no había nadie excepto Brian, quien me llevó directamente a un cuarto de baño muy sencillo y de estilo antiguo donde había una pila con todas mis cosas y me dijo que me diese una ducha y me cambiase, pero que lo hiciese a toda prisa.

No me podía creer lo delgada que estaba, pero no había secador de pelo así que el pelo seguía estando bastante loco. Obviamente no era importante pero habría estado bien estar guapa al regresar. Estaba empezando con el maquillaje cuando Brian llamó a la puerta y dijo que nos teníamos que ir ya.

Todo fue borroso, en medio de la noche corrimos hacia un coche que empezó a recorrer a toda velocidad las calles llenas de cabras y *tuk-tuks* y bocinazos y familias enteras en una bicicleta. No pude creer lo limpio que estaba el aeropuerto. No tuve que seguir los conductos normales sino que fui por una ruta especial para la embajada, con todo sellado y aprobado. Cuando llegué a la puerta toda la zona estaba vacía, el avión estaba listo para despegar con sólo un hombre con una chaqueta amarilla fosforescente esperando a que llegásemos.

–Gracias –le dije a Brian–. Dale las gracias a Charlie de mi parte.

–Lo haré –dijo con ironía–. O a su padre –entonces me entregó el pasaporte y me dio la mano de una forma bastante respetuosa a la que yo, incluso antes del encarcelamiento, no estaba acostumbrada.

–Lo has hecho muy bien –me dijo–. Bien hecho, señora Jones.

10 a.m. Me acabo de despertar. Muy emocionada por mi regreso. De hecho he tenido una epifanía espiritual. Ahora todo será diferente.

Nuevas resoluciones vitales posepifanía espiritual:

1. No volver a empezar a fumar y beber, ya que no he tomado una sola copa en once días y sólo me he fumado dos cigarrillos (no quiero entrar en

qué tuve que hacer para conseguirlos). Sin embargo puede que ahora me tome una botellita de vino. Hay que celebrarlo. Sí.

2. No confiar en los hombres sino en una misma. (A no ser que Mark Darcy quiera volver a salir conmigo. Oh Dios, ojalá. Espero que se dé cuenta de que todavía le quiero. Ojalá fuese él quien me ha sacado de allí. Espero que esté en el aeropuerto.)

3. No preocuparme por estupideces como el peso, el pelo, o a quién ha invitado Jude a su boda.

4. No descartar los consejos de los libros de autoayuda, los poemas, etc., pero sí limitarlos a los puntos clave como el optimismo, no perder la calma, perdonar (aunque quizá no al Jodido Jed, como debe ser llamado a partir de ahora).

5. Ir con más cuidado con los hombres, pues son, en efecto –como lo demuestra evidentemente la experiencia del Jodido Jed, por no mencionar a Daniel– peligrosos.

6. No aceptar que la gente te ponga a parir, especialmente Richard Finch, sino, por el contrario, tener confianza en una misma.

7. Ser más espiritual y seguir los principios espirituales.

Genial, ahora ya puedo hojear el *Hello!* y la prensa amarilla.

11 a.m. Mmm. Fantástica doble página de la nuevamente rellenita Diana y el peludo Dodi. Mmm, sin embargo... Justo ahora que yo estoy delgada ella empieza a tender hacia las nuevas redondeces y una discreta gordura. Genial. Me alegra que sea feliz, pero, no sé por qué, no estoy segura de que él sea el apropiado para ella. Espero que no esté saliendo con él sólo porque no es un gilipollas. Sin embargo, si lo está haciendo, también lo entiendo.

11.15 a.m. No parece haber nada en los periódicos sobre mí, aunque, como dijo Charlie, el gobierno actuó con mucha cautela y bajo el más estricto secreto para no interferir en las relaciones con Tailandia, la importación de mantequilla de cacahuete, etc.

11.30 a.m. ¡El marrón es el negro de esta temporada! Acabo de hojear el *Marie-Claire*.

11.35 a.m. Aunque en realidad el marrón tendría que ser el gris de esta temporada, porque el gris era el negro de la anterior. Eso es.

11.40 a.m. Sin embargo es un gran desastre, porque el número de prendas de vestir marrones que hay en mi armario es igual a cero; aunque quizá me llegue algún dinero por la inesperada excarcelación.

11.45 a.m. Mmm. El vino sabe delicioso después de tanto tiempo. Se me sube a la cabeza.

12.30 p.m. Puaf. Me siento un poco mal después de haberme atiborrado a leer prensa amarilla. Había olvidado el sentimiento deprimente y vergonzoso, parecido a la resaca, que tienes después, y la sensación de que el mundo es una y otra vez la misma horrible historia en la que las personas se presentan como buenas y al final resultan ser malignas y malvadas.

En su momento disfruté especialmente de la historia del sacerdote-transformado-en-gilipollas-follador. Resulta siempre muy agradable cuando otra gente se comporta mal. Sin embargo siento que los fundadores del grupo de ayuda a las víctimas del sacerdote follador (porque «las mujeres que tienen relaciones con sacerdotes a menudo no tienen a nadie a quien acudir en busca de ayuda») están siendo bastante partidistas. ¿Qué hay de las demás personas que tampoco tienen a nadie que las ayude? Seguro que también debería haber grupos de ayuda para mujeres que han sido víctimas de ministros folladores *tories*, miembros de los equipos deportivos nacionales británicos que se han acostado con miembros de la familia real, miembros del clero católico romano que se han acostado con celebridades o con miembros de la familia real, y celebridades que se han acostado con miembros del público que han confesado su historia a miembros del clero católico romano que por su parte han vendido la historia a los periódicos dominicales. Quizá yo venda mi historia a los periódicos dominicales y por esa vía llegue el dinero. No, eso está mal, ya ves cómo la espiritualidad ha sido infestada por la mentalidad de la prensa amarilla.

Sin embargo, puede que escriba un libro. Quizá me convierta en una heroína a mi regreso a Inglaterra, como John McCarthy, y escriba un libro titulado *Alguna otra formación nebulosa* u otro fenómeno meteorológico. Quizá sea recibida como una heroína por Mark, Jude, Shazzer, Tom y mis padres, y por un tumulto de expectantes fotógrafos, y quizá esté Richard Finch arrastrándose y suplicando para conseguir una entrevista. Será mejor que no esté demasiado borracha. Espero que no me vuelva loca. Siento que debería ser recibida por la policía, o por abogados o algo así y llevada a una base secreta para darles un informe sobre la operación. Creo que voy a dormir un poco.

9 p.m. (Hora del Reino Unido ahora). Llegué a Heathrow con una demoledora resaca posvuelo intentando limpiar la ropa de las migas de pan y de la pasta de dientes rosa que nos fue fraudulentamente servida como si de un postre se tratase, ensayé mis frases, preparándome para el batallón de reporteros que me estaría esperando: «Fue una pesadilla. Una pesadilla estando despierta. Un rayo caído del cielo. No siento odio (¿amargura?), porque si otros aprenden los peligros que puede entrañar el hecho de que una amiga se acueste con un desconocido, mi encarcelamiento no habrá sido inútil (¿en vano?)». Sin embargo en todo el trayecto no pensé que el batallón de periodistas estaría realmente allí esperando. Pasé por la aduana sin problemas y miré a mi alrededor emocionada en busca de rostros familiares, pero acabé viéndome rodeada por... bueno, la jauría de la prensa. Una turba de fotógrafos y periodistas con *flashes*. La mente se me quedó completamente en blanco y no pude pensar en qué decir o hacer, así que me limité a repetir como un loro «sin comentarios», como si fuese un ministro del gobierno al que han pillado tirándose a una prostituta, y seguí andando y empujando el carrito, pensando que las piernas me iban a flaquear de un momento a otro. Entonces de repente el carrito me fue arrebatado y alguien me abrazó y me dijo: «Está bien, Bridge, estamos aquí, te tenemos, todo va bien».

Eran Jude y Shazzer.

Domingo 31 de agosto

51,6 kg (¡Siií! ¡Siií! Triunfante culminación de 18 años de dieta, aunque quizá a un precio injustificado), 4 unidades de alcohol, 8.995 calorías (merecidas, seguro), progresos en el agujero de la pared hecho por Gary el Chapuzas: 0.

2 a.m. Mi apartamento. Se está bien en casa. Está tan bien volver a ver a Jude y a Shazzer... En el aeropuerto la policía nos llevó por entre la multitud a una habitación de interrogatorios donde había gente de la Brigada Antidroga y un hombre del Ministerio de Asuntos Exteriores que empezó a hacerme muchas preguntas.

—Oiga, joder, ¿no puede esperar todo esto? —estalló Shaz indignada en cuanto hubo pasado algo más de un minuto—. ¿Es que no ve el estado en que se encuentra?

Aquellos hombres parecían pensar que era necesario seguir con aquello, pero finalmente se sintieron tan aterrorizados por los gruñidos de Shazzer vociferando «¿Sois hombres o monstruos?» y sus amenazas de denunciarlos a Amnistía Internacional, que nos asignaron un policía para que nos acompañase a Londres.

—Pero tengan cuidado de con quién se juntan la próxima vez, señoritas —dijo el hombre del Ministerio de Asuntos Exteriores.

—Oh, por favor —dijo Shaz, justo cuando Jude estaba diciendo:

—Tiene razón, señor —y empezó a pronunciar una especie de discurso como de agradecimiento digno de una oradora profesional.

De regreso a mi apartamento, la nevera estaba llena de comida, había pizzas listas para ir al horno, cajas de bombones Milk Tray y Dairy Box, pinchitos de salmón ahumado, paquetes de Minstrels y botellas de Chardonnay. Había un gran letrero en el agujero de la pared tapado con polietileno que decía: «Bienvenida a casa, Bridget». Y un fax de Tom —que se había *instalado* con el tío de la aduana de San Francisco— que decía:

QUERIDA, LAS DROGAS SON EL POLVO DE SATÁN. ¡SIMPLEMENTE DI NO! SUPONGO QUE AHORA ESTARÁS MÁS DELGADA QUE NUNCA. PASA DE TODOS LOS HOMBRES IN-

MEDIATAMENTE Y HAZTE GAY. VEN AQUÍ Y VIVE CON NO-
SOTROS FORMANDO UN TRÍO A MODO DE BOCADILLO DE
LO MÁS *SEXY* ENVUELTA POR DOS CHICOS GAY EN CALIFOR-
NIA. ¡LE HE ROTO EL CORAZÓN A JEROME! JAJAJAJÁ.
   LLÁMAME. TE QUIERO. BIENVENIDA A CASA.

Jude y Shaz también habían limpiado todo el desorden del suelo de mi habitación de cuando hice
las maletas y habían puesto sábanas limpias en la
cama y flores frescas y un Silk Cut en la mesita de
noche. Adoro a estas encantadoras chicas. Y al encantador y obsesionado consigo mismo Tom.
   Me prepararon la bañera y me trajeron una copa
de champán, y yo les enseñé las picaduras de las
pulgas. Luego me puse el pijama y las tres nos sentamos en la cama con los cigarrillos, el champán y
los Milk Tray de Cadbury, y yo empecé a contar todo lo que había ocurrido, pero creo que debí de
quedarme dormida, porque ahora todo está oscuro,
Jude y Shaz no están aquí, y me han dejado una
nota en la almohada diciéndome que las llame
cuando me despierte. Viven las dos en casa de
Shazzer porque el piso de Jude está siendo refor-
mado para que ella y el Malvado Richard puedan
vivir juntos después de la boda. Espero que tenga
un albañil mejor que el mío. El agujero de la pared
está exactamente igual.

10 a.m. ¡Aaah! ¿Dónde estoy? ¿Dónde estoy?

10.01 a.m. Es extraño estar en una cama con sábanas. Agradable pero irreal. Ohhh, acabo de recordar que voy a salir en los periódicos. Iré a bus-
carlos a la tienda. Recortaré todos los artículos y
los guardaré en un álbum de recortes para ense-
ñárselo a mis nietos (si algún día los tengo). ¡Hurra!

10.30 a.m. Es increíble. Como en un sueño o

una broma de mal gusto del periódico del día de los inocentes. Es increíble. Morir sencillamente no es el tipo de cosa que haría nunca Diana.

11.10 a.m. Voy a poner la tele y allí dirán que ha sido un error y que está viva y entonces la veremos saliendo del Club Harbour rodeada de decenas de fotógrafos preguntándole qué ha pasado y cómo se ha sentido.

11.30 a.m. No me lo puedo creer. Da tanto miedo cuando resulta obvio que nadie, ni siquiera las autoridades, sabe qué hacer...

Mediodía. Por lo menos Tony Blair se está controlando. Pareció decir lo que todo el mundo está pensando en lugar de repetir «dolor y sorpresa» una y otra vez como un loro.

1.15 p.m. Es como si el mundo se hubiese vuelto loco. No hay normalidad a la que regresar.

1.21 p.m. ¿Por qué no han llamado Jude y Shaz?

1.22 p.m. Oh, quizá piensen que todavía estoy dormida. Voy a llamarlas.

1.45 p.m. Jude, Shazzer y yo estamos de acuerdo en que Di era nuestro tesoro nacional y todas nos sentimos muy mal porque todo el mundo fue muy miserable con ella y porque a ella no le gustaba estar en Inglaterra. Es como si una mano gigante hubiese aparecido en el cielo diciendo «Si vosotros os peleáis por ella, no la tendrá nadie».

2 p.m. Sin embargo, tenía que ocurrir el mismo maldito día en que yo debía aparecer en los periódicos. No hay nada sobre mí, nada.

6 p.m. No puedo creer que esté muerta. Tengo que mirar continuamente el titular del periódico para creérmelo. De verdad, la princesa Diana era la santa patrona de las mujeres solteronas porque ella empezó como en el arquetípico cuento de hadas, haciendo lo que todas pensábamos que se suponía deberíamos hacer, o sea, casarnos con un hermoso príncipe, y fue lo bastante honesta como para decir que la vida no es así. Además te hacía sentir que si una persona tan hermosa y fantástica podía ser tratada como una mierda por los estúpidos hombres y no sentirse amada y sufrir la soledad, entonces el hecho de que pudiera pasarte a ti no significaba que fueras basura. Y encima nunca dejó de reinventarse a sí misma y de solucionar sus problemas. Ella siempre lo estaba intentando con todas sus fuerzas, como hacen las mujeres modernas.

6.10 p.m. Mmm... ¿Qué diría la gente de mí si me muriese?

6.11 p.m. Nada.

6.12 p.m. Sobre todo teniendo en cuenta que eso es exactamente lo que dicen sobre mí cuando he estado encerrada en una cárcel de Tailandia.

6.20 p.m. Acabo de comprender una cosa horrible. Estaba mirando la televisión sin sonido cuando apareció la primera página de un periódico que parecía tener fotos de los momentos que siguieron al accidente. Me he dado cuenta de que una horrible parte de mí quería ver las fotos. Está claro que no compraría ese periódico aunque pudiera pero... ¡Uf! ¡Uf! ¿Qué quiere decir eso sobre mí? Oh Dios. Soy horrible.

6.30 p.m. No dejo de mirar al vacío. Sencillamente, no me había dado cuenta de hasta qué punto la princesa Diana formaba parte de la conciencia colectiva. Es como si Jude y Shazzer estuviesen aquí, llenas de vida y chistes divertidos y brillo en los labios y entonces, de repente, se transformasen en algo tan maduro, lleno de horror y extraño como la muerte.

6.45 p.m. Acabo de ver por la tele que una mujer ha ido a un centro de jardinería, ha comprado un árbol y se lo ha plantado a Diana. Quizá yo podría plantar algo en la maceta de la ventana, algo como, mmm... ¿albahaca? Podría conseguirla en Cullens.

7 p.m. Mmm. Por alguna razón, la albahaca no parece apropiada.

7.05 p.m. Todo el mundo va al palacio de Buckingham con tributos florales como si se tratase de una tradición existente desde hace mucho tiempo. ¿Lo ha hecho siempre la gente? ¿Es algo que la gente hortera hace para intentar salir por la televisión, como acampar toda la noche a la espera de las rebajas, o es algo gentil y real? Mmm. Sin embargo siento que quiero ir.

7.10 p.m. Creo que ir con flores puede resultar un poco horripilante... pero la cuestión es que ella me gustaba de verdad. Es como tener a alguien que era igual que tú en el corazón de las autoridades. Por otra parte todos los bocazas la criticaban por cosas como lo de las minas pero, en mi opinión, fue una forma endiabladamente inteligente de utilizar la publicidad. Mejor que no hacer nada aparte de quedarse en casa quejándote.

7.15 p.m. ¿Qué sentido tiene vivir en la capital si no puedes unirte a las grandes expresiones de sentimiento? No parece una actitud muy inglesa, pero quizá todo haya cambiado con la inestabilidad climática y Europa y Tony Blair, y puede que esté bien expresar los sentimientos de uno. Tal vez ella haya cambiado la típica estrechez de miras inglesa.

7.25 p.m. Vale, definitivamente voy a ir al palacio de Kensington. Pero no tengo flores. Las compraré en la estación de servicio.

7.40 p.m. La estación de servicio se ha quedado sin flores. Sólo le quedan cosas como Chocolate a la Naranja y natillas. Buenas pero inapropiadas.

7.45 p.m. Sin embargo, estoy segura de que a ella le gustarían.

7.50 p.m. He escogido un ejemplar del *Vogue*, un Milk Tray, un Instants y un paquete de Silk Cut. No es perfecto, pero todo el mundo habrá comprado flores y yo sé que a ella le gustaba el *Vogue*.

9.30 p.m. Muy contenta de haber ido. Me dio un poco de vergüenza caminar por Kensington pensando que la gente sabía adónde iba y que estaba sola pero, ahora que lo pienso, la princesa Diana estaba a menudo sola.

El parque estaba muy oscuro y tranquilo, con todo el mundo caminando silencioso en la misma dirección. No había histrionismo como en las noticias. Había flores y velas apoyadas contra la pared y la gente volvía a encender las velas que se habían apagado y leía los mensajes.

Espero que ahora sepa, después de todas las veces que le preocupó no ser lo bastante buena, que todo el mundo le tenía cariño. Todo esto debería servir como mensaje para que las mujeres que están preocupadas por el aspecto que tienen y que se sienten como una mierda y que esperan tanto de sí mismas no se preocupen de esa forma. Me sentí un poco incómoda por el *Vogue* y el chocolate y los Instants, así que los escondí debajo de las flores y miré los mensajes, que me hicieron pensar que no hace falta ser ningún portavoz ni nada parecido para ser capaz de expresar cosas. El mejor estaba copiado de la Biblia, creo, y escrito con una temblorosa letra de anciana: «Cuando tuve problemas te preocupaste por mí, cuando estuve en peligro intentaste detenerlo, cuando estuve enferma me visitaste, cuando la gente se fue me cogiste de la mano. Todo lo que hiciste por las personas más pobres y débiles sentí que lo hiciste por mí».

12
Tiempos extraños

Lunes 1 de septiembre

51,6 kg (tengo que asegurarme de no recuperar peso inmediatamente), 6.452 calorías.

–Sabía que algo iba mal cuando llegué a la puerta –estaba diciendo Shaz cuando ella y Jude vinieron anoche–. Pero la gente de la compañía aérea no me decía lo que había ocurrido e insistían en que entrase en el avión, y luego ya no me dejaron salir, y lo siguiente fue que estábamos rodando por la pista.

–¿Y cuándo te enteraste? –dije acabando mi copa de Chardonnay, y Jude cogió inmediatamente la botella y me sirvió más. Fue maravilloso, maravilloso.

–No supe nada hasta que aterrizamos –dijo Shaz–. Fue el vuelo más horrible que he hecho en mi vida. Yo tenía la esperanza de que simplemente hubieses perdido el avión, pero ellos se comportaban conmigo de una forma muy extraña y desdeñosa. Entonces, en cuanto salí del avión...

–¡La arrestaron! –dijo Jude con júbilo–. Y estaba completamente borracha.

–Oh, no –dije–. Y tú esperabas que Jed estuviese allí, ¿no?

–Ese hijoputa –dijo Shaz sonrojándose.

De alguna manera, pensé que sería mejor que no volviese a mencionar a Jed nunca más.

–Él tenía a alguien detrás de ti en la cola de Bangkok –explicó Jude–. Parece ser que estaba esperando una llamada en Heathrow y que inmediatamente cogió un avión hacia Dubai.

Resultó que Shaz llamó a Jude desde la comisaría y las dos se pusieron rápidamente en contacto con el Ministerio de Asuntos Exteriores.

–Y entonces no pasó nada –dijo Jude–. Empezaron a decir que podías estar encarcelada diez años.

–Lo recuerdo –me estremecí.

–Llamamos a Mark la noche del miércoles y él habló rápidamente con todos sus contactos en Amnistía y la Interpol. Intentamos contactar con tu madre, pero en el contestador decía que estaba visitando los Lagos. Pensamos en llamar a Geoffrey y Una pero al final decidimos que todos se pondrían histéricos y que eso no sería de gran ayuda.

–Muy bien pensado –dije.

–El primer viernes supimos que habías sido trasladada a la cárcel propiamente dicha... –dijo Shaz.

–Y Mark cogió un avión hacia Dubai.

–¿Fue a Dubai? ¿Por mí?

–Estuvo fantástico –dijo Shaz.

–¿Y dónde está? Le he dejado un mensaje pero no me ha contestado.

–Sigue allí –dijo Jude–. Entonces, el lunes, recibimos una llamada del Ministerio de Asuntos Exteriores y parecía que todo había cambiado.

–¡Debió de ser cuando Charlie habló con su padre! –dije emocionada.

–Nos dejaron enviarte correo...

–Y entonces el martes supimos que habían cogido a Jed...

–Y Mark llamó el viernes y dijo que habían conseguido una confesión...

–¡Y el sábado recibimos por sorpresa la llamada que nos dijo que estabas en el avión!

–¡Hurra! –dijimos las tres, y brindamos. Yo estaba desesperada por entrar en el tema de Mark, pero no quería parecer frívola y desagradecida por todo lo que habían hecho las chicas.

–Entonces, ¿sigue saliendo con Rebecca? –solté.

–¡No! –dijo Jude–. ¡No! ¡No!

–Pero, ¿qué ha ocurrido?

–No lo sabemos con exactitud –dijo Jude–. En un determinado momento todo seguía igual que siempre, y al minuto siguiente Mark ya no iba a la Toscana y...

–Nunca adivinarías con quién está saliendo Rebecca ahora –interrumpió Shaz.

–¿Con quién?

–Es alguien que conoces.

–¿No será Daniel? –dije sintiendo una extraña mezcla de emociones.

–No.

–¿Colin Firth?

–No.

–Fiu. ¿Tom?

–No. Piensa en otra persona que tú conoces bastante bien. Casado.

–¿Mi papá? ¿El Jeremy de Magda?

–Caliente, caliente.

–¿Qué? No será Geoffrey Alconbury, ¿verdad?

–No –dijo Shaz riendo–. Él está casado con Una y además es gay.

–Giles Benwick –dijo Jude de repente.

–¿Quién? –farfullé.

–Giles Benwick –confirmó Shaz–. Conoces a Giles, por amor de Dios, el que trabaja con Mark, al que salvaste del suicidio en casa de Rebecca.

–Estaba colado por ti.

–Después de sus respectivos accidentes él y Rebecca se quedaron en Gloucestershire leyendo libros de autoayuda y ahora... están juntos.

–Son como una sola persona –añadió Jude.

–Están unidos por el acto del amor –exageró Shaz.

Hubo una pausa durante la cual las tres nos miramos, anonadadas ante aquel extraño don de los cielos.

–El mundo se ha vuelto loco –solté con una mezcla de sorpresa y temor–. Giles Benwick no es guapo, no es rico.

–Bueno, en realidad sí –murmuró Jude.

–Él no tenía novia y por lo tanto tampoco un estatus atractivo para Rebecca desde el punto de vista de su instinto depredador.

–Aparte de por el hecho de ser muy rico –dijo Jude.

–En cualquier caso Rebecca le ha escogido.

–Eso es cierto, es absolutamente cierto –dijo Shaz emocionada–. ¡Tiempos extraños! ¡Tiempos extraños de verdad!

–Pronto el príncipe Felipe de Edimburgo me pedirá que sea su novia, y Tom estará saliendo con la reina –grité.

–No con el Pretencioso Jerome, sino con nuestra querida reina –aclaró Shaz.

–Los murciélagos empezarán a disfrutar del sol –me explayé–. Los caballos nacerán con colas en la cabeza y cubitos de orina congelada aterrizarán en nuestros tejados perfumando nuestros hogares.

–Y ahora la princesa Diana está muerta –dijo Shazzer solemnemente.

De repente nuestro humor cambió por completo. Todas nos quedamos en silencio intentando asimilar aquella violenta, sorprendente e impensable realidad.

–Tiempos extraños –pronunció Shaz meneando la cabeza pomposamente–. Tiempos extraños de verdad.

Martes 2 de septiembre

52 kg (definitivamente, mañana dejo de engullir), 6 unidades de alcohol (debo evitar empezar a beber demasiado), 27 cigarrillos (debo evitar empezar a fumar demasiado), 6.285 calorías (debo evitar empezar a comer demasiado).

8 a.m. Mi apartamento. Debido a la muerte de Diana, Richard Finch ha cancelado todo lo que estaban haciendo sobre la Chica-de-la-Droga-en-Tailandia (yo) y me ha dado dos días libres para recuperarme. No puedo aceptar la muerte ni, ahora que lo pienso, ninguna otra cosa. Quizás ahora habrá una depresión nacional. Es el final de una era, no hay dos formas distintas de verlo, pero también es el principio de una nueva era bajo el manto del otoño. Es el momento para nuevos principios.

Decidida a no volver a hundirme en mis viejos hábitos, como pasarme la vida comprobando el contestador y esperando a que Mark me llame, empezaré a estar tranquila y centrada.

8.05 a.m. Pero, ¿por qué ha roto Mark con Rebecca? ¿Por qué está saliendo ella con el gafotas de Giles Benwick? ¿POR QUÉ? ¿POR QUÉ? ¿Fue a Dubai porque todavía me quiere? Pero, ¿por qué no me ha llamado? ¿Por qué? ¿Por qué?

De todas formas, ahora todo esto es irrelevante para mí. Estoy trabajando en mí misma. Voy a depilarme las piernas.

10.30 a.m. De regreso en mi apartamento. Llegué tarde a la depilación (8.30 a.m.) para encontrarme con que la esteticista no vendría «Por la princesa Diana». La recepcionista se mostró casi sarcástica al respecto pero, como le dije yo, ¿quiénes somos nosotros para juzgar por lo que está pasando cada individuo? Si todo esto nos ha enseñado algo es a no juzgar a los demás.

Sin embargo me fue difícil mantener el ánimo cuando, de regreso a casa, me vi atrapada en un enorme embotellamiento en Kensington High Street que multiplicó por cuatro la duración de un trayecto que normalmente habría recorrido en diez minutos. Cuando llegué al centro del embotellamiento resultó que había sido provocado por las obras en la carretera, sólo que nadie estaba trabajando y había una señal en la que decía: «Los hombres que trabajan en esta carretera han decidido parar durante los cuatro próximos días como señal de respeto hacia la princesa Diana».

Ohhh, la luz del contestador está parpadeando.

¡Era Mark! El sonido era muy débil y chirriante:

–Bridget... acabo de recibir la noticia. Me siento encantado de que estés libre. Encantado. Estaré de regreso más tarde en el... –Se oyó un fuerte pitido en la línea y luego se cortó.

Diez minutos más tarde sonó el teléfono.

–Oh, hola, cariño, adivina qué.

Mi madre. ¡Mi propia madre! Sentí una abrumadora oleada de amor.

–¿Qué? –dije sintiendo que se me saltaban las lágrimas.

–«Ve tranquilamente entre el ruido y la prisa y recuerda la paz que puede haber en el silencio.»

Hubo una larga pausa.

–¿Mamá? –acabé por decir.

–Chis, cariño, silencio –más pausa–. «Recuerda la paz que puede haber en el silencio.»

Respiré profundamente, me coloqué el teléfono debajo de la barbilla y seguí preparando el café. ¿Ves? Lo que he aprendido es la importancia de desvincularse de las locuras de los demás porque uno ya tiene bastante de qué preocuparse intentando mantenerse centrado él mismo. Justo entonces empezó a sonar el móvil.

Intenté hacer caso omiso del primer teléfono, que había empezado a vibrar y por el que se oía gritar:

–Bridget, nunca encontrarás el equilibrio si no aprendes a trabajar en silencio.

Pulsé OK en el móvil. Era papá.

–Ah, Bridget –dijo con voz dura, como de militar–. ¿Podrías hablar con tu madre por «la línea telefónica»? Parece haberse vuelto como loca de repente.

¿*Ella* estaba como loca? ¿Es que yo no les importaba lo más mínimo? ¿Su propia sangre?

Se oyó una serie de sollozos, chillidos e inexplicables estrépitos en la «línea telefónica», como le gustaba a mi padre llamar al teléfono, probablemente por una reminiscencia nostálgica de los tiempos de la guerra.

–Vale, papá, adiós –dije, y volví a coger el teléfono fijo.

–Cariño –refunfuñó mamá en un susurro ronco y autocompasivo–. Tengo que decirte algo. No puedo ocultárselo a mi familia y mis seres queridos por más tiempo.

Intentando no meditar acerca de la distinción entre «familia» y «seres queridos», dije con prontitud:

–Bueno, no te sientas obligada a decírmelo si no quieres.

–¿Y qué quieres que haga? –gritó con histrionismo–. ¿Vivir una mentira? ¡Soy una adicta, cariño, una adicta!

Me devané los sesos intentando imaginar a qué pudo haber decidido que era adicta. Mi madre nunca ha bebido más de una copita de jerez desde que Mavis Enderbury se emborrachó en la fiesta de su veintiún cumpleaños en 1952 y tuvo que ser llevada a casa en la barra de una bicicleta que pertenecía a alguien llamado «Peewee». Su ingesta de drogas se limita a un Fisherman's Friend de vez en cuando como remedio para una tremenda tos que se le dispara durante las actuaciones bianuales del Club Dramático Amateur de Kettering.

–Soy una adicta –volvió a decir, y se detuvo dramáticamente.

–Vale –dije–. Una adicta. ¿Y cuál es exactamente tu adicción?

–Las relaciones –dijo–. Soy una adicta a las relaciones, cariño. Soy codependiente.

Dejé caer la cabeza con un golpe encima de la mesa que tenía justo delante.

–¡Treinta y seis años con papá! –dijo–. Y nunca lo he entendido.

Pero mamá, estar casada con alguien no significa...

–Oh no, no soy codependiente de papá –dijo–. Soy codependiente de la diversión. Le he dicho a papá que yo... Ohh, tengo que irme zumbando. Es la hora de mis afirmaciones.

Me quedé sentada mirando la cafetera, la cabeza dándome vueltas.

¿Es que no sabían lo que me había ocurrido? ¿Habría cruzado finalmente el límite mi madre?

El teléfono volvió a sonar. Era papá.

–Perdóname por todo esto.

–¿Qué está pasando? ¿Estás con mamá ahora?

–Bueno, sí, en cierto modo... Ella ha salido para una clase o algo así.

–¿Dónde estás?

–Estamos en... bueno, es una especie de... bueno, se llama «Arco Iris».

«¿Miembros de la secta Moon? –pensé–. ¿Cienciología? ¿Terapia de electroshock?»

–Es, mmm... es de rehabilitación.

Oh, Dios mío. Resulta que yo no era la única que se estaba empezando a preocupar por la forma de beber de papá. Mamá me dijo que una noche, cuando estaban visitando a la abuela en St Anne's, él se fue a Blackpool y regresó a la residencia de ancianos absolutamente borracho, sosteniendo una botella de Famous Grouse y una muñequita de plástico de Scary Spice con un par de dientes falsos de broma enganchados en los pechos. Llamaron a varios doctores y la semana pasada se fueron directamente de la casa de la abuela en St Anne's a ese sitio de rehabilitación donde mamá, al parecer como siempre, estaba decidida a no quedar en un segundo plano.

–Según parece, ellos piensan que no tengo un gran problema con el whisky escocés. Dicen que he estado enmascarando mi dolor o lo que sea referente a todos los Julios y Wellingtons. Según el plan de acción se supone que debemos dar rienda suelta a la adicción que ella tiene a la diversión y «divertirnos» juntos.

Oh Dios.

Creo que por el momento será mejor no decirles nada a mamá y papá sobre lo de Tailandia.

10 p.m. Todavía en mi apartamento. Ya ves. ¡Hurra! Me he pasado todo el día limpiando y ordenando y todo está bajo control. Todo el correo está al día (bueno, puesto en una pila por lo menos). También Jude tiene razón. Es ridículo llevar cuatro meses con un maldito agujero enorme en la pared, y un milagro que nadie haya escalado todavía por ahí para entrar en mi casa. Ya no voy a perder más tiempo escuchando las disparatadas excusas de Gary el Chapuzas. He hecho que un amigo de Jude que es abogado le escriba una carta. Mira lo que uno puede hacer cuando es una nueva persona con autoridad. Es maravilloso...

Estimado señor:

Nos dirigimos a usted en nombre de la señorita Bridget Jones.

Se nos ha informado que nuestra cliente llegó a un contrato verbal con usted hacia el 5 de marzo de 1997 por el cual usted se comprometió a construir una ampliación en el piso de nuestra cliente (consistente en un segundo estudio/dormitorio y una terraza en la azotea) por un (presupuestado) precio de 7.000 libras. Nuestra cliente le pagó 3.500 libras el 21 de abril de 1997 como adelanto para que el trabajo empezase. Una condición concreta del contrato era que el trabajo estaría acabado en un período inferior a seis semanas desde el momento del primer pago.

Usted empezó el trabajo el 25 de abril de 1997, echando abajo una parte de la pared exterior de 150 x 240 cm del piso de nuestra cliente. Luego usted no avanzó en la obra por un período de varias semanas. Nuestra cliente intentó contactar con usted por teléfono en numerosas ocasiones y le dejó mensajes que usted no contestó. Finalmente regresó al piso de nuestra cliente el 30 de abril de 1997 mientras ella se encontraba en la oficina. Sin embargo, en lugar de continuar con el trabajo que usted había aceptado realizar, simplemente cubrió el agujero que usted había hecho en su pared exterior con polietileno. Desde entonces, usted no ha regresado a finalizar el trabajo y no ha contestado a ninguno de los mensajes telefónicos que le ha dejado nuestra cliente a fin de que lo haga.

El agujero que usted ha dejado en la pared exterior del piso de nuestra representada lo convierte en un lugar frío, inseguro y desprotegido ante posibles robos. Su fracaso para seguir y finalizar el encargo que usted aceptó llevar a cabo constituye una clara ruptura de su contrato con nuestra cliente. Por consiguiente usted ha anulado el contrato, anulación que es aceptada por nuestra cliente...

Bla, bla, blas y más blas y galimatías y etcétera, etcétera... derecho a recuperar gastos... directamente responsable por cualquier pérdida... a no ser que sepamos algo de usted en el plazo de una semana a partir del envío de esta carta con una confirmación de que piensa usted compensar a nuestra cliente por las pérdidas sufridas... como resultado, sin previo aviso, tenemos instrucciones de tomar medidas en su contra por ruptura de contrato.

Ja. ¡Jajajajajajá! Eso le enseñará una lección que nunca olvidará. Ya la he echado al correo, así que la recibirá mañana. Eso le demostrará que yo no me ando con tonterías y que no estoy dispuesta a dejar que me maltraten ni que me tomen nunca más el pelo.

Vale. Ahora voy a dedicar media hora a pensar en algunas ideas para la reunión de la mañana.

10.15 p.m. Mmm. Quizá necesite comprar los periódicos para obtener algunas ideas. Sin embargo, es un poco tarde.

10.30 p.m. En realidad no me voy a molestar por Mark Darcy. Una no necesita un hombre. La única razón por la que los hombres y las mujeres se juntaban era porque las mujeres no podían sobrevivir sin ellos, pero ahora... ¡ja! Tengo mi propio piso (Aunque sea con el agujero), amigos, ingresos y empleo (por lo menos hasta mañana), así que... ¡ja! ¡Jajajajajajá!

10.40 p.m. Vale. Ideas.

10.41 p.m. Oh Dios. Sin embargo tengo muchas ganas de sexo. No he practicado el sexo desde hace una eternidad.

10.45 p.m. ¿Quizás algo en plan Nuevo Partido Laborista, Nueva Gran Bretaña? ¿Como después de la luna de miel, cuando has estado saliendo con alguien durante seis meses y te empieza a molestar que no friegue los platos? ¿Acabar ya con las becas de estudios? Mmm. Era tan fácil practicar el sexo y salir con gente en la época de estudiante... Quizá no se merezcan ninguna maldita beca porque se pasan todo el tiempo follando.

Número de meses que no he tenido sexo: 6
Número de segundos que no he tenido sexo:
(*¿Cuántos segundos hay en un día?*)
60 × 60 = 3.600 × 24 =
(*Creo que voy a coger una calculadora.*)
86.400 × 28 = 2.419.200
× 6 meses = 14.515.200
Catorce millones quinientos quince mil doscientos segundos durante los cuales no he tenido sexo.

11 p.m. Quizá se trate simplemente de que NUNCA MÁS VOLVERÉ A PRACTICAR EL SEXO.

11.05 p.m. Me pregunto qué pasa si no practicas el sexo ¿Es bueno o malo?

11.06 p.m. Quizá sea como si... *te precintases.*

11.07 p.m. Mira, no debería estar pensando en el sexo. Soy espiritual.

11.08 p.m. Y además, seguro que es bueno para que una pueda procrear.

11.10 p.m. Germaine Greer no tuvo hijos. Pero, ¿y qué demuestra eso?

11.15 p.m. De acuerdo. Nuevo Partido Laborista, Nueva...
Oh Dios. Me he convertido en una célibe.
¡El celibato! ¡Los Nuevos Célibes! Quiero decir que, si me está ocurriendo a mí, es posible que le esté ocurriendo también a muchísimas otras personas. ¿No es ése todo el sentido del *Zeitgeist*?
«De repente hay mucho menos sexo en todas partes.» Sin embargo, odio esto de la cobertura de noticias populistas. Me recuerda una vez en que el *Times* publicó un artículo con el encabezamiento:

«De repente hay más Comedores de Beneficencia en todas partes» el mismo día que el *Telegraph* decía: «¿Qué ha sido de los Comedores de Beneficencia?».

Vale, tengo que irme a la cama. Estoy resuelta a llegar muy temprano al trabajo en el primer día de mi nueva yo.

Miércoles 3 de septiembre

53 kg (aaah, aaah), 4.955 calorías, número de segundos desde la última vez que practiqué el sexo: 14.601.600 (cifra de ayer + 86.400, lo equivalente a un día).

7 p.m. Llegué temprano a la oficina, el primer día desde mi regreso de Tailandia, esperando que se preocupasen por mí y me respetasen de forma diferente que antes, para encontrarme a Richard Finch con su proverbial mal humor: petulante, fumando compulsivamente un pitillo tras otro y mascando chicle con una mirada de loco en los ojos.

–¡Jo! –dijo cuando yo entré–. ¡Jo! ¡Ajajajajajá! Y bien, ¿qué tenemos en esa bolsa? ¿Es opio? ¿Cannabis? ¿Tenemos *crack* en el forro? ¿Hemos traído algunas anfetas Corazones Púrpura? ¿Unos éxtasis para los chicos? ¿Es poper, cápsulas de nitrato de amilo? ¿Quizá un poco de anfetamínico *speed*? ¿Hachiíís? ¿Un poco de *Coca-on-the-rocks?* OHHHHH *coquicoquicoqui* –empezó a canturrear como un maníaco–. *Ohhh oquicoquicoqui. Ohhh oquicoquicoqui. –*Con un destello de idiota en la mirada, agarró a los dos investigadores que tenía al lado y empezó a correr de un lado para otro gritando–: ¡Las rodillas flexionadas, los brazos extendidos, todo está en la bolsa de Bridget, oh, oh!

Comprendiendo que nuestro productor ejecutivo estaba sufriendo el bajón de algún tipo de droga, sonreí beatíficamente y pasé de él.

–Ah, hoy estamos en plan señora repipi, ¿no? ¡Ooooh! Venga, todos juntos. Aquí está Repipi-Bridget-que-acaba-de-sacar-su-presumido-trasero-de-la-cárcel. Todos juntos. Desde el principio dubidubidaaá.

De verdad, aquello no era en absoluto lo que yo tenía en mente. Todo el mundo empezó a dirigirse hacia la mesa, paseando con resentimiento la mirada del reloj a mí. Me refiero a que sólo eran las jodidas nueve y veinte minutos: se suponía que la reunión no debía empezar hasta la media. Sólo porque yo empiece a llegar temprano no significa que la reunión tenga que empezar temprano en lugar de tarde.

–¡Vale entonces, Brrrrrrridget! Ideas. ¿Con qué ideas vamos a deleitar hoy a la expectante nación? ¿Los-Diez-Mejores-Consejos-de-la-Mujer-Contrabandista-Enterada? ¿Los-Mejores-Sujetadores-de-Inglaterra-para-Ocultar-la-Cocaína-en-las-almohadillas-de-relleno?

«Si puedes confiar en ti mismo cuando todos los hombres dudan de ti», pensé. Oh joder, sencillamente voy a pegarle un puñetazo en la boca.

Me miró expectante, mascando y sonriendo. Lo divertido fue que las usuales risitas que se oían por la mesa no estaban teniendo lugar. De hecho, todo el paréntesis de Tailandia parecía haberme otorgado un nuevo respeto por parte de mis colegas que, naturalmente, me encantaba.

–¿Qué hay del Nuevo Partido Laborista... después de la luna de miel?

Richard Finch dejó caer pesadamente la cabeza encima de la mesa y empezó a roncar.

–De hecho, tengo otra idea –dije tras una indolente pausa–. Sobre sexo –añadí, con lo que Richard se irguió como un resorte y prestó atención. (Me refiero sólo a su cabeza. O al menos eso espero.)

–¿Y bien? ¿Vas a compartirlo con nosotros... o piensas guardártelo para tus amigotes de la Brigada Antidroga?

–Celibato –dije.

Los dejé mudos.

Richard Finch me estaba mirando con los ojos fuera de las órbitas como si no se lo pudiese creer.

–¿Celibato?

–Celibato –asentí con aire de suficiencia–. El nuevo celibato.

–¿A qué... te refieres... a monjes y monjas? –dijo Richard Finch.

–No. Al celibato.

–Gente normal y corriente que no practica el sexo –interrumpió Patchouli mirándolo con insolencia.

Verdaderamente la atmósfera había cambiado. Quizá Richard había empezado a pasarse tanto de la raya que ya nadie le hacía la pelota.

–¿Qué, por alguna cuestión tántrica, budista? –dijo Richard riendo con disimulo y moviendo convulsivamente una pierna mientras mascaba chicle.

–No –dijo el sexy Matt consultando atentamente su bloc de notas–. Gente normal, como nosotros, que no practica el sexo durante largos períodos de tiempo.

Lancé una mirada a Matt y vi que él estaba haciendo lo mismo conmigo.

–¿Qué? ¿Todos vosotros? –dijo Richard mirándonos con incredulidad–. Vosotros estáis todos en la primera juventud... bueno, excepto Bridget.

–Gracias –murmuré.

–¡Si os pasáis todas las noches haciéndolo como conejos! ¿No es así? *Mete, saca, mete, saca y mué-*

vete así y asá –canturreó–. *Os metéis un poco de oquicoqui y la cogéis y le dais la vuelta y lo hacéis por... ¡de–trás!* ¿No es así?

Se produjo un cierto fenómeno de arrastrar de pies alrededor de la mesa.

–¿No es así como lo hacéis?

Más silencio.

–¿Quién de los aquí presentes no ha practicado el sexo en la última semana?

Todos nos quedamos mirando fijamente nuestros blocs de notas.

–Vale. ¿Quién *sí* ha practicado el sexo en la última semana?

Nadie levantó la mano.

–No me lo puedo creer. De acuerdo. ¿Quién de vosotros ha practicado el sexo en el último mes?

Patchouli levantó la mano. Y también Harold, que nos lanzó a todos una petulante mirada desde detrás de sus gafas. Probablemente mentía. O quizá sólo había echado un polvo del tipo amor de jovencitos.

–Así que el resto de vosotros... ¡Dios! Sois un hatajo de bichos raros. Y no puede ser debido a que estéis trabajando demasiado duro. Celibato. ¡Bah! ¡Eso no le interesa a nadie! Estamos paralizados por culpa de lo de Diana, así que más vale que me propongáis algo mejor que esto para lo que queda de temporada. Nada de esa aburrida chorrada de que no hay sexo. La semana que viene tenemos que empezar con una bomba.

Jueves 4 de septiembre

53,4 kg (esto tiene que acabarse o la estancia en prisión no habrá servido para nada), número de formas en que he imaginado cómo matar a Richard Finch: 32 (también esto tiene que acabarse por que sino el disuasorio valor de la estancia en prisión se verá aniquilado), número de chaquetas negras que he considerado comprar: 23, número de segundos desde la última vez que practiqué el sexo: 14.688.000.

6 p.m. Muy contenta por la sensación de un mundo otoñal-de-regreso-a-la-escuela. Voy a ir de compras a última hora de regreso a casa: no es que vaya a comprar nada, debido a la crisis financiera; es sólo para probarme el nuevo «marrón es negro» de las colecciones de otoño. Muy emocionada y decidida a comprar mejor este año, o sea: a) a no dejarme llevar por el pánico y ver que la única cosa que puedo comprar es una chaqueta negra porque una chica sólo necesita montones de chaquetas negras, y b) a conseguir dinero de algún sitio. ¿Quizá de Buda?

8 p.m. Angus Steak House, Oxford Street. Incontrolable ataque de pánico. Parece que todas las tiendas tengan versiones ligeramente distintas del mismo producto. Me deja totalmente desorientada, con la mente incapaz de dar pie con bola hasta que lo ha abarcado y catalogado todo, por ejemplo, chaquetas negras de nailon disponibles: una de French Connection por 129 libras, o bien otra de primera de Michael Kors (ceñida, acolchada) por 400 libras. Las chaquetas negras de nailon de Hennes sólo cuestan 39,99 libras. Así que, por ejemplo, por el precio de una Michael Kors podría comprarme diez chaquetas negras de nailon de Hennes, pero entonces mi vestuario se vería desbordado por más chaquetas negras que nunca y, de todas formas, no puedo comprarme ninguna.

Quizá me equivoque totalmente de *look*. Quizá debiera empezar a llevar prendas de teatro infantil de colores chillones, como Zandra Rhodes o Su Pollard. O quizá debería tener un armario diminuto y comprar sólo tres piezas con mucha clase y no llevar otra cosa. (Pero, ¿y si se manchan o vomito encima de ellas?).

Vale. Calma, calma. Esto es lo que necesito comprar:

Chaqueta negra de nailon (sólo una).

Torniquete. ¿O es Torquete o Torno? Como sea, una cosa para llevar alrededor del cuello.

Pantalones marrones de «tipo bucanero» (según lo que resulte ser al final eso de «bucanero»).

Traje marrón para el trabajo (o similar).

Zapatos.

La visita a la zapatería fue una pesadilla. Estaba en Office probándome unos zapatos marrones de tacón alto y con la punta cuadrada estilo años setenta, cuando experimenté una acentuada sensación de *déjà vu* que me hizo recordar aquellos tiempos de vuelta al colegio, cuando iba a comprar zapatos nuevos y me peleaba con la condenada mamá porque teníamos ideas diferentes de cómo tenían que ser. Entonces, de repente, caí en la cuenta de algo horrible: no era una extraña sensación de *déjà vu*: aquellos eran exactamente los mismos zapatos que tuve en sexto curso comprados en Freeman Hardy Willis.

De repente me sentí como una inocentona, una prima engañada por los diseñadores de moda que no pueden molestarse en pensar en cosas nuevas. Peor aún, ahora soy tan vieja que la joven generación que compra moda ya no recuerda las cosas que se llevaban cuando yo era una adolescente. Finalmente comprendo el momento en el que las mujeres empiezan a comprar conjuntos en Jaeger: cuando no quieren que la moda de la calle les recuerde su juventud perdida. Y ahora yo he llegado a dicho momento. Voy a dejarme de Kookaï, Agnès B, Whistles, etc. y a optar por Country Casuals y por la espiritualidad. Además, resulta más barato. Me voy a casa.

9 p.m. Mi apartamento. Me siento muy extraña y vacía. Está muy bien pensar que todo será diferente a tu regreso, pero al final todo resulta estar igual. Supongo que soy yo quien tiene que hacer que sea distinto. Pero, ¿qué voy a hacer con mi vida?

Ya sé. Voy a comer un poco de queso.

La cuestión es, como se dice en *Budismo: el drama del monje adinerado*, que el entorno y los sucesos que te rodean son creados por tu ser interior. Así que no es de extrañar que todas estas cosas malas –Tailandia, Daniel, Rebecca, etc.– hayan ocurrido. Debo empezar a tener una epifanía espiritual y más elegancia interior, y entonces empezaré a atraer sucesos más pacíficos y gente más amable, cariñosa y equilibrada. Como Mark Darcy.

Mark Darcy –cuando regrese– verá a la nueva yo, tranquila y centrada, atrayendo paz y orden a mi alrededor.

Viernes 5 de septiembre

53,8 kg, 0 cigarrillos (triunfo), número de segundos desde la última vez que practiqué el sexo: 14.774.400 (desastre), (tengo que tratar a esos dos impostores, como dice Kipling, por igual).

8.15 a.m. Vale. En pie pronto y animada. Mira, esto es importante: ganarle al día por la mano.

8.20 a.m. Ohhh, ha llegado un paquete para mí. ¡Quizá sea un regalo!

8.30 a.m. Mmm. Es una caja de regalo con papel de rosas. ¡Quizá sea de Mark Darcy! Quizá ya haya regresado.

8.40 a.m. Es un precioso y minúsculo bolígrafo dorado, truncado y con mi nombre grabado. ¡Quizá de Tiffany's! Con la punta roja. Tal vez sea un pintalabios.

8.45 a.m. Esto es muy raro. No hay ninguna nota. Quizá se trate de un pintalabios promocional de alguna empresa de relaciones públicas.

8.50 a.m. Pero no es un pintalabios porque es sólido. Quizá sea un bolígrafo. ¡Con mi nombre grabado! Quizá sea una invitación a una fiesta de alguna progresista firma de relaciones públicas; ¡quizá el lanzamiento de una nueva revista llamada *Lipstick!*, ¡quizá un producto de Tina Brown!; y la invitación a la espléndida fiesta seguro que no tardará en llegar.

Sí, ya lo ves. Creo que voy a ir a Coins a tomarme un *cappuccino*. Aunque, obviamente, sin cruasán de chocolate.

9 a.m. Ahora estoy en el café. Mmm. Encantada con el regalito, aunque tampoco estoy segura de que sea un bolígrafo. O por lo menos, si lo es, funciona de alguna manera realmente complicada.

Más tarde. Oh Dios mío. Me acababa de sentar a tomar un *cappuccino* y un cruasán de chocolate cuando entró Mark Darcy, como si tal cosa, como si no hubiese estado fuera: trajeado para ir al trabajo, recién afeitado, un pequeño corte en la bar-

billa cubierto con papel higiénico, típico en él todas las mañanas. Se digirió al mostrador de comida para llevar, dejó su maletín en el suelo y miró
alrededor como si estuviese buscando algo o a alguien. Me vio. Hubo un largo momento durante el
cual su mirada se suavizó (aunque, obviamente,
sus ojos no se anegaron de dulce sentimentalis-
mo). Se dio la vuelta y cogió su *cappuccino*. Yo rápidamente simulé estar más tranquila y centrada.
Entonces él vino hacia mi mesa, con un porte mucho más formal. Sentí el impulso de rodearle con
mis brazos.

–Hola –dijo con brusquedad–. ¿Qué tienes ahí?
–añadió señalando el regalo.

Apenas capaz de hablar debido al amor y la felicidad, le entregué la caja.

–No sé qué es. Creo que podría ser un bolígrafo.

Sacó el minúsculo bolígrafo de la caja, lo hizo
girar entre sus dedos, lo volvió a dejar en la caja
como un relámpago y dijo:

–Bridget, esto no es ningún bolígrafo promocional, es una jodida bala.

Todavía más tarde. OhDiosmíodemialma. No
había tiempo para hablar de Tailandia, Rebecca, el
amor, nada.

Mark cogió una servilleta, recogió con ella la tapa de la caja y la volvió a colocar.

–«Si puedes mantener la cabeza cuando todos a
tu alrededor...» –susurré para mí.

–¿Qué?

–Nada.

–Quédate aquí. No la toques. Es una bala que no
ha sido utilizada –dijo Mark.

Salió a la calle y miró arriba y abajo como un
detective de la televisión. Es interesante como todo
lo relacionado con la policía en la vida real recuerda a lo que una ha visto en la televisión, en cierto

modo de la misma forma en que las pintorescas escenas de vacaciones recuerdan a las postales o...

Ya estaba de vuelta.

—¿Bridget? ¿Has pagado? ¿Qué haces? Vamos.

—¿Adónde?

—A la comisaría de policía.

En el coche empecé a hablar atropelladamente, agradeciéndole todo lo que había hecho y diciéndole lo mucho que me había ayudado el poema en la cárcel.

—¿Poema? ¿Qué poema? —dijo girando por Kensington Park Road.

—El poema «If» —ya sabes— «forzar tu corazón, y tu valor y...» Oh Dios, siento muchísimo que tuvieses que ir hasta Dubai, te estoy tan agradecida, yo...

Se detuvo en el semáforo y me miró.

—No hay de qué —dijo con ternura—. Y ahora, ¿quieres callarte de una vez? Has sufrido un gran *shock*. Necesitas tranquilizarte.

Mmm. La cuestión es que se suponía que tenía que ver lo tranquila y centrada que yo estaba, y no decirme precisamente que me tranquilizase. Intenté tranquilizarme, pero resultaba muy difícil cuando lo único que era capaz de pensar era: alguien quiere matarme.

Cuando llegamos a la comisaría de policía era ligeramente menos parecido a un drama de la televisión porque todo estaba en mal estado y sucio y nadie parecía tener el más mínimo interés en nosotros. El agente de policía del mostrador intentó hacernos esperar en la sala de espera, pero Mark insistió en que nos llevasen al piso de arriba. Acabamos sentados en una oficina grande y sombría en la que no había nadie.

Mark me hizo explicarle todo lo que había ocurrido en Tailandia, me preguntó si Jed había mencionado a alguien a quien conociera en el Reino Unido, si el paquete había llegado con el correo normal, si desde mi regreso había visto a alguien extraño merodeando por ahí.

Me sentí un poco estúpida al contarle lo mucho que habíamos confiado en Jed, y pensé que me iba a echar un rapapolvo, pero él estuvo muy dulce.

–De lo peor que os podrían acusar a ti y a Shaz es de una estupidez pasmosa –dijo–. He oído que lo llevaste muy bien en la cárcel.

A pesar de que se estaba mostrando dulce, no estaba siendo... Bueno, todo parecía muy formal, y no que él quisiese volver conmigo ni hablar de nada sentimental.

–¿No crees que será mejor que llames al trabajo? –dijo consultando el reloj.

Me llevé la mano a la boca. Intenté decirme a mí misma que ya no podía importar si seguía teniendo trabajo o no si estaba muerta, ¡pero ya eran las diez y veinte!

–No te pongas como si acabases de comerte accidentalmente a un niño –dijo Mark riendo–. Por una vez tienes una excusa decente para tus retrasos patológicos.

Cogí el teléfono y marqué el número de la línea directa de Richard Finch. Contestó a la primera.

–Ohhh, eres Bridget, ¿verdad? ¿La Pequeña Miss Celibato? Hace dos días que ha vuelto y ya está haciendo novillos. Y bien, ¿dónde estás? De compras, ¿verdad?

«Si puedes confiar en ti mismo cuando todos los hombres dudan de ti», pensé. Si puedes...

–Jugando con una vela, ¿no es así? ¡Chicas, sacad las velas! –Produjo un intenso ruido como de ventosa.

Me quedé horrorizada con la mirada fija en el teléfono. No era capaz de comprender si Richard Finch había sido siempre así y yo había cambiado, o si era él quien se estaba metiendo en una terrible espiral descendente provocada por las drogas.

–Pásamelo –dijo Mark.

–¡No! –dije volviendo a coger el teléfono y siseando–: Puedo ocuparme yo solita de esto.

–Por supuesto que sí, cariño, sólo que ahora mismo no estás demasiado en tus cabales –murmuró Mark.

¡Cariño! ¡Me había llamado cariño!

–¿Bridget? Nos hemos vuelto a quedar dormidos, ¿verdad? ¿Dónde estás? –dijo Richard Finch riéndose satisfecho.

–En la comisaría de policía.

–Ohhh, ¿de vuelta a las andadas con la *rocacocacoquicoca*? Genial. ¿Tienes algo para mí? –dijo entre risas.

–Me han amenazado de muerte.

–¡Ohhh! Ésta sí que es buena. Dentro de un minuto recibirás una amenaza de muerte mía. Jajajajá. La comisaría de policía, ¿eh? Eso sí que me gustaría. Que mi equipo estuviera formado por trabajadores buenos, respetables y no consumidores de drogas.

Aquello era el colmo. La gota que colmaba el vaso. Respiré profundamente.

–Richard –dije solemnemente–. Eso, mucho me temo que es como si la olla llamase a la sartén culo sucio. Con la excepción de que yo no tengo el culo sucio porque no me drogo. No como tú. Pero da igual, de todas formas no pienso volver. Adiós.

Y colgué el teléfono. ¡Ja! ¡Jajajajá! Casi en seguida recordé el saldo deudor. Y las setas alucinógenas. Claro que no se las puede llamar exactamente drogas porque son setas naturales.

Justo entonces apareció un policía, pasó a toda prisa y fingió no habernos visto.

–¡Oye! –dijo Mark golpeando la mesa con el puño–. Aquí tenemos a una chica con su nombre grabado en una bala que no ha sido utilizada. ¿Es mucho pedir un poco de movimiento?

El policía se detuvo y nos miró.

–Mañana es el *funeral* –dijo malhumorado–. Y tenemos una agresión con arma blanca en Kensal Rise. Quiero decir que... hay otras personas que *ya* han sido asesinadas.– Meneó la cabeza y salió contrariado.

Diez minutos más tarde, el detective que supuestamente se encargaba de nosotros apareció con un listado de ordenador.

–Hola. Soy el inspector Kirby –dijo sin mirarnos. Estuvo un rato examinando el listado y luego me miró enarcando las cejas.

–Supongo que eso es el expediente de Tailandia –dijo Mark mirando por encima del hombro del policía–. Ah, no, ya veo... aquel incidente en...

–Bueno, sí –dijo el detective.

–No, no, aquello era sólo un pedazo de filete –dijo Mark.

El policía miraba a Mark de una manera francamente rara.

–Mi madre me lo dejó en una bolsa de la compra –expliqué–, y estaba empezando a pudrirse.

–¿Ves? ¿Ahí? Y éste es el informe de Tailandia –dijo Mark mirando el formulario.

El detective tapó el formulario con el brazo para protegerlo, como si Mark estuviese intentando copiarle los deberes. Justo entonces sonó el teléfono. El inspector Kirby lo cogió.

–Sí. Quiero estar con un coche patrulla en Kensington High Street. Bueno, ¡en algún sitio cerca del Albert Hall! Cuando el cortejo salga. Quiero rendirle el último homenaje –dijo con voz de estar exasperado–. ¿Qué está haciendo ahí el jodido inspector Rogers? Vale, bueno, entonces en el palacio de Buckingham. ¿Qué?

–¿Qué decía el informe acerca de Jed? –susurré.

–Dijo que se llamabá «Jed», ¿eh? –se mofó Mark–. En realidad se llama Roger Dwight.

–Vale entonces, Hyde Park Corner. Pero lo quiero delante de la multitud. Perdonen –dijo el inspector Kirby mientras colgaba el teléfono, adoptando ese tipo de pose exageradamente eficiente con el que me identifico totalmente si pienso en las ocasiones en que yo llego tarde al trabajo–. Roger Dwight «Jed» –dijo el detective–. Todo apunta en esa dirección, ¿no es así?

–Me sorprendería mucho que él hubiese sido capaz de organizar algo por sí solo –dijo Mark–. No, estando bajo custodia árabe.

–Bueno, hay formas y medios.

Me enfureció la forma en que Mark estaba hablando con el policía, por encima de mi cabeza. Me sentí casi como una putilla o una medio retrasada.

–Perdón –dije irritada–. ¿Podría participar en esta conversación?

–Claro –dijo Mark–, siempre y cuando no hables de traseros o sartenes.

Vi como el detective nos miraba a mí y a Mark de hito en hito y con aire de no entender nada.

–Supongo que podría haberlo organizado para que alguna otra persona la enviase –dijo Mark girándose hacia el detective–, pero parece algo bastante improbable, incluso temerario, teniendo en cuenta que...

–Bueno, sí, en este tipo de casos... Disculpen. –El inspector Kirby cogió el teléfono–. Vale. Bueno, ¡diles a los de Harrow Road que *ya tienen* dos coches en camino! –dijo de mal humor–. No. Quiero ver el ataúd *antes* de que se celebren las exequias. Sí. Bueno, pues dile al inspector Rimmington que se vaya a la eme. Perdóneme, señor. –Volvió a colgar el teléfono y sonrió satisfecho.

–¿En este tipo de casos...? –dije.

–Sí, es poco probable que una persona que vaya en serio anuncie sus...

–Quiere decir que simplemente ya le habrían pegado un tiro, ¿no? –dijo Mark.

Oh, *Dios*.

Una hora más tarde se habían llevado el paquete para tomar las huellas y una muestra de ADN y yo seguía siendo interrogada.

—¿Hay alguien, aparte de la conexión tailandesa, que le guarde rencor por algo, jovencita? —dijo el inspector Kirby—. ¿Un ex amante quizá, un pretendiente rechazado?

Me encantó que me llamase «jovencita». ¿Ves? Puede que no esté en la primera juventud pero...

—¡Bridget! —dijo Mark—. ¡Presta atención! ¿Hay alguien que pueda querer hacerte daño?

—Hay montones de personas que me han hecho daño —dije mirando a Mark y devanándome los sesos—. Richard Finch. Daniel... pero no creo que alguno de ellos fuera capaz de hacerme algo así —añadí sin estar demasiado segura.

¿Creería Daniel que yo había estado hablando de aquella noche en la que se suponía que teníamos que haber cenado juntos? ¿Tan molesto podía estar por haber sido rechazado? ¿No sería eso reaccionar un poco exageradamente? Pero entonces, quizá Sharon tuviera razón en lo de que los machos del fin de milenio habían perdido su papel gradicional.

—¿Bridget? —dijo Mark con ternura—. Sea lo que sea en lo que estás pensando, creo que deberías contárselo al inspector Kirby.

Era tan embarazoso... Acabé explicando todo lo ocurrido la noche que llegó Daniel y me encontró en ropa interior y tuve que taparme con una chaqueta, mientras el inspector Kirby anotaba los detalles con cara de póker. Mark no dijo nada mientras yo estaba hablando, pero parecía muy enfadado. Observé que el detective no dejaba de mirarlo fijamente.

—¿Ha estado relacionada con algún personaje de los bajos fondos? —dijo el inspector Kirby.

En la única persona que pude pensar fue en el posible chapero del tío Geoffrey, pero aquello era ridículo, porque el chapero no me conocía en absoluto.

–Tendrá que dejar su piso. ¿Hay algún sitio al que pueda ir?

–Puedes quedarte conmigo –dijo Mark de repente. El corazón me dio un vuelco–. En una de las habitaciones libres –añadió rápidamente.

–Señor, ¿podría dejarme un minuto? –dijo el detective inspector. Mark pareció deshincharse, luego dijo:

–Claro. –Y salió precipitadamente de la sala.

–No estoy seguro de que quedarse con el señor Darcy sea una buena idea, señorita –dijo el detective mirando hacia la puerta.

–Ya, quizá tenga razón –dije, pensando que el inspector se estaba comportando como un padre y sugiriendo, como hombre, que quizá yo debería mantener el aire de misterio y de inaccesible y dejar que Mark fuese el perseguidor, pero entonces recordé que supuestamente yo ya no tenía que pensar esa clase de cosas.

–¿Cuál ha sido hasta ahora exactamente su relación con el señor Darcy?

–Pues... –dije y empecé a contar toda la historia. El inspector Kirby parecía sospechar extrañamente de todo aquello. La puerta volvió a abrirse justo cuando él estaba diciendo:

–Así que el señor Darcy estaba *por casualidad* en la cafetería, ¿no es así? Precisamente la mañana que ha recibido la bala por correo.

Mark entró y se quedó de pie delante de nosotros.

–Vale –dijo en tono de hastío, mirándome como queriendo decir «Tú eres la fuente de todo lo opuesto a la serenidad»–. Coged mis huellas, una muestra de mi ADN, acabemos con todo esto.

–Oh, señor, no estoy diciendo que haya sido usted –dijo el detective a toda prisa–. Es sólo que tenemos que eliminar todos los...

–De acuerdo, de acuerdo –dijo Mark–. Adelante.

13
¡Aaah!

Viernes 5 de septiembre, todavía

54,3 kg, número de segundos desde la última vez que practiqué el sexo: ya no me importa, número de minutos que sigo con vida desde la amenaza de muerte: 34.800 (muy bien).

6 p.m. El apartamento de Shazzer. Mirando por la ventana. No puede ser Mark Darcy. Es ridículo. No puede ser. Tiene que ser algo relacionado con Jed. Quiero decir que, seguro que tiene toda una red de contactos aquí, con las drogas como único sustento, desesperados porque yo les he privado de éstas. ¿O Daniel? Pero seguro que él no haría algo así. Quizá se trate simplemente de algún chiflado. Pero, ¿un chiflado que sabe mi nombre y mi dirección? Alguien quiere matarme. Alguien se ha tomado la molestia de conseguir una bala todavía sin utilizar y grabar mi nombre en ella.

Tengo que mantener la calma. Calma, calma. Sí. Tengo que mantener la cabeza cuando todos a mi alrededor... Me pregunto si tendrán chalecos antibalas en Kookai.

Ojalá volviese Shaz. Estoy totalmente desorientada. El piso de Shaz es pequeño y está tremendamente desordenado, especialmente porque no tiene un solo tabique, pero con dos personas viviendo aquí, el suelo y todas las superficies disponibles parecen completamente cubiertas por sujetadores Agent Provocateur, botines de piel de leopardo, bolsas de Gucci, bolsos falsos de Prada, rebecas pequeñas de Voyage y extraños zapatos con correas. Estoy muy confundida. Quizá encuentre un poco de espacio en algún sitio donde poder acostarme.

Después de que se llevasen a Mark el inspector Kirby me repitió que no debía quedarme en mi piso y me acompañó hasta allí para recoger algunas cosas, pero el problema era que yo no tenía ningún sitio donde quedarme. Mamá y papá seguían en rehabilitación. El piso de Tom habría sido perfecto, pero no pude encontrar su número de San Francisco por ninguna parte. Intenté contactar con Jude y con Shaz en el trabajo pero ambas habían salido a comer.

Fue realmente horrible. Yo estaba dejando mensajes por todas partes mientras la policía se paseaba por el piso recogiendo objetos de los que obtener huellas dactilares y buscando pistas.

—Señorita, ¿qué hace ese agujero en la pared? —dijo uno de los policías que andaba por ahí llenando de polvos blancos todas las cosas.

—Oh, mmm, se lo han dejado —dije vagamente. Justo entonces sonó el teléfono. Era Shaz, y me dijo que podía quedarme en su casa y me explicó dónde estaba escondida la llave.

Creo que voy a dormir un poco.

11.45 p.m. Ojalá dejase de despertarme en mitad de la noche, aunque resulta muy reconfortante que Jude y Shaz también estén durmiendo en la habitación como recién nacidas. Cuando llegaron a casa después del trabajo estuvo muy bien. Comimos pizzas y yo me fui a dormir muy pronto. Ni una palabra de o acerca de Mark. Al menos me han instalado un botón de alarma. Está bien. Tiene control remoto alimentado desde un pequeño maletín. ¡¡¡Imagínate que si lo acciono vendrán jóvenes y ágiles policías de uniforme a salvarme!!! Mmm. Un pensamiento delicioso... mucho sueño...

Sábado 6 de septiembre

54,7 kg, 10 cigarrillos, 3 unidades de alcohol, 4.255 calorías (mejor será que disfrute de la vida mientras ten-

ga la suerte de seguir conservándola), minutos desde la
última vez que practiqué el sexo: 14.795.124 (por con-
siguiente, tengo que hacer algo con respecto a eso).

6 p.m. Yo, Jude y Shaz nos hemos pasado todo el día viendo el funeral de Diana. Las tres hemos estado de acuerdo en que ha sido como el funeral de alguien a quien conoces, sólo que a bastante mayor escala, así que después de verlo sientes que has sufrido muchísimo pero también como si te hubieses descargado de algo. Estoy verdaderamente encantada de que hayan conseguido hacerlo todo bien. Todo ha estado bien. Hermoso y realmente bien, como si el *establishment* hubiese captado finalmente el mensaje y nuestro país pudiese volver a hacer las cosas como es debido.

Todo parece una tragedia shakespeariana de una leyenda antigua, sobre todo con los desafíos entre dos casas de la nobleza como Spencer y Windsor. Me siento muy avergonzada de trabajar en un estúpido programa de televisión de sobremesa en el que hemos dedicado tardes enteras al pelo de Diana. Voy a cambiar de vida. Si el *establishment* puede cambiar, yo también.

Sin embargo ahora me siento un poco sola. Jude y Shaz han salido a la calle porque han dicho que empezaban a sentirse mal de estar tanto tiempo encerradas. Hemos intentado llamar a la comisaría de policía pero al final, después de cuarenta y cinco minutos, sólo hemos conseguido hablar con una mujer de la centralita principal que nos ha dicho que todo el mundo estaba ocupado. Les he dicho a Jude y a Shaz que no me importaba en absoluto que saliesen sin mí siempre y cuando me trajesen una pizza. Ah. El teléfono.

—Oh, hola, cariño, soy mamita.

¡Mamita! Cualquiera hubiera podido pensar que estaba a punto de hacer caca en su mano.

–¿Dónde estás, madre? –le dije.

–Oh, he salido, cariño.

Por un instante creí que me estaba diciendo que era lesbiana y que iba a ponerse a vivir con el tío Geoffrey en un matrimonio de conveniencia gay y sin sexo.

–Volvemos a estar en casa. Todo se ha solucionado y papá estará bien otra vez. ¡Yo no sé! Todo el tiempo bebiendo en su cobertizo cuando yo pensaba que eran los tomates. Por cierto, a Gordon Gomersall le ocurría exactamente lo mismo, ya sabes, y Joy no tenía ni idea. Ahora dicen que es una enfermedad. ¿Qué te ha parecido el funeral?

–Muy bonito –le dije–. ¿Y qué pasa ahora?

–Bueno, cariño... –empezó a decir, y entonces hubo un follón y papá cogió el teléfono.

–Todo va bien, cariño. Sólo tengo que mantenerme alejado de la bebida –me dijo–. Y ellos estaban intentando sacar a Pam de allí desde el primer día.

–¿Por qué? –dije, con una pintoresca imagen de mi madre seduciendo a una procesión de drogadictos de dieciocho años pasándoseme por la cabeza.

Él soltó una risita.

–Decían que ella era demasiado normal. Dijeron: «Quédesela».

–Sinceramente, cariño. ¡Fue algo completamente tonto y carente de sentido, cobrarles un montón de dinero a esas personas con ínfulas de ser famosas por decirles cosas que ya sabe todo el mundo!

–¿Qué clase de cosas?

–Ohhh, espera. Voy a darle la vuelta al pollo.

Aparté el auricular de la oreja intentando no pensar en qué clase de extraño plato saldría poniendo un pollo del revés.

–Uuf. Ya está.

–¿Qué cosas te dicen?

–Bueno, todas las mañanas teníamos que sentarnos en un círculo y decir toda clase de estupideces.

–¿Como por ejemplo...?

–¡Oh, vaya! Ya sabes. ¡Me llamo Pam y soy tal y cual cosa!

¿Tal?, me pregunté... ¿y cual cosa? ¿Una pesadilla de exceso de autoconfianza demencial? ¿Una obsesiva por la salsa para la carne sin grumos? ¿Una torturadora de niñas pequeñas?

–¡Y con qué cosas nos salían! «Hoy confiaré en mí mismo, no me preocuparé por las opiniones que tenga la gente acerca de mí.» Y así sucesivamente. O sea, sinceramente, cariño. Si la gente no tiene confianza en sí misma no llegará a ninguna parte, ¿no es así? –dijo desternillándose de risa–. ¡Baaaah! ¡Sin confianza en ti mismo! ¡Yo no sé! ¿Por qué iba a ir alguien por la vida preocupándose por lo que los demás piensan de él?

Miré preocupada a un lado y otro.

–¿Y tú que dijiste?

–Oh, no se me permitía decir nada. Bueno, en realidad sí, cariño.

–¿Qué? ¿Qué tenías que decir?

Oí a mi padre riéndose a lo lejos. Bueno, por lo menos él parecía estar en buenas condiciones.

–Díselo, Pam.

–Ufff. Bueno, se suponía que yo tenía que decir: «No permitiré que mi exceso de confianza me vende los ojos ante la realidad» y, «Hoy reconoceré mis errores en la misma medida que mis aciertos». O sea, era absolutamente ridículo, cariño. Bueno, tengo que irme pitando, suena el timbre. Entonces, nos vemos el lunes.

–¿Qué? –dije.

–Cariño, no digas qué, di perdón. Te he cogido hora en Debenhams para que te tiñan. ¡Ya te lo había dicho! A las cuatro en punto.

–Pero... –O sea, no me lo había dicho. ¿Cuándo me lo había dicho? ¿En enero?

–Tengo que dejarte, cariño. Los Enderbury llaman a la puerta.

Domingo 7 de septiembre

55,2 kg, metros cuadrados de suelo no cubiertos de sujetadores, zapatos, comida, botellas o pintalabios: 0.

10 a.m. ¡Hurra! Un día más y todavía no estoy muerta. Sin embargo ha sido una noche horrible. Después de la charla con mamá me sentí muy cansada, así que comprobé que todas las puertas estuviesen cerradas, me enterré bajo la montaña de bragas, camisolas y piezas de piel de leopardo de Shazzer y me puse a dormir. No las oí llegar, y luego me he despertado a medianoche y he visto que ya estaban durmiendo. Aquí empieza a apestar de verdad. Y el problema también es que, si me despierto por la noche, todo lo que puedo hacer es quedarme observando el techo en silencio por miedo a no despertarlas al tirar algo al suelo.

Ohhh. El teléfono. Será mejor que lo coja antes de que se despierten.

—Bueno, se han dado cuenta de que no soy un ex amante asesino.

¡Hurra! Era Mark Darcy.

—¿Cómo estás? —dijo mostrándose considerado, y más teniendo en cuenta que, gracias a mí, se había pasado siete horas en la comisaría de policía—. Te habría llamado, pero no quisieron decirme dónde estabas hasta que se hubiese probado mi inocencia.

Intenté estar alegre, pero acabé explicándole que en casa de Shazzer estábamos muy apiñadas.

—Bueno, la oferta de venir y quedarte conmigo sigue en pie —dijo sin ceremonia—. Hay dormitorios de sobra.

Me gustaría que dejase de refregarme por la cara que no quiere acostarse conmigo. La cosa parece estar convirtiéndose en una escena pashmina, y sé por Shazzer y Simon lo imposible que es salirse una vez se empieza, porque al más leve indicio de sexo, a todo el mundo le entra pánico de «arruinar la amistad».

Justo en ese momento Jude bostezó y se dio la vuelta, haciendo caer al suelo con el pie una pila de cajas de zapatos, desparramando collares, pendientes, maquillaje y una taza de café en mi bolso. Respiré hondo.

–Gracias –susurré al teléfono–. Estaré encantada de ir.

11.45 p.m. Casa de Mark Darcy. Oh Dios. Esto no va demasiado bien. Estoy tumbada sola en una habitación blanca que me es extraña, sólo con una cama blanca, persianas blancas y una preocupante silla blanca que es el doble de alta de lo que debería ser. Este sitio da miedo: un gran palacio vacío sin ni siquiera algo de comida. Parece imposible encontrar o hacer algo sin un colosal esfuerzo mental porque cada interruptor, cadena del váter, etc., tiene la apariencia de ser otra cosa. Además hace muchísimo frío; sí, esto parece una nevera.

Un día extraño y en penumbra que me he pasado durmiendo, despertándome y volviéndome a dormir. Me siento como de costumbre y entonces caigo en un profundo sueño, casi como cuando los aviones caen veinte metros sin razón aparente. No sé si todavía es el *jet-lag* o si sólo estoy intentando escapar de todo. Hoy Mark se ha tenido que ir a trabajar, a pesar de que es domingo, porque perdió todo el día del viernes. Shaz y Jude vinieron hacia las 4 con el vídeo *Orgullo y prejuicio*, pero no fui capaz de ver la escena del lago después de la debacle de Colin Firth, así que sólo charlamos y leímos revistas. Entonces Jude y Shaz empezaron a pasearse por la casa entre risillas. Me puse a dormir y cuando me desperté ya se habían ido. Mark llegó a casa hacia las 9 con la cena para los dos comprada en un sitio de comida para llevar. Yo tenía muchas esperanzas de que se produjera una reconciliación romántica, pero me estaba concentrando tanto en no darle la impresión de que quería acostarme con él, o de que quedarme en su casa se debía a algún otro motivo que no fuera un acuerdo legal con la policía de por medio, que acabamos comportándonos de forma estirada y formal, como doctor y paciente, habitantes de la casa de *Blue Peter* o algo similar.

Ojalá ahora entrase. Es muy frustrante estar tan cerca de él, querer tocarlo. Quizá debería decirle algo. Pero parece un problema demasiado complicado y que me da demasiado miedo, porque si le digo cómo me siento y él no quiere que volvamos a estar juntos, será tremendamente humillante, teniendo en cuenta que estamos viviendo juntos. Y es plena noche.

Oh Dios mío, sin embargo, quizá sí fue Mark quien lo hizo. Quizá entrará ahora en la habitación y me... bueno, me pegará un tiro, y entonces habrá sangre por toda la virginal habitación blanca como si de la sangre de una virgen se tratase, exceptuando, claro está, que yo no soy virgen. Sólo jodidamente célibe.

No tengo que pensar así. Por supuesto, él no lo hizo. Como mínimo tengo el botón de alarma. Es terrible no poder dormir y tener a Mark en el piso de abajo, probablemente desnudo. Mmm. Mmm. Me gustaría poder ir abajo y, bueno, violarle. No he practicado el sexo en... cifra muy difícil.

¡Tal vez suba él! Oiré pasos en las escaleras, la puerta se abrirá lentamente y él se acercará y se sentará en la cama –¡desnudo!– y... Oh Dios, estoy tan frustrada.

Si pudiese ser como mamá y tener confianza en

mí misma y no preocuparme por lo que piensen los demás... pero eso es muy difícil cuando sabes que alguien está pensando en ti. Que alguien está pensando cómo matarte.

Lunes 8 de septiembre

55,6 kg (seria crisis), número de amenazadores de muerte capturados por la policía: 0 (no muy bueno), número de segundos desde la última vez que practiqué el sexo: 15.033.600 (crisis digna de un cataclismo).

1.30 p.m. Cocina de Mark Darcy. Acabo de comer un trozo enorme de queso sin razón alguna. Voy a comprobar las calorías.

Joder. 100 calorías por cada 25 gramos. El paquete es de 200 gramos y ya he comido un poco –quizá 50 gramos–, y queda un poco, así que me he comido 500 calorías en treinta segundos. Es increíble. Quizá tendría que provocarme el vómito, como muestra de respeto hacia la princesa Diana. ¡Aaah! ¿Por qué mi mente ha tenido una idea de tan mal gusto? En fin, será mejor que me coma todo el que queda como para dar carpetazo a este triste episodio.

Creo que me veré forzada a aceptar como verdad lo que los doctores dicen de que las dietas no funcionan porque tu cuerpo simplemente cree que está pasando hambre y, en cuanto vuelve a ver algo de comida, engulle como una Fergie. Ahora me despierto cada mañana para encontrar la grasa en nuevos lugares extraños y horrorosos. No me sorprendería lo más mínimo encontrar la pizza hecha un pedazo de masa de grasa suspendida entre la oreja y el hombro o curvándose al lado de la rodilla, ondulándose ligeramente al viento como la oreja de un elefante.

Todo sigue confuso y por resolver con Mark. Esta mañana, cuando he bajado, él ya se había ido a trabajar (no es extraño, porque era la hora de la comida), pero me había dejado una nota donde decía que «estaba en mi casa» y que podía invitar a venir a quien quisiera. ¿Como quién? Todo el mundo está trabajando. Este sitio es tan silencioso... Tengo miedo.

1.45 p.m. Mira, todo va bien. Seguro. Soy consciente de que no tengo trabajo, ni dinero, ni novio, y un piso con un agujero al que no puedo ir, estoy viviendo de una forma extraña, platónica y en plan ama de llaves con el hombre al que amo en una nevera gigante y alguien quiere matarme pero está claro que eso es algo temporal.

2 p.m. Quiero estar con mi mamá.

2.15 p.m. He llamado a la policía y les he pedido que me lleven a Debenhams.

Más tarde. Mamá ha estado fantástica. Bueno, algo así. Al final.

Llegó diez minutos tarde vestida de color cereza, con el pelo resplandeciente y bien peinado y unas quince bolsas de John Lewis.

—Nunca lo adivinarás, cariño —me estaba diciendo cuando se sentó, dejando alucinados a los otros compradores con la cantidad de bolsas que llevaba.

—¿Qué? —dije con voz trémula agarrando la taza del café con las dos manos.

—Geoffrey le ha dicho a Una que es uno de esos «homos», aunque en realidad no lo es, cariño, es un «bi»; de no ser así, nunca habrían tenido a Guy y a Alison. Bueno, pues Una dice que no le molesta lo más mínimo ahora que él se lo ha dicho. Gillian Robertson, en Saffron Waldhurst, estuvo casada con uno durante años y fue un matrimonio muy bueno. Aunque fíjate, al final tuvieron que dejarlo porque él se dedicaba a merodear por aquellas furgonetas de venta de hamburguesas en los aparcamientos, y la mujer de Norman Middleton murió... ya sabes, ¿la que fue presidenta del consejo de la escuela de chicos...? Así que al final, Gillian... Oh, Bridget, Bridget. ¿Cuál es el problema?

Cuando se dio cuenta de lo alterada que yo estaba, se volvió extrañamente amable, me llevó fuera de la cafetería dejando las bolsas con el camarero, sacó un amasijo de pañuelos de su bolso, me acompañó hasta la escalera trasera, hizo que nos sentásemos y me dijo que se lo explicase todo.

Por una vez en su vida me escuchó. Cuando acabé me rodeó con sus brazos como una madre y me dio un fuerte abrazo, sumergiéndome en la cálida nube de un Givenchy III extrañamente reconfortante.

—Has sido muy valiente, cariño –susurró–. Estoy orgullosa de ti.

Aquello estuvo tan bien... Al final ella se levantó y se sacudió el polvo de las manos.

—Ahora venga. Tenemos que pensar qué es lo siguiente que vamos a hacer. Yo hablaré con ese detective y le ajustaré las cuentas. Es ridículo que esa persona siga libre desde el viernes. Han tenido tiempo de sobra para cogerlo. ¿Qué han estado haciendo? ¿Perder el tiempo? Oh, no te preocupes. Sé cómo tratar a la policía. Si quieres te puedes quedar con nosotros. Pero creo que deberías quedarte con Mark.

—Pero soy una inútil con los hombres.

—Tonterías, cariño. Sinceramente, no me extraña

que las chicas no tengáis novios si vais por ahí haciendo ver que sois magníficas chicas prodigio que no necesitan a nadie aparte de James Bond, y luego llegáis a casa y os ponéis a desvariar diciendo que sois un desastre con los hombres. Oh, mira la hora que es. ¡Venga, llegamos tarde a la peluquería!

Diez minutos más tarde estaba sentada en una habitación blanca muy a lo Mark Darcy con un albornoz blanco y una toalla blanca en la cabeza rodeada por mamá, una gama de muestras de colores y alguien llamada Mary.

–Yo no sé –masculló mamá–. Deambulando sola y preocupándote por todas esas teorías. Pruébalo con Cereza Exprimida, Mary.

–No soy yo, es una tendencia social –dije indignada–. Las mujeres se quedan solteras porque pueden mantenerse y quieren hacer sus carreras y entonces, cuando se hacen mayores, todos los hombres creen que son Desesperadas Usadas con fechas de caducidad y quieren a alguien más joven.

–Sinceramente, cariño. ¡Fechas de caducidad! ¡Cualquiera pensaría que eres un bote de requesón pasado de fecha! Todas esas tonterías sin sentido sólo pasan en las películas, cariño.

–No, no es cierto.

–¡Baaah! Fecha de caducidad. Ellos tal vez finjan que quieren una de esas tías buenas, pero en realidad no es así. Quieren a una buena amiga. ¿Qué hay del Roger como-se-llame que dejó a Audrey por su secretaria? Claro que ella era lerda. ¡Seis meses más tarde él ya le estaba suplicando a Audrey que volviese y ella no quiso!

–Pero...

–Se llamaba Samantha. Más corta que las mangas de un chaleco. Y Jean Dawson, que estaba casada con Bill –¿conoces a los Dawson, los carniceros?–; después de que Bill muriese se casó con un chico con la mitad de años que ella, y él la quiere con verdadera devoción, muchísimo, y ya sabes que Bill no le dejó una gran fortuna, porque no se gana mucho dinero con la carne.

—Pero, si eres feminista no deberías necesitar...

—Eso es lo ridículo del feminismo, cariño. Cualquier persona con una pizca de cerebro sabe que nosotras somos la raza superior y que el único punto negro es...

—¡Madre!

— ...cuando creen que una vez se han retirado se pueden pasar el día tirados por ahí sin hacer ninguna tarea doméstica. Bueno, mira eso, Mary.

—Yo elegiría el coral —dijo Mary, malhumorada.

—Bueno, exacto —dije a través de un gran cuadrado color aguamarina—. No puede ser tener que ir a trabajar y luego hacer la compra si ellos no lo hacen.

—¡Yo no sé! Todas parecéis albergar esa estúpida idea de tener a Indiana Jones en casa llenando el lavavajillas. Hay que entrenarlos. ¡Al principio de nuestro matrimonio papá iba al Club de Bridge cada noche! ¡Cada noche! Y... solía fumar.

«Caray. Pobre papá», pensé mientras Mary sostenía una muestra de rosa pastel contra mi rostro y mamá colocaba una de púrpura delante.

—Los hombres no quieren que les manden —dije—. Quieren que tú seas inalcanzable para poder perseguirte y...

Mamá lanzó un gran suspiro.

—¿Qué sentido tuvo que papá y yo te lleváramos a la catequesis del domingo semana tras semana si no sabes qué pensar sobre las cosas? Simplemente te aferras a lo que crees que está bien y vuelves a Mark y...

—Pam, no funcionará. Ella es Invierno.

—Ella es Primavera o yo soy una lata de melocotón en almíbar. Te lo digo yo. Ahora vuelve a casa de Mark...

–Pero es horrible. Nos comportamos de forma educada y formal y yo parezco un trapo sucio...

–Bueno, eso lo estamos solucionando con el tinte, ¿no? Aunque en realidad no importa el aspecto que tengas, ¿verdad, Mary? Lo único que debes hacer es ser real.

–Es verdad –dijo Mary sonriendo alegremente. Mary, que tenía el tamaño de un acebo.

–¿Real? –dije.

–Oh, ya sabes, cariño, como el Conejo de Pana. ¡Te acuerdas! Era tu libro favorito y Una solía leértelo cuando papá y yo tuvimos problemas con aquel pozo séptico. Ahí está, mira eso.

–Pam, ¿sabes una cosa? Creo que tienes razón –dijo Mary maravillada–. Sí que es Primavera.

–¿No te lo había dicho?

–Bueno, lo hiciste Pam, ¡y ahí estaba yo tildándola de Invierno! Eso demuestra lo equivocada que estaba, ¿no?

Martes 9 de septiembre

2 a.m. En la cama, sola, todavía en casa de Mark Darcy. Me siento como si ahora me pasase toda la vida en habitaciones completamente blancas. De regreso de Debenhams me perdí con el policía. Fue ridículo. Como le dije al detective, me enseñaron de niña que cuando me perdiese tenía que preguntarle a un policía, pero por alguna razón no vio lo divertido de la situación. Cuando finalmente llegamos, entré en otro Síndrome del Sueño y me desperté hacia medianoche para encontrarme la casa a oscuras y la puerta del dormitorio de Mark cerrada.

Quizá vaya abajo, me prepare una taza de té y vea la televisión en la cocina. Pero, ¿y si Mark está saliendo con alguien y la trae a casa y yo soy como la tía loca o la señora Rochester bebiendo té?

Sigo pensando en lo que me dijo mamá sobre ser real y lo del libro del Conejo de Pana (aunque, sinceramente, ya he tenido bastantes problemas con conejos en esta casa en concreto). Mi libro favorito, dice ella –del cual no recuerdo nada–, hablaba de que los niños tienen un juguete que les gusta más que los otros e incluso cuando su piel se ha gastado por el roce, y se ha deformado y le faltan trozos, los niños siguen pensando que es el juguete más maravilloso del mundo, y no pueden soportar estar apartados de él.

–Así es como funciona cuando la gente se quiere de verdad –susurró mamá en el ascensor de Debenhams cuando ya nos íbamos, como si estuviese confesando algún terrible y vergonzoso secreto–. Pero, la cuestión es, cariño, que eso no les pasa a los que son de porcelana, que se rompen si se caen al suelo, o los que están hechos de material sintético, que no dura. Tienes que ser valiente y dejar que la otra persona sepa quién eres y lo que sientes. –Entonces el ascensor se paró en «Artículos para el cuarto de baño»–. ¡Uf! ¡Bueno, qué divertido! –gorjeó con un brusco cambio de tono en el momento en que tres señoras con *blazers* de colores chillones entraron apretujando sus cuerpos y sus noventa y dos bolsas contra nosotras–. Ya ves, yo sabía que tú eras Primavera.

Está muy bien que ella lo diga. Si yo le dijese a un hombre lo que siento de verdad, éste huiría a toda prisa. Así es –cogiendo un ejemplo al azar– cómo me siento en este preciso instante:

1) Sola, cansada, asustada, triste, confusa y extremadamente frustrada sexualmente.

2) Fea, porque todo mi pelo ha tomado la forma de imaginativas crestas y remolinos y tengo el rostro hinchado a causa del cansancio.

3) Confusa y triste porque no tengo ni idea de si le sigo gustando a Mark o no, y tengo miedo de preguntárselo.

4) Muy enamorada de Mark.

5) Cansada de acostarme sola y de intentar afrontarlo todo sola.

6) Alarmada por la horrible idea de que no he practicado el sexo desde hace quince millones ciento veinte mil segundos.

Así que, en resumen, lo que realmente soy es una persona sola, fea, triste y desesperada por el sexo. Mmm: atractiva, provocativa. Oh, maldita sea, no sé qué hacer. Me encantaría tomarme una copa de vino. Creo que voy a bajar. En lugar de vino me tomaré un té. A no ser que haya alguna botella abierta. Quiero decir que, quizá me ayude realmente a dormir.

8 a.m. Me dirigí cautelosamente hacia la cocina. No pude encender las luces porque me fue imposible encontrar los interruptores de diseño. Cuando pasé por delante de la habitación de Mark medio deseé que se despertase, pero no fue así. Seguí caminando de puntillas escaleras abajo y entonces me quedé paralizada. Delante tenía una sombra grande como la de un hombre. La sombra se movió en mi dirección. Vi que era un hombre –un hombre enorme– y me eché a gritar. Cuando me di cuenta de que el hombre era Mark –¡desnudo!– reparé en que él también estaba gritando. Pero gritando mucho más que yo. Gritando absolutamente aterrorizado, fuera de sí. Gritando –como medio dormido– como si acabase de presenciar la escena más espantosa y horrible de su vida.

«Genial», pensé: «Real». Así que esto es lo que ocurre cuando me ve despeinada y sin maquillaje.

–Soy yo –dije–. Soy Bridget.

Por un instante pensé que él volvería a gritar incluso más fuerte, pero entonces se sentó en las escaleras temblando incontrolablemente.

–Oh –dijo, intentando respirar profundamente–. Oh, oh.

Parecía tan vulnerable y necesitado de mimos allí sentado que no pude evitar sentarme a su lado, rodearlo con mis brazos y acercarlo a mí.

–Oh Dios –dijo acurrucándose contra mi pijama–. Me siento tan gilipollas.

De repente me pareció realmente divertido... o sea, era realmente divertido que su ex novia le hubiese dado un susto de muerte. Él también empezó a reír.

–Oh Dios –dijo–. Supongo que no es demasiado viril asustarse por la noche. Creí que eras el hombre de la bala.

Le acaricié el pelo, le di un beso en el claro donde su piel se había desprendido como la del Conejo de Pana. Y entonces le dije lo que sentía, lo que sentía de verdad. Y el milagro fue que, cuando hube acabado, él me dijo que sentía prácticamente lo mismo.

De la mano, como los Bisto Kids, fuimos hasta la cocina y, con mucha dificultad, localizamos Horlicks y leche detrás de las misteriosas paredes de acero inoxidable.

–Mira, la cuestión es –dijo Mark cuando nos acurrucamos detrás del horno, agarrándonos con fuerza a nuestras tazas para intentar entrar en calor–, que cuando no contestaste mi nota pensé que se había acabado, y no quise que sintieses que te estaba presionando de alguna forma. Yo...

–Espera, espera –dije–. ¿Qué nota?

–La nota que te di en la lectura de poemas justo antes de irme.

–Pero si sólo era el poema «If» de tu padre.

Increíble. Resulta que cuando Mark tiró el delfín

azul al suelo no estaba escribiendo un testamento sino que me estaba escribiendo una nota.

–Fue mi madre quien me dijo que todo lo que tenía que hacer era ser sincero con mis sentimientos –dijo.

Ancianos de la tribu... ¡hurra! En la nota me decía que él todavía me quería, que no estaba con Rebecca, y que tenía que llamarle aquella misma noche si sentía lo mismo y que, de no ser así, nunca más me molestaría con esas cosas y sólo sería mi amigo.

–Y bien, ¿por qué me dejaste y te fuiste con ella? –le dije.

–¡No lo hice! ¡Fuiste tú la que me dejó! Joder, y yo ni siquiera me di cuenta de que se suponía que estaba saliendo con Rebecca hasta que llegué a su fiesta en la casa de veraneo y me encontré en la misma habitación que ella.

–Pero... ¿Así que... o sea que ni siquiera te acostaste con ella?

Me sentí muy, muy aliviada al saber que él no había sido tan insensible como para llevar los calzoncillos del Newcastle United que le regalé para echar un polvo acordado de antemano con Rebecca.

–Bueno. –Bajó la mirada y sonrió–. Aquella noche.

–¿Qué? –exploté.

–En fin, soy humano. Era un invitado. Parecía de buena educación.

Empecé a intentar golpearle en la cabeza.

–Como dice Shazzer, los hombres tienen deseos consumiéndoles por dentro *todo* el tiempo –prosiguió mientras esquivaba los golpes–. Ella no dejaba de invitarme a cosas: cenas, fiestas de niños con animales de corral, vacaciones...

–Ya, vale. ¡Y a ti ella no te gustaba lo más mínimo!

–Bueno, es una chica muy atractiva, habría sido extraño que no... –Dejó de reír, me cogió de la mano y me estiró hacia él.

–Cada vez –susurró de modo apremiante–, cada vez deseé que tú estuvieras ahí. Y aquella noche en Gloucestershire, sabiendo que estabas a quince metros de distancia...

–Doscientos metros, en los alojamientos del servicio.

–Justo adonde perteneces y donde pretendo mantenerte hasta el final de tus días.

Por suerte él seguía sosteniéndome con fuerza, así que no pude golpearle más. Entonces me dijo que la casa sin mí era grande, fría y solitaria. Y que prefería mi piso porque era muy acogedor. Y me dijo que me quería, que no estaba muy seguro del porqué, pero que sin mí no había diversión. Y entonces... Dios, el suelo de piedra estaba frío.

Cuando entramos en su dormitorio vi una pequeña pila de libros junto a su cama.

–¿Qué es eso? –dije sin poder creer lo que estaban viendo mis ojos–. *¿Cómo amar y perder pero mantener la autoestima? ¿Cómo recuperar a la mujer que amas? ¿Lo que quieren las mujeres? ¿Citas de Marte y Venus?*

–Oh –dijo tímidamente.

–¡Maldito bastardo! –dije–. Yo tiré todos los míos. –Volví a lanzar el primer puñetazo y entonces una cosa llevó a la otra y, ¡¡¡nos pasamos *toda la noche* echando polvos!!!

8.30 a.m. Mmm. Me encanta mirarlo cuando está durmiendo.

8.45 a.m. Sin embargo, me gustaría que ahora se despertase.

9 a.m. No voy a *despertarlo*, pero quizá logre hacerlo con la fuerza de mi pensamiento.

10 a.m. De repente Mark se incorporó de golpe y me miró. Creí que me iba a pegar la bronca o a volver a empezar a gritar. Pero sonrió somnoliento, se volvió a tumbar y me atrajo violentamente hacia él.

—Lo siento —dije después.

—Sí, deberías sentirlo, sucia putilla —murmuró de forma cachonda—. ¿Por qué?

—Por haberte despertado al quedarme mirándote.

—¿Sabes una cosa? —dijo—. Lo deseaba.

Acabamos permaneciendo en la cama mucho rato después de eso, lo que estuvo bien porque Mark no tenía ninguna cita que no pudiese esperar y yo no tenía ninguna cita más para el resto de mi vida. Sin embargo, en el momento crucial sonó el teléfono.

—Déjalo —dijo Mark con voz entrecortada, continuando. Saltó el contestador.

—Bridget, Richard Finch al habla. Estamos haciendo un programa sobre el Nuevo Celibato. Estábamos intentando encontrar una mujer joven atractiva que no haya practicado el sexo en seis meses. No hemos obtenido resultado. Así que he decidido que buscaríamos a cualquier mujer mayor que no pueda echar un polvo y he pensado en ti. ¿Bridget? Coge el teléfono. Sé que estás ahí, tu chiflada amiga Shazzer me lo ha dicho. Bridget. Bridgeeeeeeeeeet. ¡BRIDGEEEEEEEEEEEEEEET!

Mark detuvo sus actividades, levantó una ceja en plan Roger Moore, cogió el teléfono y murmuró:

—Señor, está en camino. —Y dejó caer el auricular en un vaso de agua.

Viernes 12 de septiembre

Minutos desde la última vez que he practicado el sexo: 0 (¡hurra!).

Día de ensueño cuyo punto álgido fue ir a Tesco Metro con Mark Darcy. Él no dejó de meter cosas en el carrito: frambuesas, Häagen-Daaz de praliné y crema, y un pollo con una etiqueta que decía «Muslos extra gordos».

Cuando llegamos a la caja el total era de 98,70 libras.

–Esto es increíble –dijo sacando su tarjeta de crédito y moviendo la cabeza con incredulidad.

–Lo sé –dije tristemente–, ¿quieres que contribuya?

–Dios, no. Esto es alucinante. ¿Cuánto durará toda esta comida?

Miré el contenido dubitativa.

–¿Una semana?

–Pero eso es increíble. Es extraordinario.

–¿Qué?

–Bueno, cuesta menos de cien libras. ¡Eso es menos que una cena en Le Pont de la Tour!

Cociné el pollo con Mark y él estaba entusiasmadísimo, paseándose de un lado a otro de la cocina, entre corte y corte.

–O sea, ha sido una semana tan genial... ¡Esto debe de ser lo que hace la gente todo el tiempo! Van a trabajar y después vuelven a casa y la otra persona está allí, y charlan y miran la tele y *cocinan*. Es alucinante.

–Sí –dije mirando de lado a lado y preguntándome si quizá estaba loco.

–Quiero decir que, ¡no he corrido ni una vez hacia el contestador para ver si alguien sabe que existo en el mundo! –dijo–. No tengo que ir a sentarme a algún restaurante con un libro y pensar que pueda acabar muriendo solo y...

– ...¿ser encontrado tres semanas más tarde medio devorado por un perro lobo? –acabé la frase por él.

–¡Exacto, exacto! –dijo mirándome como si acabásemos de descubrir la electricidad a la vez.

–¿Me disculpas un minuto? –le dije.

–Claro. Ejem, ¿por qué?

–Sólo será un momento.

Me dirigía a toda velocidad escaleras arriba para llamar a Shazzer y contarle la revolucionaria noticia de que quizá, después de todo, ellos no sean los inasequibles adversarios extraños, sino que son como nosotras, cuando el teléfono sonó en el piso de abajo.

Pude oír a Mark hablando. Pareció hablar durante una eternidad, así que yo no pude llamar a Shazzer y al final, pensando «maldito desconsiderado», bajé a la cocina.

–Es para ti –dijo sosteniendo el teléfono–. Lo han atrapado.

Sentí como si me hubiesen dado un puñetazo en la boca del estómago. Mark me cogió de la mano y yo, temblorosa, cogí el teléfono.

–Hola, Bridget, el inspector Kirby al habla. Tenemos retenido a un sospechoso por lo de la bala. Hemos obtenido una comparación positiva de ADN con el sello y las tazas.

–¿Quién es? –susurré.

–¿El nombre Gary Wilshaw le dice algo?

¡Gary! Oh, Dios mío.

–Es mi chapuzas.

Resultó que Gary estaba buscado por unos cuantos robos de poca monta en casas en las que había estado trabajando, y a primera hora de esa tarde fue arrestado y le tomaron las huellas dactilares.

–Le tenemos bajo custodia –dijo el inspector Kirby–. Todavía no hemos conseguido una confesión, pero ahora estoy bastante seguro de que podemos relacionarlo. Estaremos en contacto con usted y entonces podrá regresar a su piso sin correr peligro.

Medianoche. Mi apartamento. Oh caray. El inspector Kirby llamó media hora más tarde y dijo que

Gary había hecho una confesión en un mar de lágrimas y que podíamos regresar al piso, que no me preocupase por nada, y que recordase que había un botón de alarma en el dormitorio.

Nos acabamos el pollo y luego fuimos a mi piso, encendimos el fuego y vimos *Friends* y después Mark decidió darse un baño. Alguien llamó a la puerta cuando él estaba en el cuarto de baño.

–¿Hola? –Bridget, soy Daniel.

–Mmm.

–¿Puedes dejarme entrar? Es importante.

–Espera, ahora bajo –dije mirando hacia el cuarto de baño. Pensé que sería mejor solucionar las cosas con Daniel pero no quería arriesgarme a enfurecer a Mark. En cuanto abrí la puerta supe que había hecho lo equivocado. Daniel estaba borracho.

–Así que pusiste a la policía tras mis pasos, ¿eh? –dijo articulando mal.

Empecé a andar hacia atrás para alejarme de él mientras seguía manteniendo el contacto visual, como si Daniel fuese una serpiente de cascabel.

–Tú estabas desnuda debajo del abrigo. Tú...

De repente se oyó un fuerte sonido de pasos en las escaleras, Daniel levantó la mirada y –pam–, Mark Darcy le había dado un puñetazo en la boca, y él cayó desplomado contra la puerta de entrada, con sangre en la nariz.

Mark pareció bastante asustado.

–Perdona –dijo–. Mmm... –Daniel empezó a intentar ponerse en pie y Mark se le acercó a toda prisa y le ayudó a levantarse–. Siento lo ocurrido –volvió a decir con educación–. ¿Estás bien, puedo traerte, mmm...?

Daniel se limitó a frotarse la nariz con aspecto aturdido.

–Será mejor que me vaya –murmuró con resentimiento.

–Sí –dijo Mark–. Creo que será lo mejor. Simplemente asegúrate de dejarla en paz. O, en fin, tendré que, ya sabes, volver a hacerlo.

—Ya. Vale —dijo Daniel obedientemente.

Una vez de regreso al piso, las puertas cerradas con llave, la cosa se puso bastante salvaje en el campo de batalla del dormitorio. Joder, no lo podía creer cuando alguien volvió a llamar a la puerta.

—Voy yo —dijo Mark con un fuerte aire de responsabilidad viril, envolviéndose en una toalla—. Debe de ser Cleaver otra vez. Quédate aquí.

Tres minutos más tarde se oyó ruido de pasos fuera y se abrió la puerta del dormitorio de golpe. Casi grité cuando el inspector Kirby asomó la cabeza. Estiré las sábanas hasta la barbilla y seguí su mirada, púrpura de turbación, por el rastro de prendas y ropa interior que llevaba hasta la cama. Cerró la puerta tras él.

—Ahora está bien —dijo el inspector Kirby con tono tranquilo y reconfortante como si yo estuviese a punto de saltar de un edificio altísimo—. Puede contármelo, está a salvo, tengo a gente sujetándole fuera.

—¿A quién... Daniel?

—No, Mark Darcy.

—¿Por qué? —dije absolutamente confundida.

Volvió a mirar hacia la puerta.

—Señorita Jones, ha apretado el botón de alarma.

—¿Cuándo?

—Hará unos cinco minutos. Hemos recibido una señal repetida y cada vez más frenética.

Miré en la repisa de la cama, donde había colocado el botón de alarma. No estaba allí. Busqué tímidamente por debajo de la ropa de la cama y encontré el aparato naranja.

El inspector Kirby pasó la mirada del botón a mí, a la ropa del suelo, y entonces sonrió.

—Vale, vale. Ya veo —abrió la puerta—. Puede volver a entrar, señor Darcy, si todavía le queda, ejem, energía.

Todos los policías sonrieron con complicidad al oír la eufemística explicación de aquella situación.

–Vale. Nos vamos. Que se diviertan –dijo el inspector Kirby mientras los policías bajaban las escaleras haciendo mucho ruido–. Oh, sólo una cosa. El sospechoso original, el señor Cleaver...

–¡No sabía que Daniel fuese el sospechoso original! –dije.

–Bueno. Hemos intentado interrogarlo en un par de ocasiones pero oponía bastante resistencia. Quizá estaría bien hacerle una llamada para calmar las cosas.

–Oh, gracias –dijo Mark con sarcasmo, intentando mantener la dignidad a pesar de que se le estaba cayendo la toalla–. Gracias por decírnoslo ahora.

Acompañó al inspector Kirby fuera y pude oír cómo le explicaba lo del puñetazo, y el inspector Kirby dijo que le mantuviese informado si había algún problema y todo eso de decidir si presentar o no cargos contra Gary.

Cuando Mark volvió a entrar yo estaba llorando. De repente había empezado a llorar y luego, por alguna razón, ya no podía parar.

–Está bien –dijo Mark abrazándome con fuerza y acariciándome el pelo–. Se ha acabado. Está bien. Todo estará bien.

14
¿Para lo bueno y para lo malo?

Sábado 6 de diciembre

11.15 a.m. Hotel Claridge's. ¡Aaah! ¡Aaah! ¡AAA-AAAAAAH! La boda es dentro de cuarenta y cinco minutos y yo acabo de derramar esmalte de uñas Rouge Noir en la parte de delante de mi vestido, formando una mancha enorme.

¿Qué estoy haciendo? El concepto mismo de las bodas constituye una tortura enfermiza. Los invitados víctimas de la tortura (aunque, obviamente, no a la misma escala que los clientes de Amnistía Internacional) vestidos de punta en blanco con cosas que no llevarían normalmente, como medias blancas, teniendo que salir de la cama prácticamente la madrugada del sábado, recorriendo toda la casa gritando: «¡Joder! ¡Joder! ¡Joder!», intentando encontrar viejos trozos de papel de envolver plateados, envolver regalos extraños e innecesarios como máquinas para hacer helados o para hacer pan (destinados a ser interminablemente reciclados entre los Petulantes Casados, porque ¿quién quiere llegar echo polvo a casa por la noche y pasarse una hora metiendo ingredientes en una gigantesca máquina de plástico para, al despertarse a la mañana siguiente, poder consumir una enorme barra de pan camino del trabajo en lugar de comprar un cruasán de chocolate al tomarse el *cappuccino*?), luego conducir 600 kilómetros comiendo gominolas de la gasolinera, vomitar en el coche y no ser capaz de encontrar la iglesia. ¡Mírame! ¿Por qué yo, Señor? ¿Por qué? Parece algo así como si me hubiese venido la regla al revés y me hubiese manchado el vestido.

11.20 a.m. Gracias a Dios. Shazzer acaba de volver a la habitación y hemos decidido que lo mejor es *recortar* el pedazo manchado por el esmalte porque el material es tan duro, brillante y pegajoso que no ha llegado al forro interior, que es del mismo color, y, así, puedo sostener el ramillete delante de éste.

Sí, seguro que eso irá bien. Nadie se dará cuenta. Quizá incluso piensen que forma parte del diseño. Como si todo el vestido formase parte de una pieza de encaje extremadamente grande.

Bien. Tranquila y confiada. Elegancia interior. La presencia del agujero en el vestido no es la cuestión más importante, que hoy tiene que ver con otras cosas. Afortunadamente. Seguro que todo estará tranquilo e irá bien. Anoche Shaz se pasó realmente. Espero que hoy pueda soportar la resaca.

Más tarde. ¡Caray! Llegué a la iglesia con sólo veinte minutos de retraso e inmediatamente empecé a buscar a Mark. Sólo con verle la nuca me di cuenta de que estaba tenso. Entonces el órgano empezó a sonar y él se dio la vuelta, me vio y, por desgracia, pareció a punto de echarse a reír. No podía culparle porque yo no es que fuese vestida como un sofá, pero sí como con un vestido abombado gigante.

Iniciamos la majestuosa marcha por el pasillo. Dios, Shaz tenía muy mala cara. Tenía aquel aire de intensa concentración para que nadie le notase la resaca. La marcha pareció durar una eternidad, con la cancioncita:

Blaanca y radiaaante va la nooo-via, etc.

O sea, ¿por qué?, ¿por qué?

—Bridget. El pie —siseó Shaz.

Bajé la mirada. El sujetador lila con piel de Agent Provocateur de Shazzer estaba enganchado al tacón de mi zapato forrado de satén. Consideré la posibilidad de dar una patada para desengancharlo, pero entonces el sujetador se habría quedado reveladoramente en el pasillo durante la ceremonia. En lugar de eso intenté sin éxito colocarlo debajo de mi vestido, provocando un breve interludio de pasos renqueantes dando torpes saltitos con nulos resultados. Fue un alivio cuando llegué al final y pude recoger el sujetador y colocarlo detrás del ramillete mientras sonaba la marcha nupcial. El Malvado Richard estaba estupendo, parecía muy seguro de sí mismo. Llevaba sólo un traje normal y corriente, bonito... no iba vestido con ningún demencial traje en plan chaqué, como si fuese uno de los extras de la película *Oliver* cantando «¿Quién me comprará esta maravillosa mañana?» y haciendo un baile con piruetas y brincos.

Por desgracia, Jude había cometido el –ya empezaba a ser evidente– crucial error de no excluir a los niños pequeños de la boda. Justo cuando empezó la ceremonia un bebé empezó a gritar al fondo de la iglesia. Era un llanto de primera, del tipo que al poco de empezar se detienen un momento para respirar como cuando se espera el trueno después del relámpago, y entonces le sigue un tremendo rugido. Me parece increíble lo de las modernas madres de clase media. Miré a mi alrededor para ver a aquella mujer zarandeando al niño arriba y abajo y parpadeando presumida a todo el mundo como diciendo «¡Brrrrr!». No pareció pasársele por la cabeza que podría estar bien llevar al niño fuera para que el público pudiese oír a Jude y al Malvado Richard unir sus almas como una sola para el resto de sus días. Vi una larga y brillante cabellera rubia ondulando al fondo de la iglesia: Rebecca. Llevaba un traje gris pálido inmaculado y estiraba el cuello en dirección a Mark. A su lado estaba Giles Benwick con aspecto triste y llevando un regalo con un lazo.

–Richard Wilfred Albert Paul... –dijo el vicario

con voz muy resonante. No tenía ni idea de que el Malvado Richard tuviese tantos Malvados nombres. ¿En qué estarían pensando sus padres?

– ...Para amarla, cuidarla...

Mmmm. Me encanta la ceremonia de la boda. Muy reconfortante.

– ...Consolarla y mantenerla...

Dumf. Una pelota de fútbol botó en el pasillo y golpeó la parte de atrás del vestido de Jude.

– ...En lo bueno y en lo malo...

Dos chiquillos con, lo juro, zapatos de claqué, huyeron de los bancos de la iglesia en los que estaban sentados y corrieron detrás de la pelota.

– ...¿Hasta que la muerte os separe?

Se oyó un ruido sordo y entonces los dos chicos empezaron a tener una incomprensible conversación que empezó con susurros y fue aumentando progresivamente de volumen mientras el bebé volvía a berrear.

Por encima del estrépito casi no pude oír al Malvado Richard decir «Sí quiero», aunque podría haber dicho perfectamente «No quiero», de no ser porque él y Jude se miraban de forma sensiblera y llenos de felicidad.

–Judith Caroline Jonquil...

¿Cómo es posible que sólo yo tenga dos nombres? ¿Acaso todo el mundo excepto yo tiene largas listas de nombres detrás del nombre?

– ...Tomas a Richard Wilfred Albert Paul...

Vi por el rabillo del ojo que el devocionario de Sharon empezaba a balancearse.

– ...Quie...

Ahora el libro de Shazzer se balanceaba ostensiblemente. Miré alrededor alarmada y justo entonces vi a Simon con chaqué correr hacia ella. Las piernas de Shazzer empezaron a doblarse como si estuviese haciendo una reverencia a cámara lenta y se desplomó en brazos de Simon.

– ...Para amarlo, cuidarlo...

Ahora Simon estaba arrastrando a Shazzer a escondidas hacia la sacristía, los pies de ella asomándole por debajo del abombado vestido lila como si se tratase de un cadáver.

– ...Honrarlo y obedecerlo...

¿Obedecer al Malvado Richard? Por un instante consideré la posibilidad de seguir a Shazzer hacia la sacristía para ver si estaba bien pero, ¿qué pensaría Jude si ahora, en el momento en que más nos necesitaba, se diese la vuelta y viese que tanto Shazzer como yo nos habíamos largado?

– ...¿Hasta que la muerte os separe?

Se oyeron una serie de golpes cuando Simon metió a Shazzer a pulso en la sacristía.

–Sí quiero.

La puerta de la sacristía se cerró de golpe tras ellos.

–Yo os declaro...

Los dos chiquillos aparecieron desde detrás de la pila y salieron corriendo por el pasillo. Dios, ahora el bebé estaba chillando de verdad.

El vicario se detuvo y se aclaró la garganta. Se dio la vuelta para ver que los niños daban patadas a la pelota contra los bancos. Establecí contacto visual con Mark. De repente él dejó su devocionario, salió del banco, cogió a cada uno de los niños bajo el brazo y se los llevó fuera de la iglesia.

–Yo os declaro marido y mujer.

Todos los presentes aplaudieron a rabiar y Jude y Richard sonrieron felices.

Tras firmar el registro el ambiente entre los menores de cinco años ya era positivamente festivo. Había, efectivamente, una fiesta infantil enfrente del altar, y volvimos a recorrer el pasillo detrás de una furiosa Magda que se llevaba fuera de la iglesia a una Constance, que no dejaba de gritar, diciéndole «Mami te va a pegar, te va a pegar, ella te va a pegar».

Al salir a la intemperie, en medio de una lluvia helada y fuertes vientos, oí a la madre de los chiquillos futbolistas diciéndole groseramente a un Mark desconcertado: «Pero si es maravilloso que los niños se comporten a sus anchas en una boda. Quiero decir que, ése es el sentido de la boda, ¿no es así?».

–No lo sé –dijo Mark alegremente–. No pude oír ni una jodida palabra.

Regresamos a Claridge's para encontrarnos con que los padres de Jude habían tirado la casa por la ventana y el salón de baile estaba adornado con algo así como serpentinas de bronce, adornos florales, pirámides cobrizas de fruta y querubines del tamaño de burros.

Al entrar todo lo que se podía oír era gente diciendo:

–Doscientos cincuenta de los grandes.

–Oh, venga. Como mínimo 300.000 libras.

–¿Estás de broma? ¿En Claridge's? Medio millón.

Vi a Rebecca mirando frenética alrededor del salón con una sonrisa clavada en el rostro, como un juguete con la cabeza en un palito. Giles la seguía nervioso, su mano por la cintura de ella.

Sir Ralph Russell, el padre de Jude, un altisonante «no os preocupéis, soy un hombre de negocios tremendamente rico y afortunado», le estaba dando la mano a Sharon en la fila.

–Ah, Sarah –bramó–. ¿Te encuentras mejor?

–Sharon –corrigió Jude, radiante.

–Oh sí, gracias –dijo Shaz llevándose la mano delicadamente al cuello. Ha sido el calor...

Casi me echo a reír, teniendo en cuenta que hacía tanto frío que todo el mundo llevaba ropa interior térmica.

–Shaz, ¿estás segura de que no fue lo arrimada que estuviste al Chardonnay? –dijo Mark, y ella le levantó un dedo riendo.

La madre de Jude sonrió fríamente. Estaba delgada como un palo y llevaba un modelo de pesadilla, con incrustaciones, de Escada, con inexplicables abullonamientos alrededor de las caderas, seguramente para hacer ver que las tenía. (¡Oh, feliz engaño necesitarlas!)

—Giles, cariño, no te metas la cartera en el bolsillo del pantalón, hace que tus muslos parezcan grandes —dijo Rebecca de golpe.

—Ahora estás siendo codependiente, cariño —dijo Giles pasándole la mano por la cintura.

—¡No es cierto! —dijo Rebecca apartándole la mano de mal humor, para recuperar casi en seguida la sonrisa—. ¡Mark! —gritó. Le miró como si la multitud se hubiese apartado, el tiempo se hubiese detenido y la Glenn Miller Band estuviese a punto de tocar «It had to be you».

—Oh, hola —dijo Mark con indiferencia—. ¡Giles, muchachote! ¡Nunca pensé que te vería con chaleco!

—Hola, Bridget —dijo Giles, y me dio un sonoro beso—. Precioso vestido.

—De no ser por el agujero —dijo Rebecca.

Exasperada, aparté la mirada y vi a Magda a un extremo del salón con aspecto de estar angustiada, apartándose obsesivamente un inexistente mechón de pelo de la cara.

—Oh, esto es parte del diseño —estaba diciendo Mark, sonriendo orgulloso—. Es un símbolo de fertilidad *yurdish*.

—Perdonadme —dije. Me acerqué a Mark y le susurré al oído—: Algo va mal con Magda.

Magda estaba tan preocupada que casi no podía hablar.

—Para, cariño, para —le estaba diciendo distraída a Constance, que intentaba meter un pirulí de chocolate en el bolsillo de su vestido color pistacho.

—¿Qué pasa?

—Esa... esa... bruja que tuvo el lío con Jeremy el

año pasado. ¡Está aquí! Si él se atreve a hablar con ella...

–Eh, Constance. ¿Te ha gustado la boda? –era Mark, que le dio una copa de champán a Magda.

–¿Qué? –dijo Constance mirando a Mark con los ojos desorbitados.

–La boda. En la iglesia.

–¿La fiejta?

–Sí –dijo él riendo–, la fiesta en la iglesia.

–Bueno, mamá me sacó de allí –dijo mirándole como si fuese un imbécil.

–¡Jodida puta! –dijo Magda.

–Se suponía que tenía que ser una fiejta –dijo Constance misteriosamente.

–¿Puedes llevártela? –le susurré a Mark.

–Venga, Constance, vamos a buscar la pelota de fútbol.

Ante mi sorpresa, Constance le cogió de la mano y se fue muy contenta con él.

–Jodida puta. Voy a matarla, voy a...

Seguí la mirada de Magda hasta donde una joven vestida de rosa estaba manteniendo una animada charla con Jude. Era la misma chica con la que yo había visto a Jeremy el año anterior en un restaurante de Portobello, y también una noche a la salida del The Ivy, metiéndose en un taxi.

–¿Qué hace Jude invitándola? –dijo Magda furiosa.

–Bueno, ¿cómo quieres que Jude sepa de quién se trata? –dije observándolas–. Quizá trabajan juntas o algo así.

–¡Bodas! ¡Podéis quedároslas! Oh Dios, Bridge. –Magda empezó a llorar y buscó un pañuelo–. Lo siento.

Vi a Shaz dándose cuenta de la crisis y acercándose a nosotras a toda prisa.

–¡Venga, chicas, venga! –Jude, sin saber nada de lo que estaba ocurriendo, rodeada por los embelesados amigos de sus padres, estaba a punto de tirar el ramillete. Empezó a abrirse paso hacia nosotras, seguida por el séquito–. Allá vamos. Prepárate, Bridget.

Vi el ramillete volar por los aires hacia mí como a cámara lenta, lo cogí, vi el rostro cubierto de lágrimas de Magda y se lo pasé a Shazzer, que lo tiró al suelo.

–Damas y caballeros. –Un ridículo mayordomo con pantalones bombacho estaba golpeando un martillo con forma de querubín contra un atril de bronce adornado con flores–. Por favor, pónganse en pie y manténganse en silencio mientras el nuevo matrimonio se dirige hacia la mesa presidencial.

¡Joder! ¡Mesa presidencial! ¿Dónde estaba *mi* ramillete? Me arrodillé, cogí el de Jude, que estaba a los pies de Shazzer y, con una alegre sonrisa en la cara, lo sostuve delante del agujero de mi vestido.

–Fue cuando nos mudamos a Great Missenden; entonces los increíbles dones de Judith en estilo libre y mariposa...

A las cinco en punto sir Ralph ya había estado hablando durante veinticinco minutos.

– ...Se hicieron *claramente* manifiestos no sólo para nosotros, sus claros partidarios –levantó la mirada para provocar una sumisa, leve y fingida risa de los presentes–, sus padres, sino para toda la región de South Buckinghamshire. ¡Fue un año en el que Judith no sólo consiguió el primer puesto en mariposa y estilo libre en tres campeonatos consecutivos en la Liga Delfín de Menores de Doce Años de South Buckinghamshire, sino que también obtuvo la Medalla de Oro de Supervivencia Personal justo tres semanas antes de los exámenes de primer curso!...

–¿Qué está pasando entre tú y Simon? –le siseé a Shaz.

–Nada –me siseó ella mirando fijamente a los allí presentes.

– ...Durante aquel mismo año lleno de trabajo Judith obtuvo una distinción en sus exámenes de la Junta Asociada de Segundo Grado de clarinete, una temprana indicación de la rotunda «Famma Universale» en la que se iba a convertir...

–Pero te debía estar mirando en la iglesia; si no, no hubiese llegado a tiempo para cogerte.

–Lo sé, pero en la sacristía le vomité en la mano.

– ...Buena y consumada nadadora, la segunda alumna principal en su escuela y, sinceramente, como admitió la directora en privado, fue un error de juicio, porque la actuación de Karen Jenkins como alumna principal fue... bueno. Éste es un día de celebración, no de pesar, y sé que, ejem, el padre de Karen está hoy con nosotros...

Mark y yo nos miramos y pensé que iba a explotar. Jude era un modelo de impasibilidad, sonriéndole a todo el mundo, acariciando la rodilla del Malvado Richard y dándole todos los besitos del mundo, como si la pesadilla de aquel runrún no estuviese sucediendo y ella no hubiese caído borracha al suelo de mi piso en numerosas ocasiones gritando «Bastardo con fobia al compromiso. Malvado de nombre y Malvado de naturaleza, ey, ¿nos hemos quedado sin vino?»

– ...Segunda clarinetista solista en la orquesta de la escuela, trapecista consumada, Judith era, y es, un premio *más valioso que los rubíes*...

Pude ver adónde conducía todo aquello. Por desgracia aún fue necesario un seguimiento de treinta y cinco minutos por el año sabático de Jude, el triunfo en Cambridge, y la meteórica ascensión a través de los pasillos del mundo financiero para llegar hasta allí.

– ...Y finalmente, sólo me queda esperar que, ejem...

Todos contuvimos la respiración mientras sir Ralph miraba sus notas durante un tiempo demasiado largo, sin sentido alguno, sin razón alguna, más allá del decoro y de la buena educación inglesa.

–¡*Richard!* –dijo finalmente–, espero que estés suficientemente agradecido por este impagable premio, esta joya, que hoy te ha sido otorgada tan gentilmente. Richard puso los ojos en blanco con cierta gracia y la sala estalló aliviada en un aplauso. Sir Ralph parecía decidido a continuar con cuarenta páginas más pero, gracias a Dios, desistió cuando los aplausos siguieron.

Entonces el Malvado Richard pronunció un discurso breve y más bien simpático y se puso a leer una selección de telegramas, todos de lo más aburridos, exceptuando uno de Tom desde San Francisco, que, sin mucha fortuna, decía: «FELICIDADES: QUE SEA EL PRIMERO DE UNA LARGA LISTA».

Luego Jude se puso en pie. Dijo unas pocas y bonitas palabras de agradecimiento y entonces –¡hurra!– empezó a leer el fragmento que anoche escribimos ella, Shaz y yo. Esto fue lo que dijo. Tal y como sigue. Hurra.

–Hoy dejo de ser una Solterona. Pero, a pesar de que ahora esté Casada, prometo no ser una Petulante. Prometo no atormentar nunca a ninguna Solterona del mundo preguntándole por qué no está casada todavía, ni decir jamás «¿Cómo va tu vida amorosa?». En cambio, siempre respetaré eso porque es un asunto privado tan personal como si yo sigo practicando el sexo con mi marido.

–Prometo que ella seguirá practicando el sexo con su marido –dijo el Malvado Richard, y todo el mundo se echó a reír.

–Prometo no sugerir jamás que la Soltería es un error, o que, por el hecho de que alguien sea un Solterón, tiene que haber algo malo en él. Porque, como todos sabemos, la Soltería es una situación normal del mundo moderno, todos estamos solteros en diferentes momentos de nuestras vidas, y esa situación merece tanto respeto como el Sagrado Matrimonio.

Hubo un murmullo de reconocimiento. (Por lo menos eso es lo que me pareció.)

–También prometo mantenerme en constante contacto con mis mejores amigas, Bridget y Sharon, pruebas vivientes de que la Familia Urbana de los Solterones es tan fuerte y apoya tanto, siempre a tu disposición, como cualquier otra familia de sangre. Sonreí tímidamente y Shazzer tocó mi pie con el suyo por debajo de la mesa. Jude miró hacia nosotras y al vernos levantó su copa.

–Y ahora me gustaría hacer un brindis por Bridget y Shazzer: las mejores amigas que puede una chica tener en el mundo.

(Yo escribí esa parte.)

–Damas y caballeros... por las damas de honor.

La gente se puso a aplaudir como loca. Quiero a Jude, quiero a Shaz, pensé, mientras todos se ponían en pie.

–Por las damas de honor –dijeron todos. Fue maravilloso ser el centro de atención. Vi a Simon sonriéndole alegremente a Shaz y miré a Mark para ver que él también me estaba sonriendo alegremente.

Después de aquello todo fue un poco confuso, pero recuerdo haber visto a Magda y a Jeremy riéndose juntos en un rincón y entonces haberme acercado a ella.

–¿Qué está ocurriendo?

Resultó que la guarra trabajaba en la empresa de Jude. Jude le dijo a Magda que todo lo que sabía era que la chica había tenido aquel ligue loco con un hombre que seguía enamorado de su mujer. Casi le dió un patatús cuando Magda le dijo que se trataba de Jeremy, pero todas estuvimos de acuerdo en que no debíamos comportarnos fatal con la chica porque realmente el gilipollas fue Jeremy.

–Maldito cabrón. Bueno, ahora ha aprendido la lección. Nadie es perfecto y quiero de verdad a ese carrozón.

–Bueno, mira a Jackie Onassis –dije, tratando de animarla.

–Exacto, eso es –dijo Magda.

–O a Hilary Clinton.

Nos miramos dubitativas y nos echamos a reír.

La mejor parte fue cuando me fui al lavabo. ¡Simon estaba sobando a Shazzer y metiéndole mano por su vestido de dama de honor!

Hay algunas relaciones que en cuanto ves que empiezan ya sabes, click: eso es, es perfecto, va a funcionar, va a ser una carrera de fondo... normalmente el tipo de relaciones que ves empezar entre tu último ex, con el que estás deseando volver, y otra persona.

Regresé al banquete antes de que Sharon y Simon me viesen, y sonreí. Shaz es genial. Se lo merece, pensé, y entonces me paré en seco. Rebecca estaba cogiendo a Mark por la solapa, y le estaba hablando apasionadamente. Me precipité detrás de una columna y escuché.

–¿No crees? –estaba diciendo ella–. ¿No crees que es perfectamente posible para dos personas que tendrían que estar juntas, una pareja perfecta en todos los aspectos –en intelecto, en físico, en educación, en posición– verse apartadas por malentendidos, por actitudes defensivas, por orgullo, por... –se detuvo y entonces dijo con tono áspero– ...la interferencia de terceras personas y acabar con el compañero equivocado? ¿No crees?

–Bueno, sí –murmuró Mark–. Aunque no estoy demasiado seguro de tu lista de...

–¿De verdad? ¿De verdad? –Parecía estar borracha.

–Casi me pasa con Bridget.

–¡Lo sé! Lo sé. Ella no es buena para ti, cariño, como Giles para mí... Oh, Mark. Sólo he salido con

Giles para que te des cuenta de lo que sientes por mí. Quizá haya estado mal pero... ¡ellos no son nuestros iguales!

–Mmm... –dijo Mark.

–Lo sé, lo sé. Puedo sentir lo atrapado que te sientes. ¡Pero es tu vida! No puedes vivirla con alguien que cree que Rimbaud es una película de Sylvester Stallone, necesitas estímulos, necesitas...

–Rebecca –dijo Mark en voz baja–, necesito a Bridget.

Al oírlo Rebecca soltó un ruido de horror, algo entre un gemido de borracha y un rugido de enfado.

Decidida a no sentir la más mínima y superficial sensación de triunfo, ni una alegría en absoluto espiritual, ni a regocijarme, porque la puta presumida de dos caras y piernas de insecto de palo del País de las Guarras había recibido su justo castigo, me fui, con una petulante sonrisa cruzando mi rostro de oreja a oreja.

Acabé apoyada contra una columna en la pista de baile, observando a Magda y Jeremy fuertemente abrazados, sus cuerpos moviéndose juntos en un baile practicado durante diez años, la cabeza de Magda en el hombro de Jeremy, los ojos cerrados, tranquilos, la mano de Jeremy recorriendo distraída el trasero de ella. Él le susurró algo y ella se echó a reír sin abrir los ojos.

Sentí una mano por la cintura. Era Mark, que también estaba mirando a Magda y a Jeremy.

–¿Quieres bailar? –me dijo.

15
Excesivo espíritu navideño

Lunes 15 de diciembre

58,5 kg (parece cierto, por desgracia, que el peso vuelve a su nivel natural), 0 felicitaciones enviadas, 0 regalos comprados, mejora en el agujero de la pared desde que fue practicado: un solo ramito de acebo.

6.30 p.m. Todo es encantador. Normalmente, la semana antes de navidad estoy resacosa e histérica, furiosa conmigo misma por no haberme escapado a la casita de campo de un leñador en medio del bosque para permanecer tranquila junto al fuego, en lugar de despertarme en la enorme ciudad, vibrante y cada vez más histérica, con la población mordiéndose los nudillos al pensar en los plazos referentes a trabajo/felicitaciones/regalos, viéndose atada con cuerdas como pollos para poder sentarse en calles atascadas emitiendo rugidos como osos a los novatos conductores de taxis por intentar localizar Soho Square utilizando un mapa del centro de Addis Abeba, y entonces llegar a fiestas para ser recibidos por la misma gente que han estado viendo las tres noches anteriores, sólo que el triple de borrachos y resacosos y queriendo gritarles «¡IDOS TODOS A LA PORRA!», e irse a casa.

Esta actitud es negativa a la vez que mala. Al fin he encontrado la forma de vivir una vida pacífica, pura y buena, casi sin fumar y sólo un poco borracha, una vez, en la boda de Jude. Incluso el borracho de la fiesta del viernes no afectó a mi equilibrio cuando nos llamó a mí y a Sharon «putas insustanciales de los medios de comunicación». Hoy he recibido un correo gratificante, incluida una postal de mamá y papá desde Kenia diciéndome que papá se lo ha pasado bomba en la moto de agua de Wellington y que ha bailado el limbo con una chica massai la noche del bufé y que esperaban que Mark y yo no pasemos unas navidades demasiado solos sin ellos. Luego una posdata de papá diciendo:

−¡Nos han dado camas gemelas, cada una mide más de metro ochenta y es superfirme y elástica! *Hakuna matata*.

¡Hurra! Todo el mundo es feliz y está tranquilo. ¡Esta noche, por ejemplo, no voy a escribir las felicitaciones de navidad con reticencia sino con alegría!... porque, como se dice en *Budismo: el drama del monje adinerado*, el secreto de la felicidad espiritual no es fregar los platos para tener los platos fregados sino el hecho de fregar los platos. Pasa exactamente lo mismo con las felicitaciones de navidad.

6.40 p.m. Sin embargo es una idea un poco aburrida pasarse toda la noche sentada escribiendo felicitaciones de navidad cuando es navidad.

6.45 p.m. Quizá me coma uno de los adornos de chocolate para el árbol.

6.46 p.m. Quizá también me tome una festiva copita de vino para celebrar la navidad.

6.50 p.m. Mmm. El vino está delicioso. Quizá también me fume un cigarrillo. Sólo uno.

6.51 p.m. Mmm. El cigarrillo está genial. O sea, la autodisciplina tampoco lo es todo. Mira, si no, a Pol Pot.

6.55 p.m. Empezaré con las felicitaciones en cuanto haya acabado con el vino. Quizá lea la carta una vez más.

—¿Probamos en medio de la habitación? —dije con una dignidad tremenda.

Los chicos se miraron y rieron y movieron el monstruoso árbol hasta el centro de la habitación. Entonces no podía ver a ninguno de los dos.

—Así está bien, gracias —dije con tono agudo y ahogado, y se fueron riendo escaleras abajo.

8.05 p.m. Mmm.

8.10 p.m. Bueno, no hay problema. Simplemente me desvincularé del asunto del árbol y escribiré las felicitaciones.

8.20 p.m. Mmm. Este vino está delicioso... La cuestión es, ¿importa si no envías felicitaciones de navidad? Seguro que hay gente de la que nunca he recibido una felicitación de navidad. ¿Eso es de mala educación? Por ejemplo, siempre me ha parecido un poco ridículo enviarles a Jude o a Shazzer una felicitación de navidad cuando las veo cada dos días. Pero, entonces, ¿cómo puede esperar uno que le envíen felicitaciones? Exceptuando que, claro está, enviar felicitaciones nunca da frutos hasta el año siguiente, a no ser que envíes las felicitaciones la primera semana de diciembre, pero eso sería un impensable comportamiento de Casada Aburrida. Mmm. Quizá debería hacer una lista de los pros y los contras de enviar las felicitaciones.

8.25 p.m. Creo que antes voy a echar un vistazo al *Vogue* especial navidad.

8.40 p.m. Atraída aunque al mismo tiempo muy minada por el mundo de navidad de *Vogue*. Me doy cuenta de que tanto mi moda como mis ideas para hacer regalos están inexorablemente anticuadas y que debería estar yendo en bicicleta, vestida con una combinación de enaguas de Dosa con edredón en la parte de arriba y un perrito en bandolera, posando en fiestas con mi hija modelo prepúber y planeando comprar para mis amigos fundas para bolsas de agua caliente *pashmina*, fragancias para poner en la colada en lugar del típico hedor del jabón de lavado, linternas eléctricas de Asprey... con las luces del árbol de navidad reflejándose en mis dientes.

No voy a hacer el menor caso. Es muy poco espiritual. Imaginemos que un volcán tipo Pompeya entrase en erupción al sur de Slough, y todo el mundo quedase conservado en piedra yendo en bicicleta con perritos, edredones y sus correspondientes hijos; las generaciones futuras vendrían a visitarlo y se reirían de la falta de espiritualidad de aquello. También rechazo los lujosos e inútiles regalos, que dicen más del lucimiento del que regala que de haberlo pensado para el que recibe el regalo.

9 p.m. Sin embargo, me gustaría bastante una bolsa de agua caliente *pashmina* para mí.

9.15 p.m. Lista de regalos de navidad:
Mamá: una funda para bolsa de agua caliente *pashmina*.
Papá: una funda para bolsa de agua caliente *pashmina*.

Oh Dios. Ya no puedo soportar la peste del árbol por más tiempo: es fuerte y me recuerda repulsivamente a una plantilla de calzado con olor a pino que ha sido llevada durante varios meses, penetrando en las paredes y en la puerta de madera maciza. Maldito árbol. Ahora la única forma de atravesar la habitación sería pasar por debajo como un jabalí. Creo que volveré a leer la felicitación de navidad de Gary. Es genial. La felicitación estaba en-

rollada en forma de bala y tenía escrito «¡Perdón!».
En el interior decía:

Querida Bridget:
Perdona por lo de la bala. No sé lo que me pa-
só por la cabeza pero las cosas no me han ido
bien con el dinero y el incidente de pesca. Bridget,
entre nosotros había algo especial. Era algo im-
portante de verdad. Yo pensaba acabar el cuarto
nuevo cuando llegase el dinero. Cuando me lle-
gó la carta del abogado fue de puta pena y me
destrozó por dentro y perdí los estribos.

Luego había un ejemplar del *Correo del pesca-*
dor abierta por la página 10. Al otro lado de una
página titulada «El mundo de la carpa», con un artículo sobre «Los mejores cebos» había seis fotos
de pescadores, todos ellos sosteniendo enormes y
viscosos peces grises, incluyendo una de Gary con
un tampón cruzado que decía «Descalificado», y
una columna debajo titulada:

LOCO DE REMATE
Gary Wilshaw, el tres veces campeón de East
Hendon, ha sido suspendido del club de pesca de
East Hendon después de un incidente de cambio
de pez. Wilshaw, de 37 años, de West Elm Drive,
obtuvo el primer puesto con una carpa de 12 kilos
y 120 gramos supuestamente con un anzuelo del 4.
Más tarde resultó que, gracias a un chivata-
zo, supimos que la carpa era un pez de criade-
ro de East Sheen, probablemente enganchado
al 4 durante la noche.
Un portavoz del club de pesca de East Hendon dijo «Este tipo de prácticas hacen que todo
el deporte de pesca en embalse de agua dulce se
vea desprestigiado y el club de pesca de East
Hendon no puede tolerar tal comportamiento».

9.25 p.m. ¿Ves?, se sentía impotente como Daniel. El pobre Gary con su pez. Humillado. Le encantan los peces. ¡Pobre Daniel! Hombres en peligro.

9.30 p.m. Mmm. El vino está delicioso. Me estoy montando una fiesta yo sola. Piensor en todas las perzonas encantadouras que han estado en mi vida ejte año, incluso las que hicieron cosas malas. No ciento más que amor y perdón. Agarrarse al resentimiento sólo perrjuidica a uno.

9.45 p.m. Agora voy a scribir las felicitaciones. Voig a hacer ouna lista.

11.20 p.m. Hecho. Ahora voy al buizuón.

11.30 p.m. De regrueso al pijso. Maldito árbol. Ya sé. Voy a cuoger las tiejeras.

Medianoche. Yaij. Mejuorr. Uuf. Tengo sueio. Uups. Me he caído.

Martes 16 de diciembre

63 kg, 6 unidades de alcohol, 45 cigarrillos, 5.732 calorías, 132 decoraciones de chocolate del árbol de navidad, felicitaciones enviadas... Oh Dios, diablos, Belcebú y todos sus subpoltergeists.

8.30 a.m. Un poco confundida. Acabo de tardar una hora y siete minutos en vestirme y todavía no estoy vestida, porque me acabo de dar cuenta de que hay una mancha en la parte delantera de la falda.

8.45 a.m. Ahora me he quitado la falda. Me voy

a poner la gris pero, ¿dónde coño está? Uuf. Me duele la cabeza. Vale, no voy a volver a beber en... Oh, quizá la falda esté en el salón.

9 a.m. Ahora estoy en el salón, pero todo está desordenado. Creo que me voy a tomar unas tostadas. Los cigarrillos son un veneno maligno.

9.15 a.m. ¡Aaah! Acabo de ver el árbol.

9.30 a.m. ¡Aaah! ¡Aaah! Acabo de encontrar la felicitación que había perdido. Esto es lo que pone:

Feliz navidad para mi queridísimo, queridísimo Ken. He apreciado tanto tu amabilidad este año... Eres una persona maravillosa, maravillosa, fuerte y profesional con las cifras. A pesar de que hemos tenido nuestros altibajos, es muy importante no aferrarse al resentimiento si se quiere crecer. Ahora me siento muy cercana a ti, como profesional y como hombre.
Con verdadero amor,
Bridget

¿Quién es Ken? ¡Aaah! Ken es el contable. Sólo le he visto una vez y tuvimos una bronca porque yo había enviado mi IVA tarde. Oh Dios mío. Tengo que encontrar la lista.

¡Aaah! La lista incluye, además de a Jude, Shazzer, Magda, Tom, los siguientes:

El ayudante del cónsul británico, Bangkok.
El embajador británico en Tailandia.
El muy honorable sir Hugo Boynton.
Almirante Darcy.
Inspector Kirby.
Colin Firth.
Richard Finch.

El secretario de Asuntos Exteriores.
Jed.
Michael, del *Independent*.
Grant D. Pike.
Tony Blair.

Las felicitaciones están esparcidas por el mundo y no sé lo que he escrito en ellas.

Miércoles 17 de diciembre

Ninguna respuesta a las felicitaciones. Quizá las otras estaban bien y la de Ken era causa de enajenación mental transitoria.

Jueves 18 de diciembre

9.30 a.m. Estaba a punto de salir cuando sonó el teléfono.

–Bridget, ¡soy Gary!

–¡Oh, hola! –gorjeé histérica–. ¿Dónde estás?

–En chirona, ¿sabes? Gracias por la felicitación. Ha sido dulce. Dulce. Lo significa todo para mí.

–Oh, jajajajá –reí nerviosamente.

–¿Así que me vas a venir a ver hoy?

–¿Qué?

–Ya sabes... La felicitación.

–¿Mmm? –dije con un tono agudo y ahogado–. No puedo recordar lo que escribí. ¿Puedes...?

–Te la voy a leer, ¿vale? –dijo vergonzosamente. Entonces empezó a leer pronunciando torpemente las frases.

Queridísimo Gary:

Sé que tu trabajo como albañil es muy diferente del mío. Pero eso es algo que respeto totalmente, porque es un arte de verdad. Haces cosas con las manos y te levantas muy pronto por la mañana y juntos –aunque la nueva habitación no está acabada– hemos construido algo grande y hermoso, como un equipo. Dos personas diferentes y, a pesar de que el agujero de la pared sigue ahí –¡después de casi ocho meses!– puedo ver cómo ha crecido el proyecto. Lo que es maravilloso. Sé que estás en la cárcel cumpliendo tu condena, pero pronto tu tiempo ahí finalizará. Gracias por tu felicitación con aquello de la bala y de la pesca y te perdono, de verdad, de verdad.

Ahora me siento muy cerca de ti, como artesano y como hombre. Y si alguien se merece la felicidad y un aumento de su vena creativa este año que viene –incluso en la cárcel– ése eres tú.

Con amor,
Bridget

«Vena creativa», dijo con voz ronca. Conseguí zafarme diciéndole que llegaba tarde al trabajo pero... Oh Dios. ¿A quién se las he enviado?

7 p.m. De regreso a casa. Fuí a la primera reunión de asesoría del despacho y la verdad es que estuvo bastante bien –sobre todo teniendo en cuenta que el Horrible Harold ha sido degradado a verificador de los hechos por ser aburrido–, hasta que Patchouli gritó que había recibido una llamada de Richard Finch en el Priorato, la pasó por los altavoces y todo el mundo pudo escucharlo.

–¡Hola equipo! –dijo–. Sólo llamo para divulgar un poco de espíritu festivo porque es la única clase que se me permite divulgar. Me gustaría leeros algo –se aclaró la garganta–: «Unas felicísimas navidades, queridísimo Richard». ¿No es bonito? –hubo una risa forzada–. «Sé que nuestra relación ha tenido sus altibajos. Pero ahora que es navidad me doy cuenta de que es muy fuerte, estimulante, vigorosa, honesta y verdadera. Eres un hombre fascinante, fascinante, lleno de vigor y contradicción. Me siento muy cerca de ti ahora que es navidad, como productor y como hombre. Con amor, Bridget».

Oh, oh, ha sido... ¡Aaah! El timbre.

11 p.m. Era Mark. Con una expresión muy extraña en el rostro. Entró en el piso y paseó la mirada consternado.

–¿Qué es ese olor tan raro? Joder, ¿qué demonios es eso?

Seguí su mirada. En realidad el árbol de navidad no tenía el buen aspecto que yo recordaba. Yo había cortado la corona y había intentado recortar el resto intentando darle la tradicional forma triangular pero ahora, en medio de la habitación, había una cosa alta y delgada parecida a un mocho, con cantos despuntados como un árbol artificial muy malo y barato de una tienda de saldos.

–Era un poco... –empecé a explicar.

–¿Un poco qué? –dijo con una mezcla de diversión e incredulidad.

–Grande –dije sin convicción.

–Grande, ¿eh? Ya veo. Bueno, eso ahora da igual. ¿Puedo leerte algo? –dijo sacando una felicitación del bolsillo.

–Vale –dije resignada, hundiéndome en el sofá. Mark se aclaró la garganta.

–«Mi querido, querido Nigel» –empezó–. Bridget, te acuerdas de Nigel, mi colega, ¿verdad? Socio principal de la compañía. ¿El gordo que no es Giles? –Se aclaró de nuevo la garganta–. «Mi querido, querido Nigel. Sé que sólo nos hemos visto una vez, en casa de Rebecca, cuando la sacaste del lago. Pero ahora me doy cuenta de que es navidad y que, siendo el colega más unido a Mark, también en cierto modo has estado unido a mí durante todo el año. Ahora me siento...» –Mark se detuvo y me miró– «...muy cerca de ti. Eres un hombre maravilloso: en forma, atractivo», te recuerdo que es del Gordo Nigel de quien estamos hablando, «vigoroso» –se detuvo y levantó las cejas–, «creativamente brillante, porque de hecho ser abogado es un trabajo muy creativo, yo siempre pensaré en ti con cariño, brillando» –ahora se estaba riendo– «brillando... brillando *valientemente* a la luz del sol y en el agua. Feliz navidad para mi querido, querido Nigel. Bridget.» Me dejé caer pesadamente en el sofá.

–Venga ya –dijo Mark riendo–. Todo el mundo sabrá que estabas colocada. Es divertido.

–Voy a tener que irme –dije apesadumbrada–. Voy a tener que irme del país.

–Bueno, de hecho –dijo arrodillándose frente a mí y cogiéndome las manos–, es interesante que hayas dicho eso. Me han pedido que vaya a Los Ángeles cinco meses. Para trabajar en el caso del mexicano Calabreras.

–¿Qué? –las cosas iban de mal en peor.

–No te lo tomes tan a la tremenda. Iba a preguntarte... ¿Quieres venir conmigo?

Pensé mucho. Pensé en Jude y en Shazzer, y en el Agnès B de Westbourne Grove, y en los *cappuccinos* del Coins, y en Oxford Street.

–¿Bridget? –dijo él con ternura–. Allí hace mucho calor y mucho sol y tienen piscinas.

–Oh –dije, los ojos de un lado para otro.

–Yo fregaré los platos –me prometió. Pensé en balas y pescado, y en traficantes de drogas y en Richard Finch y en mi mamá y en el agujero de la pared y en las felicitaciones de navidad.

–Podrás fumar en la casa.

Le miré, tan serio y solemne y dulce, y pensé que, fuese donde fuese, yo no quería estar sin él.

–Sí –dije feliz, me encantará ir.

Viernes 19 de diciembre

11 a.m. ¡Hurra! Me voy a América a volver a empezar, como los primeros colonizadores. La tierra de la libertad. Anoche fue realmente muy divertido. Mark y yo volvimos a coger las tijeras y transformamos el árbol en una pequeña sorpresa navideña. También hemos hecho una lista y mañana nos vamos a ir de compras. Me encanta la navidad. La celebración de la buena vida. ¡Hurra! Será fantástico en California, con el sol y millones de libros de autoayuda –aunque voy a renunciar a todos los libros sobre las citas– y Zen y *sushi* y todas las cosas saludables como los verdes... ¡Ohh estupendo, el teléfono!

–Ejem, Bridget. Soy Mark –su voz no sonaba demasiado bien–. Ha habido un ligero cambio de planes. El caso de Calabreras ha sido pospuesto hasta junio. Pero hay otro trabajo del que también me apetece bastante hacerme cargo y, ejem, me estaba preguntando...

–¿Sí? –dije con recelo.

–¿Qué te parecería...?

–¿Qué?

–¿Tailandia?

Creo que voy a tomarme una copita de vino y a fumarme un cigarrillo.

ÍNDICE

LISTA DE TÍTULOS

Cristina Peri Rossi, *Los museos abandonados*

Colette, *Claudine se va*

Virginia Woolf, *La señora Dalloway*

Alicia Giménez Bartlett, *Vida sentimental de un camionero*

Maya Angelou, *Yo sé por qué canta el pájaro enjaulado*

Elena Santiago, *El amante asombrado*

Ana María Moix, *Vals negro*

Ángeles de Irisarri, *Ermessenda, condesa de Barcelona*
   (Premio Femenino Lumen, 1994)

Menchu Gutiérrez, *Basenji*

Angélica Gorodischer, *Prodigios*

Maria Barbal, *Canto rodado*

Carmen Covito, *La suerte de la fea*

Pilar Pedraza, *Las novias inmóviles*

Ana María Moix, *Ese chico pelirrojo a quien veo cada día*

Ana Rodríguez-Fischer, *Objetos extraviados*
   (Premio Femenino Lumen, 1995)

Zora Neale Hurston, *Sus ojos miraban a Dios*

Elizabeth Smart, *En Grand Central Station me senté y lloré*

Uno Chiyo, *Historia de una mujer soltera*

Clara Obligado, *La hija de Marx*
   (Premio Femenino Lumen, 1996)

Muriel Spark, *Las señoritas de escasos medios*

Micheline Dusseck, *Ecos del Caribe*

Régine Detambel, *El curso naranja*

Yehudit Katzir, *Cerrando el mar*

Georgina Hammick (ed.), *Libro del amor y de la pérdida*

Alicia Giménez Bartlett, *Una habitación ajena*
    (Premio Femenino Lumen, 1997)

Elena Santiago, *Amor quieto*

Pascale Roze, *Caza Zero*

Régine Detambel, *Jardín cerrado*

Margaret Atwood, *Chicas bailarinas*

Pham Thi Hoài, *La mensajera de cristal*

Jenn Crowell, *Locura necesaria*

Isabel Huggan, *En el corazón del bosque*

Dacia Maraini, *Isolina*

Elena Poniatowska, *Paseo de la Reforma*

Clara Usón, *Noches de San Juan*
    (Premio Femenino Lumen, 1998)

Helen Fielding, *El diario de Bridget Jones*

Jamaica Kincaid, *Autobiografía de mi madre*

Maria Barbal, *Alcanfor*

Helen Fielding, *Ricos y famosos en Nambula*

Carmen Covito, *De por qué los puercoespines cruzan la
    carretera*

Edwidge Danticat, *¿Krik? ¡krak!*

Rosa Matteucci, *Lourdes*

Virginia Woolf, *Tres guineas*

Maya Angelou, *Encontraos en mi nombre*

Jamaica Kincaid, *Mi hermano*

Helen Fielding, *Bridget Jones: Sobreviviré*

*Este libro se acabó de imprimir el mes de marzo
del año 2000, en los talleres de
Romanyà Valls, S.L., Barcelona.*